Christine Lehmann

Die Strandträumerin

Über dieses Buch:

Werden unsere Wege vom Schicksal gelenkt? Als Alena auf der Reise nach Rügen ein zehnjähriges Mädchen trifft, ahnt sie nicht, wie sehr dies ihr Leben verändern wird: Luisa ist auf der Suche nach ihrem Vater, den sie nie kennengelernt hat; ihre einzigen Hinweise sind ein altes Schmuckstück und ein paar Papiere. Alena beschließt, der Kleinen zu helfen. So lernt sie den ebenso rätselhaften wie faszinierenden Lennart kennen – und verliebt sich Hals über Kopf. Dann aber erfährt sie, dass er ein Geheimnis hat. Ein dunkles Geheimnis. Und dies hat mehr mit ihr zu tun, als sie für möglich gehalten hätte …

Über die Autorin:

Christine Lehmann, geboren 1958 in Genf, wuchs in Stuttgart auf. Heute pendelt sie zwischen ihrer Heimatstadt und Wangen im Allgäu. Christine Lehmann ist Nachrichtenredakteurin beim SWR und schreibt seit vielen Jahren erfolgreich in den verschiedensten Genres – von Krimis und historischen Romanen über Jugendbücher bis zu romantischen Liebesgeschichten, außerdem Sachbücher und Hörspiele.

Christine Lehmann

Die Strandträumerin

Roman

Genehmigte Lizenzausgabe 2018
der Buchvertrieb Blank GmbH, Vierkirchen

Umschlaggestaltung: HildenDesign, München (www.HildenDesign.de),
unter Verwendung eines Bildmotivs von Shutterstock.com / Alena Ozerova
Gesamtherstellung: GGP Media GmbH, Pößneck
Printed in the EU
ISBN 978-3-94601-291-7

Kapitel 1

Luisa nagte an ihrem Bleistift. »Worauf ich mich in den Ferien besonders freue«, hatte Frau Brucker an die Tafel geschrieben. Die Erwachsenen dachten immer an Urlaub, wenn es in Hamburg regnete, an Sonne und Meer. Aber das brauchte Luisa alles nicht. Sie senkte den Kopf und schrieb: »Ich werde meinen Fater kennenlernen.« Sie stutzte. Der Satz sah seltsam aus. Luisa malte abwechselnd die Wörter »Vater« und »Fater« auf den Heftrand. Und wenn sie einfach Papa schrieb? Da konnte sie nichts falsch machen. »Ich werde meinen Pappa kennenlernen. Er ist ein berühmter Musiker und hat schon eine CD gemacht und lebt in Rügen.« Misstrauisch musterte Luisa ihren Text. Das Tückische war, dass sich die Fehler dort verbargen, wo man sie nicht vermutete. »Pappa wird mir helfen, dass ich aufs Gümnasium gehen kann, denn auf meine Mamma höhrt ja niemand, weil sie blos alleinerziehende Mutter und arbeitslos ist«, notierte sie grimmig. Dann suchte sie in ihrem Mäppchen den Radiergummi und radierte alles wieder weg.

Das durfte sie nicht schreiben, denn es durfte niemand wissen, dass sie in den Sommerferien nach Rügen fahren würde, um ihren Vater zu suchen. Auch Mama nicht. Und den Aufsatz würde sie bestimmt wieder ihrer Mutter zur Unterschrift zeigen müssen, weil er so viele Fehler enthielt.

Luisa knabberte erneut am Bleistift. Ihr Blick wanderte missmutig über die Köpfe in den Bänken vor ihr. Lütfiye würde mit ihren Eltern in die Türkei fliegen. Vanessa würde nach Griechenland fahren und im Meer baden. Ihren Aufsatz würde Frau Brucker wieder vorlesen, wenn sie die Hefte zurückgab. Vanessas Vater war Lehrer. Sie würde im Herbst auf das Gymnasium in Bramfeld gehen, während Luisa hierbleiben musste, auf der Gesamtschule von Hamburg Steilshoop, wo man kein Abitur mehr machen konnte, weil die Oberstufe geschlossen worden war. Dabei konnte man auf dem Gymnasium in Bramfeld ein Instrument lernen und ganz viel Musik machen. Luisa wollte später mal Sängerin werden. Wie ihr Vater. Er hieß Lennart.

Das hätte Luisa eigentlich gar nicht wissen dürfen. Ihr Vater sei tot, hatte Mama erklärt. Und offenbar gehörte er zu den Vätern, über die Mütter nicht gerne sprachen. Nicht mal einen Namen hatte Mama genannt.

Doch eines Tages, als es draußen stürmte und goss und Mama nicht im Haus war, hatten Lütfiye und Luisa Modenschau gespielt und waren beim Wühlen in Mamas Schrank auf eine blaue Blechdose gestoßen, auf die gelbe Monde und Sterne gemalt waren. Luisa hatte sofort das richtige Wort dafür gefunden – »Mamas Erinnerungsdose«. Sie enthielt einen blonden Zopf mit blauen Bändern, eine Schachtel mit Milchzähnen, eine CD, zwei Büchlein, kaum größer als Scheckkarten, mit Jahreszahlen darauf, innen eng beschrieben, und Eintrittskarten aus dem Jahr 1992 für ein Konzert in Berlin. Die Gruppe schrieb sich B'Demons, und Luisa und Lütfiye rätselten eine Weile herum, wie man das wohl aussprach. Derselbe Name stand auch auf der CD, auf der drei Jungs zu sehen waren, ein langer, dünner mit elektrischer Gitarre, ein kleiner am Schlagzeug und ein schöner in der Mitte mit einer normalen Gitarre. Sie hießen Bob Badster, Tim Toyrand und Len Lost. Len trug weiße Skaterhosen und eine dunkelrote Lederjacke. Er hatte lange, rabenschwarze Haare und wunderbar helle Augen.

Der war ihr Vater, dessen war Luisa sich sicher, denn in der Dose fand sich außerdem ein speckiges kleines Automatenfoto mit seinem Gesicht, und hintendrauf stand: »Love, Lennart Gristow, 1994«

»Vielleicht ist es nur ein Autogramm«, hatte Lütfiye Luisas Erregung zu dämpfen versucht.

»Dafür nimmt man Autogrammpostkarten«, hatte Luisa widersprochen. »Und ein Jahr später bin ich geboren worden. Also ist Lennart mein Vater. Das ist logisch wie das große Einmaleins. Und diesen Kettenanhänger hat er Mama geschenkt.«

Ganz unten in der Dose hatte ein ziegelroter Stein gelegen, in dessen obere weiße Schicht ein Storch geschnitzt war. Er stand in einem

Nest und hielt den Schnabel vor der Brust gesenkt, deren einzelne Federn Luisa mit ihren scharfen Kinderaugen mühelos erkennen konnte.

Die CD hatte leider nur klirrende Geräusche von sich gegeben, als sie sie anhören wollten. Also legten Luisa und Lütfiye sie in die Dose zurück, so wie alles andere auch, und taten diese wieder dorthin, wo sie sie gefunden hatten. Erst danach bemerkte Luisa, dass sie den kleinen Stein mit dem Storch noch in der Hand hielt, und steckte ihn in die Hosentasche, denn sie hörten schon, wie Mama den Schlüssel in der Haustür umdrehte.

Obwohl es nicht ganz richtig war, hatte Luisa den Stein auch später nicht zurückgetan, sondern behalten. Sie hütete ihn in ihrem Schatzkästchen, einer ausgedienten Schachtel für Hustenpastillen, zusammen mit einem rostigen Minischweizermesser, einem Ring mit rosafarbenem Glasstein und einem Gummidinosaurier.

Einmal hatte Luisa Mama erzählt, sie habe im Musikunterricht eine CD von einer Gruppe gehört, deren Sänger Len Lost heiße. Das war natürlich geschwindelt gewesen. Mama wurde aber gleich ziemlich böse. »So einen Schund nehmt ihr in Musik durch?«

»Dann kennst du den?«, hatte Luisa nachgehakt. »Hast du ihn kennengelernt, als du in Berlin gelebt hast?«

Mama hatte aufgelacht. »Typen wie den lernt man nicht einfach so in der Kneipe kennen. Die hatten Bodyguards wegen der vielen Fans. Mit solchen Leuten haben wir nichts zu tun, Luisa! Diesen Len, dass du es nur weißt, den hat man sogar wegen Mordes angeklagt! Man hat ihm aber nichts beweisen können, und deshalb läuft er immer noch frei herum.«

Dann lebt Papa also doch noch, dachte Luisa aufgeregt, sagte es aber zum Glück nicht.

Und glücklicherweise hatte Mama derzeit fast nur Augen für ihren neuen Freund Ronaldo und seine Harley. Ronaldo war Halbitaliener und plante eine Sommertour mit dem Bike nach Neapel. Zu gerne wäre Mama mitgefahren, wenn sie nur gewusst hätte, was sie so lange mit Luisa machen sollte.

Luisa hatte ihre Chance sofort erkannt. Mama musste mit Ronaldo nach Italien fahren, damit sie, Luisa, in Ruhe ihren Vater suchen konnte. Inzwischen hatte sie sogar seine Adresse. Sie hatte sie zusammen mit Dirk herausgefunden. Dirk besaß einen Computer. Sie hatten den Namen Lennart Gristow ins Telefonbuch eingegeben, und da war er mit einer Adresse in Gager auf Rügen erschienen.

Luisa wusste, dass Erwachsene ein zehnjähriges Mädchen, das noch in die vierte Klasse ging, niemals alleine so weit wegfahren lassen würden. Also hatte sie in der Klasse herumgefragt, ob jemand auf Rügen Urlaub mache, aber niemanden gefunden. Lütfiye hatte immerhin den Prospekt eines Ferienhofs Sonnenschein mitgebracht, auf dem ihr Bruder mal gewesen war. Da gab es ein Zeltlager für Kinder und Pferde und Töpferkurse, und die Eltern mussten nicht mit dabei sein.

»Lütfiye fährt auch da hin«, hatte Luisa ihrer Mutter vorgelogen und behauptet, Lütfiyes Vater werde sie im Auto hinbringen. »Dann kostet es nichts.«

»Und die Freizeit, was kostet die?«

Auf diese Frage war Luisa zwar nicht vorbereitet gewesen, denn sie war nie weiter als bis zum Hamburger Hafen gekommen, aber sie hatte improvisiert. »Nichts. Das zahlt die Schule. Die ganzen sechs Wochen. Da konnten wir Lose ziehen, wer dahin darf, und ich habe gewonnen. Lütfiye auch. Frag Frau Brucker, wenn du mir nicht glaubst.«

»Ich glaube dir doch, mein Schatz«, hatte Mama weich und glücklich erwidert, weil sie nun mit Ronaldo auf seiner Harley nach Italien fahren konnte. »Das freut mich für dich.«

Mama würde niemals Frau Brucker anrufen, um zu fragen, ob das mit der Freizeit stimme. Mama hasste die Klassenlehrerin. »Ich lasse mich doch nicht als asozial beschimpfen!«, hatte sie erst kürzlich wieder getobt, nachdem sie zur Elternsprechstunde in der Schule gewesen war. Mama regte sich immer leicht auf. Das Leben war sehr schwer für sie.

Dabei war alles ganz einfach, fand Luisa. Manchmal kam es ihr so vor, als wäre sie als Baby vertauscht worden und würde eigentlich ganz woanders hingehören.

Kapitel 2

Alena liebte den Hamburger Hauptbahnhof mit seiner flach gewölbten Stahlhalle und den Emporen an beiden Enden, von denen man auf die ein- und ausfahrenden Züge hinunterblicken konnte wie auf eine Modelleisenbahnanlage.

Sie lieferte ihr Fahrrad ab und schlenderte den silberfarbenen IC entlang zu ihrem Waggon. An den Türen drängelten sich Leute mit Koffern. Es waren viele Menschen, die an diesem Freitag mit diesem Zug fahren wollten. Die Sommerferien hatten gerade begonnen, und außerdem hatte es einige Zugausfälle gegeben, vermutlich wegen des Dauerregens der letzten Tage. Irgendein Bahngleis war unterspült worden. Doch Alena hatte sich einen Sitz reservieren lassen, sie hatte Zeit.

Zum zweiten Mal fiel ihr das kleine Mädchen auf, das mit einer Fahrkarte in der Hand und einem orangeroten Rucksack auf dem Rücken zwischen den Koffern, Kofferkulis und Menschen Slalom lief. Es war vielleicht zehn Jahre alt. Die halblangen Jeans zeigten natürliche Verschleißerscheinungen, die Turnschuhe sahen aus wie aus der Wühlkiste des Supermarkts, das T-Shirt war an den Bündchen ausgeleiert. Und keine Mutter weit und breit, die es auf den Bahnsteig begleitete, an der Tür abküsste und dann vor einem der dunklen, spiegelnden Fenster stand und winkte.

»Na, wo willst du denn hin?«, fragte Alena.

»Nach Binz. Fährt der Zug nach Binz?«

Alena nickte.

Ein älteres Ehepaar wuchtete ihre drei Koffer in den Zug und kletterte hinterher. Alena ließ dem kleinen Mädchen den Vortritt. So wie es sich an die Fahrkarte klammerte, wirkte es nicht wie eines jener Vorstadtkinder, die jeden Tag in Züge stiegen.

Kaum im Waggon drin, stockte schon wieder alles. Das ältere Ehepaar blockierte den Gang. Wohin mit den Koffern?

»Ist das hier dein Wagen?«, erkundigte sich Alena bei dem Mädchen.

Die Kleine starrte sie ratlos an. Sie hatte kluge graublaue Augen, kaum Augenbrauen und mittelblonde Haare, die wie Schnittlauch auf ihre Schultern welkten. Eine Schönheit war sie nicht, aber das waren Mädchen in diesem Alter selten.

»Hast du einen Sitzplatz reserviert?«, verdeutlichte Alena ihre Frage.

Das Mädchen zuckte mit den mageren Schultern.

»Darf ich mal sehen?« Alena streckte ihre Hand nach dem Fahrschein aus, den das Kind ihr sofort vertrauensvoll überließ. Im selben Moment rammte jemand einen Rucksack in Alenas Rücken. Sie musste sich an der Rückenlehne eines der Sitze abstützen, um nicht auf die Kleine zu fallen. Dabei verhedderte sie sich mit den Fingern in der langen Mähne eines halbwüchsigen Mädchens, das sich gerade gesetzt hatte und fürchterlich fluchte. Alena entschuldigte sich. Die Kleine feixte. Auch noch schadenfroh, dachte Alena und sagte mit mehr Strenge als notwendig:

»Du bist im falschen Zug. Das hier ist der Intercity. Deiner wäre eine halbe Stunde früher gefahren, ein Regionalexpress.«

»Der ist aber nicht gefahren!«

Gut möglich, dachte Alena und ließ ihren Blick aus nussbraunen Augen durch den Großraumwagen schweifen. Überall Menschen. Sogar im Gang gab es kaum noch Platz. Einen Sitzplatz würde die Kleine hier nicht finden und woanders auch nicht. Alena stellte sich darauf ein, dass sie selbst stehen würde. »Na, dann komm mal mit«, sagte sie und begann, sich mit Ellbogen und vorsorglichen Entschuldigungen durch die Menschen zu drängen, die sich im Gang stauten, die einen, weil sie ihre Platznummer noch nicht gefunden hatten und zurückstrebten, die anderen, weil sie die Menschen, die sich auf ihrem Platz eingerichtet hatten, wieder vertreiben mussten, und wieder andere, weil sie es für aussichtslos hielten, weiter vorzudringen.

Alenas reservierter Platz am Fenster war noch frei. Auf dem Platz am Gang saß ein junger Mann, der sofort hochschreckte, als Alena mit gerunzelter Stirn ihren Fahrschein und die Nummern über den Sitzen musterte.

»Oh, sind das Ihre?«, erkundigte er sich mit resigniertem Blick auf das Kind an Alenas Seite und sprang auf. Alena gab sich keine gesteigerte Mühe, ihn über seinen Irrtum aufzuklären. Sie schickte das Mädchen zu ihrem Fensterplatz durch und hoffte, dass es ihr nicht in den nächsten Minuten so erging wie dem jungen Mann.

»Wie heißt du denn?«, fragte Alena, als sie Platz nahm.

»Luisa.«

»Ein schöner Name. Ich bin Alena.«

»Angenehm«, sagte Luisa so erwachsen, dass Alena sich ein Schmunzeln verbeißen musste. »Machen Sie auch Urlaub auf Rügen?«, fügte das Kind gestelzt hinzu.

»So könnte man es nennen«, antwortete Alena.

»Und wie nennt man es eigentlich?«

»Arbeit.«

»Sind Sie Kellnerin?«

»Gute Idee, du kennst dich aus«, bemerkte Alena. Das Kind strahlte über das unerwartete Lob. »Aber nein, Luisa, ich bin keine Kellnerin.«

Der Zug hatte sich inzwischen sachte in Bewegung gesetzt. Die Schilder, Bänke und Tafeln des Bahnsteigs glitten immer schneller an ihnen vorbei, die Halle blieb zurück. »Ich bin Fachwirtin für Public Relations.«

»Also doch Wirtin!«

»Ja, aber für Beziehungen, die eine Firma mit anderen Leuten hat. Ich bin fürs Reden zuständig, und zwar für eine Filmproduktionsfirma. Jetzt zum Beispiel reise ich nach Rügen und schaue mir die Orte an, wo ein Film gedreht werden soll. Ich rede mit den Leuten, ich frage herum, was es Besonderes gibt, und solche Sachen.«

»Und das kann man dann im Fernsehen sehen?«

»Ja, aber erst irgendwann im nächsten oder übernächsten Jahr, wenn der Film dann auch wirklich gedreht worden ist.«

»Ach so.« Luisa verlor bei diesen Zeiträumen etwas das Interesse. »Wir fahren ja schon.«

Masten und Leitungen schwirrten an ihnen vorbei. Der Zug wackelte und ratterte über die Weichen. Die breitgefächerten silbrigen Gleise schwangen eines nach dem anderen in die Strecke ein und lösten sich auf. Schließlich schossen sie auf einem einzigen Schienenstrang dahin. Wiesen breiteten sich behäbig zum Horizont aus. Vereinzelte Gehöfte zogen in der Ferne vorbei.

»Und was machst du auf Rügen?«, erkundigte sich Alena.

»Ich besuche meinen Vater.«

»Ah«, bemerkte Alena, die trotz ihrer fünfundzwanzig Jahre schon einige Trennungen, Scheidungen und Streitereien um Kinder mitbekommen hatte. »Du darfst die halben Sommerferien bei deinem Vater verbringen.«

»Nein, die ganzen, wenn ich will.« Das Kind sah sie mit einem so blanken Blick an, wie ihn nur Kinder noch hatten – klar, unverletzt und mutig. Kein Zaudern, keine Zweifel an dem, was vor ihm lag.

Schön, dachte Alena. »Dafür hast du aber ziemlich wenig Gepäck dabei«, sagte sie und deutete auf den kleinen orangeroten Rucksack zwischen Luisas Füßen.

»Ich werde doch bei meinem Vater wohnen.«

»Ja, schon, aber ein paar Klamotten brauchst du da auch.«

»Die kauft Papa mir. Er ist soooo reich.«

»Aha.«

»Er ist Sänger und voll berühmt!« In der Stimme des Mädchens schwang ein untergründiger Trotz mit.

Alena kannte sich mit Kindern in diesem Alter nicht aus. In der Filmproduktionsfirma war niemand älter als fünfunddreißig. Eine der Gestaltungsassistentinnen hatte kürzlich erst ein Kind bekommen, aber das steckte noch in den Windeln. Ansonsten verliebten sich zurzeit alle neu. Nur Alena nicht, die hatte sich gerade getrennt und damit mehr hinter sich gelassen als nur einen Mann.

Seit einem guten Jahr war sie jetzt bei Potemkin Film beschäftigt. Vorher hatte sie bei der *Jukkboks* ein Gastspiel gegeben, dem auflagenstärksten Popmagazin, denn während ihres Studiums von Fächern, mit denen man eigentlich nichts anfangen konnte – Musikgeschichte und

Politologie –, hatte sie auf einem Konzert Marvin kennengelernt. Er war dort der Marketingmanager und für die Konzerte zuständig, an denen sich die Zeitschrift beteiligte. Er hatte alles darangesetzt, Alena einen Job als seine Assistentin zu verschaffen. Die Arbeit hatte Alena gefallen, das Klima von Neid und Karrierehektik ganz und gar nicht. Sie hatte es Mobbing genannt, Marvin hatte ihr Mangel an Stressresistenz vorgeworfen. Ihr erster großer Streit. Sie hatte den Verlag verlassen.

Alena schüttelte sich. Nicht an Marvin denken! Seit zwei Wochen war es endgültig aus. Auf immer und ganz.

Sie musste schmunzeln. »Auf immer und ganz« hatte Kristin immer gesagt, wenn sie sich etwas versprachen. Kristin, die große Schwester mit den Schwüren unter Tränen und den großartigen Versöhnungen. Leider hatte sie dem Falschen ewige Treue geschworen.

Um die blonde Mähne hatte Alena ihre fünf Jahre ältere Schwester immer beneidet. Ihre eigenen Haare waren dunkelbraun und glatt. Komisch, dass man nichts Besseres zu tun hatte, als die Schwester um etwas zu beneiden, was völlig unwichtig war. Vor allem im Rückblick. Große blaue Augen hatte Kristin gehabt, Mutters Augen. Alena dagegen hatte die braunen Augen des Vaters geerbt und seine zierliche Figur. »Du bist prosaisch wie vier Reihen Feldsalat«, hatte Kristin immer behauptet. Ihr Gelächter war ungeheuer ansteckend gewesen.

Inzwischen tat es nicht mehr so weh, wenn Alena an ihre Schwester dachte. Alles, was Kristin getan hatte, hatte sie ganz getan. Auf Gedeih und Verderb. Wenn sie zum Studium damals nicht nach Berlin gegangen wäre, sondern nach Hamburg, ob sie dann wohl heute noch leben würde? Vielleicht wäre sie dann nicht zu dem Konzert dieser Boygroup gegangen.

Alena dachte an die vielen Sommer, die sie beide im Haus ihrer Tante in Binz auf Rügen verbracht hatten – Sand zwischen den Zehen, nasse Schuhe, Sonnenbrand, Kopfsprünge vom Bootssteg in den See, Bernsteinsuchen am Strand. Glückliche Kinder. Und abends hatten sie flüsternd beraten, was wäre, wenn Papa und Mama nicht aus Amerika zurückkämen. Andere Eltern anderer Kinder waren auch im Westen geblieben. Papa hatte als Uniprofessor in Greifswald eine Operationsmethode am Herzen entwickelt und durfte reisen, musste sogar, um sie vorzustellen. Erst viel später, als die DDR schon lange nicht mehr existierte, hatte Alena verstanden, dass Kristin und sie das Pfand gewesen waren, damit ihre Eltern zurückkamen. Und so hatten sie als Kinder Sommer für Sommer bei Tante Trude auf Rügen verbracht.

Sobald eine Hochzeitskutsche durch Binz fuhr, waren Kristin und sie zu den Rädern gestürzt und hinterhergeradelt, glücklich, wenn es bis nach Göhren ging. Sie hatten die Räder an der Seebrücke in den Sand geworfen und waren den Strand unter der Steilküste des Nordperds entlanggelaufen, bis zu der Stelle, wo man dem Buskam am nächsten war, dem riesigen flachen Findling mitten im Wasser. Dann hatten sie sich in den Sand gehockt und zugeschaut, wie die Hochzeitsgesellschaft im schaukelnden Boot übersetzte und nach der Trauung den Schüttelbüx tanzte. Einer fiel immer ins Wasser.

Storchenstein hatte Kristin den Findling genannt. Er hatte sich vor Millionen Jahren von Bornholm herübergewälzt. Erst vor ein paar Tagen, fast zwanzig Jahre später, hatte Alena bei ihren Vorrecherchen für ihre Sondierungsreise nach Rügen verblüfft festgestellt, dass Kristin den Namen nicht frei erfunden hatte. Denn in der Tat nannte man den größten Findling Rügens auch Adebarstein, und der Volksmund sagte, dass die Störche die Babys aus der Ostsee pickten und dort zum Trocknen hinlegten, bevor sie sie zu den Müttern brachten. Allerdings hatten sie nie auch nur einen Storch auf dem Buskam gesehen.

Der Ruf des Zugbegleiters nach den Fahrscheinen holte Alena aus ihren Erinnerungen. Der Schaffner verlangte der Ordnung halber auch noch ihre Bahncard und runzelte dann die Stirn, als er Luisas Fahrschein abknipsen wollte.

»Das ist der falsche Zug, junge Dame. Da musst du nachlösen!«

»Wieso?«, fuhr Luisa kämpferisch auf.

»Weil das ein IC ist. Du hast aber für den Regionalexpress gelöst.«

»Der ist wohl ausgefallen«, griff Alena ein.

»Davon ist mir nichts bekannt«, entgegnete der Schaffner. »Gehört die junge Dame zu Ihnen?«

»Nein.«

Der Mann begann in seinen Handcomputer zu tippen. »Dann bekomme ich von dir noch …«

»Ich habe aber kein Geld mehr«, hörte Alena die Kleine angstvoll flüstern. In dem ausgefransten Plastikgeldbeutel, den Luisa aus dem Rucksack kramte, klimperten nur ein paar Münzen.

»Dann musst du leider aussteigen«, sagte der Schaffner.

Die graublauen Augen des Kindes weiteten sich vor Schreck.

Alena zog ihren Geldbeutel aus der Tasche. »Was bekommen Sie genau?«

Kapitel 3

Es tat einen Schlag, und alle Sicherungen flogen raus. Lennart seufzte. Die Stromleitungen in dem alten Haus waren nicht mehr zu gebrauchen. Überall Kriechströme. Inzwischen haute es die Sicherungen schon raus, wenn er nur die Waschmaschine anstellte, ohne das Licht in der Küche auszumachen.

Lennart holte die Trittleiter aus der Speisekammer und trug sie in den Flur zum Sicherungskasten. Der war auch mindestem hundert Jahre alt und enthielt fünf Halterungen für Schmelzsicherungen aus Keramik. Waren sie einmal durchgebrannt, dann waren sie hinüber. Leider belief sich Lennarts Vorrat an Sicherungen nur noch auf eine. Nachschub bekam er nur im Baumarkt von Binz. Da konnte er dann auch gleich Zement kaufen und was ihm sonst noch so einfiel.

In den letzten acht Jahren, seit er das Gutshaus Gristow bewohnte, hatte Lennart sich zum Maurer, Tischler und Fliesenleger und schließlich zum Gipser und Malermeister entwickelt. Inzwischen war fast alles gemacht, bis auf die Elektrik.

Das Dach hatte die Großmutter noch kurz vor der Wende neu mit Rohr decken lassen, wie man auf Rügen zum Reet sagte. Dann war sie gestorben. Als Lennart sich vor acht Jahren hier verkroch, hatte es nicht einmal ein anständiges Badezimmer gegeben. Er hatte ganz von vorn angefangen, nicht undankbar, seine Tage mit handwerklicher Schwerstarbeit zu verbringen. Es hatte ihn vom Nachdenken abgehalten und ihm zu einer gewissen buddhistischen Gelassenheit verholfen.

Außerdem war es die einzige Methode gewesen, sich auf der Insel ein Heimatrecht zu verschaffen. Zwar lagen mindestens fünf Generationen von Gristows auf hiesigen Friedhöfen, und deshalb durfte Lennart sich mit Fug und Recht Rüganer nennen, aber gekommen war er als reicher

Berliner Wessi, der ein Gutshaus in Besitz nahm, das er nie zuvor in seinem Leben gesehen hatte.

Lennart nahm den Autoschlüssel von der Kommode im Gang und warf im Vorbeigehen einen Blick in den Spiegel, der neben der Garderobe hing.

Silke hatte ihn ausgesucht und darauf bestanden, dass er ihn aufhängte, weil sie etwas haben wollte, vor dem sie sich drehen und den Sitz von Frisur und Hose überprüfen konnte, ehe sie das Haus verließ. Silke war zwar inzwischen auch schon wieder Vergangenheit – sein Leben bestand eigentlich nur aus Vergangenheit –, aber der Spiegel hing immer noch und war sogar nützlich. Andernfalls hätte Lennart das Haus so manches Mal mit Farbe im Gesicht und Gips in den Haaren verlassen.

Aber diesmal sah er manierlich aus. Aus dem Spiegel blickte ihn unter einem schwarzen Haarschopf und schwarzen Brauen hervor ein Paar graue Augen mit langen Wimpern an. Er mochte das Gesicht nicht besonders, denn mit dem Kontrast heller Augen und schwarzer Haare war es sein Schicksal geworden, hatte aus ihm Len Lost, den Harten, gemacht. Die Rollen waren streng verteilt gewesen bei den B'Demons. Tim hatte den Weichen gespielt, Bob den Schwulen. Alles nur nach außen hin, für die Fans.

Lennart lenkte seinen alten Mercedes Kombi durch das ehemalige Fischerdorf Gager. Die Sonne schien endlich wieder. Sämtliche Sommergäste hatten sich aufgemacht, die stille Halbinsel Mönchgut mit den Zicker'schen Bergen und dem Bakenberg mit seinen Ginsterheiden und Magertrockenrasen zu erkunden.

Bei Lobbe kam Lennart am Straßenrand ein kleines Mädchen entgegen. Es marschierte ganz allein tapferen Schrittes auf der Grasnarbe entlang. Im Rückspiegel sah er den orangeroten Rucksack in der Sonne leuchten. Ob die Kleine wusste, wo sie hinwollte, so ganz allein?

Im nächsten Augenblick hatte er das Mädchen vergessen. Er schlängelte sich durch die verkehrsberuhigten Straßen des altehrwürdigen Ostseebades Binz und fuhr auf den Parkplatz. Frohgemut zielte ein Mann auf die Türen des Baumarkts, gefolgt von zwei weniger interessierten Frauen – Mutter und Tochter –, die sich bei den Blumen im Eingang aufhielten. Der Blick der Tochter verweilte auf Lennart. Sie lächelte versonnen. Das war nichts Neues für ihn. Ein Glück nur, dass sie ihn nicht erkannte. Dazu war sie zu jung.

Die B'Demons waren wie eine Sternschnuppe über den Himmel der Musikbranche geschossen und vor genau zehn Jahren verloschen. Heute waren die Groupies an die dreißig, die sich damals in den Sälen die Seele aus dem Leib gekreischt hatten, ohnmächtig geworden waren, sie mit Kuscheltieren beworfen und vor jeder Tür, aus der sie traten, gelauert hatten. Einzelne hatte er nach dem Konzert backstage wiedergefunden und mit auf sein Zimmer genommen. Oder sie hatten schon nackt in seinem Hotelbett gelegen. Die meisten waren noch Jungfrauen gewesen, und manche hatten es ohne Gummi mit ihm machen wollen und gehofft, dass sie schwanger würden. Er hatte keiner gesagt, dass sie vergebens hoffte, weil er nach einem Sturz von der Bühne zeugungsunfähig war. Damals war ihm das wie ein Segen vorgekommen, wie eine glückliche Fügung des Schicksals, die es ihm erlaubte, alles mitzunehmen, was sich ihm bot.

Nach fünf Jahren hatten die B'Demons elf Millionen CDs verkauft und waren mit einem Knall verglüht, vor allem er, Len Lost, der Harte. Ihn hatte man ins Fegefeuer geworfen. Die Presse hatte ihn zum Mörder gestempelt, ehe der Prozess überhaupt stattfand, und nach seinem Freispruch gejagt und zerfetzt.

Wenn Lennart heute eines absolut sicher wusste, dann dies, dass er nie wieder auf einer Bühne stehen würde, nie wieder Cashcow der großen Musikproduzenten, nie wieder Hysterie mit Kuscheltieren. Weder Hype noch Erfolg, sondern nur noch Stille suchte er mit seinen fünfunddreißig Jahren, einem Alter, in dem andere Menschen zum ersten Mal in ihrem Leben das große Geld witterten.

Wenn er sonntags in der evangelischen Kirche von Binz die Orgel spielte, dann genoss er es, dass ihn niemand sah. Niemand wollte wirklich wissen, wer der Organist war, der den schleppenden Gesang der Gemeinde vorantrieb und im Sommer den ungeübten Touristen die Melodien vorgab.

Mit drei Säcken Zement, einem Dutzend Vierkanthölzern, drei Schachteln Schrauben, Sandpapier für den Schwingschleifer, zwanzig Meter Kabel und zwei Dutzend Keramiksicherungen auf der Ladefläche seines Kombis kehrte Lennart nach Gager zurück. Die Rohrdachhäuser scharten sich locker verstreut den Hang hinab um einen Hafen mit Anleger für ein Fährschiff, hölzernen Fischerhäuschen und einer Bootswerft. Lennart ließ seinen Wagen auf dem Parkplatz am Campingplatz stehen und eilte die Kaimauer entlang. Amperemeter und Werkzeugkasten für die Elektrik hatte er in der Papageno, seinem Segelboot. Bevor er im Gutshaus wieder Wäsche waschen konnte, musste er den Fehler in der Elektrik gefunden haben.

Einen Moment hielt er inne, um den Blick über die Schilfküste, die Wiesen und Wälder der Hagen'schen Wiek schweifen zu lassen. Auf der anderen Seite der blauen Bucht die Nehrung von Alt Reddewitz, dahinter der dichte dunkle Wald der Granitz.

Am Fischverkauf fiel ihm das kleine Mädchen mit dem orangeroten Rucksack wieder auf. Es zählte sein Geld in einem offensichtlich weitgehend leeren Geldbeutel und schüttelte dann den Kopf. Rieke Dörhagen reichte ihm trotzdem ein Stück Räucherhering über die Theke. Dabei schaute Rieke hoch und deutete auf ihn. Das Kind drehte sich um und sah ihn, mit vollen Backen kauend, aus großen graublauen Augen an.

Lennart drehte auf dem Absatz um und floh zu seinem Wagen. Albern, zumal die Kleine ihn nicht kennen konnte. Sie war vermutlich noch nicht einmal auf der Welt gewesen, als die Jagd auf ihn begann. Aber Lennart konnte es nicht ändern. Er war zu viele Jahre geflüchtet, zuerst vor Autogrammjägerinnen, dann vor den Paparazzi und schließlich vor Menschen, die ihm nur auflauerten, um ihn zu beschimpfen und mit Gegenständen zu bewerfen. Vor allem nach seinem Freispruch.

Langsam lenkte er seinen dunkelblauen Kombi durch den Ort. Im Sommer herrschte Ausnahmezustand auf den Straßen der Halbinsel Mönchgut. Sommerurlauber kannten keine Verkehrsregeln. Sie stolperten von links nach rechts und fuhren Schlangenlinien mit ihren

Fahrrädern oder blieben mitten auf der Straße stehen, um sich Schnürsenkel zu binden. Aber Lennart mochte die Sommergäste mit ihrer arglosen Neugierde und ihrem sich hart erarbeiteten Wunsch nach einer leisen, lichten Welt, in der man nicht ständig aufpassen musste, dass man nicht überfahren wurde.

Lästig war nur, dass derzeit immer öfter Makler bei ihm klingelten und sich erkundigten, ob er das Gut Gristow verkaufen wolle, damit sie daraus ein Ferienhaus machen konnten.

Das bald hundertfünfzig Jahre alte Gutshaus stand hinter Bäumen am Hang der Zicker'schen Alpen, jenes Bergzuges von schwindelerregenden sechsundsechzig Metern Höhe, von dem aus man die gesamte Hagen'sche Wiek überblicken konnte. Das Haupthaus war aus roten Ziegeln errichtet und mit Rohr gedeckt. Zum Komplex gehörten ein alter Pferdestall, eine Scheune und eine Remise, die den kopfsteingepflasterten Hof umschlossen. Auf der dritten Seite wurde der Hof von einer Mauer begrenzt, deren Abschluss ein kleiner Rundturm bildete, in dem einst ein Leuchtfeuer den Seefahrern den Weg gewiesen hatte. Ein Kuriosum, das ebenfalls immer wieder Touristen nach Gristow lockte.

Lennart fuhr mit dem Wagen in die Scheune und begann, die Zementsäcke auszuladen und in den Stall zu tragen, wo er Schubkarren, Schaufeln, Äxte, Sägen und Vorschlaghämmer aufbewahrte. Kater Murr saß auf dem Holzstapel neben der Haustür und schaute grünäugig zu. Als Lennart wieder auf den Hof trat, stand neben dem Türmchen am Hofeingang das Mädchen mit dem orangeroten Rucksack.

Lennart gab den Insulaner, zog schweigend die Vierkanthölzer von der Ladefläche und trug sie über den Hof in den alten Pferdestall, verfolgt diesmal von Kater Murrs grünen und des Mädchens graublauen Augen.

»Hallo«, sagte Lennart, als er die nächsten vier Stangen packte.

»Hallo«, erwiderte das Mädchen. »Ich bin die Luisa.«

»Freut mich.«

»Kennst du mich denn nicht? Ich bin deine Tochter.«

Die Behauptung war so dreist, dass Lennart erneut schweigend die Latten aus dem Auto zog. Er lehnte sie sorgfältig gegen die Mauer am

Schuppen und wandte sich dann erst wieder dem Mädchen zu. »Das kann nicht sein, Luisa«, sagte er. »Ich habe keine Kinder.«

»Doch, mich!«

»Das müsste ich doch aber wissen, meinst du nicht?« Lennart zog die letzten Stangen von der Ladefläche und schloss die Rückklappe des Wagens. Er hatte schon viele absonderliche Methoden erlebt, sich an ihn heranzumachen, aber das war entschieden die originellste.

»Ich bin gekommen, um dich kennenzulernen«, erklärte ihm Luisa geduldig.

»Und wer schickt dich?«, fragte Lennart. »Deine Mutter? Was will sie? Geld? Du kannst ihr ausrichten, wenn sie Geld will, dann soll sie mich auf Vaterschaft verklagen. Aber wie dieser Prozess ausgeht, kann ich dir auch jetzt schon sagen.«

Luisa blickte ihn aus großen Augen an.

Lennart atmete aus. »'tschuldige. Wie ... wie heißt sie denn, deine Mutter?«

Luisa dachte einen Moment nach, dann antwortete sie: »Wenn du das nicht selber weißt, dann ... dann möchte ich es auch nicht sagen.«

»Aha. Und warum nicht?«

»Weil du sie dann sicher anrufen willst, um sie zu fragen, ob sie weiß, wo ich bin.«

Lennart ahnte größere Komplikationen. »Weiß sie das denn nicht?«

Luisa schüttelte den Kopf.

»Dann macht sie sich doch aber bestimmt schon Sorgen!«

Die Kleine winkte großzügig ab. »Erstens bin ich schon zehn Jahre alt, und zweitens kann Mama sich keine Sorgen machen, denn sie ist mit Ronaldo auf dem Motorrad nach Italien gefahren.«

»Mit dem Motorrad?« In Lennarts Herz gab es einen kleinen Stich.

»Ja, Ronaldo hat eine Harley.«

»So?« Es wurde immer abgründiger. »Und dich haben sie einfach zu Hause gelassen? Wo auch immer das ist.«

»In Hamburg. Aber Mama denkt, dass ich jetzt auf dem Ferienhof Sonnenschein bin und eine Freizeit mache. Mit Töpfern und Reiten und so. Es ist also alles in Ordnung.«

Ordnung war anders. »Aber wenn deine Mutter sowieso nicht zu Hause ist«, gab Lennart zu bedenken, »dann kannst du mir doch ruhig sagen, wie sie heißt, denn ich würde sie ja ohnehin nicht erreichen, selbst wenn ich im Telefonbuch nachschaue.«

Luisa lächelte leise. »Du hast gewonnen. Ihr von der Erzeugerfraktion habt ja sowieso immer die besseren Argumente. Davon darf man sich nur nicht unterkriegen lassen, sonst ist man gleich verratzt.«

Lennart lachte. »Na, dann komm erst mal rein. Du hast vermutlich Hunger und Durst.«

Luisa nickte heftig.

Er führte das Kind in seine große Gutshausküche. »Aber ich warne dich, bleiben kannst du hier nicht.«

»Und wo soll ich schlafen?« Luisa schlug äußerst vorwurfsvoll die Augen zu ihm auf. »Ich habe nur noch ein Euro fünfunddreißig. Und ein Hotel kostet doch bestimmt tausend Euro.«

Lennart schmunzelte. »Ganz abgesehen davon, dass alles ausgebucht ist. Und geschäftsfähig bist du auch nicht.«

»Eben! Und darum musst du mir helfen. Außerdem musst du mir Geld geben, denn ich schulde der Frau noch was, die im IC den Zuschlag für mich gezahlt hat. Sonst hätte ich vom Zug springen müssen und wäre gar nicht hier. Dann wäre ich wirklich verloren gegangen, und man hätte sich Sorgen machen müssen.«

Lennart ahnte dunkel, dass es nicht einfach würde. Natürlich konnte er das Kind bei der Polizei abliefern. Den Beamten würde es dann notgedrungen sagen, wo es hingehörte. Aber das war ziemlich hart.

»Wie kommst du eigentlich auf die Idee, dass ich dein Vater sein könnte?«, erkundigte er sich, während er Luisa eine Cola hinstellte und eine Scheibe Brot mit Käse belegte. Luisa musste erst einmal das Glas zur Hälfte leeren und dann einen riesigen Bissen vom Käsebrot kauen und hinunterschlucken, bevor sie antworten konnte: »Ich habe dein Foto gesehen.«

»Aha. Und wo?« Lennart setzte Teewasser auf. Der Gasherd funktionierte auch ohne Strom.

»Eigentlich waren es zwei Fotos. Eines ist auf einer CD. Da heißt du

Len Lost. Aber Mama hat in ihrer Erinnerungsdose noch ein anderes Foto, und da steht hinten Lennart Gristow drauf. Dirk und ich haben im Internet nachgeschaut, es gibt nur einen Lennart Gristow, und das bist du. Und hier bin ich.«

»Es könnte doch aber auch sein, dass derjenige Lennart Gristow, der dein Vater sein soll, nicht im Telefonbuch steht.« Er wusste selber, dass das dummes Zeug war. Der Name Gristow war praktisch ausgestorben.

»Blödsinn«, fand auch Luisa. »Du bist der auf dem Foto. Ich erkenne dich wieder!« Sie musterte ihn von oben nach unten. »Du bist nur ein bisschen älter und nicht so cool angezogen. Ich möchte auch Sängerin werden.«

Lennart ignorierte den letzten Satz. »Aber ich bin trotzdem nicht dein Vater, Luisa. Wenn deine Mutter das behauptet, dann … dann hat sie da was verwechselt, fürchte ich.«

Luisa senkte nicht sonderlich beeindruckt den Blick auf ihr Brot und biss noch einmal hinein. Sie hatte einen Sonnenbrand auf der Stupsnase und sah reichlich abgekämpft aus. Kein Wunder. Selbst wenn sie mit dem Rasenden Roland bis Göhren gefahren war, hatte sie einen Fußmarsch von etlichen Kilometern hinter sich. Mit einem Mal tat sie ihm leid. Wie einsam und unglücklich musste ein Kind sein, wenn es sich in solch ein Abenteuer stürzte? Die Mutter mit dem Freund in der Weltgeschichte unterwegs, sie in eine Kinderfreizeit abgeschoben, und das auch noch ohne Taschengeld. Und offenbar hatte die Mutter sie zudem in den falschen Zug gesetzt, so dass eine fremde Person ihr die Fahrkarte hatte bezahlen müssen. Mit nichts als einer Adresse und einem Foto im Kopf, hatte sie sich bis zu ihm durchgefragt, und nun saß sie mit Blasen an den Füßen und ausgehungert an seinem Küchentisch. Und er ließ sie kaltschnäuzig abblitzen, weil er von der Erzeugerfraktion immer die besseren Argumente hatte. Zur Erzeugerfraktion konnte er sich allerdings beim besten Willen nicht zählen.

»Wer war das eigentlich«, rettete er sich erst einmal auf einen Nebenschauplatz, »der dir im Zug das Geld geliehen hat?«

»Eine Frau.«

»Hat die wenigstens einen Namen?«

Luisa schien wieder Hoffnung zu schöpfen. »Sie heißt Alena. Sie hat mir ihre Karte gegeben, damit ich ihr das Geld zurückbringen kann.« Luisa legte das Brot auf den Teller und kramte die Visitenkarte aus der Außentasche ihres Rucksacks. »Hier!«

»Alena Heil« las Lennart auf der Karte über dem Logo »Potemkin Film« und einer Hamburger Adresse. Darunter stand eine Handynummer. Sie war mit Kugelschreiber unterstrichen.

»Die Adresse steht hinten«, sagte Luisa kauend.

Lennart drehte die Karte um. »Haus Buskam, Pantower Weg, Binz« stand dort mit der Hand geschrieben.

Im Haus Buskam wohnte Trude Klapsing, eine frühpensionierte Lehrerin, die das Haus am Schmachter See mit einer ostfriesischen Malerin und drei Katzen teilte und ihre Zimmer im Sommer an Gäste vermietete. Trude war es gewesen, die ihn, kaum war er in Mönchgut aufgetaucht, auf dem Gutshof besucht und eingeladen hatte, in der evangelischen Kirche sonntags die Orgel zu spielen. Sie habe gehört, er sei Musiker, und ihnen fehle ein zuverlässiger Organist. Außerdem stellte Trude im Winter allerlei Musik- und Kulturabende auf die Beine und war die gute Seele der evangelischen Gemeinde. Sie hatte zwar zuweilen einen etwas ruppigen Charme, aber Lennart war ihr zutiefst dankbar und würde es immer sein.

Er drehte die Karte in der Hand. Alena Heil war offenbar ein neuer Pensionsgast. Er musste wohl mit ihr reden. Vielleicht wusste sie etwas mehr über Luisa, als er momentan aus dem Kind herausbekam. Er warf die Karte auf den Tisch und goss das kochende Wasser auf die Teeblätter in der Kanne.

»Jetzt weißt du nicht, was du mit mir machen sollst«, stellte Luisa fest. »Du überlegst, wie du mich wieder loswirst.«

»Nein!«, widersprach Lennart reflexartig und drehte sich um. »Das heißt, um bei der Wahrheit zu bleiben, genau das ist mein Problem.«

»Warum sind wir Kinder immer ein Problem?«

»Das seid ihr doch gar nicht!« Lennart setzte sich zu Luisa an den Tisch und sagte liebevoll, aber ernst: »Und selbst wenn, Probleme sind dazu da, dass man sie bespricht, bis alle zufrieden sind.«

»Aha!« Luisa stand auf und nahm ihren Rucksack.

»Was hast du vor?«

»Ich gehe.«

»Langsam, Luisa. Nun sei doch nicht gleich beleidigt.«

»Ich bin nicht beleidigt. Aber wenn du sagst, du bist nicht mein Vater, dann kann ich nichts machen. Wie das ausgeht, wenn man etwas bespricht, das weiß ich schon.«

»Und wo willst du heute Nacht schlafen?« In dem Moment, da er das sagte, merkte Lennart, dass er in die Falle getappt war, die das Kind für ihn ausgelegt hatte. Er musste lachen. »Eins zu null für dich, Luisa. Du bist zu schlau für mich.«

Luisa lächelte vorsichtig. »Trotzdem lassen die mich nicht aufs Gymnasium gehen.«

Oje! Lennart ahnte ein weiteres Problem. »Nun setz dich wieder. Bitte! Und dann erzähl mal.«

Zwischen tiefen Schlucken aus dem Colaglas, das Lennart immer wieder nachfüllte, und großen Bissen von einem zweiten Brot trug Luisa ihren ganzen Frust vor. »Wenn ich nur nicht immer so viele Fehler in der Rechtschreibung machen würde, dann hätten die mir die Gymnasialempfehlung geben müssen. Aber wenn Mama mit mir übt, dann ist das immer voll der Stress.«

»Wenn das alles ist, dann wüsste ich jemanden, der mit dir üben kann«, hörte Lennart sich sagen.

»Du?«

»Noch viel besser als ich könnte das Trude Klapsing machen. Sie war früher einmal Lehrerin. Ihr gehört das Haus Buskam in Binz.«

Luisa blickte ihn prüfend an. »Und jetzt willst du mich zu ihr bringen, und dann soll ich auch gleich bei ihr bleiben, und du wärst mich los.«

Himmel aber auch!, dachte Lennart. »Hör mal, Luisa, du kannst nicht hierbleiben. Ich bin nicht dein Vater. Ich kann nicht einfach ein fremdes Kind bei mir übernachten lassen. Ich lebe hier ganz alleine. Dir ist es vielleicht egal, was die Leute denken oder sagen könnten, aber mir nicht. Ich lebe nämlich immer hier und kann mir üble Nachrede nicht leisten. Trude ist ein Kompromissangebot, Luisa. Bis wir geklärt haben, wer ich wirklich für dich bin. Andernfalls müsste ich dich bei der Polizei abliefern.«

»Dann komme ich ins Heim«, sagte Luisa.

»Quatsch! Wahrscheinlich stecken sie dich, bis deine Mutter dich holen kommt, erst einmal in den Ferienhof Sonnenschein, wo du ja auch eigentlich sein solltest. Die fahnden doch vermutlich schon nach dir.«

»Nein, da kannst du ganz beruhigt sein. Ich bin dort gar nicht angemeldet. Die rechnen nicht mit mir.«

Lennart raufte sich die Haare. Dann kam ihm eine Idee. Die Frage war nur, ob Luisa ihm glaubte und ob sie mitspielen würde.

Kapitel 4

Seit gestern Nachmittag ging das Kind Alena nicht mehr aus dem Kopf. Sie hätte es doch nicht einfach ziehen lassen dürfen, ohne sich zu erkundigen, wo genau es hingewollt hatte. Am Bahnhof von Binz war jedenfalls niemand erschienen, um Luisa abzuholen. »Mein Vater kommt gleich«, hatte Luisa behauptet, als sie auf dem Bahnsteig standen. Alena hatte vorgeschlagen, ihn per Handy anzurufen, aber Luisa hatte die Nummer ihres Vaters nicht gewusst.

»Oder«, hatte Alena gefragt, »habt ihr euch vielleicht auf einem anderen Bahnhof verabredet?« Sie hatte sich noch einmal die Fahrkarte angeschaut und festgestellt, dass Luisa nach Bergen hätte fahren und dort den Bus nach Göhren hätte nehmen müssen. Wahrscheinlich wartete ihr Vater in Göhren auf sie.

»Ja, richtig«, hatte Luisa gesagt, »so hat das geheißen.«

»Dann nimmst du jetzt den Rasenden Roland«, hatte Alena kurzerhand beschlossen. Der Rasende Roland war eine historische Schmalspurbahn mit Dampflok, die allerdings nicht am Hauptbahnhof hielt, sondern fünf Minuten zu Fuß am Südzipfel von Binz. Mit ihrem Trekkingrad auf der einen und dem Kind auf der anderen Seite hatte Alena ihren Rucksack geschultert, Luisa zum Schmalspurbahnhof gebracht und sie in einen der grünen Wagen gesetzt, in denen fast nur Touristen saßen, die nirgendwo ankommen mussten. Als sich der Zug dampfend und zischend in Bewegung setzte, war das Kind aus ihren Augen entschwunden, einer Zukunft entgegen, die Alena nicht mehr so unproblematisch erschien, war doch schon so viel schiefgegangen auf der Reise der Kleinen von ihrer Mutter zu ihrem Vater.

In den Pantower Weg, wo das Haus Buskam stand, waren es für Alena nur noch ein paar hundert Meter gewesen.

Was war das nur für eine Mutter, die ihre Tochter auf dem Hamburger Hauptbahnhof förmlich aussetzte und sich nicht darum kümmerte, dass sie in den richtigen Zug stieg? Was für ein Ehekrieg musste da toben, wenn die Mutter dem Kind nicht einmal genug Geld mitgab und praktisch keine Wäsche zum Wechseln! Zahlte der Vater nicht? Oder nicht genug? Oder hatte er so viel, dass der Mutter nie genug erschien, was sie von ihm bekam? Warum nur hatte sie, Alena, nicht einmal gefragt, wie dieser Vater hieß? »Du bist nicht für alles verantwortlich«, ermahnte sie sich. »Wann wirst du das endlich lernen?«

Alena riss das Fenster weit auf. Es roch nach Sommer, Sonne und Sand. Die Wiese hinterm Haus ihrer Tante lag noch im Morgenschatten. Tau glitzerte in den Halmen. Der Wind spielte mit dem goldgrün schillernden Schilfrohr am Ufer des Schmachter Sees, zwei Schwäne zogen Kielspuren ins blaue Wasser, ein paar schwarzköpfige Lachmöwen stritten sich in der Luft um irgendeine Beute. Das alte Ruderboot lag so schwerfällig wie immer am Steg, dessen Bretter Alena noch krummer und verwitterter vorkamen als früher.

Während sich in Binz in den letzten zehn Jahren viel verändert hatte, war die Zeit hinter Tante Trudes Haus stehen geblieben. Das tat überraschend weh.

Als wäre es gestern gewesen, sah Alena sich und Kristin da unten über die Wiese zur Schaukel springen. Natürlich hatten sie sich gestritten. Als Tante Trude ihr »Du bist schon viel länger dran als ich!«-Geschrei nicht mehr hatte hören können, hatte sie einen Wecker gebracht. So hatte Alena die Uhr lesen gelernt. Nach genau fünf Minuten war die jeweils andere mit Schaukeln dran gewesen, was die Schaukel binnen Tagen ziemlich uninteressant gemacht hatte.

Vielleicht würden heute Kristins Kinder da unten herumlaufen und sich um die Riemen im Boot streiten. Kristin hatte immer viele Kinder haben wollen. Mindestens vier. Eines hatte sie noch bekommen, doch es hatte nur ein paar Tage gelebt.

Alena schloss das Fenster wieder, kippte es und zog die Gardinen zu, die sich leicht im Wind bauschten.

»Aber euer altes Zimmer kann ich dir nicht geben, das Haus ist voll«, hatte Tante Trude sie am Telefon gewarnt, als sie vor drei Tagen ihren Besuch ankündigte. »Ich habe nur noch das Dachstübchen frei.«

Das war Alena sogar recht gewesen, auch wenn es ihr einen Stich versetzte, dass ihre Tante das Zimmer an Gäste vergeben hatte, in dem sie beide so viele Sommer über geschlafen hatten. Aber so war das eben. Irgendwo stach es immer unvermutet, weil plötzlich ein Geräusch, ein Geruch oder ein Bild die Erinnerung an Kristin weckte.

Zehn Jahre lang war sie nicht mehr hier gewesen, obgleich Marvin sie gedrängt hatte, ihn ihrer Tante vorzustellen. Tante Trude hatte behauptet, sie verstehe das, aber da war sich Alena nicht so sicher. Der Tod fügte allen Menschen Verletzungen zu, allen, die übrig blieben, und nicht nur den engsten Verwandten. Alenas Eltern waren vor etlichen Jahren nach Mallorca ausgewandert und suchten dort nach der verlorenen Leichtigkeit des Lebens. Tante Trude hatte nach einer Krebsoperation ihren Schuldienst quittiert und sich Gesellschaft in ihr Haus geholt, in dem sie immer alleine gewohnt hatte, eine Malerin aus Ostfriesland. »Meine streunende Katze«, wie sie sie am Telefon scherzhaft genannt hatte.

Alena hatte die »Katze« gestern Abend endlich kennengelernt. Überall im Haus hingen ihre Bilder, schreiend bunte Fantasielandschaften, die von der örtlichen Umgebung inspiriert waren und Titel hatten wie »Windsbraut« und »Feentanz« und auch so aussahen. Farbwirbel, Hurrikans in Rot, Gelb, Grün und Blau. Die »Katze« hieß Marika, trug bunte Röcke und Tücher, ging jeden Morgen mit Stöcken walken, sagte nicht viel, lächelte umso mehr und half Trude im Sommer in der Pension.

Alena nahm ihre Fahrradschuhe und die Wasserflaschen und ging die Treppe hinunter. Sie trug schwarze Radlershorts und ein Trikot.

In der Küche war Tante Trude dabei, Marika den Kaffee und die Gläser mit Orangensaft in die Durchreiche zum Frühstückszimmer zu stellen. Marika steckte den Kopf durch die Wandöffnung und winkte Alena zu. Dann verschwand sie, um die Getränke auf dem Tisch zu verteilen. Leises Gemurmel, Stühlerücken und Besteckklirren drangen herüber.

»Rügen ist doch viel zu groß fürs Fahrrad und zu windig«, bemerkte Trude.

Alena lächelte. Alles unter hundert Kilometer am Tag schreckte sie nicht, und von Binz aus war kein Punkt der Insel weiter als fünfzig Kilometer entfernt. »Aber man sieht mehr.« Sie goss sich ein Glas Orangensaft ein und stürzte es in einem Zug hinunter. Dann begann sie, unterm Wasserhahn ihre Fahrradflaschen zu füllen.

»Aber iss wenigstens was!«

»Ja, ja.«

Auf der anderen Seite des Hauses fuhr ein Auto vor und hielt. Alenas städtische Ohren registrierten den ungewöhnlichen Besuch in der Sackgasse erst, als Tante Trude lauschend den Kopf hob, aufstand und die Küche verließ.

Alena nahm ein Croissant aus dem Korb für die Pensionsgäste, biss hinein und trat ans Fenster. Im Kopf begann sie die nächsten Tage zu planen. Heute die Halbinsel Mönchgut, morgen die Ostküste Richtung Norden an Prora vorbei auf die Halbinsel Jasmund mit den Kreidefelsen und dem Königsstuhl. Übermorgen dann noch weiter hinauf zum Kap Arkona, falls das Wetter mitspielte. Eigentlich kannte sie Rügen schon wieder fast zu gut, um die plakativen Attraktionen zu erkennen, die für einen Fünfundvierzig-Minuten-Film über Rügen wichtig waren. Weniger gut kannte sie die Menschen, und auf die kam es letztlich an – auf den Fischer, den Bernsteinschleifer, die Fischverkäuferin, den Gourmetkoch, auf Malerinnen wie Marika. Schade, dass auf dem Storchenstein keine Hochzeiten mehr stattfanden. Jeder anständige Film über exotische Gegenden fing mit einer Hochzeit an. Und für Leute aus dem Schwarzwald oder vom Chiemsee war Rügen exotisch mit seinen malerischen Fischerdörfchen, den seltsam gedrungenen Kirchen, den maulfaulen Fischern, dem geheimnisvollen Bernstein und dem fettigen Räucheraal. Zumindest würde man im Film genau das zeigen.

Sie schob den Rest des Croissants in den Mund und drehte sich um. Marika wuselte in die Küche und lächelte sie auf ihre wortlos liebe Art an. Kaum zu glauben, dass diese schüchterne Frau solch wilde Bilder malte.

Es wurde Zeit, dass sie aufbrach. Sie schnappte sich die Radsachen, nickte Marika zu und lief durch den Gang zur Haustür. Jenseits des weißgestrichenen Gartenzauns stand Trude bei einem dunkelblauen Daimler im Gespräch mit einem breitschultrigen Mann, der Alena den Rücken zuwandte. Er drehte sich um, als Trude zum Haus blickte, aus dem sie gerade trat.

Eigentlich hatte Alena ihn nicht beachten wollen, aber sein Gesicht mit den hellen Augen und dem schwarzen Haaren gehörte nicht zu denen, die man übersah. Und so entging ihr auch der Rest nicht, die schlanke, sehr männliche Gestalt, die kräftigen Arme und im Gegensatz dazu eine eigenartige Zögerlichkeit in seinen Bewegungen. Er trug Jeans und ein hellgrünes T-Shirt.

In der nächsten Sekunde forderte ein kleines Mädchen ihre Aufmerksamkeit, das durchs Gartentor auf sie zusprang.

»He, Luisa!«, rief Alena erfreut. »So schnell sieht man sich wieder.«

»Hallo, Alena!«

»Ach, ihr kennt euch?«, sagte Trude.

»Ja, ich habe dir doch von Luisa erzählt«, antwortete Alena. »Wir sind im selben Zug gekommen.« Sie ging zum Zaun und streckte dem großen Mann ihre Hand entgegen. »Dann sind Sie also der Vater. Freut mich, Sie kennenzulernen.«

»Das ist Lennart«, stellte Trude vor, ehe er etwas sagen konnte. »Und das ist meine Nichte Alena.«

Lennart? Etwas versetzte Alena den vertrauten Stich, aber sie wusste nicht, was.

»Angenehm«, sagte er mit einer leisen und tiefen Stimme. Sein Handschlag war fest und warm, wenngleich in seiner Haltung eine schon übertriebene Höflichkeit lag, eine Art Abneigung, sich irgendwem über Gebühr aufzudrängen. »Machen Sie Urlaub hier auf der Insel?«

»So kann man es auch nennen!«, krähte Luisa fröhlich triumphierend. »Aber eigentlich muss sie arbeiten. Sie ist nämlich Wirtin für Geschwätz … Also, sie dreht einen Film über Rügen.«

Lennart zog die Brauen zusammen. »Ah, interessant«, murmelte er. Dann wandte er sich beinahe hastig wieder an Trude. »Wir sind so weit klar. Dann bringe ich Luisa also in zwei Stunden hier vorbei.«

»So machst du das«, erwiderte Trude.

»Wir gehen jetzt nämlich für mich einen Badeanzug kaufen und eine Windjacke und solche Sachen«, erklärte Luisa Alena unterdessen im Flüsterton. »Ist der nicht voll cool, mein Vater?« »Doch, absolut cool.«

Winkend hüpfte Luisa um den Kühler des alten blauen Kombis herum und kletterte auf den Beifahrersitz, während sich Lennart hinters Lenkrad setzte und startete. Alena hatte den Eindruck, als würde er es vermeiden, sie anzuschauen. Dabei hätte sie nichts dagegen gehabt, noch einmal mit einem Blick aus seinen klaren forschenden Augen bedacht zu werden, die denen seiner Tochter sehr ähnlich waren.

Aber irgendetwas stimmte nicht mit den beiden. Irgendwie, dachte Alena, während der dunkelblaue Mercedes auf dem Kopfsteinpflaster davonrollte, hatten sie ausgesehen, als hätten sie ein Geheimnis. Luisas Augen hatten geflackert, als würde sie ein bisschen flunkern, und Lennart hatte gewirkt wie einer, der nicht erkannt werden wollte.

»Ein ausnehmend gutaussehender Mann«, bemerkte sie lächelnd, als Trude durchs Tor in den Garten kam. »Ist er wirklich Musiker?«

»Ja«, sagte Trude kurz angebunden, »er spielt bei uns die Orgel. Aber jetzt muss ich rein, mich um meine Gäste kümmern. Du kommst zurecht? Zum Mittagessen bist du nicht da, nehme ich an.«

»Wahrscheinlich nicht. Aber Luisa kommt, oder?«

»Sie will Diktat üben. Anscheinend will sie unbedingt aufs Gymnasium, und daran hängt es noch.«

»Erstaunlich«, bemerkte Alena, »dass ein Kind so erpicht auf die Schule ist.«

»Ist doch gut«, entgegnete Trude und verschwand im Haus.

Alena schmunzelte. Wenn sie gerührt war, wurde ihre Tante wortkarg und ruppig. Luisa würde bei ihr in besten Händen sein.

Alena holte ihr Trekkingrad aus dem Schuppen, in dem auch die Räder für die Pensionsgäste standen, überprüfte den Luftdruck in den Reifen und schlüpfte in die Radschuhe. Turnschuhe und Jacke nahm sie in der Gepäckträgerbox mit für den Fall, dass sie einen kleinen Spaziergang machen würde.

Das Gefühl von Freiheit und Abenteuer erfüllte sie, als sie durch die Straßen von Binz rollte und dann in den dunklen Wald der Granitz eintauchte. Es war eine gute Entscheidung, sich das Fahrrad zu schnappen, dem regnerischen Sommer von Hamburg zu entfliehen und eine paar Tage unter klarem Himmel zu verbringen mit der Nase im Wind, der in der Tat viel zu stark wehte, um Rad zu fahren, jedenfalls in dem sportlichen Tempo, in dem Alena das zu tun liebte.

Durch tiefe Wälder am Jagdschloss Granitz vorbei, radelte sie auf schnurgeraden Alleen ins Mönchgut. An den Feldrändern blühten Kornblumen und Mohn, Seen spiegelten den blauen Himmel, auf den Wiesen standen wilde Margeriten. Von den Erhebungen, die man liebevoll spöttisch auch die Zicker'schen Alpen nannte, genoss Alena anderthalb Stunden später einen überwältigenden Rundblick. Ihre Augen wanderten vom Jagdschloss in der Granitz im Norden über Wälder, Seen, Landzungen und Boddengewässer gen Westen nach Gager hinab. Von dort schwenkte der Blick weiter nach Süden zur Greifswalder Oie und über das Südperd bei Thiessow und den fernen Streifen des Festlands nach Osten zur Insel Usedom hinüber, um schließlich über das Nordperd bei Göhren zum Granitzer Wald zurückzukehren.

Währenddessen lenkte Lennart den Wagen auf einen der Parkplätze von Binz und begab sich mit Luisa auf die Einkaufsmeile des Ostseebads, auf der sich zwischen Bäumen Postkartenständer, Sandspielzeugregale, Kleiderständer und Straßencafes abwechselten. Er konnte nur hoffen, dass Luisa den Weg in den richtigen Laden fand, denn er selbst war nicht ganz bei der Sache.

Wieso hatte ihm Trude nie von ihrer Nichte Alena erzählt? Natürlich konnte er ihr diesen Vorwurf nicht ernsthaft machen. Warum auch hätte sie ihm von einer Nichte erzählen sollen, die in Hamburg lebte und sie in den acht Jahren, die er Trude jetzt kannte, nie besucht hatte. Nun aber war sie da und ging ihm nicht mehr aus dem Kopf. Ihr Anblick hatte ihn getroffen wie ein Blitz. Nie hätte er gedacht, dass es so etwas wirklich gab, diese schlagartige Erkenntnis: Die ist es. Am liebsten wäre er umgekehrt, um nachzuschauen, ob er sich nicht vielleicht doch geirrt hatte. Aber das wäre nicht nur lächerlich gewesen, sondern auch sinnlos. Sie war vermutlich längst mit ihrem Rad unterwegs.

Es waren nicht nur ihre sportliche Figur in den schwarz schimmernden Radlershorts, der Honigton ihrer Haut, die zum Pferdeschwanz gebundenen kastanienbraunen Haare und das kluge Gesicht, die ihn getroffen hatten, sondern etwas in ihrem Blick. In diesen braunen Augen war ihm nicht nur funkelnder Lebensmut begegnet, sondern auch eine versteckte Trauer, die ihm erschreckend vertraut war. Auf einmal zuckte in ihm die Hoffnung, endlich verstanden zu werden. Vorausgesetzt, er fände den Mut, sich zu öffnen.

Aber das war der Punkt. Silke hatte ihm immer wieder vorgeworfen, er könne keine Nähe zulassen. Daran war ihre Beziehung letztlich zerbrochen. Man könne sich mit ihm nicht streiten, hatte sie ihm vorgehalten, weil ihm nichts wichtig genug sei, um sich zu ereifern. Er weiche aus, er lasse sich nicht fassen. Sie verstehe, dass er Angst habe, verletzt zu werden, aber sie verzweifle daran, dass er ihr nicht vertraue. Silke verdankte er auch eine ziemlich erbarmungslose Analyse seines Wesens. »Du wartest ab, bis wir zu dir kommen, und dann schubst du uns weg.« Sie hatte recht. Er war mit kaum achtzehn Jahren über Nacht zum Märchenprinz tausender Mädchen geworden, die ihn pausenlos verfolgt hatten. Er hatte aussuchen können, hatte verjagen müssen. Kistenweise Briefe hatten sie ihm geschrieben, Nacktfotos hatten sie ihm geschickt. Die eine oder andere hatte es bis in sein Bett geschafft. Wie Motten im Licht seines Ruhms hatten sie ihn ein paar Tage lang umschwirrt, um dann zu verglühen und zu verschwinden. Vor allem aber konnte er die Todesangst jenes furchtbaren Abends in Düsseldorf nicht vergessen, wo sie ihn zu fassen bekommen und von der Bühne gezerrt hatten, um ihn kreischend zwischen sich zu zerreißen.

Womöglich gehörte Alena auch in diese Riege. Sie war in dem Alter, da sie ihn noch kennen konnte. Sie arbeitete für eine Filmproduktionsfirma und suchte auf Rügen Motive. Am Ende ging es ihr nur darum, ihn vor die Kamera zu bekommen. Vielleicht unter der Rubrik »Berühmte Menschen auf Rügen«. Oder als gescheiterte Existenz, je nachdem, wie man sein Leben heute sehen wollte. Einstiger Superstar einer in den neunziger Jahren gefeierten Boygroup spielte Orgel in der evangelischen Kirche von Binz. Tragisch und rührend. Oder heroisch?

Alles, bloß das nicht!, dachte Lennart. Unter keinen Umständen würde er vor laufender Kamera sein stilles Leben nach dem großen Erfolg schönreden, auch wenn er das Leben guthieß, das er heute in der äußeren Ruhe des Mönchguts führte, weil er nur so seine innere Ruhe bewahren konnte.

Das alles ging ihm in Fetzen durch den Kopf, während er Luisa von Laden zu Laden folgte. Er selbst kaufte gewöhnlich seine Alltagsjeans und T-Shirts im selben Supermarkt, in dem er sich mit Getränken und unverderblichen Waren wie Reis, Spaghetti und Konserven eindeckte. Vermutlich hätte man dort auch für Luisa etwas gefunden, aber Lennart ahnte, dass selbst zehnjährige Mädchen gerne shoppen gingen, und sein Blick war aus den Zeiten, in denen er das Geld mit vollen Händen ausgegeben hatte, geschärft genug, um zu erkennen, dass die wenigen Kleidungsstücke, die Luisa in ihrem Rucksack mitgebracht hatte, samt und sonders im Discount gekauft worden waren.

Er hatte gestern Abend nicht nur seine Waschmaschine wieder in Gang gebracht und die Elektrik im Haus in den gewohnten Zustand labiler Ruhe zurückversetzt, sondern sich mit Luisa auch darauf geeinigt, vorerst als ihr Vater zu gelten. Beide hatten nicht ausgesprochen, dass es eine Lüge war.

Um Luisa das Lügen leichter zu machen, hatte er einen Trick angewendet. Mit großem Ernst hatte er ihr dargelegt, dass sie ihm den Namen ihrer Mutter nennen müsse, damit er überhaupt beurteilen könne, ob sie seine Tochter sein konnte.

Luisa hatte das Angebot angenommen und ihm den Namen Isabella Vorbeck genannt, ein ihm gänzlich unbekannter Name. Aber das war nicht weiter verwunderlich, falls sie eine der vielen Groupies gewesen war, die irgendwann einmal in seinem Bett gelandet waren.

Nachdem der Name gefallen war, hatte er zu lügen begonnen. »Isabella«, hatte er sinnierend gesagt, »ja, ich erinnere mich. Leider nicht besonders gut. Sie hat sich ja auch nie wieder bei mir gemeldet.«

Danach hatte er die Bedingungen dafür ausgehandelt, dass er den überraschten Vater eines bis dato unbekannten Töchterchens spielen würde. Luisa musste versuchen, ihre Mutter anzurufen. Er hatte sogar später übers Internet kontrolliert, ob sie auch die richtige Nummer in Hamburg gewählt hatte. Und sie musste es jeden Tag erneut versuchen, so lange, bis sie ihre Mutter erreicht hatte.

Darüber hinaus hatte er noch am selben Abend im Ferienhof Sonnenschein angerufen und nach Silke verlangt, die dort zufällig als Reitlehrerin arbeitete. Silke war nicht zu sprechen gewesen. Er hatte mit einem ihm unbekannten jungen Betreuer Vorlieb nehmen müssen. Dem hatte er eingeschärft, an wen sie eine Frau namens Isabella Vorbeck verweisen müssten, falls sie anrief und sich nach dem Befinden ihrer Tochter Luisa Vorbeck erkundigte.

»Eigentlich«, hatte er zwischendurch Luisa noch mal ins Gewissen geredet, »kann es doch nicht sein, dass deine Mutter … Isabella, meine ich, dich ziehen lässt, ohne dir irgendeine Telefonnummer mitzugeben, unter der sie zu erreichen ist. Hat sie denn kein Handy?«

Luisa hatte mit dem Kopf geschüttelt.

»Aber es kann doch immer mal was passieren, und dann muss sie doch erreichbar sein.«

»Was soll schon passieren? Ich bin doch kein kleines Kind mehr.«

»Na, du könntest vom Pferd fallen und dir das Bein brechen. Und dann würde man deine Mutter anrufen müssen. Ich kann mir einfach nicht vorstellen, dass deine Mutter einfach so verschwindet.«

Aber was er sich nicht vorstellen konnte, mochte für Luisa durchaus eine Selbstverständlichkeit sein. Vielleicht war sie es gewohnt, für Stunden, Tage oder Wochen irgendwohin abgeschoben zu werden, wo andere die Verantwortung übernahmen. Glücklicherweise konnte Lennart sich das Ausmaß von Egoismus und Gleichgültigkeit nicht vorstellen, zu der nicht gereifte Mütter ihren ungeplanten Kindern gegenüber imstande sein mochten. Er selbst jedenfalls hatte es nicht übers Herz gebracht, der Kleinen zu sagen, dass er mit Sicherheit nicht ihr Vater sei, dass sie deshalb unter keinen Umständen in seinem Haus übernachten und dass sie ihn in Teufels Küche bringen könne.

Denn wer wusste schon, wozu eine Mutter sonst noch so imstande war, die ihre Tochter in eine Freizeit abschob, ohne sich darum zu kümmern, ob sie ankam, und mit einem Motorradrocker nach Italien düste. Womöglich würde sie versuchen, ihren Fehler zu Lennarts Nachteil auszulegen und Gewinn daraus zu schlagen. Eine Klage wegen Kindesmissbrauchs, selbst wenn sie haltlos war, reichte, um alles zu zerstören, was er sich mittlerweile aufgebaut hatte. Die Presse würde ihn verurteilen, egal, was der Richter später feststellte. Und dann war er erneut auf der Flucht vor den Dämonen seiner Vergangenheit.

Aber das hatte er Luisa nicht erklären können. Stattdessen hatte er behauptet, es sei nicht auszuschließen, dass er tatsächlich ihr Vater sei, und dass sie bei ihm wohnen könne, bis sie ihre Mutter aufgetrieben und um Erlaubnis gefragt hätten. Luisa hatte genickt, als hätte sie ihm das geglaubt. Ein kluges Kind!

Dieselbe Lüge hatte er auch Trude Klapsing erzählt. Allerdings war ihm Trude etwas unaufmerksam vorgekommen.

»Meine Nichte ist da«, hatte sie vor der Haustür erklärt, als wollte sie ihn lieber gleich wieder wegschicken.

Und dann war die Nichte höchstpersönlich erschienen …

Womit Lennart wieder beim Ausgang seiner Gedanken angekommen war. Er versuchte, sich auf die angesagten Jeans und bedruckten T-Shirts zu konzentrieren, die Luisa vor ihm hochhielt.

»Krieg ich das wirklich? Oh, danke, danke, danke, Papa!« Glücklich sprang das Kind in die Ankleide und aus der Ankleide heraus. Und jedes neue Stück, zu dem Lennart nickte, löste Freudensprünge aus.

Er war versucht, auch gleich eine der Kinderarmbanduhren, die neben der Kasse lagen, zu kaufen, bremste sich aber. Kleider konnte man mit sachlichen Notwendigkeiten begründen, Uhren waren Geschenke. Als Vater war er zwar für Geschenke zuständig, aber da er nicht der Vater war, hätte man ihm Geschenke ohne Anlass falsch auslegen können.

»Wann hast du denn Geburtstag?«, erkundigte er sich.

»Am 16. November. Da werde ich elf Jahre alt.«

Schade, dachte er. Da würde sie längst wieder aus seinem Leben verschwunden sein. Aber für den Abschied, der unweigerlich auf sie zukam, würde er Luisa eine Uhr kaufen. Das nahm er sich vor.

Nachdem sie auch noch eine kleine Reisetasche für Luisas neue Sachen erstanden hatten, lieferte er sie bei Trude ab, fuhr in Göhren beim Elektrikermeister Dittje vorbei, um mit ihm eine Erneuerung der elektrischen Anlage im Gutshaus Gristow zu besprechen, und begab sich nach Gager in den Hafen auf sein Segelboot, um es bis zum Kiel zu entrümpeln. Das war dringend nötig.

Kapitel 5

Alena streckte die Beine. Sie saß unter den Sonnenschirmen im Restaurant Alte Bootswerft in Gager und hatte köstlichen frisch geräucherten Lachs aus der gleich nebenan gelegenen sogenannten Lachsmanufaktur genossen, die mit ihren weißen Schornsteinen den Hafen beherrschte. Jetzt trank sie ihren Kaffee in kleinen Schlucken und blickte über die Fischkutter, Motorboote und Segeljachten, die im Hafen schaukelten, hinweg hinaus aufs Meer.

Zwischen zwei Schlucken Kaffee nahm sie ihr Notizbuch und trug ein: »Gutshaus Gristow, erkundigen, ob das Türmchen noch ein Leuchtfeuer hat. Eventuell kleinster Leuchtturm auf Rügen.«

Sie war auf ihrer Fahrt von Groß Zicker über das Nonnenloch und den Weg oberhalb der Küste Richtung Gager unversehens auf dieses alte Gutshaus gestoßen und hatte sich erinnert, dass sie schon einmal als Kind mit Tante Trude dort gewesen war. Sie hatten die alte Frau besucht, die in dem baufälligen Haus inmitten alter Möbel, Seekarten, Ölschinken und historischer Haushaltsgegenstände wohnte und ihre Familie bis zu den Witzlawiden, dem slawischen Fürstenhaus von Rügen, zurückverfolgen konnte. Die Alte hatte etwas von Barnuta von Rügen gemurmelt, der ein Bruder von Wizlaw I. gewesen war und nach seinem Rücktritt von der Fürstenwürde vor achthundert Jahren das Geschlecht der Gristows gegründet hatte. Der Name bedeutete Kraut, Gestrüpp. Daran erinnerte sich Alena, weil Kristin und sie sich darüber amüsiert hatten, dass die alte Dame eigentlich Gestrüpp hieß.

Frau Gestrüpp schien allerdings nicht mehr zu leben. Alena hatte zwar niemanden in dem Gutshaus angetroffen, aber der Zustand des Hauses verriet, dass sein jetziger Besitzer Geld hatte. Das Reetdach war gut in Schuss, die Fenster waren neu, die Türen des alten Stalls und der

Scheunen frisch gestrichen, und die Glasscheiben im kuriosen Leuchttürmchen waren intakt und blitzten.

Sie klappte ihr Notizbuch zu und hoffte, dass der jetzige Besitzer von Gristow willig war, der Kamera einen Blick auf die Ahnentafeln der slawischen Herrscher von Rügen zu erlauben. Tante Trude wusste sicherlich, wer er war.

Alena bezahlte ihr spätes Mittagessen, warf einen Blick auf ihr an einem Laternenmasten angekettetes Fahrrad und beschloss, sich noch ein bisschen die Beine im Hafen zu vertreten. Ein steifer Nordwestwind bürstete das Wasser im Bodden und ließ sogar die Segelboote im geschützten Hafenbecken schaukeln.

Wenn ich groß bin, dachte Alena, dann kaufe ich mir ein Segelboot. Seit ihrer Kindheit träumte sie davon, auch wenn es keiner der großen Träume war, die unbedingt verwirklicht werden mussten, koste es, was es wolle. Es war eher ein Bild von Freiheit und Glück in Alenas Kopf. Und es hatte gar nichts damit zu tun, was Marvin sich immer unter der Erfüllung seines Traums von einer Jacht vorgestellt hatte. Die Segeljacht, die er besitzen wollte, musste mindestens zwanzig Meter lang und hochseetauglich sein. Sie wurde von einem Skipper gesteuert und besaß eine Bar und ein Deck, auf dem sich schöne Frauen sonnten.

Vielleicht hatte sie sich nur in Marvin verliebt, weil er ihren Traum vom Boot in den Bereich des Möglichen rückte. Aber schon bald hatte sie feststellen müssen, dass Marvin und sie sich in einem grundsätzlich unterschieden: Marvin setzte sich Ziele meist materieller Art – das will ich haben – und sah dann zu, dass er das Geld dafür zusammenbekam, während Alena im Grunde ihres Herzens überzeugt war, dass man sich Wünsche nicht selbst erfüllte, sondern dass sie einem erfüllt wurden. »So kommst du nie zu was«, hatte Marvin erklärt. »Was du dir nicht selber schenkst, schenkt dir auch kein anderer.«

Da mochte er recht haben, aber Alena war nun einmal der Überzeugung, dass man Glück nicht kaufen konnte. Man konnte es sich nicht einmal verdienen. Es fiel einem zu, oder es blieb aus. Nichts war Alena tatsächlich wichtig genug, um für seinen Besitz ihr gesamtes Geld auszugeben oder gar einen Kredit aufzunehmen. Das mit dem

Boot konnte warten. Bis morgen oder nie, wie Kristin das ausgedrückt hätte.

Und wieder einmal war sie mit ihren Gedanken bei Kristin. Dass sie ihr hier im Hafen von Gager begegnete, damit hatte sie nicht gerechnet, denn hier waren sie als Kinder eigentlich nie gewesen. Aber so, war Kristin eben – überraschend, spontan und fantasievoll. »Sie wird mal Schriftstellerin oder Schauspielerin«, hatte Mutter immer vorhergesagt. Bei ihr, Alena, hatte man dagegen keinerlei herausragende Begabung entdeckt.

Sie hatte das Ende der Mole erreicht und schlenderte zurück. Etliche weiße Segel- und Motorjachten lagen an den Anlegern. Dazwischen schaukelte ein schönes altes schlankes Boot aus rötlichem Holz. Der Name Papageno stand auf seinem Rumpf. Es war vielleicht acht Meter lang und besaß einen Mast. Da es mit dem Heck am Anleger lag, konnte Alena sehen, dass in der Kajüte unter Deck jemand zugange war.

Sie wollte sich gerade abwenden, als der Skipper im Niedergang erschien und heraufkam, Ölzeug, Rettungswesten und allerlei Leinen in der Hand. Er stoppte mitten auf der Leiter, überrascht und fast ein wenig erschrocken.

»Oh!«, rief Alena. »Hallo, Lennart!«

Er kam ganz herauf. »Hallo, Alena.«

»Ein schönes Boot!«

»Ja.«

Wieder wich er ihrem Blick aus, ließ das Ölzeug und die Leinen auf die Planken zwischen den Heckbänken fallen und fummelte am zusammengerollten Großsegel herum. Reine Verlegenheitstätigkeiten, wie Alena amüsiert feststellte. Rüganer waren wortkarge Menschen. Auch dieses Exemplar, dachte sie, hätte wohl nichts dagegen gehabt, wenn sie wortlos weitergegangen wäre. Aber Kommunikation war ihr Beruf. Zudem war sie auf der Suche nach den Hauptdarstellern für einen Film über Rügen, und wer wäre dafür besser geeignet gewesen als dieser Athlet mit den grauen Augen unter dem schwarzen Schopf?

»So ein Boot«, plauderte sie, »war immer mein Traum, aber leider bin ich übers Jollen-Segeln nicht hinausgekommen.« Daraufhin ging es blitzschnell. Er schaute auf, sein Blick tauchte tiefer in ihren, als sie es erwartet hatte, und im nächsten Moment stand sie im Boot und fragte sich beschämt, ob sie seine knappe Geste zu Recht als Einladung gedeutet hatte oder nur ihren eigenen Wünschen gefolgt war.

Wenn er sie voreilig oder aufdringlich fand, so ließ er es sich nicht anmerken. Während sie auf der kleinen Seitenbank im Heck Platz nahm, löste er wortlos die Leinen, warf den Außenbordmotor an, setzte sich Alena gegenüber ans Ruder und steuerte das Boot an der Mole entlang zum Hafen hinaus in die Hagen'sche Wiek. Die Häuser von Gager wurden kleiner, der weiße Sandstreifen unterhalb der Zicker'schen Berge wurde länger. Im Endbogen der Wiek tauchte die wuchtige Kirche von Middelhagen auf, dahinter erhoben sich die dunklen Baumwipfel der Granitz, und gen Westen griff die Nehrung von Alt Reddewitz weit in den Bodden hinaus.

Aber Alena kam nicht dazu, die Schönheiten der Boddenlandschaft zu genießen, denn jetzt übergab Lennart ihr das Steuerruder und setzte das Großsegel. Danach kehrte er auf seinen Platz zurück, stellte den Außenbordmotor aus, nahm die Schot auf und zog den Baum zu sich herüber. Alena spürte, wie der Nordwestwind ins Tuch prallte, und steuerte automatisch gegen. Sie nahmen rasch Fahrt auf und gelangten hinaus in den Greifswalder Bodden.

Bis jetzt hatten sie noch kein einziges Wort gesprochen. Lennart hatte ihr nur hin und wieder einen prüfenden Blick zugeworfen, aber an ihrer Ruderführung nichts auszusetzen gehabt. Er machte auch keine Anstalten, ihr das Ruder wegzunehmen.

Alena verschob die Auseinandersetzung mit dem schweigsamen Mann auf später und genoss in vollen Zügen das Spiel mit Wind und Wasser. Ihr war, als würde sie alle Trauer und Zweifel hinter sich lassen. Auf dem Wasser war die Welt groß, schön und einfach.

Das Biosphärenreservat Südost-Rügen mit seiner Kliffkante und den Salzgraswiesen zog an ihnen vorbei. Die Ortschaft Klein Zicker krümelte auf dem Kaming, der Zicker See leuchtete hinter der Nehrung ruhig und blau im Sonnenlicht.

Lennart saß beinahe regungslos ihr gegenüber und blickte über den Bug des Boots auf den weiten Greifswalder Bodden hinaus, in dem hier und dort die Segel anderer Boote standen. Der Wind zauste ihm die Haare. Er lehnte seitlich an der Reling, hatte einen Fuß auf die Bank gestellt, gegen das Kajütenhaus gestemmt und den muskulösen Arm übers Knie gelegt. Seine kräftige, von Adern durchzogene Hand hing ruhig hinab, nur hin und wieder fuhr sein Daumen die Fingerspitzen entlang. Die Hand war groß und trainiert genug, um vollkommen mühelos auf dem Klavier eine Oktave zu greifen.

Plötzlich wandte er ihr sein Gesicht zu und bedeutete ihr mit einer Geste, dass sie ein Stück weiter nach Backbord steuern sollte. Ein anderer Segler näherte sich auf Kollisionskurs. Alena war beruhigt, dass er die Vorfahrtsregeln kannte. Sie und Kristin waren nur ein bisschen auf dem Schmachter See gesegelt, aber niemals in den Boddengewässern der Ostsee. Tante Trude hatte viel zu viel Angst um sie gehabt. Ja, einen Vater hätten sie haben müssen, der segeln konnte, dachte Alena. Aber ihr Vater war Medizinprofessor gewesen, und ihre Mutter hatte in einem Verlag als Lektorin gearbeitet. Alena war in einer Wohnung mit Wänden voller Bücher aufgewachsen. Kristin hatte auch gerne gelesen und schließlich angefangen, Gedichte zu schreiben. Nach der Schule hatte es sie nach Berlin gezogen, dessen westlicher Teil sich damals in einer Nacht im November plötzlich geöffnet hatte. Da hatte Alena noch vier Jahre in der Büchergrotte ihrer Eltern überleben müssen und war sich wie aus der Art geschlagen vorgekommen. Sie hatte nichts gegen Bücher, aber vor allem hatte sie rausgemusst unter Menschen, sich mit ihnen unterhalten. In den Augen ihrer Eltern war das nur Zeitverschwendung gewesen.

»Wo haben Sie eigentlich Luisa gelassen?«, fiel Alena plötzlich ein.

Lennart blickte sie an.

Eigentlich hätte sie ihn duzen müssen, dachte sie. Ihre städtisch geschäftsmäßige Art hatte ihr einen Streich gespielt.

»Bei Ihrer Tante Trude«, antwortete er.

»Ach ja, richtig. Sie haben eine ziemlich aufgeweckte Tochter.«

»Hm.« Er wich ihrem Blick aus. »Und dabei«, sagte er in den Wind, »habe ich bis gestern Abend nicht den Hauch einer Ahnung gehabt, dass ich überhaupt eine Tochter habe.«

Alena lachte. »Irgendwas kam mir gleich seltsam an Luisa vor. Sie wirkte ein bisschen wie eine Ausreißerin. Und Sie wussten tatsächlich nicht, dass sie kommt?«

»Schlimmer ist, dass es auch ihre Mutter nicht weiß. Luisa hat ihr vorgeschwindelt, sie verbringe drei Wochen auf einem Ferienhof für Kinder hier auf Rügen.«

»Ganz schön mutig, die Kleine!« Alena lachte wieder. »Sie muss die Reise ganz alleine geplant haben, von Anfang bis Ende. Aber sie scheint keinerlei Erfahrungen zu haben. Sie ist in den falschen Zug gestiegen und hatte auch noch zu wenig Geld dabei.«

»Richtig«, unterbrach Lennart, »wir schulden Ihnen noch das Geld für den IC-Zuschlag.«

»Ach quatsch!«

Er warf ihr einen seiner kurzen Blicke zu und zog seinen Geldbeutel heraus.

»He, lassen Sie das stecken, Lennart!«

Er hörte nicht, griff in die Börse und hielt ihr einen Schein hin. Er flatterte im Wind.

»Bloß nichts schuldig bleiben, was?«, spottete Alena.

Lennarts Blick blitzte auf. »Sparen Sie sich Ihre Charakterstudien und nehmen Sie das Geld! Es trifft keinen Armen.«

Alena schluckte, entschloss sich aber rasch, das Ganze komisch zu nehmen. »Nun lassen Sie mir doch das kleine Vergnügen, einmal etwas Gutes getan zu haben. Mich hat es auch nicht arm gemacht, und Luisa hat es verdient, dass man sich um sie kümmert. Eine gute Idee übrigens, sie zu meiner Tante zu bringen. Ihr pädagogisches Talent ist enorm, und wenn jemand einem Kind mit Legasthenie die Rechtschreibung beibringen kann, dann sie. Eine Schande, dass heutzutage eine Gymnasialempfehlung noch an so etwas scheitert.«

Sie redete Lennart erfolgreich nieder. Leicht verlegen steckte er sein Geld wieder weg, mit diesem Zaudern gedrosselter Kraft in den Bewegungen. Dass er auch heftig werden konnte, hatte er ihr eben verraten. Für den Bruchteil einer Sekunde hatte sie in seinen Augen eine immerwache Kampfbereitschaft blitzen sehen.

Du bist im Begriff, dich zu vergaffen!, warnte sich Alena. Nicht jeder schweigsame und unnahbare Mann hat ein Geheimnis. Die meisten haben einfach nichts zu sagen.

Dennoch, es war ein eigenartiges Gefühl, das in Alena flackerte, eine Mischung aus Neugierde und warmer Sympathie, gepaart mit leichtem Unmut. Worüber eigentlich?, fragte sie sich. Darüber, dass er so deutlich zeigte, dass er keinerlei Gespräch über sich selbst wünschte. Genau genommen gar kein Gespräch. Was Alenas Neugierde allerdings ungemein reizte. Doch welches Recht hatte sie, in den offensichtlich streng gehüteten privaten Bereich dieses Menschen vorzudringen, einfach nur aus Neugierde und weil es reizvoll war, Geheimnisse zu lüften?

Das Herausfinden von Geheimnissen war im Grunde ihr Beruf. Auf einmal kam es Alena nicht unbedingt wie etwas vor, auf das sie stolz sein konnte. Hier draußen auf dem weiten Wasser waren die Eitelkeiten aus der Stadt überflüssig.

»Luisas Mutter«, bemerkte Lennart, offenbar nun doch zu einer geordneten Konversation entschlossen, »scheint allerdings keinen gesteigerten Wert darauf zu legen, dass die Kleine auf ein Gymnasium kommt. Sie scheint sich überhaupt nicht übermäßig um Luisa zu kümmern. Jetzt ist sie mit ihrem Freund auf dem Motorrad unterwegs nach Italien, wenn man Luisa glauben darf.«

Alena schmunzelte. »Aber so ganz glauben Sie Luisas Darstellung nicht.«

Er deutete ein Lächeln an. »Das stimmt. Ich kann mir nur schwer vorstellen, dass eine Mutter ihr Kind ziehen lässt, ohne ihm nicht mindestens drei Telefonnummern mitzugeben, über die sie erreichbar ist. Vermutlich weiß Luisa genau, wie sie ihre Mutter erreichen kann. Sie fürchtet aber, dass ich sie dann so schnell wie möglich abschiebe.«

»Und?«, fragte Alena. »Wollen Sie Luisa so schnell wie möglich loswerden?«

»Nein«, sagte er leise. Der Blick, den er ihr zuwarf, war etwas verzwickt. »Aber … nun, ihre Mutter könnte mir genau daraus einen Strick drehen.«

Alena zog die Brauen hoch. »Und woraus genau, bitte schön?«

»Isabella – Luisas Mutter – hat zehn Jahre lang nichts von sich hören lassen. Ich muss davon ausgehen, dass sie nicht will, dass ihre Tochter zu mir Kontakt aufnimmt. Wenn ich ohne ihr Wissen einen solchen Kontakt zulasse und das Kind auch noch bei mir beherberge, könnte sie mir Kindesentführung vorwerfen, Freiheitsberaubung oder … oder Schlimmeres. Und sei es nur, damit ich zahle und mir ihr Schweigen erkaufe.«

Oje, dachte Alena, was hatte der nur für Frauen kennengelernt! »Vielleicht hat Isabella auch deshalb bislang noch keinen Kontakt mit Ihnen aufgenommen, weil sie nicht wusste, wo Sie stecken, hm?«

»Wenn ein zehnjähriges Kind herausfinden kann, wo ich lebe, dann doch wohl auch die Mutter.«

Alena lachte. »Überschätzen Sie die Findigkeit der Leute nicht. Die meisten Menschen wissen sich überhaupt keinen Rat, wenn sie keine Telefonnummer haben. Oder sie bringen nicht genug Energie auf. Außerdem spricht es sogar für Isabella, dass sie nie versucht hat, den Kindsvater als Geldgeber aufzutun. Offensichtlich hat sie auch ihren Stolz. Denn wenn ich mir Luisas Ausstattung so anschaue, dann lebt ihre Mutter von der Sozialhilfe.«

»Mir scheint, Sie haben eine besondere Begabung, in den Menschen das Gute zu sehen.«

»Unsinn! Wie kommen Sie darauf?«

Er lächelte. Und zum ersten Mal ließ er regelrecht den Blick auf ihr ruhen. Alena lief es urplötzlich heiß und kalt den Rücken hinunter. Ihr Herz klopfte wild. So etwas hatte sie noch nie erlebt. Das gab es doch nicht wirklich!

Für einen Moment vergaß sie das Ruder, das Segel knatterte. Lennarts Augen lösten sich von ihr, er richtete sich auf und fasste nach dem Ruder. Warm und kräftig lag seine Hand auf ihrer, was Alenas Organismus erneut ins Trudeln brachte. Keine Chance, ihre Hand unter seiner wegzuziehen. Außerdem wäre es albern gewesen.

Als sich Alenas innere Wogen wieder glätteten, turnte Lennart bereits durch die Wanten zum Bug des Boots.

Kapitel 6

An einem Strand am Gardasee tippte Isabella zum dritten Mal die Nummer auf dem Prospekt des Ferienhofs Sonnenschein in Ronaldos Handy und ließ es klingeln. »Es geht einfach niemand ran«, sagte sie zu dem Mann, der neben ihr auf einem Handtuch lag und sich den Bauch bräunen ließ. Sie warf das Handy in den Sand. »Das gibt es doch nicht!«

»Versuch es heute Abend noch mal.«

»Aber gestern Abend ist auch niemand rangegangen. Was denken die sich denn? Ich muss doch wissen, wie es Luisa geht, ob sie gut angekommen ist. Sie ist zum ersten Mal ganz alleine so weit weg gefahren.«

Ronaldo wälzte sich herum und griff nach ihrer hübschen glatten Hüfte. »Wir auch, mein Schatz. Und wenn was ist, hätten wir das längst erfahren. Sie hat doch meine Handynummer.«

»Und wenn sie sie verloren hat?«

»Ach was, sie springt sicherlich vergnügt in der Gegend herum und hat dich vor lauter neuen Freundinnen ganz vergessen. Sei doch froh, dass sie dir nicht ständig am Rockzipfel hängt.«

Isabella wurde sperrig. Ronaldo ließ sich wieder auf den Rücken fallen. »Vergiss Luisa doch mal für ein paar Stunden, ja?«

»Ich bin für sie verantwortlich!«

»Das bestreite ich doch gar nicht.«

»Ich hätte dir nie sagen dürfen, dass Luisa nicht meine leibliche Tochter ist. Dir wäre es doch am liebsten, es gäbe sie nicht. Oder ich würde sie in ein Heim stecken.«

»Bleib auf dem Teppich, Isabella! Ich meine doch nur, du musst mir jetzt nicht beweisen, dass du die beste aller Mütter bist und dir die meisten Sorgen machst.«

Isabella besann sich. Ronaldo hatte recht. Sie war ja erst strikt dagegen gewesen, dass Luisa alleine nach Rügen fuhr, auch noch für drei Wochen. Aber Ronaldo hatte das »loslassen können« genannt. Der Gedanke hatte Isabella belebt. Endlich einmal wieder richtigen Urlaub und verreisen. Frei sein, sich jung fühlen, nicht darüber nachdenken, warum es bei ihr vorne und hinten nicht reichte und wohin das Geld verschwand, sobald sie es in den Fingern hatte. Endlich raus aus der Depression.

Seit sie Ronaldo kannte, war ihr Leben wieder leicht und flüssig geworden, so wie früher mal. Es hatte wieder eine Perspektive bekommen. Nicht nur, weil er eine Harley besaß, sondern auch, weil er bei ihr blieb, selbst wenn sie mal schlecht drauf war und hysterisch wurde, so wie eben. Im Gegensatz zu ihr war er lebenstüchtig. Einen Job hatte er zwar auch nicht, aber er handelte mit Ersatzteilen und gebrauchten Motorrädern.

Je weiter sie jedoch gestern nach Süden gerollt waren, desto kleiner und verlassener hatte Isabella sich gefühlt. Fortwährend hatte sie an Luisa denken müssen, ihre kleine Maus. Was sie wohl jetzt machte? Sie war schon so selbstständig. Und sie, Isabella, konnte ihr so wenig helfen. Schon gar nicht mit der Schule. Wenn sie mit Luisa Diktat übte, endete es immer im Streit. Warum wollte Luisa auch unbedingt auf ein Gymnasium?

»Sei doch froh«, hatte Ronaldo befunden, »wenn es der Kleinen Spaß macht. Schulbildung ist immer gut.«

Auch darin hatte er recht. Wenn Isabella Abitur gehabt hätte, hätte Frau Brucker ihr nicht ins Gesicht sagen können, der Bildungshintergrund stimme nicht, als sie sich beschwerte, dass Luisa nur Beobachtungsstufe Realschule bekommen hatte.

»Ich mache mir aber Sorgen«, beharrte Isabella und griff wieder nach Ronaldos Handy. »Ich rufe jetzt Lütfiyes Mutter an. Die wird eine funktionierende Nummer von dem Freizeitheim haben.«

Ronaldo murrte nur. Zum Glück machte er nie Theater. Das schätzte sie sehr an ihm. Und leicht hatte man es nicht mit ihr, das wusste sie. Zum Beispiel war sie unordentlich und chaotisch. Bis sie beispielsweise die Telefonnummer von Lütfiyes Mutter gefunden hatte, das dauerte. Sie war einfach schlecht organisiert. Sie schaffte es nicht, ein Telefonbuch zu führen. Stattdessen hatte sie eine Sammlung von Zetteln, bekritzelten Briefumschlägen und Schnipseln in ihrer Handtasche.

Isabella tippte die Hamburger Nummer der Familie Gücelan in Ronaldos Handy.

»Lütfiye?«, fragte Frau Gücelan in perfektem Deutsch befremdet. »Die ist doch gar nicht mit Ihrer Tochter auf Rügen. Die fliegt mit uns übermorgen nach Ankara.«

»Aber …« Isabella redete wieder mal viel zu viel, doch sie konnte sich eben nicht bremsen. Lütfiyes Mutter durchschaute ziemlich schnell, dass sie nicht die geringste Ahnung hatte, wo ihre Tochter war. »Wollen Sie mal mit Lütfiye sprechen?«

Auch Lütfiye redete viel zu viel wie alle, die lügen mussten. Isabella wurde schlagartig klar, dass auch Luisa gelogen hatte, als sie etwas von einer Verlosung von Freizeitplätzen auf Rügen erzählt hatte. »Aber wo ist sie dann?«

»Auf Rügen, glaube ich«, antwortete Lütfiye zögernd. »Sie wollte ihren Vater besuchen, glaube ich.«

»Ihren Vater? Der ist tot. Wie soll der denn heißen, dieser Vater?«

Sie spürte Ronaldos beruhigende Hand auf ihrer Hüfte.

»Leo Christ oder so ähnlich, glaube ich.«

»Wie bitte? Wer soll das denn sein?« In der nächsten Sekunde war die Mutter wieder am Apparat. »Hören Sie, Frau Vorbeck, Sie dürfen nicht mit meiner Lütfiye schimpfen. Wir wissen nicht, wo Ihre Tochter steckt. Wir können Ihnen nicht helfen. Schönen Tag noch.«

Damit verlosch die Verbindung.

»Peinlich!«, stöhnte Isabella. »War das peinlich. Was müssen die von mir denken?«

»Nichts werden die denken. Die meisten Menschen denken gar nichts.« Ronaldo fuhr mit dem Finger unter den Bund ihres Bikinis, aber Isabella sprang auf.

»Komm, wir müssen zurück. Ich muss wissen, was mit meiner Tochter ist! Wir müssen nach Rügen.«

Kapitel 7

Lennart stolperte, rutschte ab, griff hastig nach dem Vorstag und ging auf die Knie. Glück gehabt. Um ein Haar wäre er ganz von Bord gegangen. Was passierte bloß mit ihm? Ihm war regelrecht schwindlig geworden. War er vielleicht krank? Das konnte doch nicht allen Ernstes diese Frau sein, die ihn derart aus dem Gleichgewicht brachte! Und außerdem hatte es keine Zukunft, ja es konnte keine haben. Er hatte keine Zukunft, nur Vergangenheit.

Eigentlich hatte er das Vorsegel setzen wollen. Das heißt, vor allem hatte er von Alena wegmüssen, so schnell wie möglich. Sein Herz klopfte immer noch spürbar in seiner Brust. Konnte Liebe derart einschlagen? Oder war es nur körperliche Begierde? Ließ sich das eine vom anderen überhaupt trennen?, fragte er sich zum ersten Mal in seinem Leben.

Eben noch war er ein Mann gewesen, der sich sicher fühlte in seiner buddhistischen Gelassenheit dem Leben gegenüber, einem Leben im Frieden des Hier und Heute, einem Leben pro Tag, als wäre es der letzte. Doch auf einmal blitzten wieder Wünsche und Sehnsüchte auf. Er war drauf und dran, Pläne zu machen. Pläne, in denen Alena vorkam. Nicht einmal seine erste große Liebe hatte ihn dermaßen geschüttelt, obgleich er damals schon mächtig verliebt gewesen war.

Sie war ein ganz anderer Typ gewesen als Alena, eine langbeinige Blondine mit viel Lebenshunger in den Augen. Sie hätte mit ihm ausbrechen wollen aus dem Leben, das ihre Eltern für sie geplant hatten. Und dann hatte sie ihn einfach fallen lassen, als sie merkte, dass er ihre Erwartungen nicht erfüllen konnte. Kaum einen Tag später hatte sie sich mit dem Schlagzeuger Tim zusammengetan, und ein Dreivierteljahr später waren beide tot gewesen und man hatte ihn, Lennart, in Untersuchungshaft gesperrt.

Genau daran wollte er jetzt eigentlich nicht denken, und zugleich war es gut, dass er daran dachte, denn seine Zukunft mit einem anderen Menschen war eben nicht denkbar ohne diese seine Vergangenheit.

Lennarts Blick glitt den Küstenstreifen entlang hinüber zu dem kleinen grünen Haufen mitten in der Pommerschen Bucht – die Greifswalder Oie. Sogar Usedom war als schwache Verdichtung des blauen Dunstes am Horizont zu sehen. Eine schöner Tag! Allmählich kam wieder alles ins Lot, was einen Augenblick lang in ihm ins Wanken geraten war. Lennart stand auf und hangelte sich durch die Takelage zurück zum Heck, ohne das Vorsegel gesetzt zu haben.

»Ich denke, wir sollten umkehren.«

Alena lächelte. War es Verlegenheit, oder amüsierte sie sich über ihn? Es hieß ja, dass eine Frau es immer gleich merkte, wenn ein Mann sich in sie verliebt hatte. Er wiederum hatte keine Ahnung, ob sie ihn interessant fand und attraktiv über seine objektiv vorhandene rein männliche Attraktivität hinaus, die er einst so sorgfältig gestylt hatte, dass er sie heute nicht einfach in falscher Bescheidenheit verleugnen konnte, zumal er oft genug die Blicke der Frauen auf sich spürte.

»Halse oder Wende?«, fragte sie.

Er beschrieb mit der Hand die Bewegung des Bugs durch den Wind nach Backbord. Er wusste aus seiner Erfahrung mit Sommergästen, dass es besser war, keine Fachwörter zu benutzen, um die Manöver zu beschreiben, sondern lieber eindeutige Handzeichen zu machen.

»Also eine Wende«, sagte Alena. Die Sonne blitzte vergnügt in ihren nussbraunen Augen.

»Du gibst das Kommando«, sagte er. »Du bist der Steuermann.« Ihm fiel auf, dass er sie geduzt hatte. Es war ihm so herausgerutscht, denn hier auf der Insel gab es kaum jemanden, den er siezte. Außerdem war sie ihm, oder vielmehr seinem Herzen, wundersam vertraut. Und wozu war er der Insulaner? Es war seine Aufgabe, Schluss zu machen mit der gestelzten Konversation.

»Klar zur Wende?«, rief sie.

Lennart löste die Schot und antwortete schulmäßig mit der Leine in der Hand: »Ist klar.«

»Ree!«, schrie Alena und schlug das Ruder zu sich. Der Bug kreiste in den Wind, das Segel erschlaffte. »Über die Fock!«, vollendete Alena das Manöver, als der Baum auf die andere Seite schwang und das Segel sich wieder füllte. Lennart trimmte das Boot erneut hart an den Wind und fixierte den Baum. Allerdings musste er das nun auf der anderen, auf Alenas Seite tun. Auf einmal saß er neben ihr und fühlte sich trotz des inneren Aufruhrs kurz zuvor eigenartig ruhig, allen Unbilden gewachsen und stark wie schon lange nicht mehr.

»Wir müssen kreuzen«, sagte er.

»Sehr schön.«

»Dir macht wohl nichts Angst?«

Sie zog die Brauen hoch. »Das Kreuzen gegen den Wind?«

Lennart lachte leise. »So mancher Sommersegler hat in meinem Boot schon Panik bekommen, wenn er feststellen musste, wie weit man sich dabei von der Küste entfernt, zu der man will.«

»Wahrscheinlich hatte er nur Angst, dass er es nicht rechtzeitig zum Abendessen schafft«, entgegnete Alena.

Er dachte plötzlich an die kleine Luisa, die bei Trude Klapsing saß, um Rechtschreibung zu büffeln. Es wurde allmählich Zeit, dass er sie abholte. Nicht, dass Trude noch glaubte, er wolle seine Tochter bei ihr parken, die nicht seine Tochter war, die er aber auf einmal liebend gern als Tochter gehabt hätte. Als ob ihm das eine Zukunft mit Alena geben könnte. Ein eigenartiger Gedanke. Aber sie war es eben, die mit einem Schlag sein versteinertes Herz geöffnet hatte. Plötzlich schien es ihm wieder möglich, Beziehungen einzugehen und dabei den verlässlichen und beständigen Part zu spielen.

Der Traum seines Lebens!

Lennart schüttelte sich unwillkürlich. Was waren das für Ideen? Das Einzige, was er hinterlassen konnte, waren Schmerz und Trauer. Weg damit! Egal, was sein Herz für Alena empfand, sein Verstand musste verhindern, dass es ihr gelang, sein so mühsam stabilisiertes Leben umzuwerfen.

»Was ist?«, fragte sie.

Er schüttelte den Kopf. »Soll ich dich nicht mal am Ruder ablösen?«

»Hm«, machte sie. »Wenn du willst.«

Er langte über ihre nackten Knie hinweg nach dem Ruder. Diesmal machte sie seiner Hand rechtzeitig Platz.

Er ließ das Boot etwas vor den Wind fallen, damit die Spannung im Segel und im Ruder nachließ, und stand auf – die Hand immer am Ruderstange –, damit sie hinter ihm die Bank entlang auf seinen bisherigen Platz rutschen konnte.

Eine Bö machte ihm einen Strich durch die Rechnung. Er konnte sich gerade noch an der Reling abstützen, vermochte aber nicht zu verhindern, dass er Alena auf die Zehen trat und ziemlich unsanft gegen sie prallte.

Sie lachte in seine gestammelte Entschuldigung hinein. Zu seiner Bestürzung stellte er fest, dass er nun nicht nur dicht neben ihr saß – die rechte Hand immer noch am Ruder –, sondern auch mit seiner Linken ihre Rechte umklammert hielt. Einen ewigen Moment völliger Verwirrung sah er sich außerstande, rechts und links auseinanderzusortieren, und kämpfte gegen das Bedürfnis, das Ruder loszulassen, um ihre Hand weiter halten zu können. Dabei musste er etwas falsch gemacht haben, denn auf einmal kam das Boot ins Trudeln und er musste nach dem Ruder greifen. Am Ende eines verzweifelten Manövers hielt er immer noch Alenas Hand umfasst. Es war unmöglich, sie loszulassen.

Sie lächelte ihn nachsichtig amüsiert an. Ihre Lippen waren halb geöffnet, in ihren Augen tanzten grüne Punkte um die Pupillen herum. Ihr Atem machte ihn trunken.

»Himmel, Alena!«, stieß er hervor. »Was machst du mit mir?«

Immerhin war der Bann so weit gebrochen, dass es ihm gelang, ihre Hand loszulassen.

Wie sie seinen Übergriff aufnahm, sah er nicht, denn es war ihm auch gelungen, seine Augen von ihrem Gesicht loszureißen. Allerdings war der Anblick ihrer glänzenden Radlershorts, die ihre Schenkel und Hüften perfekt modellierten, auch nicht geeignet, den neuerlichen Aufruhr seiner Sinne niederzuschlagen. Außerdem hatte sich ihre Hand, von der er sich eben noch befreit zu haben glaubte, erneut in seinen Fingern verheddert.

Eine Sekunde lang saßen sie beide starr da, unfähig, einander in die Augen zu schauen. Wie zwei Kaninchen in den Fängen ihres Beutegreifers, dachte er. Genauso jedenfalls fühlte er sich. Es war das Ende.

»Leider«, ächzte er und schüttelte ihre Hand sanft ab, »kann ich mir so eine … eine Verwicklung momentan nicht leisten, fürchte ich.«

»Ich auch nicht«, erklärte sie fast fröhlich.

Er musste sie anschauen. Meinte sie das ironisch, hatte er sie gekränkt? Selbst wenn eine Frau gar nichts für einen Mann empfand, kränkte eine Zurückweisung mindestens ihre Eitelkeit.

Was auch immer sie für ihn empfand, er hatte ohnehin nicht die geringste Chance, es herauszufinden, so angefüllt war er mit seiner eigenen Begierde. Und auf keinen Fall hätte er sie anschauen dürfen. Dieses leichte, offene Lächeln, diese Mischung aus Abenteuerlust und kluger Reserve in ihren Augen …

»Aber es muss ja auch nicht gleich eine Verwicklung geben«, sagte sie.

Lennart fühlte sämtliche Schutzwälle in sich einstürzen. Und Vernunft war in so einer Situation ein wirklich schwacher Helfer. Sie ist zu schade für dich, dachte er krampfhaft. Sie hat es nicht verdient, eine deiner Affären zu werden. Oder vielmehr, er würde es nicht ertragen, wenn sie sich eines Tages von ihm abwandte und ihn verließ – und sie würde es tun.

Vermutlich sah sie ihm an, dass er nicht mehr viel entgegenzusetzen hatte. Lächelnd legte sie ihre Hand auf seinen Unterarm. Seine Seele schwankte wie ein Schilfrohr im Sturm.

Sie lächelte immer noch. Es erleichterte ihn sogar, denn wer lächelte, besaß noch genügend Verstand, sich der unter zivilisierten Menschen üblichen Umgangsformen zu erinnern. Er hätte jetzt nur noch über sie herfallen können. Alles oder nichts. Zum Glück hatte er ein Boot zu steuern.

»Alena«, sagte er, »ich muss dich vor mir warnen. Ich tue es ungern, aber es muss sein. Du musst wissen, dass ich eine … eine ziemlich unrühmliche Vergangenheit habe, die …«

»Ich habe auch eine Vergangenheit«, erwiderte sie mit einem Funken von übermütigem Spott in der Stimme.

»Glaub mir«, sagte er eindringlich in der gänzlich irrigen Annahme, wieder sicheres Land zu gewinnen, »ich bin kein Mann für die Zukunft. Mein Verhältnis zu Frauen besteht darin, dass ich mitnehme, was sich mir bietet.«

Sie lachte, wenn auch etwas erstaunt.

»Und wenn du mir nicht Einhalt gebietest, dann werde ich auch dich … verletzen. Du gefällst mir sehr, Alena. Ganz fürchterlich gut. Aber für einen wie mich bist du zu …« Er stockte. Ihm fiel kein geeigneter Begriff für dieses Gefühl ein, etwas unendlich Kostbares in der Hand zu halten, das er auf keinen Fall zerstören wollte. Kostbar, ja das war sie. Aber er wollte nicht melodramatisch werden.

»Was bin ich?« Sie hob herausfordernd ihr Kinn. »Zu naiv? Zu gut?« Sie lachte leise. »Mein lieber Lennart, erstens komme ich aus der Großstadt, und zweitens hat mir auch schon mal ein Mann gefallen.«

»Nein, ich meine …«

Weiter kam er nicht. Auf einmal spürte er ihre Lippen auf seinen. War es er, der sie küsste, um ihr Lachen zu stoppen, das seinen Organismus zu zerreißen drohte, oder war sie es, die ihn küsste, weil er so bestürzt aussah? Wer konnte das wissen in so einer Lage. In Kaskaden rieselten ihm Glück und Lust durch den Körper. Feuer schoss ihm durch die Adern. Er wollte nicht mehr, konnte nicht mehr, musste sich fallen lassen.

Lennart drehte das Boot in den Wind, warf den Anker aus und reffte das Segel.

Nein, sagte er sich, komm zur Besinnung. Doch es war alles zu spät. Schon hielt er Alena in seinen Armen, betrank sich an ihren Küssen, nahm sie hoch und trug sie – kaum zu erklären, wie, in dem schwankenden Boot – den Niedergang hinunter in die Kajüte und legte sie in die Koje. In ihm waren eine Zärtlichkeit und Liebe, wie er sie noch nie empfunden hatte.

Kapitel 8

Die Sonne funkelte durch das Bullauge in die Kajüte herein und malte eine Ellipse auf die Bodenplanken. Alena kuschelte sich noch in Lennarts Achsel, den Arm über seine Brust gelegt, die sich unter seinem ruhigen Atem hob und senkte. Er drückte sie an sich und küsste sie ins Haar.

Sie hatten es zweimal getan. Zuerst war er ziemlich stürmisch gewesen, erpicht darauf, zur Sache zu kommen. Fast ein bisschen orientierungslos schien er ihr, so als ob er sich noch nie für eine Frau Zeit genommen hätte. Alena hatte ihn bremsen müssen. Sanft, aber bestimmt hatte sie ihn dirigiert. Auf einmal hatte er nachgegeben und sich ihr anvertraut. Und plötzlich hatte er ganz ihr gehört. Erst da hatte sie sich ihm ebenfalls anvertrauen können. Und auf einmal hatten sie einander die atemberaubenden Überraschungen bereitet, die ein unverbindliches Abenteuer in eine tief reichende Bindung verwandelte.

Und nun?, fragte sie sich schmunzelnd. Eine Zukunft hatte er ihr nicht in Aussicht gestellt. Trotzdem war ihr Leben auf einmal ganz anders, als sie noch am Morgen gedacht hatte. Wie anders, war noch gar nicht abzusehen. Zunächst einmal galt es, den Nachhall der wunderbaren Melodie zu genießen, die in ihrem Körper summte. Zu schön hatte es sich angefühlt zu erleben, wie dieser Mann mit dem Panzer um sein Herz und einer Kraft in den Muskeln, die ihn für sie unüberwindlich machte, nachgab und weich wurde. Einfach nur, weil sie es war, die unbedeutende Alena Heil aus Hamburg, die ihn anlächelte.

Allerdings rechnete sie noch einmal schnell nach. Nein, sie hatte sich nicht geirrt. Sie hätten zwar aus anderen Gründen unbedingt ein Gummi benutzen müssen, aber schwanger würde sie nicht werden. Lennart würde keine Verantwortung übernehmen müssen. Zukunft würde sie ihm nicht bescheren.

Dennoch begannen ihre Perspektiven zu kreiseln wie ein Kompass und pendelten sich Richtung Rügen ein. Die Insel war nur vier Zugstunden von Hamburg entfernt. Sie würden sich am Wochenende sehen können. Wenn er wollte. Aber warum sollte er nicht wollen, solange sie unverbindlich blieb?

Sie hob den Kopf und versuchte einen Blick auf sein Gesicht zu erlangen. Er lächelte und küsste sie. Keine Spur mehr von der Anspannung oben auf dem Boot, als er sie hektisch vor sich warnte. Vielleicht brauchte er das ja, dieses Rückzugsgefecht, bevor er die Waffen streckte und sich hingab. Besonders gute Erfahrungen mit Frauen schien er ja bislang nicht gemacht zu haben. Aber er würde schon merken, dass sie, Alena, anders war.

»Bist du von hier?«, fragte sie. »Bist du auf Rügen geboren?«

»Nein.« Er spielte mit ihrem Haar. »Ich bin in Berlin geboren. Meine Mutter war Opernsängerin. Sie lebt übrigens immer noch in Berlin.«

»Wie heißt sie denn?«

»Maria Oretta.«

Alena richtete sich interessiert auf. »Das ist deine Mutter?«

Er zog die Brauen hoch. »Sag bloß, du kennst sie. Sonderlich berühmt ist sie nie gewesen. Außerdem hat sie schon lange aufgehört. Es gibt nur eine einzige CD, auf der sie mit drauf ist.«

»Ich habe ein bisschen Musikgeschichte studiert«, erklärte Alena. »Oretta ist ein Künstlername, nicht wahr?«

Lennart lachte und zog Alena kurz an sich. »Wenn du wissen willst, wie ich heiße, dann kannst du ruhig direkt fragen. Ich heiße Gristow. Ein guter traditionsreicher slawischer Name, der bis zu den Wizlawiden zurückgeht, genauer gesagt auf Barnuta von Rügen, der …«

»Ich weiß!« Alena richtete sich erfreut auf. »Dann bist du am Ende der neue Besitzer des Gutshauses Gristow?«

Er nickte.

»Da war ich vorhin. Tut eigentlich das Leuchtfeuer noch?«

»Im Prinzip schon. Allerdings müsste ich vorher die Elektrik im Haus in Ordnung bringen lassen.«

»Das ist ja toll!«

Lennarts Blick wurde ein wenig misstrauisch. Alena spürte, dass der Zauber ihrer Begegnung außerhalb der Zeit im Niemandsland auf dem Bodden einen kleinen Knacks bekommen hatte. »Weißt du«, plauderte sie rasch weiter, ehe er auf den Gedanken kam, sie plane schon ihren Einzug ins Gutshaus, »ich habe mir nur überlegt, dass dein Türmchen doch wohl der kleinste Leuchtturm auf Rügen wäre, und da ich ja Motive für einen Film über Rügen suche, da dachte ich …«

»Nein«, unterbrach sie Lennart.

»Was nein?«

»Nein, mein Haus und ich, wir stehen nicht für Filmprojekte zur Verfügung. Es tut mir leid.«

»Und warum nicht?«

»Darum nicht«, sagte er knapp und schwang die Beine aus der Koje.

»Lennart!«

»Entschuldige, Alena, aber ich habe … ich habe gewissermaßen eine Kamera-Allergie. Ich möchte unter keinen Umständen in irgendeiner Form ins Licht der Öffentlichkeit geholt werden, es sei denn, die Öffentlichkeit besteht aus einer Menge kleiner als fünfzig.« Er lächelte und nahm sie in den Arm. »Schau mich nicht so erschrocken an, Alena, bitte. Fünfzig Menschen, höchstens so viele, kommen zum Gottesdienst in die evangelischen Kirche von Binz, in der ich die Orgel spiele. Deshalb lebe ich auf Rügen und nicht in Berlin oder Hamburg.«

»Okay«, sagte sie und begann, nach ihren Kleidern zu angeln. Sie hatte verstanden. Er zog seine Schutzwälle ziemlich schnell wieder hoch. Vielleicht ein gar nicht mal so schlechtes Zeichen. Er wehrte sich noch gegen die logischen Konsequenzen aus ihrer überraschenden und überraschend heftigen Begegnung hier auf seinem Boot. Er dachte an die Zukunft. Es konnte gar nicht anders sein. Er wusste genauso gut wie sie, dass es weitergehen musste.

Aber wenn er kein Kamerateam auf seinem Hof haben wollte, dann würde sie das respektieren. Schade zwar, aber nicht zu ändern. Auf Rügen gab es ohnehin mehr zu sehen, als man in fünfundvierzig Minuten zeigen konnte. »Übrigens«, redete sie freundlich weiter, »war ich als kleines Kind schon mal mit meiner Tante in deinem Gutshaus. Damals lebte da noch eine ziemlich alte Dame.«

»Meine Großmutter«, sagte Lennart, bemüht, den Eindruck von Schroffheit zu verwischen. »Sie ist allerdings nun schon lange tot. Sie starb kurz nach der Wende und hat mir das Haus vermacht, obgleich sie mich gar nicht kannte. Aber vielleicht wollte sie es nur meinem Vater nicht vererben. Er behauptet, sie habe es ihm nie verziehen, dass er in den Westen gegangen ist. Ich weiß nicht, ob es stimmt. Mein Vater hat übrigens meine Mutter verlassen, als ich noch ein Kind war, um am Broadway eine Karriere als Musicalsänger zu machen, die er dann doch nicht gemacht hat.«

»Hast du noch Geschwister?«, fragte Alena.

»Nein, leider nicht.«

»Ich hatte eine Schwester.« Alena war gerade dabei, sich die Haare wieder nach hinten zu binden. »Hat dir Tante Trude nie von ihr erzählt?« Lennart schüttelte den Kopf. Er hatte die Jeans schon an und war eben im Begriff, sich das hellgrüne T-Shirt überzustreifen. Alena kämpfte mit dem Gummiband und ihren Haaren und redete weiter: »Meine Schwester und ich, wir haben als Kinder fast jeden Sommer hier auf der Insel verbracht, während meine Eltern auf Westreisen waren. Vor zehn Jahren ist Kristin unter ziemlich tragischen Umständen ums Leben gekommen. Sie ist …«

»Kristin?«

Ein seltsamer Unterton in Lennarts Stimme bewog Alena, aufzublicken. Er hatte sich das T-Shirt gerade angezogen und stand wie erstarrt da.

»Was ist?«

»Nichts.« Er war ziemlich blass geworden. »Ich … ich dachte nur gerade … Ich muss Luisa abholen. Das hatte ich völlig vergessen. Als Vater muss ich wohl noch ein bisschen üben, fürchte ich.«

Im nächsten Augenblick war er an ihr vorbeigeschlüpft und erklomm gewandt den Niedergang. Und weg war er.

Als Alena zwei Minuten später ebenfalls oben ankam, war er dabei, Segel zu setzen. So routiniert seine Bewegungen auch waren, Alena spürte deutlich, dass er alles andere als locker war. Aus dem überwältigend zärtlichen und offenen Mann war wieder der distanzierte und beherrschte Mensch geworden, der sich nur dann wohl zu fühlen schien, wenn kein anderer Mensch in seiner Nähe war.

Sie sprachen wenig während der Fahrt. Lennart überließ Alena das Ruder und turnte auf dem Boot herum, als ob es gälte, die Takelage und die Schoten unentwegt zu überprüfen.

Gar nicht so einfach, dachte Alena verunsichert, sich auf einem acht Meter langen Segelboot aus dem Weg zu gehen. Mit Lennart würde es doch schwieriger werden, als sie geglaubt hatte. Was hatte man ihm nur angetan, dass er sofort dichtmachte, wenn es darum ging, zu reden und sich zu erklären?

Sie war sich auf einmal gar nicht mehr so sicher, dass sie ihn knacken würde. Und ob sie es überhaupt wollte. Liebe durfte eine Herausforderung sein, das ja, aber Liebe durfte nicht zum Schicksal werden. Das immerhin hatte aus sie Kristins Tod gelernt, falls man überhaupt etwas aus dem Tod eines nahestehenden Menschen lernen konnte. Wenn Kristins unglückliches Ende überhaupt nachträglich einen Sinn bekommen konnte, dann den, dass man bei aller Liebe für einen anderen noch hören musste, wenn die innere Stimme »Vorsicht!« sagte.

Allerdings war sich Alena momentan gar nicht sicher, ob sie selbst für so viel Weisheit gebaut war. Entschlossen verschob sie es auf später, darüber zu grübeln, was Lennart auf einmal so hart und unnahbar gemacht hatte und ob es klug war, seine Mauern einreißen zu wollen.

Es war schon ziemlich spät, als sie sich dem Hafen näherten. Die sinkende Sonne begann die verstreuten Wolken am Himmel golden zu färben und verteilte, wie mit lockerem Pinsel getupft, rotgelbe Funken im Strandhafer, in den Bäumen, auf den Fenstern der Häuser und im Rohr der Dächer.

Die rechte Seite der Hafeneinfahrt war etwas versandet, aber Lennart lotste Alena sicher um die Mole herum. Das Anlegemanöver vollführte er selbst.

Kapitel 9

Soll ich …«, fragte er zögernd, als sie an Land kletterten, »soll ich dich nach Binz mitnehmen?«

»Ich bin mit dem Fahrrad da.«

»Mein Kombi hat eine große Ladefläche.«

»Na gut.«

»Alena, du musst nicht. Es ist nur ein Angebot.«

Sie lachte. »Vielen Dank, ich nehme dein Angebot gern an.«

Vermutlich hätte sie zwei Stunden bei dem Gegenwind aus Nordwesten gebraucht. Andererseits hätte es ihr wahrscheinlich gut getan nach den verwirrenden Ereignissen der letzten Stunde. Und hätte sie gewusst, was ihr in der nächsten Viertelstunde bevorstand, sie wäre niemals zu Lennart ins Auto gestiegen.

Sie rollten zwischen Feldern aus Gager hinaus quer über die Halbinsel. Die sinkende Sonne färbte die weit verstreuten Wolken rot. Eine Formation Enten strebte im Keilflug dem Festland zu.

»Wir können uns nicht wiedersehen«, sagte Lennart plötzlich leise, aber hart.

Alena lachte auf. »Verstehe. Du hattest mich ja schon gewarnt. Wollen wir hoffen, dass es uns auf der Insel gelingt. Ich werde nämlich noch ein paar Tage bleiben!«

Er blickte kurz zu ihr herüber. »Warum hast du das getan, Alena?«

»Was?« Sie musterte ihn von der Seite – seine ernsten Gesichtszüge, die gerade Nase, die ersten Fältchen in den Augenwinkeln, die langen Wimpern, das kräftige Kinn. Eben noch hatte er ihr gehört mit Leib und Seele und sie beschenkt mit seiner stürmischen, dann zärtlichen und schließlich tiefen Leidenschaft. Sie hatte geglaubt, ihn zu kennen bis in den Kern eines großzügigen und liebevollen Wesens hinein. »Was habe ich denn getan, Lennart?«

»Himmel, Alena! Ich hatte wirklich keine Ahnung, wer du bist.«

Zwischen den Ähren der Getreidefelder in der Ebene nistete sich Dämmerung ein. Das letzte Licht hüpfte von einem Gewässer zum nächsten und ließ immer wieder woanders einen Wasserspiegel in einem Graben oder einem Teich aufblitzen. Sie hielten auf die bewaldeten Anhöhen von Göhren zu.

»Und wer bin ich?«, fragte Alena.

»Hör auf mit diesem Spiel, bitte!«

Der Wald der Raaber Heide nahm sie auf. Drinnen herrschte fast Nacht. Vielleicht ganz gut so, dachte Alena. Die offensten Gespräche mit Kristin hatte sie nach dem Lichtausmachen geführt, wenn sie bei Tante Trude in ihren Betten lagen, das Nachttischchen zwischen sich. Bei ihrem letzten Sommernachtsgespräch hatte Kristin ihr von ihrer Liebe erzählt. Sie war schwanger, im sechsten Monat. Man sah es auch, und deshalb wollte sie die Eltern nicht mehr besuchen. Der Kindsvater hieß Tim und war der Schlagzeuger der B'Demons. Sobald das Kind da war, wollte sie mit ihm fort nach Amerika. In Berlin hatten sie keine Zukunft mehr. Der Frontman der Band blockierte Tims Karriere als Sänger. Außerdem war er rasend eifersüchtig. Leider gab es da diesen Vertrag mit der Musikfirma. Es müsse schon einer sterben, hatte Kristin lachend erklärt, damit die Gruppe sich auflösen könne. Deshalb müssten Tim und sie für eine Weile in den USA untertauchen.

Hatte sie wirklich nicht gemerkt, wie schwachsinnig und albern sich das anhörte? Alena hatte versucht, ihrer großen Schwester klarzumachen, dass sie einer besonders gefährlichen Form des hormonellen Wahnsinns erlegen war. Aber Kristin hatte sie ausgelacht. »Was weißt du schon, du mit deinen fünfzehn Jahren? Verlieb du dich erst mal richtig.«

Alena erinnerte sich noch ihrer Beklemmung, als Kristin sie damals auf dem Bahnhof von Binz umarmte. Kristin fuhr nach Berlin und sie nach Greifswald, um wenige Wochen später mit ihren Eltern für ein Jahr nach Cambridge zu ziehen, wo ihr Vater eine Gastprofessur hatte. Drei Monate später war Kristin tot. Bei einem Motorradunfall ums

Leben gekommen, zusammen mit Tim und ihrer nicht einmal vierzehn Tage alten Tochter. Ihr Vater war innerhalb einer Woche grau geworden.

»Und was für ein Spiel soll das sein, das ich spiele?«, fragte Alena leicht ungehalten.

»Deine Schwester hieß doch Kristin?«

»Ja.«

»Und wie ist sie ums Leben gekommen?«

Warum wollte er das jetzt wissen? »Bei einem Motorradunfall in Berlin.«

Sie hatten Mönchgut verlassen und fuhren an der Granitz entlang, die sich schwarzwalddunkel zwischen ihnen und der Ostsee auftürmte. Lennarts Fingerknöchel waren weiß geworden am Lenker. »Wenn ... wenn du dich an mir rächen wolltest«, stieß er hervor, »so ist dir das wirklich gelungen.«

»Rächen wofür?«

»Alena, du bist Kristins Schwester!«

Plötzlich begriff sie. Es durchfuhr sie wie ein Schwert. Das war nicht mehr der übliche Stich, den sie ab und zu empfand und auch heute Morgen empfunden hatte, als Tante Trude den Namen des Mannes neben ihr genannt hatte – Lennart.

»Len Lost«, flüsterte sie entsetzt. »Du bist Len Lost, du bist der Sänger der B'Demons, der ... der verfluchte Sänger! Du bist der Frontman, der meine Schwester mit seiner Eifersucht verfolgt hat, du bist der Mörder meiner Schwester! O Gott, und ich hatte keine Ahnung. Hätte ich das gewusst!«

»Dass du es nicht gewusst hast, kann ich mir ehrlich gesagt nur schwer vorstellen. Sie haben mich fast ein Jahr lang durch alle Zeitungen und Fernsehnachrichten gejagt. Und mein Gesicht war auch vorher schon nicht unbekannt. Du musst mich in MTV gesehen haben, auf CDs, auf Plakaten.«

»Du überschätzt deine Bedeutung!«, entgegnete Alena eisig. »Kuscheltiergruppen wie die eure gehörten nicht zum Lehrstoff in Musikgeschichte, und als Teenager habe ich klassische Musik gehört. Als

Kristin starb, war ich fünfzehn und mit meinen Eltern für ein Jahr in Cambridge. Da gab es kein deutsches Fernsehen. Von deinem Prozess habe ich fast nichts mitgekriegt. Meine Mutter war zwar als Nebenklägerin dabei, aber ich nicht. Nach deinem Freispruch kam sie versteinert wieder, und danach wurde weder dein Name noch der deiner Band jemals wieder ausgesprochen.«

Lennart warf ihr einen prüfenden Blick zu. »Es tut mir leid.«

»Und ob du es glaubst oder nicht«, fuhr sie fort, »ich hatte nie das Bedürfnis, dem Tod meiner Schwester eure Namen und Gesichter zu geben. Das hätte mir Kristin nicht wiedergebracht. Es war mir egal, wer Schuld an ihrem Tod hatte. Man hat dir nicht nachweisen können, dass du die Bremsanlage des Motorrads manipuliert hast, auf dem Kristin, Tim und das Baby starben. Gut, vielleicht warst du es nicht. Es war mir egal, es ist mir bis heute egal! Ich wollte mich nie mit einem Menschen beschäftigen, der nicht einmal den Mumm hatte, vor dem Richter auch nur den Mund aufzumachen. Der nicht genug Respekt vor dem Leid meiner Mutter hatte, um zu erzählen, was wirklich geschehen war. Und ich konnte mir auch nie irgendein Verhalten meinerseits vorstellen, das meine unendliche Verachtung für dich und deine Kumpanen ausgedrückt hätte. Dir ins Gesicht spucken, die Augen auskratzen, dich hinterrücks erschießen, das erschien mir alles banal angesichts meines Verlustes.«

Dunkelheit hatte sich übers Land gelegt. Sie blickte hinüber. Lennart biss die Zähne zusammen. Die schwarze Strähne auf seiner Stirn zitterte.

Alena schüttelte sich. Nein, sie hatte kein Mitleid mit ihm! Nein, sie wollte nicht wissen, was er gerade empfand! »Warum nur«, stöhnte sie, »musste ich ausgerechnet in den Zug steigen, in den sich deine Tochter verirrt hatte? Warum musstest du sie ausgerechnet zu meiner Tante bringen? Wer denkt sich diese grausamen Zufälle aus?« Sie schlug die Hände vors Gesicht.

»Auch ohne Luisa wäre ich irgendwann bei deiner Tante aufgetaucht. Aber jetzt verstehe ich, warum Trude heute früh so komisch war. Sie wollte nicht, dass ich dich zu Gesicht bekomme oder du mich.«

Alena ließ die Hände sinken. »Tante Trude? Sie weiß, wer du bist?«

»Davon bin ich immer ausgegangen, aber wir haben nie darüber gesprochen. Ich jedenfalls wusste nicht, dass Kristin Trudes Nichte war. Trude hat euch nie erwähnt. Sie hat nie von Nichten gesprochen. Ich dachte immer, dass sie niemanden mehr hat.«

»Halt an!«

»Alena, bitte …!«

»Halt an oder ich springe aus dem fahrenden Auto.«

Lennart blickte in den Rückspiegel, setzte den Blinker, bremste ab, während ein paar Autos an ihnen vorbeischossen, und fuhr an den Straßenrand.

Alena langte nach dem Türgriff, wandte sich dann aber noch einmal ihm zu. »Wahrscheinlich werden wir es nicht vermeiden können, dass wir uns noch mal über den Weg laufen, solange ich hier bin. Ich werde mir Mühe geben, die Form zu wahren. Aber um eines möchte ich dich dringend bitten. Versuch nie, dich mir gegenüber zu rechtfertigen. Erzähl mir nicht, du seist inzwischen ein anderer. Ich wollte nie wissen, wer Len Lost war, und ich möchte nicht wissen, was aus ihm geworden ist. Verschone mich also mit irgendwelchen Entschuldigungen und Erklärungen. Mich wirst du nicht einwickeln, so wie es dir offenbar bei meiner Tante gelungen ist. Glaub das ja nicht!«

»Nein, Alena«, erwiderte Lennart sachte, »es liegt mir völlig fern, das zu glauben. Vorausgesetzt, dass ich es wollte.«

»Verstehe!«, sagte Alena scharf. »Du bist offenbar auch noch mächtig stolz darauf, dass du dich um niemanden bemühen musst.« Sie stieß die Tür auf.

»Nein«, sagte er rasch, »ich bin auf nichts stolz, was ich bislang in meinem Leben gemacht habe. Aber auf eines bin ich wahrhaftig stolz …«

Alena hielt unwillkürlich inne. Er hatte sich ihr voll zugewandt, die eine Hand am Lenker, die andere auf die Lehne ihres Sitzes gestützt. Seine Augen funkelten in der Dunkelheit des Wagens.

»Nämlich darauf«, sagte er, »dass ich dir – gegen meine Interessen, gegen meine Wünsche, gegen alles, was sich in mir nach Mitgefühl und Vergebung sehnt – die Gelegenheit gegeben habe, dich mit derart deutlichen und schmerzhaften Worten des Abscheus von mir zu wenden.«

»Leider erst, nachdem du mich in deine Koje gezogen hast!«

»Ach Alena«, stöhnte er.

Kapitel 10

Und stell dir vor«, berichtete Trude, »Luisa wusste nicht, was Chicoree ist. Ihre Mutter macht nur Spaghetti mit Tomatensoße aus dem Tetrapack oder Fertiggerichte.«

»Hm«, sagte Alena. Sie zitterte immer noch, mehr innerlich denn äußerlich. Auch die wilde Heimfahrt im Dunkeln durch die Wälder und die heiße Dusche danach hatten nicht viel geholfen.

»Dabei wäre es letztlich billiger, wenn sie Kartoffeln und Tomaten kaufen würde. Und gesünder auch noch.«

»Vermutlich kann sie nicht kochen«, meinte Alena. Sie waren eben mit einer Kanne Tee in die rundum verglaste Veranda umgezogen, nachdem die letzten Pensionsgäste den Salon geräumt hatten. Auf Trudes Schoß hatte sich eine ihrer drei Katzen zusammengerollt und schnurrte.

»Kochen würde Luisa am liebsten auch noch von mir lernen«, sagte sie lächelnd. »Wie lernbegierig sie ist. Nur mit der Rechtschreibung, das ist ein ernstes Problem.«

»Ja.« Alena rührte in ihrem Tee.

»Je dringender sie alles richtig machen will, desto mehr Fehler macht sie. Es ist eine ziemlich verkorkste Situation.«

»Ja.«

»Alena«, sagte Trude, »du antwortest wie ein tauber Chinese. Wo bist du mit deinen Gedanken?«

Alena zögerte einen Moment, dann entschloss sie sich, es anzugehen. »Ich dachte gerade darüber nach, ob du Luisas Vater absichtlich nicht erwähnst.«

Trude stellte ihre Teetasse auf den Tisch, gab einen Löffel Kandiszucker hinein, goss den heißen Tee darüber, dass es knisterte, und schenkte einen Schwapp Sahne hinterher. Marika hatte in diesem Haus den ostfriesischen Tee eingeführt. Sie kam von Norderney.

»Wie kommst du darauf, Alena?«

»Hast du gehofft, ich würde ihm nicht begegnen, wenn ich hier bin? Oder wie hattest du dir das gedacht?«

Trude stellte das Sahnekännchen zurück auf den Tisch und nahm die Tasse hoch, blies hinein, trank einen Schluck und verzog das Gesicht. Der erste Schluck schmeckte immer bitter. Danach kam die Sahne, dann Zuckersirup.

»Warum hast du mir nie von ihm erzählt? Warum hast du mich nicht gewarnt?«

»Warum hätte ich das tun sollen?«

»Ja, weißt du denn nicht, wer das ist?«

»Lennart Gristow.«

»Alias Len Lost!«

»Ach so, das meinst du.« Trude lehnte sich zurück und begann erneut die Katze zu hinter den Ohren zu kraulen. »Tja, Alena …«

Alenas Tante war eine Meisterin der Gesprächspausen, vor allem dann, wenn ihr Gegenüber vor Zorn bebte und vor Ungeduld zitterte. Alena schätzte das ungemein an ihr, denn sie selbst neigte dazu, viel zu schnell zu sagen, was sie dachte. So wie vorhin bei Lennart. Mit ihrer langsamen Art zwang Tante Trude sie immer wieder, sich zu zügeln und den Mund zu halten. Fast alles Wichtige in ihrem Leben hatte Alena nicht mit ihrer Mutter, sondern mit Tante Trude besprochen. Hier auf dieser Veranda, wenn es draußen dunkel geworden war, mit vielen Pausen, manchmal bis weit nach Mitternacht.

»Tja«, machte Trude noch einmal. »Du möchtest wissen, warum ich Kontakt zu Lennart pflege.«

Alena nickte.

Trude nahm einen weiteren Schluck Tee. Dabei blickte sie ihre Nichte über den Tassenrand hinweg an. »Er wurde freigesprochen, wie du weißt.«

»Ja, ein Freispruch zweiter Klasse aus Mangel an Beweisen!«

»Der aber in der zweiten Instanz bestätigt wurde, unter anderem, weil sich der Hauptbelastungszeuge in Widersprüche verwickelte. Und jeder Mensch ist so lange unschuldig, bis ihm das Gegenteil bewiesen wird.«

»Egal, ob er unschuldig ist oder nicht, wegen dieses Menschen ist deine Schwester, meine Mutter, vor Gram so gut wie verstummt und mein Vater über Nacht grau geworden. Und auch du …«

Eine Bewegung von Trude veranlasste Alena, ihren Satz nicht zu vollenden. Sie hatte die Krebserkrankung ihrer Tante immer für eine Folge des Schicksalsschlags gehalten. Kristin und Alena waren für Trude wie eigene Kinder gewesen, die Menschen, die ihr vielleicht sogar am nächsten gestanden hatten. Sie hatte ja nie geheiratet.

Trude stellte klirrend ihre Tasse ab. »Schau mal, Alena. Unsere Kristin ist tot. Sie ist alle Sorgen los. Schlimm ist das vor allem für uns, die Hinterbliebenen. Jeder hat eine andere Art und Weise damit umzugehen. Mein Standpunkt war immer der, dass es am schlimmsten für denjenigen ist, der sich vielleicht vorwerfen muss, für den Tod dreier Menschen verantwortlich zu sein.«

Alena schnaubte. »Erzähl mir nicht, Lennart sei gestraft genug! Er mit seinem vielen Geld und einem Gutshaus am Bakenberg und einem Segelboot im Hafen?«

»Das ist aber auch das Einzige, was er hat. Weißt du, als er vor etwas mehr als acht Jahren hier auf der Insel auftauchte, da habe ich ihn natürlich sofort erkannt und andere auch. Ich kann dir sagen, Alena, er ist am Anfang nur gerannt. Rein in den Laden, raus, ins Auto weg. Nirgendwo hat er sich länger als zwei Minuten blicken lassen. Und dann sah man ihn ein halbes Jahr nicht mehr. Als ich ihn schließlich in seinem baufälligen Gutshaus besuchte, konnte er kaum vernünftig sprechen, so sehr hatte er sich in seiner Einsamkeit vergraben. Da habe ich ihn einfach gefragt, ob er bei uns die Orgel spielt. Ich konnte es damals selbst nicht mehr wegen der Rückenschmerzen. Ich glaube, er hat angenommen, weil er davon ausgehen durfte, dass ihn dort oben keiner sieht und dass unsere Klientel nicht zu denen gehört, die sich mit Boygroups der Neunziger auskennen. Wirklich, ich habe selten einen so dankbaren Menschen gesehen.«

»Aber du hast ihm nicht erzählt, dass du Kristins Tante bist.«

»Wozu? Ich hätte ihn doch nur vertrieben.«

Alena ahnte den wahren Grund. Ihre Tante ließ sich nicht gern bei guten Taten erwischen, und ihr Angebot, diesen unglückseligen Mann in ihre Kirche und damit zurück in die Gesellschaft zu holen, war wahrhaft selbstlos und heroisch gewesen.

»Und vertreiben wollte ich ihn nicht«, fuhr Trude fort, »denn ich habe ihn gebraucht. Ich konnte nur noch mit stärksten Schmerzmitteln die Orgel spielen, und es gab keine Aussicht auf Besserung. Die Ärzte hatten ja keine Ahnung, was ich hatte und woher meine Rückenschmerzen wirklich kamen. Lennart war da, als ich zusammenklappte. Er hat mich ins Krankenhaus gebracht, nachdem meinem Hausarzt wieder einmal nichts anderes als eine Erhöhung der Schmerzmitteldosis eingefallen war. Lennart hat den Ärzten so lange auf die Zehen getreten, bis sie mich noch einmal in die Röhre geschoben haben. Da endlich haben sie dann den Tumor im Lendenwirbel entdeckt. Eine Woche später, und ich wäre mindestens querschnittsgelähmt gewesen.«

»Verstehe«, murmelte Alena. »Wenn das so ist.«

»Nein, ich glaube nicht, dass du mich verstanden hast. Dass ich ihm viel verdanke, ist das eine. Aber er wäre nicht da gewesen, um mir zu helfen, wenn ich ihn nicht vorher eingeladen hätte, die Orgel zu spielen.«

»Und ich war ja leider nicht da, um dir zu helfen«, sagte Alena betreten.

»Na, das wirfst du dir doch wohl hoffentlich nicht ernsthaft vor, Alena. Dafür gibt es keinen Grund. Du hattest genug mit dir selbst zu tun. Genauso wie deine Eltern. Und ich auch. So ist das eben, wenn plötzlich ein hoffnungsvoller junger Mensch stirbt.«

Alena raufte sich die Haare.

»Was ist denn eigentlich heute passiert?«, erkundigte sich Trude nach einer Weile. »Erst holt Lennart Luisa ab und sieht dabei aus wie von einer Dampfwalze überfahren, und dann kommst du mit kaputten Sehnen hereingehinkt, weil du wie nicht gescheit gegen den Wind geradelt bist.«

»Ich habe ihn zufällig im Hafen von Gager getroffen. Wir … wir haben uns ein … ein bisschen unterhalten. Als dann Kristins Name fiel …« Alena schüttelte sich. »Es war nicht lustig, Tante Trude. Gar nicht.«

»Das tut mir leid.«

»Und dabei hatte ich geglaubt, ich hätte Kristins Tod irgendwie ganz gut verarbeitet. Aber so, wie ich vorhin ausgerastet bin, als mir aufging, mit wem ich da im Auto sitze …«

Trude zog die Brauen hoch. »Im Auto?«

»Na ja, er hatte angeboten, mich mitzunehmen. Es war schon ziemlich spät … und ich dachte … mein, Gott, warum hätte ich das auch ablehnen sollen? Da wusste ich ja noch nicht, wer er ist. Ich habe ihm Dinge an den Kopf geknallt, die ich besser nicht gesagt hätte. Aber er war so ungeheuer gleichmütig, so kalt, so unverschämt stolz. Er hat mich richtig ins offene Messer rennen lassen. So nach dem Prinzip, nimm mich, wie ich bin, oder lass es! Konzessionen mache ich keine.«

Trude musterte ihre erregte und erbitterte Nichte forschend.

»Jedenfalls bin ich dann ausgestiegen und den Rest mit dem Rad gefahren.«

Die Katze auf Trudes Schoß schnurrte.

»Und ich möchte diesem Menschen kein zweites Mal begegnen. Nie wieder!«

»Dann wirst du vermutlich morgen nicht mit uns zum Kinder- und Jugendfest gehen«, stellte Trude nüchtern fest. »Es wird von den Leuten von der Kultur-Kunststatt Prora ausgerichtet. Eine tolle Sache. Musik, Theater, Malerei, Spiele. Wir gehen alle hin.«

Alena schlief schlecht in dieser Nacht. Immer wieder lief das Gespräch mit Lennart in ihrem Kopf ab. Sie war ungerecht und böse gewesen, sie hatte ihn verletzen wollen, so tief wie möglich, geschockt, wie sie selbst gewesen war. Vor allem darüber, dass ihre Gefühle – und zwar solche von nie gekannter Heftigkeit – sie dermaßen in die Irre hatten führen können.

Sobald sie erschöpft vom sinnlosen Grübeln die Augen schloss, tauchte Lennarts Bild vor ihr auf. Das schmale, ernste Gesicht mit den forschenden Augen, sein scheues Lächeln. Sie fühlte wieder seine

Berührungen, atmete die klare Seeluft, spürte den Wind und die Sonne auf ihrer Haut, hörte das Klirren der Takelage und das leise Gluckern der Wellen unterm Bootsrumpf.

War das, was sie für tiefe Sympathie gehalten hatte, doch nur banales Begehren gewesen, ein Betrugsmanöver der Biologie, der es egal war, welche Charakterschwächen der mutmaßliche Erzeuger von Nachkommen hatte, Hauptsache, er war gesund, stark und lebte in gesicherten Verhältnissen?

Alena schämte sich in Grund und Boden. Kaum war sie endlich weggedämmert, schreckte sie wieder hoch. Und wenn er doch unschuldig war? War er nicht freigesprochen worden, weil es schlichtweg keinen Beweis seiner Schuld gab? Musste sie nicht von seiner Unschuld ausgehen? Hätte sie ihm nicht wenigstens die Chance geben müssen, ihr zu erklären, wie er die Ereignisse von damals erlebt hatte, was er wirklich getan und was er eben nicht getan hatte? Aber konnte sie ihm glauben?

Und hatte er eigentlich einen wenigstens klitzekleinen Versuch unternommen, ihr seine Unschuld zu beteuern? Nein!

Die Gedanken kreisten in ihrem Kopf wie ein lärmendes Kirmeskarussell mit Elefanten, Pferden und Kutschen. Und immer wieder bimmelten dieselben Figuren an ihr vorbei, erst der Elefant, dann das Pferd, dann die Kutsche. Es gab keinen Anfang, kein Ende, kein Halten.

Kapitel 11

Auch Lennart schlief so gut wie nicht in dieser Nacht. Da traf er die Frau seines Lebens, da verliebte er sich mehr, als es der Verstand begreifen konnte, da wusste er sich zum ersten Mal in seinem Leben an der Seite des richtigen Menschen angekommen, da hatte er zum ersten Mal in den Armen einer Frau zu leben und zu hoffen begonnen … Und dann!

Was für ein Schlag im Moment seiner größten Verletzbarkeit!

Alena war die einzige Frau auf der Welt, in die er sich niemals hätte verlieben dürfen. Die einzige, die ihm nicht helfen konnte, seine Vergangenheit hinter sich zu lassen.

Und was hatte sie ihm nicht alles gesagt, und mit welcher Verachtung. Sie habe sich nie mit einem Menschen beschäftigen wollen, der nicht einmal den Mumm gehabt habe, vor dem Richter den Mund aufzumachen. Der nicht einmal so viel Respekt vor dem Leiden der Mutter der Toten gehabt habe, um ihr zu erklären, was wirklich geschehen war.

Ja, er hatte damals vor Gericht geschwiegen. Er hatte von seinem Recht Gebrauch gemacht, die Aussage zu verweigern. Sein Anwalt hatte ihm dazu geraten, denn das, was er, Lennart, zu seiner Verteidigung hätte vorbringen können, hätten Richter, Staatsanwalt und den Anwalt der Nebenklägerin, Alenas und Kristins Mutter, vermutlich nur noch mehr gegen ihn aufgebracht. Nicht zu reden von der Presse. Und bis heute war er froh, dass er geschwiegen hatte, und überzeugt davon, dass es richtig gewesen war.

Es hatte ihn Mühe gekostet, sich auf das Abendessen mit Luisa zu konzentrieren. Aber wie üblich gelang es ihm dann doch, von seinen eigenen Schmerzen abzusehen und sich Luisas aufgeregten Berichten über die Abenteuer in Trudes Haus zu widmen. Ein richtiges Boot gab es dort, eine Schaukel und so viele Bücher! Lennart versprach, mit ihr so bald wie möglich einen richtigen Segeltörn auf der Papageno zu unternehmen. Aber morgen mussten sie natürlich erst einmal zum Kinderfest.

Gegen neun brachte er sie ins Bett und las ihr aus Kästners *Doppeltem Lottchen* vor, bis Luisa die Augen zufielen.

Die Stunden bis Mitternacht vertrieb er sich damit, Schaltpläne zur Sanierung der elektrischen Anlage im Haus zu zeichnen. Den Versuch zu schlafen gab er morgens um vier wieder auf. Er tat dies und das – Küche aufräumen, Bad aufräumen, Schrank aufräumen, seine Gefühle einkreisen. Sie bohrten sich durch seine Eingeweide und Knochen bis auf ein halbwegs erträgliches Schmerzniveau hinunter, und als die Sonne aufging, hatten sie sich eingekapselt, und er fühlte sich wie tot.

Schließlich kam Luisa munter und ausgeschlafen die Stiege herab. Sie frühstückten und fuhren zum Gottesdienst nach Binz. Zum Frühstück hatte Lennart begonnen sich zu fragen, wie er heute und künftig Trude Klapsing begegnen sollte. Jetzt, da er wusste, dass sie Kristins Tante war, konnte er doch nicht einfach so tun, als hätte sich nichts verändert. Wie konnte er ausdrücken, wie tief er die Tragödie empfand, die sie und Alena getroffen hatte? Für ein »Mein aufrichtiges Beileid« war es zehn Jahre zu spät.

Als er mit Luisa vom Parkplatz zu der kompakten roten Backsteinkirche im Park hinaufstieg, sah er Trude neben dem Portal an der Treppe stehen. Der Schatten dünner Baumstämme zeichnete ein Gittermuster auf die Backsteinwand der Kirche mit ihren Spitzbogenfenstern. Über dem Portal hockte ein kantiger Turm mit pyramidenförmiger Haube. Außerdem besaß die Kirche eine bemerkenswert gute Orgel der Stettiner Firma Grüneberger.

Trude empfing ihn mit den knappen Worten: »Moin, Lennart. Und damit das gleich klar ist, von meiner Seite gibt es nichts zu klären.«

»Es tut mir leid«, stammelte Lennart. »Ich hatte wirklich keine Ahnung.«

»Ich weiß.« Sie erläuterte ihm die musikalischen Sonderwünsche des Gastpfarrers, der heute den Gottesdienst leiten würde. Dann beugte sie sich zu Luisa hinab und fragte: »Möchtest du zum Kindergottesdienst gehen oder bei mir bleiben?« Luisa wollte bei Trude bleiben, denn es war der erste Gottesdienst, an dem sie teilnahm. Trude nahm sie bei der Hand und ging mit ihr hinein.

Lennart stieg direkt zur Orgelempore hinauf, setzte sich an den Spieltisch und warf die elektrischen Blasebälge an. Nachdem er die Lieder geordnet und die fürs Erste erforderlichen Register gezogen hatte, schaute er zum Spiegel hoch, der dem Organisten den Blick hinter sich in den Kirchenraum hinunter erlaubte.

Im Chor glühte hinter dem Kruzifix auf dem Altar das kreisrunde Glasfenster mit dem Lamm Gottes im Morgenlicht. Es saßen nicht viele Menschen in den Bänken. Das schöne Wetter hatte die Sommergäste an den Strand gelockt. In der vordersten Kirchenbank erkannte Lennart Trudes graue Haarbürste, daneben Luisas mittelblonde Zöpfe, und neben dem Kind saß noch eine Frau, die er nicht auf Anhieb erkannte. Sie hatte glatte kastanienbraun schimmernde Haare.

Er erschrak und drehte sich auf der Bank um.

Alena! Sie war gekommen! Sie war da, obgleich sie doch damit rechnen musste, ihm zu begegnen. Ein Freudentaumel schüttelte ihn. Wieder staunte er über die Gewalt seiner Gefühle. Er hatte bislang nicht einmal geahnt, dass Freude und Trauer eine derart körperliche Wahrheit besitzen konnten. Sie schmerzten, sie wüteten, das Glück zu lieben kaum weniger als die völlige Hoffnungslosigkeit seiner Lage. Lennart würgte seinen inneren Jubel ab und rief sich zur Vernunft.

Alena war zwar zum Gottesdienst erschienen, aber sicherlich nicht seinetwegen. Sie hatte auch nicht mit Trude vor dem Portal auf ihn gewartet, sie hatte ihm keine Gelegenheit gegeben, herauszufinden, ob nach einer Nacht darüber schlafen die Liebe über ihren Abscheu gesiegt hatte oder die Chance bekommen würde zu siegen. Er musste davon ausgehen, dass sie ihm nicht begegnen wollte. Er durfte nicht hoffen, dass sie ihm erlauben würde, sich zu rechtfertigen. Und selbst wenn sie es ihm eines Tages vielleicht doch erlauben würde, durfte er dann wirklich jemals alles erzählen? Die ganze Wahrheit? Es war sinnlos, darüber nachzudenken. Diese Chance würde er nicht bekommen, denn schon bald würde sie wieder nach Hamburg entschwinden, und nach menschlichem Ermessen würden sie sich niemals wiedersehen. Er hatte keine Chance, überhaupt keine.

Ruhe kehrte in ihn ein, als er endlich in die Tasten greifen und das kleine Kirchenschiff mit Harmonien füllen durfte. Musik führte ihn doch stets zuverlässig zu sich selbst zurück. Sie stoppte das Denken.

Die Predigt hielt ein Pastor aus Tübingen. Er schickte ihr den Satz voraus: »Bei alledem versündigte sich Hiob nicht mit seinen Lippen.« Dann holte er zu einer komplizierten Predigt über Hiob aus, der Wohlstand, Geld, Kinder und Gesundheit verlor und in seinem Elend dennoch unermüdlich die Weisheit Gottes pries. In Lennart begannen, aufgewühlt, wie er war, die tiefsten Saiten seiner Seele in düsterer Resonanz mitzuschwingen. Versündige dich nicht mit den Lippen, dachte er. Nein, er durfte Alena niemals die Wahrheit erzählen. Er hatte sie verloren, kaum dass er sie besessen hatte. Was würde er noch alles verlieren müssen? Wie viel Elend hielt das Leben noch für ihn bereit?

Als unten die Bänke zu knarren anfingen und jemand sich schnäuzte, kam Lennart wieder zu sich und ließ kurz einen Bass durchs Schiff dröhnen. Die meisten Pfarrer kannten das Signal des Organisten, wenn sie sich bei der Predigt allzu sehr verstiegen und die Geduld und das Verständnis der Gemeinde arg strapazierten.

Kapitel 12

Paradiesisch, dieses Rügen!«, rief Isabella, als sie den Motorradhelm vom Kopf nahm und die blonden Locken schüttelte.

»Vor allem für Biker«, bemerkte Ronaldo, während er die Maschine hochbockte und die Helme ankettete.

Isabella schaute sich um. Hier waren sie richtig. »Ferienhof Sonnenschein« stand auf einer Holztafel neben dem großen Tor zu einem Anwesen, das nicht weit weg von dem Angerdorf Gingst inmitten von Raps- und Kornfeldern lag und sich mit seinen Reetdächern nur gerade so weit über den Horizont erhob, dass man zwischen dunkelgrünen Schilfgürteln und hellgrünen Salzgraswiesen tiefblau die Boddengewässer blitzen sah. Auf einer Koppel standen ein paar Haflinger, deren fast weiße Mähnen der Wind zauste. Hinten waren mehrere Reihen stabiler Zelte aufgebaut.

Sie war froh, dass sie Ronaldo überredet hatte, hierherzufahren. Je weiter sie nach Norden kamen, desto ruhiger war Isabella geworden. Natürlich war Luisa auf dem Ferienhof Sonnenschein, hatte sie sich gesagt. Einen Vater besuchen? So ein Unsinn! Was Lütfiye und Luisa sich da wieder für Fantasiegeschichten ausgedacht hatten! Luisas Vater war tot. Mausetot wie ihre Mutter auch. Und einen Leo Christ kannte sie, Isabella, auch keinen.

Sie hatten in Rostock übernachtet und am Vormittag den Rügendamm überquert. Mit seinem sechsten Sinn für seinesgleichen hatte Ronaldo gleich eine Bikerkneipe gefunden, wo sie einen Tipp erhalten hatten, auf welchem Campingplatz sie ein Quartier für die Nacht bekommen konnten. Mit Ronaldo war alles einfach, stellte Isabella wieder einmal fest.

Sie marschierten durchs Tor und machten sich auf den Weg zum Hauptgebäude. Dabei kamen sie an einer verrußten Feuerstelle mit

Bänken vorbei. Isabella geriet ins Schwärmen. »Und schau mal, ein echtes Indianerzelt!« Paddelboote lagerten unter einem Dach, es gab Töpferscheiben und einen Bolzplatz. Kinder allerdings sah man keine.

»Wahrscheinlich sind sie alle am Strand«, meinte Ronaldo.

Eine junge Frau in Reithosen trat mit einem Eimer Brot in jeder Hand aus der Tür des Hauptgebäudes.

»Entschuldigen Sie«, sagte Isabella. »Ich suche meine Tochter. Wissen Sie, wo sie sein könnte?«

Die junge Frau zog die Brauen hoch.

»Sie heißt Luisa Vorbeck. Ich bin die Mutter, Isabella Vorbeck.«

»Wir haben derzeit über zweihundert Kinder«, antwortete die Frau. »Aber wenn Sie ins Büro gehen wollen. Da rein, zweite Tür links. Steht dran.«

In dem winzigen Büro saß hinter Bergen von Papier eine füllige Frau mit dunklen Augen und einem Lächeln von Ohr zu Ohr. Sie stellte sich als Rita vor.

Isabella brachte erneut ihr Anliegen vor. »Ich heiße Isabella Vorbeck und suche meine Tochter Luisa.«

»Anreise?«

»Bitte?«

»Wann ist Ihre Tochter angereist?« Rita lächelte immer noch, aber in ihrem Doppelkinn zitterte eine gewisse Ungeduld.

»Äh … gestern, nein, vorgestern.«

»Am Freitag? Das kann nicht sein. Wechsel ist sonnabends. Sie muss also entweder gestern oder vor acht Tagen angekommen sein.«

»Ich werde doch wohl wissen, ob meine Tochter eine Woche weg ist oder …«, fuhr Isabella auf.

Ronaldo unterbrach sie ruhig. »Könnten Sie nicht einfach mal in Ihren Unterlagen nachschauen?«

»Keine Angst, hier geht kein Kind verloren.« Ritas Doppelkinn schlug kleine Wellen.

»Wo ist sie dann?« Isabella hörte selber, dass sie unangemessen schrill klang. »Sie hätte sich längst melden müssen«, erklärte sie, um etwas mehr Ruhe bemüht. »Wir machen uns Sorgen. Wir sind extra aus Italien gekommen.«

»Aus Italien?« Ritas Brauen hüpften unter ihrem Pony.

»Ich habe bestimmt schon hundertmal versucht hier anzurufen, aber es geht nie jemand ran.«

»Das kann nicht sein. Ich sitze hier den ganzen Tag, und dort steht das Telefon.«

Es stelle sich heraus, dass auf dem zwei Jahre alten Prospekt des Ferienhofs, den Isabella hatte, eine falsche Nummer abgedruckt war. Das dazugehörige Telefon stand im Büro der Reitlehrerin Silke, die sich dort nur selten aufhielt.

»Dann sehen wir mal nach«, lenkte Rita ein wenig schuldbewusst ein und begann, Aktenordner umzuschichten. »Wie war der Name? Luisa Vorbeck? Keine Sorge, wir werden sie schon finden. Und wenn wir unter allen Betten nachschauen müssen.« Sie lachte schallend.

Es war dann doch komplizierter. Isabella fühlte ihre schlimmsten Befürchtungen wahr werden. Sie hatte das Kind verschlampt. So was konnte auch nur ihr passieren.

»Nein«, sagte Rita schließlich, »Ihre Tochter ist nicht hier. Vielleicht haben Sie sich geirrt, und sie ist in einem anderen Haus auf der Insel?«

»Sie war hier angemeldet. Das ist doch Ihr Prospekt.«

»Ja, aber eine Luisa Vorbeck war nach meinen Unterlagen nie angemeldet. Wie haben Sie sie denn angemeldet? Schriftlich, per Fax, per E-Mail oder telefonisch?«

»Ich gar nicht. Das war die Schule, die Gesamtschule in Hamburg Steilshoop. Sie haben die Plätze verlost, und Luisa hat gewonnen.«

»Das kann nicht sein.« Ritas Doppelkinn wackelte bedenklich. »Mit dieser Schule arbeiten wir nicht zusammen. Und verlosen tun wir auch nichts.«

Isabella sank auf einen Stuhl. »Und wo ist sie dann jetzt?« Sie hatte das dringende Bedürfnis nach einer Zigarette, aber das war hier vermutlich verboten. »Immer muss mir so etwas passieren. Und dann heißt es wieder, ich würde mein Leben nicht auf die Reihe bringen. Da hat die Kleine zum ersten Mal die Chance auf ein bisschen Ferien auf dem Land, und schon geht sie verloren.« Tränen tropften ihr aus den großen blauen Augen. »Ronaldo, wir müssen zur Polizei.«

»Warten Sie!«, sagte Rita plötzlich, »Da fällt mir etwas ein. Da hat kürzlich jemand angerufen. Moment, ich bin gleich wieder da.« Sie quetschte sich zwischen Schrank und Schreibtisch hindurch und verließ das Büro.

»Siehst du, alles wird gut«, sagte Ronaldo. »Auf einer Insel geht kein Kind verschütt. Beruhige dich. Übrigens, hast du dir schon überlegt, was wir mit der Kleinen machen, wenn wir sie gefunden haben? Auf dem Motorrad nach Italien mitnehmen können wir sie ja schlecht. Und hierlassen? Hast du dir die Preise angesehen? Fünfundzwanzig Euro pro Tag!«

»Dann bleiben wir eben hier, auf irgendeinem Campingplatz, Luisa und ich. Dann musst du eben alleine nach Neapel fahren, wenn es dir so wichtig ist.«

»Aber wir wollten doch …«

Ritas Rückkehr unterbrach den Streit im Ansatz. Der Bürodame folgte die junge Frau in Reithosen.

»Guten Tag«, sagte sie. »Ich bin Silke. Es tut mir leid, ich hätte vorhin gleich schalten müssen, aber ich habe den Anruf kürzlich auch nicht selbst entgegengenommen. Ich schätze, ich weiß, wo Ihre Tochter ist. Sie befindet sich bei ihrem Vater.« Silke lächelte, als wäre das die Klarheit schaffende Information.

»Und wer soll das sein, dieser Vater?«, fragte Isabella entnervt.

Silke runzelte befremdet die Stirn.

»Luisas Vater ist nämlich tot! Und wenn ich nicht sofort erfahre, wo Luisa ist, dann hole ich die Polizei!«

»Hier!«, rief Rita plötzlich und zog unter einem Berg von Papieren einen Zettel hervor. »Hier ist die Nachricht, die wir suchen. Das muss ich vorhin glatt übersehen haben. Der Handschrift nach hat Gert das Gespräch entgegengenommen. Hier steht: ›Nachricht für Isabella Vorbeck, Tochter bei Lennart Gristow.‹«

»Bei Lennart?«, sagte Silke konsterniert.

»Lennart Gristow?«, fragte Isabella alarmiert. »Nein, das kann nicht sein. Woher hätte Luisa denn wissen sollen … Verdammt! Die Dose! Sie muss die Dose gefunden haben. Dieses Biest! Na, die kann was erleben.«

Silke zog die Brauen hoch.

»Sie hat alles geplant, heimlich und hinter meinem Rücken. Lügt mir was vor von Freizeit.« Isabella sprang auf. »Komm, Ronaldo! Wir müssen sie holen. Sofort!«

Ronaldo war praktischer veranlagt. »Wenn Sie uns freundlicherweise noch sagen würden, wo wir diesen Leonard Christoph finden.«

»Lennart Gristow«, korrigierte Silke. »Eigentlich sollten Sie doch wissen, wo der Vater …«, sie wandte sich an Isabella, »… Ihrer Tochter wohnt.«

»Er ist doch gar nicht der Vater. Das hat Luisa sich bloß ausgedacht. Da tut man und macht und spart sich jeden Cent vorn Mund ab und bettelt beim Jugendamt um jedes Paar Stiefel, und was tut das Kind. Träumt von einem Vater und läuft einfach davon. Wie stehe ich jetzt da? Wie eine Rabenmutter! Nur weil man einmal ein paar Tage hat Urlaub machen wollen.«

Die Tränen rollten wieder. Ronaldo legte beruhigend den Arm um sie. »Wenn Sie uns bitte die Adresse geben würden.«

»Wissen Sie, wo Gager ist?«, fragte Silke.

Ronaldo schüttelte den Kopf.

»Dann ist es wahrscheinlich besser, wenn ich Sie hinbringe.«

»Wir sind aber mit dem Bike da«, gab Ronaldo zu bedenken.

»Kein Problem, ich, fahre mit meinem Wagen voraus.«

Kapitel 13

Alena lag in der Sonne auf einem Liegestuhl auf der Wiese hinter dem Haus Buskam und blätterte in einem Bildband über Rügen. Allerdings starrte sie mehr hinaus auf den See, als sie ins Buch blickte. Unnötig zu sagen, was ihr durch den Kopf ging.

Vor dem Kirchgang mit Tante Trude hatte sie sich nicht drücken können. Sonntags hatte man immer schon den Gottesdienst besucht. Die Kirche lag ja praktisch um die Ecke. Alenas feines Ohr hatte widerwillig registriert, dass der Organist auf der Empore hinter ihrem Rücken ein ziemlich guter Organist war. Sie hatte sich zwingen müssen, sich nicht umzudrehen und einen Blick hinaufzuwerfen.

Was das Kinderfest in Prora betraf, hatte sie sich dann allerdings mit guten Argumenten entschuldigen können. Ihre Sehne am rechten Knöchel schmerzte immer noch. Sie war gestern Abend zu zornig gegen den Wind angefahren und hatte die Sehne überanstrengt. Nichts Schlimmes, nur eine Reizung, aber sie erforderte Ruhe und Schonung. Nachdem Trude und Marika sich auf das Fest verabschiedet hatten, hatte Alena sich zunächst in dem Büro ihrer Tante an den Computer gesetzt, um ihre E-Mails zu sichten.

Nachdem alle beantwortet waren, hatte sie ein paar Sekunden auf den Bildschirm gestarrt, auf die offene Seite der Suchmaschine, und mit sich gerungen. Niemals hatte sie dem Tod ihrer Schwester Gesichter geben wollen. Aber jetzt hatte er ein Gesicht und einen Namen – Lennart Gristow alias Len Lost.

Sie gab sich einen Ruck und tippte »Len Lost« in die Suchmaschine. Bilder und Berichte listeten sich auf.

Die B'Demons waren berühmt gewesen für ihre perfekt durchgestylten Shows und für die Motorräder, mit denen sie auf die Bühne fuhren, dicke Maschinen von BMW, eine gelbe, eine rote und eine blaue. Der

Scout einer großen Musikfirma hatte die drei Jungs 1990 als Berliner Dämonen bei einem Beat in einem Kneipenkeller auf dem Prenzlauer Berg entdeckt. Man hatte den Namen der Gruppe modernisiert – er sprach sich »Be Demons« aus, was man mit »Seid Dämonen« übersetzen konnte – und den Jungs klangvolle Künstlernamen verpasst. Man hatte sie eingekleidet, zum Friseur geschickt, ihnen das Tanzen beigebracht und ein Image geschneidert. Von der Presse waren sie anfangs wegen ihrer simplen Rhythmen und Melodien nur belächelt worden. Das änderte sich nach einem Jahr und einer Million verkaufter Alben. Überall, wo die B'Demons auftauchten, fielen die Mädchen in Ohnmacht.

Der Jüngste im Trio hieß Bob Badster, ein schlaksiger Kerl mit rasiertem Schädel an der Bassgitarre. Tim Toyrand war ein kleiner Kompakter mit hängenden Skaterhosen und blonden Strähnen im weichen Gesicht. Auf fast allen Fotos stand in der Mitte der Lead-Sänger Len Lost. Anfangs wirkte er wie ein frühreifer Oberschüler, der mit seinen hellen Augen unter schwarzen Haaren auf dämonisch machte. Widerwillig fasziniert betrachtete Alena das intelligente, aber hochmütige Gesicht, das sich seiner Attraktivität so bewusst war. Auf späteren Fotos kam ein Tick angewiderter Verschlossenheit hinzu. In den fünf Jahren, die die Gruppe existiert hatte, reifte Len Lost nicht nur, sondern wurde auch sichtlich härter. Gegen Ende sah man ihn auf keinem Foto mehr lächeln.

Im dritten Jahr der Gruppe ging es wie ein Aufschrei durch die Presse: Len Lost von der Bühne gestürzt und schwer verletzt im Krankenhaus. In Düsseldorf hatten hysterische Mädchen die Bühne gestürmt und den Sänger über die Rampe gedrängt. Len Lost war höchst unglücklich auf ein Absperrgitter gefallen und niedergetrampelt worden und hatte sich schwere Unterleibsverletzungen zugezogen. Ein findiger Boulevardjournalist sparte nicht mit medizinischen Details und Spekulationen, die von Querschnittslähmung über Impotenz bis zu dauerhafter Sterilität reichten. Die Musikfirma widersprach vehement.

Alena runzelte nachdenklich die Stirn.

Die Fans schickten lastwagenweise Stofftiere, um Len Losts Genesung zu unterstützen. Sie mussten in Hallen gelagert werden und wurden schließlich tonnenweise für Kinderdörfer und Waisenhäuser in der Ukraine und in Rumänien abtransportiert. Kurz darauf wurde Len Lost trotz seiner Jugend zum ehrenamtlichen UNICEF-Botschafter ernannt und besuchte pressewirksam Waisenhäuser in Osteuropa. Dagegen war nichts zu sagen, musste Alena sich eingestehen.

Ein Pressefoto von 1995 zeigte die drei Jungs mit zwei Frauen im Hintergrund. Eine der beiden war Kristin. Die blonde Mähne reichte ihr fast bis zum Gürtel. Wenn man es wusste, sah man auch, dass sie schwanger war. Dabei ruhte Kristins Blick nicht auf Tim, sondern auf Len Lost. Alena gab Druckbefehl. Das Foto kam kaum größer als eine Briefmarke und nur schwarzweiß aus Trudes Drucker heraus.

Es war offenbar das einzige Foto, das die Zeitungsverlage von Kristin archiviert hatten, denn es tauchte später immer wieder in den Berichten über das tragische Unglück vom 29. November 1995 auf. Tims Motorrad war am Holsteiner Ufer in Berlin aus der Kurve getragen worden, gegen einen Baum geprallt und in die Spree geschlittert. Allerdings beschäftigten sich die wenigsten Artikel mit Kristins Tod. Das Baby wurde nur einmal erwähnt. Die meisten Berichte spekulierten darüber, dass der Tod des Drummers das Ende der B'Demons bedeuten werde, denn Tims aggressiver Beat sei unnachahmlich.

Plötzlich dann der Mordvorwurf gegen Len Lost. Die Bremsen von Tims BMW hatten versagt, denn die Bremsflüssigkeit hatte zu einem hohen Prozentsatz aus Wasser bestanden.

Hauptbelastungszeuge war Bob Badster, der mit bürgerlichem Namen Robert Bange hieß. Er schilderte die krankhafte Eifersucht des Lead-Sängers auf Tim und Kristin, zitierte Morddrohungen gegen die beiden und erklärte, Len Lost habe ganz offen davon gesprochen, die Bremsflüssigkeit von Tims Motorrad mit Wasser zu versetzen. Die Behauptung allerdings, er, Bob, habe gesehen, wie sich Len Lost an jenem Mittwochabend des Unglücks an Tims Maschine zu schaffen gemacht habe, zog Bob im Revisionsprozess zurück, womit er sich gänzlich unglaubwürdig machte. Seine Spur verlor sich wenige Jahre später irgendwo in Südspanien.

Im Schlusswort betonte der Richter, dass der Angeklagte freizusprechen sei, es gebe keinen Beweis seiner Schuld.

Damit war es, anders als Alena immer gedacht hatte, kein Freispruch zweiter Klasse, sondern einer erster Klasse gewesen.

Ziemlich verwirrt hatte sie sich auf der Liege in Trudes Garten ausgestreckt. Lennart war, wie es aussah, als unschuldig zu betrachten. Und dennoch wehrte sich etwas in ihr mit aller Macht dagegen, ihn von aller Verantwortung für Kristins Tod freizusprechen und sich erleichtert zurückzulehnen. Das wäre ihr wie Verrat an ihrer Schwester vorgekommen. Zwischen Lennart und ihr konnte es niemals eine normale Beziehung geben.

»Hallo!«

Alena schreckte aus ihren Gedanken und drehte sich im Liegestuhl um. Vom Haus her kam eine junge Frau in Reithosen auf die Wiese. Sie hatte kurzes weißblondes Haar. Ihre Augen waren blau wie Aquamarine.

»Entschuldigen Sie, ich suche Trude Klapsing. Ist sie nicht da?«

»Nein.«

Die junge Frau lächelte mit gefurchter Stirn und redete gleich weiter. »Na ja, eigentlich suche ich auch nicht Trude, sondern Lennart Gristow. Bei sich daheim ist er nicht, sein Handy ist ausgestellt, und da dachte ich … weil er doch manchmal hier ist …«

Sieh an, dachte Alena. Am Ende war diese ausnehmend hübsche junge Frau Lennarts Freundin und noch ein Grund, warum er ihr nicht mehr als ein Abenteuer auf hoher See in Aussicht gestellt hatte.

»Aber den kennen Sie vermutlich nicht. Na ja, kann man nichts machen. Entschuldigen Sie die Störung.«

»Keine Ursache. Aber ich kann Ihnen sagen, wo Trude und Lennart sind. Sie sind auf dem Kinder- und Jugendfest in Prora.«

»Oh! Ach ja! Klar! Unsere Kinder sind ja auch alle dort. Ich bin die Pferdetante vorm Ferienhof Sonnenschein. Und da sind vorhin zwei Leute aufgetaucht. Die Frau sucht ihre Tochter …«

»Oh!« Alena richtete sich auf. »Luisa?«

»Ja.«

»Die Mutter ist aufgetaucht! Sehr gut! Übrigens, ich bin Alena, »Trudes Nichte.«

»Silke, freut mich. Dann ist dieses Kind also tatsächlich bei Lennart?«

»Ja.«

»Wunderbar!« Silkes Aquamarine blitzten. »Das ist ja schon mal eine gute Nachricht.«

Alena schwang die Beine von der Liege. »Und wo ist die Mutter?«

»Sie wartet draußen mit ihrem … Freund, nehme ich an. Sie sind mit dem Motorrad gekommen, aus Italien, sagt sie. Offenbar konnten sie Luisa telefonisch nicht erreichen. Und sie dachten auch, sie sei auf unserem Ferienhof.«

Alena stand auf und stieß einen kleinen Schmerzenslaut aus, denn ihr Fuß meldete sich sofort. »Nur eine kleine Zerrung«, erklärte sie. »Würden Sie mich nach Prora mitnehmen?«

Silke nickte. »Geht's denn?«

»Nach ein paar Schritten geht es. Ich bringe nur schnell das Buch ins Haus und schließe ab.«

Während Alena durchs Haus ging und vorne wieder hinaustrat, lief Silke außen herum.

Auf der Straße stand eine blitzende Harley-Davidson mit blauem Tank, Lehne am Soziussitz und Gepäckboxen an der Seite. Daneben standen ein großer dicker Mann in Lederkluft mit Piratentuch um den Kopf und eine junge Frau. Luisas Mutter war, wie Alena intuitiv spürte, keine einfache Frau. Sie rauchte nervös. Ein Paar blauer Augen blickte halb ängstlich, halb angriffslustig aus einem etwas kindlichen Gesicht. Nachdem Alena beiden die Hand geschüttelt und erklärt hatte, wohin sie fahren würden, stülpten sie sich ihre Helme wieder über den Kopf. Alena stieg zu Silke in ein kleines Auto mit dem Aufdruck des Ferienhofs Sonnenschein.

Sie fuhren zunächst schweigend durch Binz. An einem Kreisverkehr fiel Alenas Blick auf ein Plakat, das für ein großes Live-Aid-Konzert mit namhaften Popstars warb, das in zwei Wochen auf Kap Arkona stattfinden sollte. Alena erinnerte sich. Seit Monaten organisierte Marvin schon im Namen der Zeitschrift *Jukkboks* diese Veranstaltung, die zum Sommer-Event des Jahres werden sollte. Grönemeyer, Westernhagen und Maffay hatten zugesagt. Aber auch die neuen Chartsbands wie Wir sind Helden aus Berlin und Silbermond aus Bautzen sollten mit dabei sein, und wie immer würden auch ein paar lokale Gruppen auftreten.

»Gehst du hin?«, fragte sie zu Silke hinüber. »Ich darf doch Du sagen?«

»Klar. Und ich gehe hin, natürlich.« Silke vergewisserte sich durch einen Blick in den Rückspiegel, dass das Motorrad ihr folgte.

»Seltsame Geschichte«, sagte Alena, die Silkes Blick mitgekriegt hatte, »Lennart wusste anscheinend gar nicht, dass er eine Tochter hat.«

»Ja, ich habe mich auch gewundert«, erwiderte Silke. »Er hätte sie doch sonst mal erwähnen müssen. Aber die Mutter sagt, sie ist nicht seine Tochter.«

Alena musste plötzlich an Lennarts Sturz von der Bühne denken und die anschließenden Spekulationen über seine Zeugungsfähigkeit. Wenn Luisa zehn Jahre alt war, war sie fast zwei Jahre danach gezeugt worden. Falls an den Pressespekulationen etwas dran war, musste ihm ebenfalls vom ersten Moment an klar gewesen sein, dass Luisa nicht seine Tochter war. Demzufolge war alles Lüge, was er ihr erzählt hatte.

»Und wie kommt Luisa dann darauf, dass Lennart ihr Vater ist?«

Silke zuckte mit den Schultern. »Sie hat von irgendeiner Dose geredet, die Luisa gefunden haben soll.«

Das hatte Lennart auch erzählt.

Alena musterte die junge Frau hinterm Steuer. Im Moment sah sie etwas verschwitzt und abgehetzt aus, aber wenn sie sich stylte, dann war sie vermutlich eine exklusive Schönheit mit diesen sandblonden Haaren, aquamarinblauen Augen und vollen Lippen.

»Kennst du Lennart gut?«, erkundigte sich Alena.

Silke lachte auf und warf ihr einen kurzen Blick zu. »Dass ich ihn gut kenne, kann ich nicht behaupten, obwohl wir anderthalb Jahre zusammen waren. Meine Mutter lebt in Groß Zicker, und deshalb bin ich immer mal wieder auf dem Mönchgut. So habe ich vor zwei Jahren auch Lennart kennengelernt.«

»Hm. Er spielt die Orgel in Tante Trudes Kirche«, sagte Alena, in der Hoffnung, dass Silke glaubte, sie kenne ihn daher.

Silke schaute erneut kurz zu ihr herüber.

Alena lächelte. »Ein gutaussehender Mann, hm?«

Silke grinste. »Das stimmt. Außerdem ist er nett, anständig, zuverlässig und all das. Zuerst habe ich gedacht, er sei auch ein guter Zuhörer. Aber eines Tages habe ich gemerkt, dass er mir nicht wirklich zuhört. Er hört zwar, was ich sage, aber es … es interessiert ihn nicht. Ich weiß nicht, ob du das verstehst. Er war bei mir und doch nie wirklich bei mir. Er ist korrekt, aber ich hatte nie das Gefühl, dass er mir besonders nahe war.«

»Ich verstehe.«

»Übrigens war er mal ein ziemlich berühmter Popsänger. Vielleicht hängt es damit zusammen. Er ist wahnsinnig schnell zu Geld gekommen. Er hat mal gesagt, er habe nur falsche Freunde um sich gehabt. Und die Mädchen sind ihm hinterhergelaufen. Er hat sich immer aussuchen können, und nichts war auf Dauer. Er musste sich nie Mühe geben. Die Mädchen haben ihn angehimmelt, weil er ein Popstar war und ziemlich gut aussah. Ich glaube, er weiß gar nicht, wie das geht, eine echte Beziehung, Freundschaft, Liebe. Jemanden wirklich an sich heranlassen. Nähe! Ich habe es jedenfalls irgendwann aufgegeben. Aufgeben müssen.«

»Schade«, bemerkte Alena.

»Ja, und das blöde ist, ich mag ihn immer noch. Wir haben uns in Freundschaft getrennt, wie man so schön sagt. Weißt du, mit Lennart kann man sich nicht streiten. Das ist es, was mich immer so an ihm aufgeregt hat. Du weißt nicht, was er wirklich denkt oder fühlt. Er ist genau der Typ, von dem man sich in Freundschaft trennt. Es verletzt ihn nicht, er vermisst dich nicht, er ist dir nicht böse, er entschuldigt sich. Verstehst du? Es fehlt nicht viel, und er würde sich bei dir entschuldigen für die Beleidigungen, die du ihm an den Kopf knallst, weil er dich wütend gemacht hat.«

»Ich verstehe«, sagte Alena wieder. Auch sie hatte Lennart gestern aus der Reserve zu locken versucht. Sie konnte zwar nicht behaupten, dass Lennart so defensiv gewesen war, wie Silke ihn schilderte, denn für Sekundenbruchteile hatte er durchaus durchblitzen lassen, dass auch in ihm Leidenschaften und Kampfbereitschaft steckten, aber zurückgeschlagen hatte er in der Tat nicht. Sie hatte es als Stolz interpretiert. Aber vielleicht war es wirklich nur Gleichgültigkeit gewesen. »Ja, das tut weh«, fügte sie hinzu.

»Irgendwie schon«, sagte Silke. »Aber … na ja, ich hab's überlebt.« Sie lachte kurz. »Ich denke, im Grunde bin ich an seiner Vergangenheit gescheitert. Er ist nämlich nicht nur ein Popstar, sondern ein Mann mit echter Vergangenheit. Wie heißt das in diesen Romanen immer? Mit düsterer Vergangenheit oder so ähnlich. Mit einem Geheimnis. Ich erinnere mich zwar nicht mehr daran, denn da war ich noch zu jung, aber er war mal wegen Mordes angeklagt. Natürlich wurde er freigesprochen. Aber so etwas prägt vermutlich. Ich glaube, es hat ihn misstrauisch und vorsichtig gemacht. Er traut niemandem mehr. Und damit komme ich eben nicht klar. Mehr als lieben konnte ich ihn nicht. Und wenn einer der Liebe nicht traut, dann geht es eben nicht, falls du verstehst, was ich meine.«

»Doch, ich verstehe schon.« Zugleich beneidete Alena Silke um die Selbstverständlichkeit, mit der sie offenbar von Lennarts Unschuld ausgegangen war.

»Und du?«, fragte Silke. »Hast du jemanden?«

»Ich habe mich auch getrennt, erst kürzlich. Er hieß … er heißt Marvin. Es ist übrigens der, der dieses Konzert auf dem Kap Arkona organisiert. Wir waren auch so ein gutes Jahr zusammen. Als ich ihn kennenlernte, da hatte er gerade zwei Freundinnen gleichzeitig, und er hat es mir sogar gesagt.« Alena lachte auf. »Und ich Idiotin habe das für besonders ehrenwert gehalten. Ich habe ihm tatsächlich geglaubt, dass mit solchen Parallelverhältnissen jetzt Schluss sei, da er ja nun mich kennengelernt habe, die Frau seines Lebens, und so weiter. Man ist schon ziemlich bescheuert, wenn man verliebt ist. Ich zumindest war es.«

Silke lachte mitfühlend.

»Dabei glaube ich sogar, dass Marvin mich nicht einmal absichtlich belogen hat, als er mir seine ausschließliche Treue schwor. Aber er ist dann eben doch wieder schwach geworden mit dieser oder jener Praktikantin. Er ist der Chef der Öffentlichkeitsarbeit der *Jukkboks* …«

»Der Musikzeitung?«

»Ja. Für Marvin hatten diese Affären keine Bedeutung, hat er immer behauptet, aber für mich eben schon. Und das hat er jetzt wohl begriffen, nachdem ich mit ihm Schluss gemacht habe. Aber nun ist es zu spät.«

»Gut gemacht, denn ändern tun sie sich nie, die Männer«, bemerkte Silke. Sie setzte den Blinker und bog in ein geschlossenes Waldgebiet ab. Mit einem kurzen Blick in den Rückspiegel vergewisserte sie sich, dass das Motorrad ihnen folgte.

Kapitel 14

Prora war immer wieder erschreckend, bedrückend und erregend zugleich. Über endlose fünf Kilometer erstreckte sich an der Binzer Bucht der von den Nazis gebaute und nie vollendete Hotelkomplex für zwanzigtausend Gäste. Mit seinen sechs Geschossen und den unzähligen, absolut regelmäßigen Vorbauten bildete er im Wald eine gewaltige Mauer vor der Ostsee.

Der Film über Rügen würde sich natürlich auch mit dieser Bettenburg aus den dreißiger Jahren beschäftigen. Einen Blick in die winzigen Dreibettzellen würde die Kamera werfen, kaum Platz, sich umzudrehen. Inzwischen belebten Museen und Kultureinrichtungen einige Blöcke.

Glücklicherweise wusste Silke, bei welchem Kilometer sie haltmachen und aussteigen mussten, um zur KulturKunststatt Prora zu gelangen. Auf der anderen Seite des Kolosses standen in bunter Mischung Zelte, Tische und Bühnen. Es grimassierten Clowns, zauberten Magier, sangen und spielten Musiker und sprangen unzählige Kinder herum. Die Hochschule für Theater und Musik aus Rostock würde das Fest am Abend mit einem großen Konzert beschließen. In den Räumen im Untergeschoss gab es Getränke, Salate und Kuchen. Die einzig wahre Form, die düstere Anlage zu beleben, fand Alena.

Isabella hatte sich eine Zigarette angesteckt, kaum waren sie angekommen, und ließ nervös den Blick über die Kinderköpfe schweifen. »Ich sehe Luisa nicht«, sagte sie immer wieder. »Wie sollen wir sie denn hier finden?«

»Wir finden sie«, erklärte Alena. »Ihr sucht im Haus, und ich gehe erst einmal meine Tante suchen. Okay.«

»Mich braucht ihr dann wohl nicht mehr«, bemerkte Silke. »Ich weiß ja nicht einmal, wie Luisa aussieht. Außerdem sollte ich zurück zu meinen Pferden. Wir sehen uns hoffentlich noch mal, solange du da bist, Alena. Komm doch mal auf einen Kaffee bei uns vorbei.«

»Bestimmt«, erwiderte Alena warm.

Sie blickte der schmalen Gestalt mit Sympathie nach, dann wandte sie sich dem Gelände zu und fragte sich, warum sie sich dieser Familienzusammenführung angenommen hatte. Ihr alter Fehler. Ständig fühlte sie sich verantwortlich.

Verschiedene Leute, die sie nach ihrer Tante fragte, wiesen sie durch den Waldstreifen an den Strand. Dort war Trude dabei, Malblöcke und Aquarellfarben auszuteilen. Marika saß, umringt von Kindern, im Sand und malte.

»Ah, nun bist du ja doch gekommen«, sagte Trude. »Geht es deinem Fuß besser?«

»Es geht so. Ich habe Luisas Mutter mitgebracht.«

»Sieh an! Und jetzt sucht ihr Luisa?« Trude blickte sich mit gerunzelter Stirn um. »Sie ist sicher bei Lennart. Sie folgt ihm ja wie ein Entenküken. Er müsste irgendwo da drüben sein. Er dürfte nicht zu überhören sein. Er macht Musik mit den Kindern.«

Alena humpelte durch den Sand zurück unter die Bäume. Einen Moment überlegte sie, Isabella und Ronaldo zu holen und alleine loszuschicken, aber dann siegte ihr Verantwortungsgefühl. Weder Luisa noch Lennart waren auf die Mutter vorbereitet. Besser, sie ging sie vorwarnen.

In der Tat, die kleinen Musikanten waren nicht zu überhören. Unter einer Gruppe alter Bäume waren Bänke zu einem Kreis aufgestellt, auf denen Kinder saßen, jedes mit irgendeinem rhythmischen Instrument in der Hand, Triangeln, Schellen, Tamburins oder Rasseln, denen es irgendwie Krach zu entlocken versuchte. Für Alenas Ohren eine ziemliche Katzenmusik.

Zwischen den Kindern saß Lennart mit einer edlen Konzertgitarre aus der Werkstatt des Meisters Joachim Schneider auf den Knien, ein Instrument mit einem brillanten und tragfähigen Klang. Er versuchte, mit einfachen Harmonien dem Katzenorchester einen Takt vorzugeben.

Das Konzert hatte offenbar eben begonnen, und so wollte Alena nicht stören und blieb an einem Baum stehen, und zwar seitlich hinter Lennart, so dass er sie nicht sehen konnte. Neben ihm auf der Bank saß Luisa. Sie hatte eine afrikanische Trommel zwischen den Knien, auf der sie zunächst suchend, dann zunehmend sicherer Lennarts Vorgaben folgte. Auch die anderen Kinder fanden sich allmählich in den Takt. Sobald das Kinderorchester einigermaßen geordnet klingelte, rasselte und ratschte, hörte Lennart auf, Akkorde zu schlagen, und begann zu zupfen, wenn auch immer noch sehr rhythmisch.

Er spielte das Instrument meisterhaft, wie Alena sofort feststellen konnte. Aus den Kaskaden zunächst rhythmischer Akkorde kristallisierte sich unmerklich eine Melodie, die allmählich mächtiger wurde. Alena musste schmunzeln. Es war die Melodie von »Alle meine Entchen«, die sich auf einmal klar und schlicht in den Sommertag schwang. Unter Lennarts Händen begann im See das Wasser zu plätschern. Die Enten quakten aufgeregt und flatterten, im Röhricht rauschte der Wind.

Obgleich Lennart nichts anderes machte als spielen – wobei er die Kinder immer wieder reihum anblickte –, gelang es ihm auf geheimnisvolle Weise nach und nach, ein richtiges Orchester zu formieren. Die chaotische Katzenmusik verwandelte sich in ein mächtiges schwingendes und klingendes harmonisches Gebilde, in dem sich immer wiederkehrende Klangmuster abzeichneten. Alena lauschte atemlos.

Und dann begann er zu singen. »Alle meine Entchen schwimmen auf dem See, schwimmen auf dem See …«

Ein Schauer lief Alena den Rücken hinunter. Lennart besaß eine tiefe, aber ungemein klare Stimme. Er sang ungekünstelt und einfach und dennoch nicht naiv.

Alena schluckte. Ein Kloß saß ihr im Hals.

Mit heiterem Ernst ließ Lennart die Enten auf dem See ihr Unwesen treiben. In seiner Stimme schwangen Obertöne mit, die ihr einen intelligenten und zugleich nachdenklichen Beiklang verliehen. In keinem Moment klang das simple Kinderlied kindisch, anbiedernd oder schnulzig. Dennoch oder gerade deshalb begeisterte er die Kinder und riss sie mit. Alle waren höchst konzentriert bei der Sache.

Alena rang um Fassung. Sie wäre besser nicht hierhergekommen. Unwillkürlich musste sie an das Sprichwort denken: »Wo man singt, da lass dich nieder, böse Menschen haben keine Lieder.« Für ihr Leben gern hätte sie geglaubt, dass das eine wirklich etwas mit dem anderen zu tun hatte. Aber leider hatte niemals eine schöne und gut ausgebildete Stimme etwas über den Charakter eines Menschen ausgesagt, genauso wenig übrigens wie ein attraktiver Körper oder die interessante Farbe der Augen im Zusammenspiel mit den Haaren. Vermutlich hatte sie sich eben doch nur – wie irgendein törichter Groupie – in einen hübschen Musiker mit einem kalten und unnahbaren Herzen vergafft. Sie war nicht die erste und nicht die letzte Frau, der das passierte.

Inzwischen waren alle Strophen gesungen, und Lennart führte sein Kinderorchester zu einem Finale, bei dem sich die Enten rauschend vom Wasser erhoben und mit pfeifenden Flügelschlägen davonflogen. Nur zwei oder drei Kinder verpassten den Schluss und klapperten noch etwas nach.

Applaus brandete auf. Es hatten sich, ohne dass Alena es bemerkt hatte, etliche Eltern und ältere Kinder um den Musikkreis versammelt. Jetzt forderten sie klatschend und johlend eine Zugabe. Der Moment war gekommen, wo Alena in den Kreis einbrechen und Luisa herausholen musste, aber sie konnte sich nicht recht entschließen. Für Luisa würde es das Ende des kurzen Traums bedeuten, ihren Vater gefunden zu haben. Vielleicht sollte sie ihr doch noch ein paar Minuten gönnen.

Da drehte sich Lennart um. Er schien nicht einmal überrascht, als hätte er die ganze Zeit gewusst, dass sie hinter ihm stand. Er legte die Gitarre auf die Bank, erhob sich und kam auf sie zu. Er trug ein lachsfarbenes T-Shirt und Jeans mit Gürtel.

Alena wäre am liebsten davongelaufen. Warum nur, fragte sie sich eingeschüchtert, war sie selbst so nett und anständig und ohne jegliche Begabung? Diesem Mann mit seiner düsteren Vergangenheit und so viel Talent war sie einfach nicht gewachsen. Vielleicht war es sogar gut, dass Kristin immer zwischen ihnen stehen würde.

»Hallo, Alena«, sagte er mit dem abwartenden Unterton in der Stimme, die angemessen war, wenn sich zwei Menschen begegneten, die sich im Bett vorbehaltlos einander hingegeben und sich dann im Streit getrennt hatten. »Was ist los?«

Alena fragte sich, woher er wusste, dass sie mit ihm sprechen musste, aber nicht seinetwegen gekommen war, sondern aus einem anderen schwerwiegenden Grund, der auch ihn etwas anging.

»Luisas Mutter ist hier«, antwortete sie.

Im erbarmungslosen Licht der Nachmittagssonne sah Lennart müde und erschöpft aus. »Wo?«

»Im Haus. Sie und ihr Freund sind vorhin auf einer Harley im Ferienhof Sonnenschein aufgetaucht und dort auf Silke gestoßen.«

»Aha.«

Angesichts des Umstands, dass Silke seine Ex war, hätte er ruhig ein bisschen Verlegenheit zeigen können, fand Alena. Andererseits, warum eigentlich? Schließlich war sie selbst seine Ex. Er schuldete ihr keine Erklärung, zumal sie sich mit sehr deutlichen Worten jegliche Erklärungen seinerseits verbeten hatte.

»Silke hat die beiden dann nach Gager gebracht«, fuhr sie fort. »Und weil du nicht dort warst, ist sie nach Binz gekommen, um meine Tante zu fragen, ob sie weiß, wo du bist.«

Lennart senkte den Blick und fuhr sich mit einer Geste der Ratlosigkeit durchs Haar. »Dann«, sagte er, »sollte ich wohl Luisa holen und zu … zu ihrer Mutter, ich meine, zu Isabella bringen.«

»Mir musst du nichts mehr vorspielen«, entfuhr es Alena. »Luisa ist nicht deine Tochter, und das wusstest du von Anfang an. Vermutlich hast du keine Ahnung, wer diese Isabella überhaupt ist.«

Er blickte sie an. »Das stimmt. Aber dass ich mich an keine Isabella erinnere, muss noch nichts heißen.«

Wollte er die Lüge wirklich aufrechterhalten?, fragte sich Alena, oder stimmte ihre Vermutung nicht? »Aber Isabella sagt selbst, dass du nicht Luisas Vater bist.«

»Umso besser. Ich … ich habe auch versucht, es Luisa klarzumachen, aber ich bin gescheitert.« Ein liebevolles Lächeln zuckte über sein Gesicht. »Sie hat mich derart vorwurfsvoll angeschaut und mir unterstellt, ich wolle sie nur loswerden, dass ich es nicht über mich gebracht habe, sie bei der Polizei abzuliefern und den Behörden die Suche nach ihrer Mutter zu überlassen. Ich habe ihr vorgeschwindelt, dass es durchaus sein könne, dass ich ihr Vater sei. Aber ich habe darauf bestanden, dass sie alles unternimmt, ihre Mutter zu erreichen.«

»Na gut, wer wollte dich für diese kleine Notlüge tadeln.«

»Du offensichtlich.«

»Willst du mir das vorwerfen?«

»Nein, Alena, ich will dir überhaupt nichts vorwerfen. Ich wollte nur mein Verhalten erklären.«

Alena hörte die weiterreichende Bitte, die dahintersteckte, und versteifte sich innerlich. »Nichts wird besser, nur weil man es erklären kann. Luisa steht eine ziemliche Enttäuschung bevor.«

»Sie weiß, dass wir uns auf eine kleine Lüge geeinigt haben.«

»Bist du da ganz sicher?«

»Eigentlich schon. Aber vielleicht habe ich mich geirrt. Vielleicht setzt sich ein Kinderherz leichter über das Offensichtliche hinweg. Dann steht Luisa allerdings eine böse Enttäuschung bevor, für die ich die Verantwortung trage.«

Alena dachte daran, dass ihr Luisa gestern früh so vorgekommen war, als würde sie mit Lennart ein Geheimnis teilen. »Vermutlich ist es ihr klar«, lenkte sie ein.

Lennart deutete ein Lächeln an. »Dann gehe ich sie jetzt mal holen.«

Er drehte sich um, ging unter die Bäume in den Musikkreis zurück, in dem die Kinder mit ihren Instrumenten herumprobierten, und legte Luisa die Hand auf die Schulter. Luisa blickte sich um, sah Alena, winkte, sprang auf und kam zu ihr gelaufen. »Du bist ja auch gekommen!«

»Ich musste mir doch euer Konzert anhören«, sagte Alena lächelnd. »Vor allem die afrikanische Trommel ist mir besonders aufgefallen.«

Luisa lachte. »Du lügst! Du bist doch sicher wegen etwas ganz anderem hierhergekommen.«

»So kann man es auch sagen. Und rat mal, wer noch hier ist?«

Luisas Gesicht verfinsterte sich. »Meine Mutter?«

Alena nickte.

»Wo? Wo ist sie?«

»Irgendwo da drin im Haus, mit Ronaldo.« Alena deutete auf den steinernen Koloss, der die kleine Festgemeinde gegen die Außenwelt abriegelte wie ein Bollwerk gegen die Wirklichkeit. Aber die fand letztlich überall einen Weg, einzusickern und bis in den letzten Winkel vorzudringen.

»Ist sie arg böse auf mich?«, fragte Luisa.

»Ich glaube nicht. Sie ist nur ziemlich nervös. Sie hat sich Sorgen gemacht.«

»Sonst macht sie sich doch auch keine Sorgen, wieso jetzt auf einmal!«

»Luisa, du bist ungerecht. Mütter machen sich immer Sorgen, auch wenn Kinder es nicht wahrhaben wollen.«

Luisa blickte etwas betreten drein und seufzte demonstrativ. Ihr ganzer Brustkorb hob und senkte sich. »Na gut, bringen wir es hinter uns.«

»Willst du nicht auf deinen Va... auf Lennart warten?«

Luisa drehte sich zum Musikkreis um, aber Lennart kam schon. »Das wird voll peinlich«, wisperte sie Alena zu. »Er weiß doch gar nicht mehr, wer meine Mutter ist, auch wenn er mir zuliebe so tut, als würde er sich erinnern.«

Lennart kam bei ihnen an. Er sah nicht mehr nur müde und angespannt aus, sondern auch unglücklich. Alena konnte Silkes Einschätzung eigentlich nicht bestätigen, dass Lennart ein Mann war, der seine Gefühle nicht erkennen ließ. Ganz im Gegenteil. Oder las sie in ihn nur etwas hinein, was gar nicht existierte? Beispielsweise, dass er für Luisa durchaus Vatergefühle empfand.

Luisa steckte ihre Hand in seine und verkündete: »Da müssen wir jetzt durch, Papa. Mama ist im Grunde ganz okay. Außerdem kann sie dir ja keinen Vorwurf machen. Ich bin an allem schuld. Ich bin ausgerissen, und du hattest keine andere Wahl, als dich um mich zu kümmern.«

Lennart lächelte. »Mach dir darüber keine Gedanken, Luisa.«

Die beiden setzten sich zum Haus in Marsch. Alena zögerte. Eigentlich musste sie da nicht dabei sein, dachte sie. Leider machte sie den falschen Schritt, trat in eine sandige Kuhle in der Wiese und knickte um, da es ihr verletzter Fuß war. Mit einem kleinen Schmerzensschrei sank sie auf die Wiese. Lennart fuhr herum und war sofort bei ihr.

»Es ist nichts«, wehrte Alena ab, während sie mit seiner Hilfe vorsichtig wieder aufstand. »Nur eine kleine Zerrung am Fuß.« Unvorsichtigerweise blickte sie dabei mitten hinein in ein Paar aufmerksame graue Augen und geriet ins Stottern. »Ich bin gestern nur etwas zu … zu … äh … zu viel Rad gefahren. Es geht schon wieder, danke. Es ist nichts! Ich brauche nur … äh … etwas Ruhe. Morgen ist es sicher schon wieder besser.«

Er ließ sie los. »Ja, gegen körperliche Schmerzen kann man wenigstens etwas tun.«

Alenas Herz klopfte. Aber er sagte nichts weiter.

»Geht's?«, fragte Luisa.

Alena nickte. Irgendwie hatte sie keine andere Wahl, als Lennart und das Kind bis zum Haus zu begleiten. Ronaldo stand mit einer Bierflasche in der Hand an der Tür und rauchte.

»Hallo, Luisa«, sagte er, »da bist du ja. Alles im grünen Bereich?«

Luisa nickte.

»Deine Mama ist da drin.« Ronaldo deutete hinter sich. »Sie wird sich freuen.«

Isabella saß an einem Tisch am Fenster bei einer Knackwurst und einem Glas Bier. Sie sprang sofort auf. »Mein Schatz«, rief sie, »da bist du ja!« Sie schloss Luisa in die Arme. »Du hast ja keine Ahnung, was ich für eine Angst hatte. Warum hast du denn nicht angerufen? Was fällt dir überhaupt ein, einfach so zu verschwinden? Was hast du dir denn dabei gedacht? Mach das nie wieder, hörst du!«

Luisa nickte.

»Und wer …« Isabellas Blick wanderte die Personen ab, die hinter dem Kind standen, und blieb an Lennart hängen. »Len! Du bist es wirklich! So sieht man sich wieder. Lange her, was?«

Über sein Gesicht huschte Erkennen. »Bella!« Er reichte ihr förmlich die Hand. »Du warst Bobs Freundin, nicht?«

»Oh, du erinnerst dich an mich? Welche Ehre! Auch wenn ich nicht mehr so jung und hübsch bin wie vor zehn Jahren.« Sie lachte. Lennart schwieg. »Auch damals schon hieß ich Isabella, aber ihr habt mich ja immer nur Bella genannt. Gib zu, dass du, als Luisa dir von ihrer Mutter erzählte, nicht gewusst hast, wer ich bin.«

Er nickte.

»Aber was rede ich. Du hast uns Mädchen ja nur im Dutzend wahrgenommen. Weißt du, dass unter den Groupies die Rede ging, dass du es nur mit Jungfrauen machst?«

Lennart blickte ziemlich verlegen drein.

Isabella lachte. »Schau mich nicht wie ein Gespenst an, Len. Ein Gespenst aus deiner Vergangenheit, ja, das bin ich allerdings.«

»Mama!«, sagte Luisa leise mahnend.

»Schon gut, Luisa. Kein Streit, ich weiß.« Isabella strich ihrer Tochter über den Kopf.

In diesem Moment kam Ronaldo herein. Er pflügte durch die Schlangen, die an den Würstchentöpfen und Kuchentheken anstanden. »Na, alles in Ordnung?«, fragte er. »Und du bist Leonard? Freut mich.« Er reichte Lennart die Hand. »Na, war sie brav, die Kleine?«

Lennart nickte.

Dann schüttelte Ronaldo auch Alena die Hand. »So, und jetzt sollten wir mal los und uns ein Nachtquartier suchen. Mir hat da vorhin einer einen Tipp gegeben.«

Isabella erhob sich. »Ach ja, daran habe ich gar nicht mehr gedacht. Wir wissen ja noch gar nicht, wo wir heute Nacht schlafen können. Jetzt suchen wir uns erst einmal ein schönes Plätzchen, was Luisa? Und dann überlegen wir in Ruhe, was wir mit dir machen. Da hast du uns ja was Schönes eingebrockt, weißt du das? Meinen Urlaub kann ich wohl vergessen.«

»Ich könnte doch einfach hierbleiben«, schlug Luisa vor.

»Kommt gar nicht in Frage! Du hast Len schon genug Umstände gemacht.« Isabellas große Augen blickten zu Lennart hinüber. »Ich muss mich wohl bei dir bedanken.«

»Nein«, erwiderte er.

»Doch, doch, Len! Taucht einfach ein Kind bei dir auf, und die Mutter treibt sich in Italien herum. Was musst du nur von mir gedacht haben! Und ich habe meine Tochter sicher auf dem Ferienhof geglaubt. Ehrlich! Ich konnte doch nicht ahnen, was die Kleine sich da in den Kopf gesetzt hat. Wie bist du nur auf diese schwachsinnige Idee gekommen, Luisa?«

»Gut, dann ist das ja auch geklärt«, mischte sich Ronaldo ein. »Wo hast du deine Sachen, Luisa?«

»Bei Papa.«

Eine Sekunde lang herrschte ein schweigendes Blickewechseln. Alena kam es so vor, als hätten sie sich stumm abgesprochen. Niemand korrigierte Luisas Anrede.

»Ihr seid selbstverständlich meine Gäste«, sagte Lennart. »Mein Haus ist groß genug.«

»Oh!« Isabellas Augen flackerten.

»Es ist ein echtes altes Gutshaus«, verkündete Luisa eifrig. »Da ist wahnsinnig viel Platz. Wirklich! Bitte, Mama! Du kannst doch auch hier Urlaub machen.«

Aber es war unnötig, dass Luisa das gesamte Bitte-Bitte-Register der Kinder zog. Isabella hatte sich längst entschieden, sie brauchte nur einen letzten Schubs, den Lennart ihr sofort lieferte.

»Ihr könnt bei mir wohnen, solange ihr wollt. Ich … ich würde mich freuen.«

»Das ist doch mal ein Wort!«, rief Isabella. »Oder nicht, Ronaldo? Das Haus hat uns vorhin doch gleich gefallen. Ein paar Tage … Hm?«

Auf einmal spielte es keine Rolle mehr, ob Lennart tatsächlich der Vater des Kindes war oder nicht. Im Gegenteil. Isabella sah so aus, als wäre es ihr ganz recht, dass die Rede darauf noch nicht gekommen war. Womöglich war sie sich dessen ja auch gar nicht so sicher, wie sie vorhin vor Silke und Ronaldo getan hatte, dachte Alena. Ihr damaliger Freund Bob zahlte offensichtlich nicht oder nur wenig für das Kind. Oder sie hatte einfach nur augenblicklich begriffen, dass es nützlich war, den Mann mit dem großen Haus und dem vielen Geld in dem Glauben zu lassen, er müsse Verantwortung für ein uneheliches Kind übernehmen. Aber warum ließ Lennart sich darauf ein?

Kapitel 15

Knisternd zog sich der Schaum zurück. Die Blasen versanken wischen den Kieseln, und es blieben glänzende Steine, Tang und Muscheln. Im blauen Himmel reisten ein paar Wolken auf die offene See hinaus. Möwen ließen sich vom Wind hinterhertragen.

Alenas Blick wanderte von der Saßnitzer Seebrücke über das offene Meer bis zu den Kreidefelsen hinüber, die von schwerem dunkelgrünem Wald gekrönt aus dem Ufer emporstiegen und ihre abendlichen Schatten auf den schmalen Streifen aus Sand und Feuerstein warfen. Kilometerlang führte dieser Strand um die Halbinsel Jasmund herum.

Seit anderthalb Wochen radelte Alena die Insel ab. Fast immer gelang es ihr, eine Pause an diesem schönen Fleckchen zwischen Meer, Himmel und Kliff einzulegen und sich für eine halbe Stunde auf einen Stein ans Wasser oder auf eine Bank an der Promenade zu setzen.

Dann, und nur dann, ließ sie ihren Gedanken freien Lauf. Einmal am Tag, nicht öfter. Dann sah sie die kleine Familie wieder vor sich, die sich mit ihrer Hilfe in Prora gefunden hatte. Luisa war überglücklich gewesen, und Lennart hatte ausgesehen, als hätte man ihm ein Geschenk gemacht, mit dem er niemals im Leben gerechnet hatte. Seitdem wohnten die drei bei ihm auf Gut Gristow, wie Alena von ihrer Tante wusste. Fast jeden Mittag hatte er Luisa für ein paar Stunden ins Haus Buskam gebracht, damit Trude mit ihr Diktat übte. Alena hatte Luisa ein paarmal gesehen, aber darauf geachtet, dass sie nicht im Haus war, wenn Lennart sie brachte und abholte. Immer noch sprach Luisa von ihrem Papa, wenn sie Lennart meinte.

Einmal hatte sie auch Ronaldo, Isabella, Lennart und Luisa in Binz die Promenade mit ihrer prächtigen Bäderarchitektur entlangspazieren sehen. Luisa ging an seiner Hand. Alena hatte sich hinter einem der Kunsthandelsstände versteckt gehalten, um nicht entdeckt zu werden.

Was, so fragte Alena sich seitdem, hatte dieser ruhige Mann mit seinem klaren Bekenntnis zu einem Kind, das ihn heiß und innig liebte, heute denn wirklich noch gemein mit dem innerlich haltlosen Len Lost von einst? Eine Frage, die Alena sich niemals würde beantworten können, denn sie kannte weder den einen noch den anderen. Dem einen, Lennart Gristow, war sie für zwei Stunden auf einem Boot so nahe gekommen, dass sie ihr Urteilsvermögen und die Übersicht über ihre Gefühle verloren hatte, und den anderen, Len Lost, kannte sie nur aus den Spuren, den der einstige Hype um ihn und die Band im Internet hinterlassen hatte. Warum konnte sie Lennart nicht einfach lieben?

»Marvin hat angerufen«, sagte Trude, als Alena vom Wind zerzaust und verschwitzt am Abend ins Haus trat.

»Was wollte er?«

»Du sollst ihn zurückrufen. Aber dusch erst mal. So wichtig kann es gar nicht sein, auch wenn er immer so tut, als würde sich die Welt nur drehen, weil er sich darum kümmert. Übrigens, ich habe ein Kaninchen im Ofen.«

»Hmmmm!« Alena lächelte und sprang die Treppe hinauf.

Seit anderthalb Wochen gab sie sich Mühe, unbeschwert zu erscheinen. Mit vorgetäuschter Unternehmungslust hatte sie Tag für Tag ihre Touren über die Insel geplant und in Angriff genommen, hatte ihr Büchlein mit Motiven, Adressen und Namen und Telefonnummern möglicher Gesprächspartner und Informanten gefüllt und mit ihrer Digitalkamera Fotos gemacht, die beim Drehbuchschreiben helfen sollten. Eigentlich war sie jetzt durch und hätte Zeit gehabt, sich noch ein paar Tage an den Strand zu legen, allein schon um Trudes Vorhaltung zu entkräften, sie sei rastlos und verstehe es nicht, mal gar nichts zu tun. Auch Silke konnte sie besuchen. Außerdem musste sie noch ihre Tante und Marika zum Essen nach Göhren ins Hotel Meeresblick einladen, wo ein Koch seine Köstlichkeiten mit den Kräutern kochte, die er reichlich auf den Wiesen des Mönchguts fand. Rügen war ohne Zweifel eine wunderschöne Insel, und Alena hatte sie in diesen Tagen sogar wieder neu und ganz anders für sich entdeckt. Dennoch sehnte sie sich nach dem Moment, da sie im Zug sitzen und nach Hamburg zurückfahren würde, denn hier fand sie eben doch keine innere Ruhe mehr. Sie würde am Sonnabend fahren, dann war sie volle zwei Wochen hier gewesen und konnte den Sonntag in Hamburg nutzen, um an ihrem Computer das Material zu ordnen, das sie gesammelt hatte, und am Montag in der Konferenz ein fertiges Konzept vorlegen.

Alena duschte und trat in die Küche, als Trude gerade den Kaninchenbraten in Senf mit Kartoffeln und Gemüse aus dem Ofen holte. Während Alena sich setzte, ging Trude hinaus, um Marika aus ihrem Zimmer unterm Dach herunterzuholen, wo sie im Sommer wohnte, wenn das Haus voller Gäste war. Alena nahm derweil ihr Handy. Das Display zeigte ihr an, dass Marvin sie anzurufen versucht hatte. Sie hatte im Fahrtwind ihr Handy nur nicht klingeln gehört. Alena drückte den Rückruf rein und klaute sich, während das Freizeichen tutete, mit der Gabel eine Möhre aus der dampfenden Auflaufform auf dem Tisch.

Marvin meldete sich.

»Ich sollte dich anrufen«, sagte Alena kauend. »Stört es dich, wenn ich nebenher esse?«

»Ja«, antwortete er, »aber das wird dich nicht davon abhalten, es trotzdem zu tun, wie ich dich kenne.«

»Stimmt«, sagte Alena und nahm sich eine Kartoffel. »Was ist Sache?«

»Ich mach's kurz: Ich bin auf Rügen. In Putgarten.«

»So.«

»Nicht, um dir auf die Pelle zu rücken, keine Angst. Aber du weißt ja, dass wir am Sonnabend das Live-Aid-Konzert hier auf dem Kap Arkona veranstalten.«

»Nicht zu übersehen. Die Plakate hängen ja überall. Sogar Grönemeyer kommt.«

Marvin lachte verlegen. »Das war etwas hoch gepokert, leider. Grönemeyer wird kurzfristig absagen. Unter uns, er hat überhaupt nie zugesagt. Macht nichts. Was uns wirklich fehlt, ist noch eine richtige Überraschung, ein Paradiesvogel, jemand, der nicht überall auftritt, sondern nur bei uns, kurz, eine Sensation.«

»Die Prinzen«, schlug Alena vor, ohne tatsächlich auch nur einen Gedanken daran zu verschwenden, »Küssen verboten«.

»Und was wäre da die Sensation?«, fragte Marvin pikiert. »Nein, mir ist da eine viel bessere Idee gekommen. Mir hat nämlich jemand gestern Abend erzählt, dass der frühere Sänger der B'Demons hier auf Rügen lebt. Die kennst du doch sicher auch noch, diese drei Burschen auf ihren dicken Motorrädern. Die Chartsstürmer Anfang der Neunziger. Das war ja deine Teenie-Zeit. Für welchen der drei hast du denn damals geschwärmt? Vermutlich für Len, wie ich dich kenne, den undurchsichtigen Schönling.«

Alena legte die Gabel weg, würgte an ihrer Kartoffel und fragte sich, ob sie es bedauern oder begrüßen sollte, dass sie Marvin nie so genau erzählt hatte, unter welchen Umständen ihre Schwester ums Leben gekommen war.

»Jedenfalls«, fuhr er munter fort, »ist Len Lost nach, seinem Prozess nie mehr aufgetreten. Du erinnerst dich doch an diesen Prozess?«

»Ja.«

»Er soll jetzt unter dem Namen Lennart Gristow in einem Kaff namens Gager leben. Irgendwo auf dem Mönchgut. Ich vermute, du weißt, wo das ist.«

»Ja.«

»Wunderbar! Bei Potemkin Film haben sie mir gesagt, dass du gerade auf Motivrecherche auf Rügen bist. Das trifft sich sehr gut. Könntest du nicht für mich herausfinden, wo der Kerl genau wohnt?«

»Und dann?«

»Dann frage ich ihn, ob er bei uns auftritt.«

»Ein bisschen knapp«, konnte Alena sich nicht verkneifen zu bemerken. »Das Konzert ist in drei Tagen.«

»Fragen kostet nix.«

Alena lachte auf.

»Was gibt es da zu lachen?«

»Marvin, das glaubst du doch selbst nicht, dass du einen Sänger, der seit zehn Jahren nicht auf der Bühne gestanden hat, praktisch am Vorabend überreden kannst, bei einem Spektakel wie deinem Wohltätigkeitskonzert mitzumachen.«

»Es ist eine einmalige Chance für ihn. Wenn er was kann, dann ergreift er sie. Vielleicht macht er ja noch was, Hausmusik, eine kleine Band, Kirchenchor. Und wenn du mir hilfst, ihn zu überreden, eine junge hübsche Frau mit deinem Charme …«

Alena seufzte. »Marvin, mach dir keine falschen Hoffnungen. Mit uns beiden, das wird nichts mehr.«

»Klar, weiß ich«, sagte er mit forcierter Gleichgültigkeit in der Stimme. »Aber was essen gehen könnten wir trotzdem mal zusammen, morgen oder übermorgen. Da soll es auf dem Mönchgut ein tolles Restaurant geben, wo sie mit selbst gesammelten Wildkräutern kochen.«

»Das Hotel Meeresblick in Göhren.«

»Genau. Wie wär's, Alena. Wir gehen bei diesem Knaben vorbei und anschließend essen.«

»Nein.«

»Aber, diesen Sänger, den findest du für mich?«

»Nein.« Alena hörte Marvin schlucken. Sie hatten sich auf Freundschaft geeinigt, als sie sich vor jetzt fast vier Wochen trennten. »Das muss ich nicht«, lenkte sie ein. »Ich habe ihn bereits kennengelernt, und er tritt nicht mehr auf.«

»Klar, das sagen die immer. Aber es ist letztlich alles nur eine Frage des Angebots. Ich rolle ihm einen roten Teppich aus. Direkt auf die Bühne. Wir erwarten zehntausend Menschen. Da muss er erst einmal Nein sagen, Alena. Wer einmal dermaßen erfolgreich im Rampenlicht gestanden hat, der ist süchtig danach. Von mir bekommt er die einmalige Chance für ein furioses Comeback.«

Marvin besaß eine gewisse Überredungskraft, die auch bei Alena schon einige Male ihre Wirkung entfaltet hatte. Auf einmal war sie neugierig, ob Lennart ihm standhalten würde.

»Dann frag ich doch«, sagte sie. »Aber deinen Besuch kündigst du selbst an. Seine Nummer kann ich dir geben.«

Marvin lachte. »Wo denkst du hin, Alena. So einen Besuch kündigt man nicht an. Wir brauchen den Überraschungseffekt.«

»Nicht wir, du, Marvin, denn ich gehe nicht mit.«

»Und warum nicht?«

Trude und Marika traten in die Küche.

»Ich muss jetzt Schluss machen«, sagte Alena.

»Und wann sehen wir uns? Morgen gegen fünf?«

»Da bin ich wahrscheinlich noch nicht zu Hause.«

»Um sechs?«

»Gib dir keine Mühe, Marvin. Mich kannst du zu nichts mehr überreden.« Damit drückte ihn einfach weg.

»Sehr gut!«, rief Trude mit Verschwörermiene.

Marika lächelte still vor sich hin, strich Alena mit leichter Hand über die Schulter, setzte sich und begann sich aufzutun. Die kleine sanfte Frau in den bunten Tüchern machte nie viele Worte, aber Alena hatte ihre stille Gegenwart inzwischen schätzen gelernt. Marika sah alles, räumte alles beiseite, was stören mochte, stellte Sträuße mit Wiesenblumen auf, legte Schokolade aufs Kopfkissen, brachte Trude den Tee. Den Menschen begegnete sie freundlich und zuvorkommend, an der Staffelei tobte sie ihre bunten Leidenschaften aus.

»Was wollte er denn?«, fragte Trude, während sie sich ebenfalls setzte. »Wieder anbändeln?«

»Vor allem möchte er wohl Lennart überreden, am Sonnabend auf dem Live-Aid-Konzert aufzutreten.«

»Ach! Na, ich kenne wenigstens einen Menschen, der sich darüber maßlos freuen würde – Luisa. Wobei mir einfällt, dass wir am Freitagabend bei Lennart eingeladen sind. Isabella will kochen. Zum Dank.«

Marika blickte verwundert auf.

»Wie?«, fragte Alena befremdet.

»Na, du fährst doch Sonnabend«, erläuterte Trude. »Da wollte Isabella uns zu einem Abschiedsessen einladen. Sie scheint der Meinung zu sein, dass sie uns ein bisschen was zu verdanken hat.«

»Dir, aber mir nicht!«

»Dir auch, Alena. Und komm mir ja nicht auf die Idee, nicht mitzugehen.«

Alena feixte. »Es wird sich schon im letzten Moment eine geeignete Ausrede finden, die niemanden brüskiert.«

»Hör mal, Alena! Meinst du nicht, du übertreibst ein bisschen. Das fällt ja sogar schon mir auf, wie konsequent du Lennart aus dem Weg gehst.«

»Du weißt, warum.«

»Nein, Alena, ich weiß es nicht. Kristin ist jetzt zehn Jahre tot. Es war schmerzlich für uns, aber man muss auch loslassen können und die Augen wieder öffnen für all das, was man vor Schmerz und Zorn nicht hat sehen wollen. Kristin war kein Engel. Sie hat sogar unverzeihliche Dummheiten begangen. Sie hat sich in eine Liebe hineingesteigert, die nicht ihrem Wesen entsprach. Willst du einem einzigen Menschen, willst du wirklich Lennart allein die Verantwortung für diese Tragödie aufbürden?«

»Natürlich nicht«, sagte Alena müde, »aber ich muss ihn doch trotzdem nicht lieben.«

»Wer redet denn hier von lieben? Wir sind nur zum Essen eingeladen. Übrigens nicht von ihm, sondern von Isabella.«

Marika senkte die Augen und duckte sich hastig über ihren Teller.

Kapitel 16

Genug für heute.« Lennart legte die Gitarre neben sich in den Sand.

»Och, schade!«, rief Luisa. »Noch ein Lied!«

Sie protestierte stets, wenn etwas zu Ende ging, was er mit ihr tat. Das kannte Lennart mittlerweile. Aber sie wusste auch, dass Schluss war, wenn er Schluss sagte, und so warf sie ihre Gitarre hin, sprang auf und rannte zum Wasser hinunter.

Lennart ließ sich rückwärts in den Sand fallen, verschränkte die Arme unter dem Kopf und blickte in den Himmel. Seit zwei Wochen strahlte er in tiefstem Blau. Ein guter Sommer für die Touristen, aber auch für die Fahrrad- und Bootsverleiher, für die ganze Insel.

Und für ihn?, fragte er sich. War es für ihn ein guter Sommer? Ein glücklicher oder ein unglückseliger? Vor genau vierzehn Tagen hatte er Alena kennengelernt. Die glücklichsten Stunden seines Lebens hatte er mit ihr auf seiner Papageno verbracht. Danach hatte es nur mit Luisa noch glückliche Minuten gegeben, stille Momente, in denen sie ihm von sich und dem kleinen strengen Leben mit ihrer labilen Mutter im Plattenbauhochhausblock von Steilshoop erzählte, von ihrem täglichen Schulweg an der Badeanstalt vorbei, wie man die dunkelblau gekachelte Martin-Luther-King-Kirche bespöttelte, von Vanessa, die mit ihren Eltern nach Griechenland fuhr und Tempel anschauen musste, aber aufs Gymnasium gehen durfte. Luisa war ein kluges Kind, dem jedoch viele alltägliche Erfahrungen fehlten, die andere Kinder hatten. Und sie war sehr musikalisch.

Sie waren zusammen durchs Haus gezogen und hatten allen Gegenständen Töne entlockt, die sie fanden, Hölzern, Möbeln, Töpfen, der Gieskanne, der Schubkarre. Erst danach hatte er sie mit den Instrumenten experimentieren lassen, die er besaß, den Trommeln, den Flöten, am Flügel und schließlich an der Gitarre. Wie viele intelligente

Kinder hatte Luisa Probleme zu akzeptieren, dass es nicht reichte, ein Musikinstrument zu verstehen. Man brauchte Fingerfertigkeit und enorm viel Übung, um ihm auch die schönen Tonfolgen zu entlocken, die man längst im inneren Ohr gehört hatte. An der Gitarre hatte Luisa am meisten Ausdauer entwickelt.

Aber wirklich ungetrübt war Lennarts Glück nie gewesen. Er würde auch Luisa verlieren. Sie war nicht seine Tochter, so sehr sich momentan auch alle bemühten, dem Kind zuliebe diese Fiktion aufrechtzuerhalten.

Inzwischen glaubte er nicht mehr, dass Luisa sein Manöver durchschaut hatte, als er sich bereit erklärte, sie als seine Tochter bei sich aufzunehmen, bis ihre Mutter kam. Da hatte er wohl der sehnsüchtigen Seele eines zehnjährigen Mädchens zu viel zugetraut. Luisa rief ihn so selbstverständlich »Papa« wie jedes Kind, das zwischen Mama und Papa aufwuchs und niemals Grund hatte, die Familienverhältnisse infrage zu stellen. Ihm schien, dass sie sich regelrecht in die Vorstellung hineingelebt hatte, dass er von jetzt an in alle Zukunft für sie da sein werde. Das würde er auch, wenn es nach ihm ging und wenn Isabella es zuließ, aber nicht als Luisas Vater, sondern als eine Art Patenonkel. Und das musste er Luisa nun wohl bald erklären.

Im Prinzip sprach nichts dagegen, dass er sein Patenkind in Hamburg besuchte oder dass Luisa die Ferien bei ihm verbrachte. Aber Lennart war lebenserfahren genug, um seine Zweifel daran zu hegen, dass so etwas mit Isabella und Ronaldo konfliktfrei ablaufen würde. Spätestens wenn Isabella eine Entscheidung für Luisa traf, die er nicht für richtig hielt, und wenn er dann versuchte, mit ihr darüber zu diskutieren, würde es Streit geben. Sie würde ihm vorhalten, dass er keinerlei Rechte hatte, sich einzumischen, auch wenn er für sie zahlte, und selbst dann, wenn er viel zahlte. So wie er Isabella inzwischen kennengelernt hatte, würde sie lieber auf sein Geld verzichten, als sich dreinreden zu lassen. Isabella war eine seltsame Mischung aus Idealismus, Großherzigkeit, Angst und Geiz. Sie war keine Frau, die nur auf ihren Vorteil bedacht war, aber sie suchte auch stets den für sie bequemsten Weg. Sie würde sein Geld annehmen, aber niemals irgendwelche Verpflichtungen dafür eingehen.

Selbst wenn es ihm gelang, Meinungsverschiedenheiten mit Isabella zu umschiffen, konnte es passieren, dass Luisa bei einem größeren Konflikt mit ihrer Mutter darauf bestand, zu ihm, ihrem vermeintlichen Vater, zu ziehen. Spätestens dann würde Isabella ihr sagen, dass er nicht ihr Vater war. Allein deshalb durfte er Luisa nicht im Glauben abreisen lassen, sie hätte in ihm ihren wahren Vater gefunden.

Es sei denn, er würde Isabella heiraten.

Lennart hielt den Atem an und dachte diesen Gedanken noch einmal. In der Tat, ein verblüffend einfacher Gedanke. Wenn er Isabella heiratete und Luisa adoptierte, dann war er ihr Vater. Dann brauchte er nicht nur zu zahlen, damit Luisa in Hamburg auf eine anständige Schule kam mit allem, was dazugehörte – Computer, Musikunterricht, Studienfahrten –, sondern dann konnte er Luisa sogar nach Rügen holen. Was hätte Isabella ernsthaft dagegen einzuwenden haben sollen, ihre Tage im Gutshaus Gristow zu verbringen? Das war allemal besser als arbeitslos in Hamburg.

Zwei kleine Schönheitsfehler hatte die Idee allerdings. Erstens gab es da noch Ronaldo, der Isabella aufrichtig liebte, und zweitens war sich Lennart sicher, dass er mit Isabella nicht würde leben können. Sie war ihm zu chaotisch, zu redselig, zu sehr auf Trubel aus. Seit Tagen versuchte sie, ihn zu überreden, dass er morgen mit Ronaldo und ihr zu dem Konzert auf Kap Arkona ging. Immer wieder fing sie davon an. Sie schien sein Nein geradezu als Einladung zu verstehen, nicht lockerzulassen. Sie neckte, spottete, bettelte, versuchte es mit Erpressung und mit Bestechung. Lennart wiederum hatte für solche Spiele gar nichts übrig.

Es war auch ihre Idee gewesen, die »drei Jungfern aus dem Haus Buskam« einzuladen. Und vielleicht könnte man noch ein paar andere Leute dazu bitten, damit es eine richtige Party würde. Der Einladung an Trude, Marika und Alena hatte Lennart zugestimmt, weitere Gäste aber hatte er abgelehnt, vor allem diejenigen, die Isabella und Ronaldo auf ihren Kneipentouren kennengelernt hatten. Er hatte sogar kurz überlegt, ob er Alena von der Einladung ausnehmen sollte. Aber der Gedanke, sie doch noch einmal für ein paar Stunden wenigstens anschauen zu dürfen und vielleicht ein paar belanglose Worte mit ihr zu wechseln, hatte ihn derart überwältigt, dass er, als er Trude die Einladung überbrachte, darauf verzichtete, es Alena ausdrücklich freizustellen, ob sie kam oder nicht. Trude hätte es sogar verstanden, dessen war er sich sicher. Auch sie hatte inzwischen gemerkt, dass es kein Zufall war, dass Alena sich nie im Haus Buskam aufhielt, wenn er Luisa brachte oder abholte. Sie flüchtete vor ihm.

Sosehr er auch dem Essen in wenigen Stunden entgegenfieberte, so sehr schmerzte ihn jetzt schon die Enttäuschung darüber, dass Alena sicher nicht kommen würde. Trude und Marika würden ihm von ihr nur eine höfliche Ausrede mitbringen, und Marika würde ihn dabei traurig und mitleidvoll anblicken. Sie sah alles und wusste längst, wie es um ihn stand.

Lennart richtete sich auf und hielt nach Luisa Ausschau. Sie grub mit einem Stöckchen den Tang und Sand an der Wasserkante um. Im Augenwinkel bemerkte er eine bärige Figur sich nähern. Es war Ronaldo, der mit wiegendem Schritt durch den Sand stapfte. Er brachte zwei Bierflaschen mit, gab Lennart eine und ließ sich neben ihm nieder. Er machte die Flaschen mit dem Öffner auf, den er an einer Kette bei sich trug, sagte »Prost!«, stippte das untere Ende der Flasche gegen Lennarts und setzte sie an den Mund.

»Ich weiß nicht«, begann er, nachdem er seine Flasche halb geleert hatte, »ob Isabella es dir schon gesagt hat.«

»Was?«, fragte Lennart. Dass Alena morgen Rügen verlassen würde, tat zwar weh, aber was er seit einigen Tagen wirklich fürchtete, war der Abschied von Luisa. Er würde sehr allein sein.

Ronaldo hielt die Flasche gegen das Licht und kniff die Augen zusammen. »Sie hat es dir also nicht gesagt. Dachte ich mir schon. Sie kann sich wieder nicht entscheiden. Dein Haus hat's ihr angetan.« Er senkte die Flasche. »Und du gefällst ihr auch.« »Mir gefällt sie auch, Ronaldo, aber nicht so wie dir.«

»Hm. Ich würde ihr nicht im Weg stehen, weißt du. Was kann ich ihr schon bieten.«

Lennart schmunzelte. Hätte er nicht gerade eben selbst darüber nachgedacht, wie er Luisa zu seiner Tochter machen konnte, hätte er vielleicht laut gelacht. »Das würde nicht gut gehen, Ronaldo. Ich … ich liebe eine andere.«

»Na dann.« Ronaldo leerte befriedigt die Flasche. »Dein Haus ist schon schön, muss ich zugeben. Aber auf Dauer … und im Winter! Nee, Leonard, ich bin ein Südmensch. Ich habe Familie in Neapel, weißt du.«

»Hm.«

»Nun ja, und ich überlege, ob ich ganz nach Neapel übersiedle, weißt du. Mit Motorrädern und Ersatzteilen kann ich überall Geschäfte machen. Und Isabella, was hält sie in Deutschland? Das bisschen Sozialhilfe, die sie kriegt? Wir wollten eigentlich diesen Sommer sondieren und uns dann entscheiden. So war das geplant.«

»Und Luisa?«

»Das ist der Punkt. Das hätte Isabella dir sagen müssen, finde ich. Ich meine, du willst für sie zahlen und dass sie auf eine gute Schule kommt und all das. Aber wenn wir nach Neapel gehen …«

Lennart biss die Zähne zusammen, dass es knirschte. Er besaß ein heftiges Temperament, das ihn in ausweglosen Situationen durchaus schon zu sinnlosen Taten verleitet hatte. »Dann …«, sagte er äußerlich so ruhig, dass es schon kalt wirkte, »dann könnte ich überhaupt nichts dagegen machen, Ronaldo. Ich habe keinerlei Rechte an dem Kind.«

»Aber du magst die Kleine. Du willst, dass sie eine gute Zukunft hat.«

Lennart nickte.

»Dann will ich dir jetzt was sagen, Leonard. Aber bevor ich das tue, musst du wissen, dass ich die Kleine auch mag und dass ich ihr wünsche, dass sie alles kriegt, was sie braucht. Doch ich kann ihr das nicht geben, und Isabella auch nicht. Da brauchen wir gar nicht lange drum herum zu reden. Luisa ist zu klug für uns. Sie hat was Besseres verdient. Deshalb sage ich dir jetzt was.« Er blickte Lennart ernst an und holte tief Luft. »Luisa ist nicht Isabellas Tochter.«

»Wie … wieso …?«

»Na, ganz einfach. Sie hat sie nicht auf die Welt gebracht. Das war eine andere, und die ist tot. Es hat sich dann so ergeben, dass Luisa Isabellas Tochter wurde, ich meine auf dem Papier, juristisch.«

»Wie geht denn so etwas?«, fragte Lennart verblüfft.

»Wie so was geht, das darfst du mich nicht fragen. Isabella spricht nicht darüber. Sie hat es mir mal erzählt, als sie nicht mehr ganz nüchtern war. Sie hat das Kind gerettet, sagt sie. In Berlin war das. Wenn sie nicht gewesen wäre, dann gäb's die Luisa heute nicht. Anschließend ist sie gleich nach Hamburg gezogen, und bei der ganzen Anmelderei ist die Kleine dann so durchgerutscht und ihre geworden. Die deutschen Behörden sind auch nicht mehr das, was sie noch im alten Preußen waren, was?«

Hastig versuchte Lennart abzuschätzen, was das bedeutete.

Ronaldo hatte das schon vorher gemacht. »Das bedeutet natürlich, dass du nicht Luisas Vater sein kannst.«

»Das wusste ich schon.«

»Aber Isabella hat auch nicht mehr Rechte an dem Kind als du. Ich dachte, das solltest du wissen, wenn du mit Isabella darüber redest, was aus Luisa werden soll. Das wollte ich dir nur mal sagen.«

»Danke.«

»Da nicht für. Wir Männer müssen doch zusammenhalten, was?« Damit wuchtete Ronaldo sich aus dem Sand hoch, nahm Lennart die geleerte Flasche ab und stapfte davon.

Lennart raufte sich die Haare. Hatte er richtig verstanden? Ronaldo hatte ihm seine Frau angeboten und dann, als er sie ablehnte, das Kind. Was für ein Schacher von Mann zu Mann! Dabei war Ronaldos Position verständlich. Er legte keinen Wert darauf, sein Familienleben mit Isabella in Neapel mit dem Kind eines anderen Mannes anzufangen. Aber würde Isabella Luisa bei ihm auf Rügen zurücklassen? Kampflos? Oder würde er die Vormundschaftsgerichte mit dem Fall beschäftigen müssen? Sich Luisa vor Gericht erstreiten?

Lennart sprang auf. Was dachte er da für krauses Zeug! Das war der Wahnsinn der Verzweiflung, die Angst vor der Einsamkeit. Kein Vormundschaftsgericht der Welt würde ihm Luisa zusprechen. Warum auch? Das Ende vom Lied wäre, dass Luisa in ein Heim kam, und wenn sie Glück hatte, fand sich eine Pflegefamilie für sie.

Er würde sie in jedem Fall verlieren, es sei denn, er heiratete Isabella.

Kapitel 17

Das Gut Gristow lag still zwischen Bäumen in einer Senke am Hang über dem Kliff. Unter dem Rohrdach glühten die Ziegel im Licht der schrägstehenden Sonne, und es blitzte das Glas des Türmchens, das einmal als Leuchtfeuer gedient hatte. Trude stellte ihren kleinen roten Wagen draußen vor der Mauer ab.

Trude, Marika, Marvin und Alena betraten das bucklige Pflaster des Hofs, in dem die auf Hochglanz polierte Harley stand, an der Ronaldo irgendetwas herumschraubte.

Auf dem Holzstoß neben der Haustür hockte der rotgetigerte Kater mit den grünen Augen. Aus Luisas Erzählungen wusste Alena, dass er Murr hieß, und da sie sich noch an ihre Schulzeit erinnerte, wusste sie auch, dass der romantische Schriftsteller E.T.A. Hoffmann einen Kater Murr seine Lebenserinnerungen hatte aufschreiben lassen.

Ronaldo richtete sich auf und begrüßte sie. Marvin stürzte sich mit einem Ausruf der Bewunderung auf die Maschine und in ein Gespräch, was Ronaldo sichtlich schmeichelte. In seinem grauen Anzug des Jungkarrieristen passte Marvin eigentlich nicht auf die Insel und schon gar nicht ins Mönchgut. Alena staunte immer noch, dass sie sich hatte überreden lassen, doch mitzukommen. Allerdings nicht von Marvin, sondern von Marika, die sie beiseite genommen und sie gefragt hatte, ob sie denn wirklich Luisa so enttäuschen wolle. Das Kind freue sich doch seit Tagen auf dieses Fest, ob sie das denn nicht wisse.

Und so stand Alena nun doch in Lennarts Hof, auf dem sich vorerst niemand blicken ließ als Ronaldo. Sie waren auch etwas früh dran. Trude neigte zur Überpünktlichkeit.

»Was passiert eigentlich«, hörte sie sich selbst mitten in Ronaldos und Marvins Fachsimpelei hinein fragen, »wenn Wasser in der Bremsflüssigkeit ist?«

»Dann sinkt der Siedepunkt«, antwortete Ronaldo, »und sobald die Bremsscheiben heiß sind, kocht es. Dann ist die Kompression weg, und du kannst den Bremshebel bis zum Anschlag durchziehen, ohne Effekt.«

Der Blick, den Ronaldo in diesem Moment zur Haustür warf, bewog Alena, sich umzusehen. In der Tür stand Lennart, seine hellen Augen auf sie gerichtet. Selbst wenn er ihre Frage nicht gehört hatte, so doch Ronaldos Antwort. Die war nämlich laut genug gewesen.

Auch Marvin hatte sich umgedreht. »Len Lost, unverkennbar!«, rief er. Er streckte dem Hausherrn die Hand hin. »Freut mich, Sie einmal persönlich kennenzulernen.«

Alena wäre am liebsten sofort im Boden versunken. Es war doch ein Fehler gewesen, dass sie mitgekommen war. Am Ende hielt Lennart Marvin noch für ihren Freund. Und sie würde keine Gelegenheit bekommen, ihm zu erklären, dass Marvin ihr Ex war, und wenn sie die Gelegenheit bekam, so würde sie sich eher die Zunge abbeißen, als etwas zu erklären, was Lennart überhaupt nichts anging. Doch auf keinen Fall durfte er denken, dieser Hamburger Schnösel sei der Mann, den sie liebte.

»Tut mir leid«, erwiderte Lennart kühl, »aber Sie irren sich. Ich heiße Lennart Gristow.«

»Weiß ich doch, weiß ich!«, versicherte Marvin. »Aber Sie waren Len Lost, der Lead-Sänger der B'Demons, der erfolgreichsten deutschen Gruppe Anfang der Neunziger. Ich habe selber noch CDs von euch daheim, und ich lege sie immer noch wieder mal auf. Übrigens, darf ich mich vorstellen? Marvin Rothe ist mein Name, ich arbeite für die *Jukkboks.*« Lennart ließ mit keiner Miene erkennen, ob er die Musikzeitschrift kannte. Aber Marvin zweifelte keine Sekunde daran. »Wir sind die Veranstalter des Live-Aid-Konzerts morgen, aber das wissen Sie sicher.«

Auch darauf reagierte Lennart nicht. Er gab Trude und Marika die Hand. »Bitte kommt doch rein, das Essen ist fertig.« Dann wandte er sich Alena zu. Seine Hand umschloss kurz die ihre. »Es freut mich, dass du gekommen bist.«

Wie kam er dazu zu wissen, wie lange sie mit sich gerungen hatte?, fragte sich Alena erbittert. Er ging in ihren Gefühlen spazieren. Eine Unverschämtheit! Und er ließ ihr keine Zeit zu reagieren oder ihrerseits in seinen Gefühlen zu rühren, denn schon hatte er sich abgewandt, um seine Gäste ins Haus zu geleiten. Wäre sie doch niemals hierhergekommen!

Zum ersten Mal betrat sie Lennarts Heim. Das Gutshaus enthielt keine Spur mehr der mit Seekarten ausgekleideten Düsternis aus den Zeiten von Lennarts Großmutter. Zwar war keine Wand wirklich gerade, und das Gebäude kam Alena ziemlich verwinkelt vor, aber die Wände waren weiß gestrichen, und das Holz der Dielen, Treppen und Treppengeländer schimmerte honigfarben.

Lennart führte sie direkt in ein Esszimmer, in dem ein großer dunkler Holztisch mit knarrenden Stühlen stand. Er war zu Alenas Erstaunen mit echtem Meißner Porzellan gedeckt, mit dem wirklich alten blauen Zwiebelmuster. Über dem Tisch hing eine sogenannte Spinne aus Messing, einer jener einfachen Kronleuchter, wie man sie oft in Kirchen sah, mit der großen Kugel am unteren Ende und zwei Ringen mit je acht Armen übereinander.

So viel Alena auf dem Weg ins Esszimmer hatte sehen können, war das übrige Haus mit ähnlichem Sinn für die Schönheit mehr oder weniger wertvoller Einzelstücke eingerichtet. Die Schränke, Kommoden und Regale waren aus geölten Hölzern gefügt, im Wohnzimmer standen schlichte Sessel und ein Sofa um einen alten runden Tisch herum. Die Musikanlage in der Ecke war technisch exquisit. Einen Konzertflügel hatte Alena im Vorbeigehen hinter einer anderen Tür schimmern sehen.

Als Vorspeise gab es Stücke vom Hornfisch in Aspik. Der Hornhecht war ein schlanker Fisch mit grünen Gräten, der auf Rügen auch Maifisch genannt wurde. Auch wenn Isabella den Eindruck zu erwecken versuchte, sie habe die Küche im Griff, war es ganz offensichtlich Lennart, der gekocht hatte. Marvin gab den Hamburger Gourmet und zeigte sich zufrieden mit der Würzung aus Lorbeer und Piment.

Als Hauptgericht servierte Lennart Pommer'schen Rippenbraten mit Honig. Marvin verzog das Gesicht. Trude erläuterte ihm, dass es die

Küche von Rügen süßsalzig liebe, Backpflaumen am Fleisch, Rosinen im Grünkohl, Äpfel im Schmalz und eben Honig am Rippenbraten. »Es ist köstlich, Lennart!«

»Gott sei Dank funktioniert die Elektrik endlich«, versuchte Isabella die allgemeine Aufmerksamkeit zurückzugewinnen. »Ronaldo und Len haben tagelang gearbeitet und neue Leitungen gezogen. Sonst wäre wohl nichts aus dem Essen heute geworden. Ständig diese Kurzschlüsse, das konnte man nicht so lassen, nicht wahr, Len?«

Es fiel Alena ungeheuer schwer, Lennart nicht ständig anzustarren. Er saß ihr schräg gegenüber. Luisa hatte lautstark darauf bestanden, neben ihm zu sitzen. Dann kamen Isabella Trude, während Alena zwischen Marika links und Marvin rechts saß. Ganz außen hatte Ronaldo Platz genommen. Alena zwang sich, Isabella zu beobachten, und stellte fest, dass sie ziemlich unverblümt mit Lennart flirtete. Merkte Ronaldo das eigentlich nicht, oder war es ihm egal? Sie hätte nicht mitkommen sollen, dachte sie zum dritten Mal. Es wurde langsam langweilig. Ein kleines Lächeln stahl sich in ihre Seele.

Außerdem kam Marvin jetzt zur Sache. Beim ersten Anstoßen hatte man sich aufs Du geeinigt, und beim Rippenbraten offenbarte er, weshalb er mitgekommen war.

»Was machst du denn heute so, Lennart? Ich meine musikalisch«, erkundigte er sich quer über den Tisch. »Ich habe vorhin auf dem Weg zur Toilette mal in dein Musikzimmer gespickt. Ich hoffe, das war nicht verboten.«

»Papa spielt hauptsächlich Gitarre und singt«, verkündete Luisa, weil Lennart mit seiner Antwort zögerte. »Aber er kann jedes Instrument auf der Welt spielen.«

Marvin lachte, wie man über Kinder lachte. »Hättest du nicht Lust, mal wieder aufzutreten, Len?«, verfolgte er seine Spur weiter.

Diesmal konnte Alena nicht verhindern, dass sie zu Lennart hinüber schaute. Er zog die Brauen zusammen.

»Zum Beispiel morgen auf Kap Arkona«, lockte Marvin. »Grönemeyer hat gestern abgesagt. Ich hätte also noch eine halbe Stunde für dich, Len. Ich weiß, es ist etwas kurzfristig, aber ein Profi wie du, der macht das doch mit links. Die dreißigtausend, die ihr von euren Live-Konzerten gewöhnt seid, die kann ich dir zwar morgen nicht bieten, aber dafür jede Menge Medienaufmerksamkeit. Es gibt viele, die dich noch kennen, Len. Die Überraschung wäre perfekt.«

Lennart lächelte erstaunt.

»Es ist ja auch für einen guten Zweck«, legte Marvin nach. »Wir werden zu Spenden für die Kinder der Welt aufrufen und du als UNICEF-Botschafter …«

War er das immer noch?, fragte Alena sich. Sie wusste so wenig über Lennart.

»Schon deshalb musst du kommen und den Leuten etwas über die Kinder erzählen, denen es nicht so gut geht wie deiner hübschen kleinen Tochter Luisa.«

Dafür hätte Alena Marvin gern kräftig gegen das Schienbein getreten. Sie hatte sich zwar darauf gefreut, ihn sich an Lennart die Zähne ausbeißen zu sehen, aber seine Methoden waren peinlich.

»Du ziehst alle Register, was?«, bemerkte Lennart in seiner ruhigen Art. »Warum ist es dir denn so wichtig, dass ich auftrete?«

»Dir sollte es wichtig sein, Len. Ich gebe dir eine Chance für dein Comeback. Und wir bringen das in der *Jukkboks* ganz groß raus.« Marvin malte mit der Hand die Headline in die Luft. »Len Lost ist wieder da. Erstmals nach seinem Prozess steht er *Jukkboks* Rede und Antwort. Er sagt uns, wie es wirklich war. Wie war es denn wirklich, Len?«

Auf einmal war es totenstill.

»Was meint er damit?«, fragte Luisa mit großen Augen.

»Zerbrich dir darüber nicht das Köpfchen«, sagte Marvin rasch. »Das ist lange her, und dein Vater ist freigesprochen worden. Und jetzt geht es darum, dass er wieder auftritt und ganz viele CDs verkauft und irre berühmt wird. Das wäre doch toll, nicht?«

»Ja, das wäre toll.«

»Und bei dem Konzert morgen geht es darum, dass wir ganz viel Geld für die Kinder in Afrika sammeln, damit sie nicht verhungern müssen. Das ist doch ein gute Sache!«

Luisa nickte.

»Na, Len«, fragte Marvin lächelnd, »kannst du deiner hübschen, klugen Tochter das abschlagen?«

Luisa wandte ihre großen Augen mit geschmeichelter Miene Lennart zu.

»Also gut«, antwortete er, »ich werde es mir überlegen.«

»Aber nicht zu lange«, sagte Marvin zufrieden und seines Erfolgs gewiss. »Das Konzert ist nämlich schon morgen, wie du weißt.« Zum Nachtisch gab es heiße Himbeeren mit Eis. Ein Kinderessen, das Marvin ebenfalls verachtete. Sobald er konnte, zog er aus seinem Jackett ein Blechrohr, auf dem im Dreieck aus gekreuzten Degen die Worte »Monte Cristo Habana« um eine goldene Bourbonenlilie herum angeordnet waren, stöpselte es auf und ließ eine Zigarre in seine Hand gleiten. »Auch eine, Len? Die lasse ich mir direkt aus Kuba schicken.«

Marika begann die Teller zusammenzustellen und stand auf. Alena erkannte ihre Chance, half und folgte ihr hinaus. Die Enttäuschung lag ihr schwer im Magen. So leicht also war Lennart zu überreden, wenn Ruhm und Geld lockten. Ihr hatte er eine unbedeutende Rolle in ihrem kleinen Film über Rügen ausgeschlagen mit dem Argument, jedes Publikum größer als fünfzig Menschen sei für ihn inakzeptabel, und Marvins schmierigen Argumenten gab er nach?

Es war eine große Küche, in die sie kamen, gebaut für Köchin und Gesinde, mit dem schweren Tisch in der Mitte und einem alten Kamin, in dem man eine Schweinehälfte hätte rösten können. Auch hier standen einfache Möbel aus glattem geöltem Holz, die zwischen dem altertümlichen Raum und der modernen Küchenzeile aus Spülmaschine, Spüle, Waschmaschine und Arbeitsflächen eine harmonische Verbindung schufen.

Alena stellte ihren Stapel kostbarer Zwiebelmusterteller auf dem Tisch in der Mitte der Küche ab und seufzte.

»Ist es denn so schlimm, dass Lennart wieder auftreten will?«, fragte Marika, den Wasserhahn der Spüle aufdrehend.

»Ach was, nein«, erwiderte Alena. »Das kann er halten wie der Mann auf dem Dach. Und hat er sich nicht festgehalten, ist er runtergefallen.«

Marika lachte und ließ einen Strahl Spülmittel ins Spülbecken schießen. Das Wasser begann zu schäumen. Vorsichtig senkte Marika den ersten Stapel Zwiebelmuster in den Schaum und nahm die Bürste.

»Ich wundere mich nur ein bisschen«, sagte Alena und griff nach einem Geschirrtuch. »Mir erzählt er noch, er habe eine Kamera-Allergie und lehne jede Art öffentlicher Aufmerksamkeit ab. Aber wahrscheinlich hat er mir ohnehin nur Lügen erzählt, nichts als Lügen. Er ist der geborene Lügner.«

In der Tür räusperte sich jemand. Alena fuhr herum und hätte fast die Terrine fallen lassen, die sie gerade abtrocknete. Nein, sagte sie sich, das ist jetzt nicht wahr! Und du denkst jetzt nicht wieder, es wäre besser, du wärst gar nicht hier.

Es wäre aber eindeutig besser gewesen.

Lennart stellte die leeren Nachtischschälchen zwischen das Meißner Porzellan auf den Küchentisch und sagte: »Marika, aber du machst jetzt hier nicht den ganzen Abwasch.«

»Nein, nein«, erwiderte Marika, »nur die Teller, bevor alles antrocknet. Und die Glasschälchen, die können ohnehin nicht in die Spülmaschine. Wir sind gleich fertig, Lennart.«

»Versprochen?« Er legte den Arm um Marikas knöcherne Schultern und küsste sie auf die Schläfe. »Und es ist wirklich nicht nötig, dass du dann noch den Großputz anschließt, hörst du?«

Marika kicherte.

Lennart trat an den Kühlschrank, holte zwei Flaschen Bier heraus und war im nächsten Augenblick wieder fort.

Alena sank auf einen Küchenstuhl. Sie war so müde.

»Hier oben auf dem Bakenberg sind die Nächte immer besonders schön«, hörte sie Marika wie durch einen Nebel sagen.

»Was?«

»Ich sagte, man kann hier viele Sterne sehen. Es ist eine klare Nacht. Und es stören keine fremden Lichter.«

»Ja, das stimmt«, erwiderte Alena zerstreut.

»Ich werde dich drinnen entschuldigen.«

»Bitte?« Alena riss sich zusammen. »Entschuldige, Marika. Ich glaube, ich gehe für eine halbe Stunde an die frische Luft. Wenn du mich drinnen entschuldigen würdest, falls mich überhaupt jemand vermisst.«

Marika schmunzelte. Alena hatte das vertrackte Gefühl, dass sie irgendetwas nicht mitbekommen hatte.

Es war eine klare Nacht. Milliarden von Sternen vibrierten am samtschwarzen Himmel. Und so klar war die Luft, dass man auf dem halben Mond jeden Krater sah. Vor lauter Sternenhimmel hätte Alena beinahe Kater Murr übersehen, der als grauer atmender Haufen am Tor hockte und fauchte.

Sie schaute sich nicht mehr nach dem erleuchteten Haus um. Das Stimmengewirr einer angeregten Tischgesellschaft blieb zurück und verklang, als sie am Türmchen vorbei in die stille weite Nacht hinauswanderte.

Mein letzter Abend, dachte sie. Früher hatten Kristin und sie den letzten Tag ihrer Ferien auf Rügen stets mit etwas Besonderem gefeiert. Die Seebrücke von Binz ganz bis vor zur Spitze gehen und ins Meer spucken, beispielsweise, oder eine Münze auf die Bahnschienen legen und sie plattgefahren mitnehmen. Eine feierliche Melancholie hatte in diesen letzten Tagen und Abenden gelegen. Sie war nur auszuhalten gewesen, wenn Alena sich vorsagte: »Ich komme wieder. Nächstes Jahr komme ich wieder.« Dann, in einem Jahr, war sie nicht mehr wiedergekommen, weil auch Kristin nicht mehr hätte kommen können.

Was hatten sie eigentlich an ihrem tatsächlich allerletzten Tag auf Rügen gemacht? Sosehr Alena auch grübelte, es fiel ihr nicht mehr ein. Vielleicht gar nichts. Und sicherlich nicht, weil Kristin mit ihren zwanzig Jahren kein kindischer Unsinn eingefallen wäre, sondern vermutlich, weil sie, Alena, mit ihren fünfzehn Jahren nicht mehr hatte kindisch erscheinen wollen.

Die Lichter eines Schiffs zogen am Horizont entlang. In einem fernen Wald schrie ein Käuzchen. Der Wind wisperte in den Grashalmen.

Plötzlich fiel Alena auf, dass sie nicht mehr an Kristin dachte. Sie hatte die Frage, was sie und Kristin an ihrem letzten gemeinsamen Tag gemacht hatten, in der geheimnisvollen Abgeschiedenheit und Stille des Mönchguts versickern lassen. Früher hätte sie sich dafür gescholten und wie zur Strafe den Gedanken an Kristin reaktiviert und die Suche nach der verlorenen Erinnerung intensiviert.

»Man muss auch loslassen können«, hatte Tante Trude vor ein paar Tagen gesagt. Erst jetzt verstand sie die schlichte Wahrheit dieses Satzes. Sie musste Kristin aus ihren Gedanken entlassen. Es war nicht Kristin, die sich ihr immer wieder aufdrängte, sie war es, die die große Schwester immer wieder herbeirief. Dabei war es doch nicht schlimm, wenn sie Kristin nicht überallhin mitnahm, nicht durch jedes Jahr ihres Lebens mitschleppte. Sie würde sie darum ja nicht vergessen. Sie durfte nur nicht mehr zulassen, dass Kristin sich ständig in ihr Leben einmischte. Sie musste aufhören, sich zu fragen, ob sie das Recht hatte, glücklich zu sein oder auch unglücklich. Fünf Jahre war sie jetzt älter, als Kristin je geworden war. Da waren die Erfahrungen, die Kristin ihr vorausgehabt hatte, schon lange geschrumpft. Im Grunde war Kristin jetzt die Kleine und sie, Alena, die Ältere. Sie hatte Erfahrungen gemacht, zu denen Kristin nicht mehr gekommen war. Sie hatte studiert, sie hatte einen Job, sie war in einem vorigen Job gescheitert. Was konnte die Schwester ihr da noch raten? Wo ihr weiterhelfen?

Es war nicht herzlos, wenn sie Kristin nun endlich zurückließ in den Fotoalben und Erinnerungen, die sie besaß. Es bedeutete ja nicht, dass sie beides nicht ab und zu wieder hervorholte. Es bedeutete nur, dass sie ihr eigenes Leben lebte und dass Kristin nicht mehr ihre Gedanken beherrschte.

Ungeheure Erleichterung machte sich in Alena breit. Sie musste stehen bleiben und tief ausatmen. Es war ein ganz neues Gefühl. Es war eine Befreiung.

Kapitel 18

Marika kehrte aus der Küche zurück und setzte sich wieder. Alenas Stuhl blieb frei. Die klugen Augen der kleinen Alten fingen Lennarts Blick auf und hielten ihn fest. »Es ist eine – schöne Nacht«, sagte sie lächelnd.

Lennarts Puls beschleunigte sich. Er stand auf und griff nach den vollen Aschenbechern. Nachdem er sie in der Küche gelehrt und gereinigt und wieder auf dem Tisch verteilt hatte, durfte er annehmen, dass es nicht weiter auffiel, wenn er den Raum noch einmal verließ.

Aber es sollte nicht sein.

Isabella schreckte aus einem Gespräch mit Marvin hoch, der in ihr eine beeindruckbare Abnehmerin für seine großen Geschichten über die große Welt der Musik gefunden hatte, und unternahm einen zweiten Versuch, Luisa ins Bett zu schicken. »Weißt du, wie spät es ist?«

»Ich habe keine Uhr!«, trotzte Luisa sofort.

Isabella und Luisa neigten dazu, sich in den höchsten Tönen anzukreischen, wenn Isabella anfallsartig ihre Erziehungshoheit durchsetzen wollte. Deshalb griff Lennart ein und schlug Luisa vor, den Gästen zu zeigen, wie gut sie schon Gitarre spielen konnte. Sie sprang davon, um ihre und seine Gitarre zu holen.

»Zwei Lieder, und dann gehst du ins Bett. Versprochen?«

»Versprochen!«

Lennart nahm seine Gitarre auf die Knie, Luisa ruckelte sich auf ihrem Stuhl zurecht, Trude und Marika lächelten aufmunternd, und auch Isabella und Marvin waren für einen Moment still.

»Wie ging das gleich noch mal?«, fragte Luisa, sichtlich nervös.

Lennart zeigte ihr die drei Akkorde, die sie greifen musste, um die Melodie zu begleiten, die er zupfte.

Marvin stand auf und verließ den Raum. Ziemlich taktlos, fand Lennart. Aber glücklicherweise war Luisa zu konzentriert, um das mitzubekommen. Marika und Trude applaudierten umso frenetischer, da Marvin nicht wieder zurückgekommen war und Isabella dicht davorstand, am Tisch einzuschlafen.

»Und jetzt ab ins Bett«, befahl Lennart. »Und Zähneputzen nicht vergessen. Ich komme gleich zu dir, rauf.«

Luisa zeigte sich artig, sagte Trude und Marika gute Nacht und entschwand nach oben.

»Wir gehen dann auch bald«, erklärte Trude. »Wo steckt Alena eigentlich?« Sie blickte sich um. »Und Marvin ist auch weg.«

So bekam Lennart endlich die Gelegenheit, das Zimmer zu verlassen. Er trat hinaus in den Hof. Der Mond spiegelte sich in den Scheiben des alten Leuchtfeuers. Kater Murr hockte neben der Tür und wartete darauf, dass die Gäste gingen. Murr tat immer so, als könnte er seine Pfoten nicht ins Haus setzten, solange fremde Menschen darin weilten.

Als er wieder aufblickte, entdeckte Lennart am alten Stall schemenhafte Gestalten. Sie waren ziemlich ineinander verwoben, die Köpfe dicht beieinander.

Da stolperte Isabella aus der Tür, rief »Was für eine schöne Nacht!« und hakte sich bei Lennart unter.

Die beiden Gestalten fuhren auseinander. Marvin ließ Alenas Hände los. »Allgemeiner Aufbruch?«, fragte er.

Jetzt legte Isabella den Kopf in den Nacken. »So viele Sterne habe ich noch nie gesehen!«, rief sie. Lennart musste ihren Arm fester fassen, damit sie nicht nach hinten kippte.

Das Licht vom Haus blitzte in Alenas Augen. Ihre Miene kam ihm trotzig vor, herausfordernd auf jeden Fall.

»Es war ein reizender Abend«, sagte Marvin mit einem übermütigen Unterton in seiner etwas hohen Stimme. »Sehr aufschlussreich, sehr interessant. Tja, Len, wir sehen uns morgen? Ich zähle auf dich. Das wird eine tolle Show, das verspreche ich dir. Du hast es fast geschafft. Übermorgen reden wieder alle von dir.«

»Ich glaube nicht«, entgegnete Lennart.

»Das kannst du mir aber ruhig glauben, Len. Hinter mir steht die auflagenstärkste Musikzeitung Deutschlands.«

Lennart ließ Isabella los, die inzwischen wieder zu ihrem normalen Blickwinkel zurückgekehrt war und mit einer unangezündeten Zigarette im Mund in ihren Taschen nach dem Feuerzeug kramte.

»Ich werde aber nicht auftreten. Dass ich es mir überlege, habe ich nur gesagt, damit du uns nicht das ganze Essen verdirbst.« Marvin schluckte. »Und darf man erfahren, warum du nicht willst?«

»Ich habe nichts zu sagen«, antwortete Lennart.

Marvin lachte. »Wer hat das schon? Außerdem sollst du singen, nicht etwas sagen.«

Lennart lächelte nachsichtig. »Und was sollte ich singen? Die alten Hits der B'Demons wie ›Geldherz‹ oder ›Zurück nach vorn‹?«

»Die Leute werden mitsingen, sie werden dir zujubeln!«

»Aber die Gründe, aus denen wir das damals gesungen haben, existieren nicht mehr. Es wäre eine Lüge.«

Isabella segelte mit der gemurmelten Vermutung, ihr Feuerzeug liege im Esszimmer auf dem Tisch, Richtung Haus davon.

»Das ist doch egal!«, sagte Marvin, nun doch leicht genervt. »Die Leute wollen deine Stimme hören und dein Gesicht sehen und wissen: Er ist wieder da. Mehr nicht.«

»Ich bin aber nicht wieder da. Len Lost existiert nicht mehr. Falls er je existiert hat. Seine Träume jedenfalls waren alle Illusion. Als ich mit achtzehn anfing aufzutreten, da habe ich geglaubt, ich würde wie Simon & Garfunkel oder die Beatles ewige Hits schaffen und so berühmt werden wir Elton John. Ich dachte, unsere Band werde es so lange geben wie die Rolling Stones. Aber es war eine Lüge. Wir waren Eintagsfliegen, mehr nicht.«

Lennart spürte auf einmal Alenas forschenden Blick auf sich. Zum ersten Mal an diesem Abend neugierig, statt ablehnend oder erschrocken. Der Schmerz in seiner Seele ließ etwas nach. Als sie ihn vorhin in der Küche einen geborenen Lügner nannte, war es ihm wie ein Messer in den Leib gefahren.

»Okay«, gab Marvin plötzlich nach. »Schon gut. Ich zwinge niemanden zu seinem Glück. Es war nur ein Angebot. Trotzdem ein interessanter Abend. Hat mich gefreut, dich kennenzulernen. Ich … äh …« Er machte eine Handbewegung in Richtung des Hauses, murmelte etwas von Zigarrenbesteck und eilte davon.

Auf einmal standen Lennart und Alena sich allein im stillen Hof gegenüber. Als sie es begriffen, sagten sie gleichzeitig: »Lennart, ich …«, »Alena …«

Alena lachte, Lennart nicht. Er war im Schweigen der Durchsetzungsstärkere, so dass sie reden musste.

Und es sprudelte nur so aus ihr heraus: »Lennart, es tut mir leid, dass ich dir diesen Idioten ins Haus geschleppt habe. Marvin ist unerträglich, und leider war er mal mein Freund, und er will einfach nicht aufgeben. Es war ein Fehler, dass ich … dass wir … ich hätte nie …« Sie brach ab.

Lennarts Schmerz zerfiel und verflog angesichts ihrer entzückenden Sorge, er könnte die Szene vorhin falsch verstanden haben. »Und was ich da in der Küche gesagt habe, habe ich wirklich nicht so gemeint. Ich hätte …«

»Scht! Mach dir keine Vorwürfe, Alena. Das habe ich schon richtig verstanden. Was solltest du auch anderes von mir denken, als dass ich dir ständig etwas vorgemacht habe.«

»Nein, das habe ich nie gedacht!«

Aha, dachte er, unfähig, ihr die Frage zu stellen, wie es sein konnte, dass sie etwas sagte, was sie nicht dachte, und ob das eigentlich für alles galt, was sie über ihn gesagt hatte. Denn er war wie betrunken von ihrer Schönheit, ihrer Stimme, ihrer Nähe. Ihre Körper wollten ineinandersinken, so schien es, aber sie war es, die sich bremste und damit ihn.

»Ich muss mich noch von Luisa verabschieden«, sagte sie.

»Sie liegt schon im Bett, hoffe ich«, entgegnete er halb automatisch. »Aber du hast morgen sicher auch noch Gelegenheit dazu. Du fährst doch erst mittags, nehme ich an. Ich könnte …« Er stoppte, denn er merkte, dass er drauf und dran war, ihr ein Treffen vorzuschlagen, der

Frau, die es vierzehn Tage lang peinlichst vermieden hatte, ihm auch nur zufällig zu begegnen.

»Lennart, ich …«

»Schon gut, Alena, ich verstehe. Es war …«

»Es war«, nahm sie fast wie in Trance seinen Gedanken auf, den er selbst kaum kannte, »der falsche Zeitpunkt. Wir …«

Er nickte. »Wir haben uns zum falschen Zeitpunkt am falschen Ort getroffen.«

Sie nickte auch.

Alles in ihm drängte ihn, ihr die Strähne aus dem Gesicht zu streichen, die der Wind hineingetrieben hatte, mit jeder Faser wünschte er, sie in seine Arme nehmen zu dürfen. »Alena!«

Sie wich zurück.

Seine Sehnsucht verwandelte sich in beinahe unerträgliche Schmerzen der Enttäuschung.

»Bitte versuch mich zu verstehen«, sagte sie leise. »Ich habe dich gebeten, mir niemals zu erzählen, was damals wirklich passiert ist, denn ich weiß genau, dass ich bereit wäre, dir alles zu glauben und alles zu verzeihen, wenn ich erst einmal angefangen habe, dir zuzuhören. Und das … das käme mir dann wie ein Verrat an Kristin vor.«

»Und was wäre, wenn ich dir versichern würde, dass ich an Kristins Tod keine Schuld habe?«

Sie schwieg und schaute zu Boden. Sie sah unendlich müde und ratlos aus.

»Nein, Alena«, sagte er betroffen, »nein, ich will dich nicht in Gewissenskonflikte stürzen. Ich will dich nicht quälen. Ich verstehe dich ja. Es … es fällt mir zwar schwer, ich kann gar nicht ausdrücken, wie schwer, aber vielleicht … irgendwann einmal. Darf ich dich … anrufen?«

Sie blickte auf und schüttelte kaum sichtbar den Kopf. »Es tut mir leid«, flüsterte sie.

Er fühlte Kälte durch seine Glieder rieseln. »Mir auch. Aber eines möchte ich dir noch sagen, Alena. Ich habe …«

»Nein, bitte nicht.« Sie zog fröstelnd die Strickjacke zusammen und wollte an ihm vorbei zum Haus flüchten, aber sie rutschte mit dem Absatz auf einem Pflasterstein ab und taumelte, da sie so dicht beieinandergestanden hatten, gegen ihn. Lennart konnte nicht verhindern, dass er den Arm um sie schlug. Für eine verzweifelt kurze Sekunde spürte er noch einmal ihre Wärme. Sie blickte zu ihm auf und hielt plötzlich ganz still.

Er beugte sich hinab. Nichts in der Welt hätte jetzt noch verhindern können, dass sich ihre Lippen fanden, aber es gelang ihnen zu verhindern, dass es mehr wurde als ein rascher und vorsichtiger Freundschaftskuss zum Abschied.

Da kamen auch schon die anderen lärmend zur Tür heraus, und ein allgemeines Händeschütteln setzte ein.

Kapitel 19

Vorlesen oder singen?«, fragte Lennart, als Luisa in der kleinen Dachkammer unter der Bettdecke lag.

»Hm … singen«, sagte sie. »Nein, lieber vorlesen. Nein, sing etwas.«

Lennart nahm seine Gitarre und setzte sich auf die Bettkante. »Guter Mond, du gehst so stille«, sang er leise, »durch die Abendwolken hin.« Das Liebeslied bestand aus fünf Strophen. Dazu kamen noch einmal sieben Strophen einer frommen Version. Luisa kämpfte ab der dritten blinzelnd gegen ihre Müdigkeit an. Aber sobald Lennart leiser wurde und einen abschließenden Akkord anschlug, riss sie die Augen auf und murmelte: »Weiter.« So lange, bis er alle Strophen und noch einmal die erste gesungen hatte.

Dann schlief sie.

»Schlaf gut, mein Prinzesschen von Mönchgut«, sagte Lennart, zog die Bettdecke hoch und strich ihr über die Wange.

Als er zum Nachttischlämpchen langte, um das Licht zu löschen, streifte er mit dem Schulterband der Gitarre Kästners *Doppeltes Lottchen*, aus dem er vorlas, wenn Luisa sich gegen ein Schlaflied entschied. Das Buch konnte er noch auffangen, ehe es auf die Dielen donnerte, aber dabei stieß er eine alte Hustenpastillenschachtel über die Kante. In der Schachtel befanden sich keine Pastillen, sondern allerlei kindliche Schätze, die über die Dielen klackerten. Zum Glück war das kein Lärm, der Luisa hätte aufwecken können.

Lennart lehnte die Gitarre gegen den Schrank und sammelte den Inhalt der Dose wieder ein – Federn, Muscheln, ein winziges Hängeschloss ohne Schlüssel, ein Minikompass, ein kleines Taschenmesser, bei dem die rostige Klinge wackelte, und ein Fingerring aus Blech mit rosafarbenem Glasstein. Leise legte er Luisas Schätze in die Schachtel zurück und wollte sie eben zuklappen, da fiel ihm auf dem Boden halb unterm Nachttisch noch ein Gegenstand ins Auge. Es war ein rötlich schimmernder Stein.

Er stützte sich mit einem Knie auf den Dielen ab, fischte ihn unter dem Nachttisch hervor und erschrak. Es war eine erhaben geschnittene Gemme aus ziegelrotem Achat, mit weißem Relief, das einen im Nest stehenden Storch darstellte, der den Schnabel vor dem prächtigen Brustgefieder gesenkt hielt.

Der Storchenstein!

Noch immer auf den Knien, starrte Lennart auf den in Silber gefassten Kettenanhänger hinab. Seine Hand hatte zu zittern angefangen. Wo hatte Luisa diesen Stein her?

Sie hatte ihm ganz zu Anfang etwas von einer blauen Dose erzählt, die sie im Schrank ihrer Mutter gefunden hatte. Aus ihr hatte sie die Informationen, dass er ihr Vater sein sollte. Wenn sie diesen Stein auch von dort hatte, dann konnte das eigentlich nur eines bedeuten.

Lennart schloss die Faust um den Stein und sprang auf. Im nächsten Moment zügelte er sich, nahm vorsichtig seine Gitarre, die ein klingendes Ächzen von sich gab, löschte das Licht und verließ leise Luisas Zimmer.

Kapitel 20

Kaum sind die Kinder eingeschlafen, streiten sich die Erwachsenen. Sinnlose Wahrheiten werden gesagt, Ehen zerbrechen, Freundschaften werden geschieden. Und wenn die Kinder morgens aufwachen und mit blanken Augen in die Welt blicken, dann ist nichts mehr, wie es war. Dann ist der Papa für immer weg, die Mama heult, dann ist man plötzlich arm geworden und kann nicht in Urlaub, dann muss man wegziehen und wird die Freundinnen niemals wiedersehen.

Es war sieben Uhr und kaum richtig hell, als Luisa aus dem Schlaf geschüttelt wurde. Es war die Mama, die mit böser Ruhe in der Stimme sagte: »Steh auf, wir fahren!«

»Warum denn?«, nuschelte Luisa schlaftrunken.

»Darum. Zieh dich an. Und beeil dich!«, sagte die Mama und riss die Sachen aus dem Kleiderschrank, die Papa Luisa gekauft hatte, und stopfte sie in die Reisetasche, die Papa ihr ebenfalls gekauft hatte. Doch mittendrin unterbrach sie sich und meinte: »Ach, das können wir sowieso nicht alles mitnehmen. Das soll er uns nachschicken.«

»Und Papa?«, fragte Luisa mit erwachendem Entsetzen.

»Vergiss ihn. Das ist sowieso nicht dein Papa. Und jetzt steh endlich auf.« Unsanft fühlte sie sich aus dem Bett gezerrt. »Und hör auf zu heulen!«

»Aber warum fahren wir denn weg? Ich will wissen, was los ist!«, schrie Luisa mit all ihrer Kraft, die doch niemals reichen würde, um die Erwachsenen zur Umkehr zu bewegen. »Ich will nicht abreisen!« Aber sie konnte eben nur brüllen und kreischen, um zu zeigen, dass sie nicht einverstanden war. Mehr nicht. Und es nützte alles nichts. Es nützte auch nichts, dass sie mit den Füßen trampelte. Mama ließ sie nicht weglaufen, bis sie sich nicht Jeans, Turnschuhe und Sweater angezogen hatte. Erst dann konnte Luisa sich losreißen.

»Papa!«, brüllte sie und rannte die Treppe hinunter. »Papa!«

Stille im ganzen Haus.

Luisa entwischte Ronaldos nach ihr haschenden Händen und stürzte aus dem Haus in einen zwielichtigen Morgen. Das Meer schimmerte wie Blei unter silbergrauen Wolken. Die Ziegel der Gebäude leuchteten dunkelrot. Ronaldos Motorrad stand noch im Schatten.

Auf dem großen runden Stein am Remisentor neben dem alten Stall saß Lennart, den Kopf in den Händen vergraben.

»Papa!«

Er blickte auf. Seine Augen hatten dieselbe Farbe wie der Himmel, graublau mit einem silbrigen Schimmer. Er ließ die Hände sinken und breitete sie aus. Luisa flog in seine Arme und kuschelte sich schluchzend an ihn. »Warum müssen wir abreisen? Warum kann ich nicht bei dir bleiben?«

»Wir können doch immer telefonieren«, sagte Lennart.

Luisa blickte zu ihm auf. »Ihr habt euch gestritten, Mama und du? Warum könnt ihr von der Erzeugerfraktion euch nie vertragen?«

»Das weiß ich leider auch nicht.«

»Und warum bist du nicht mein Vater?«

»Ich werde immer dein Vater sein, Luisa, egal, was deine Mutter behauptet. Ich habe dich doch lieb. Wir sind doch Freunde geworden. Und Freunde halten zueinander. Ich werde immer für dich sorgen, und ich werde dich besuchen kommen, wo auch immer du bist. Wenn Isabella sich beruhigt hat, wird sie sicher nichts mehr dagegen haben.«

Luisa ahnte, dass es noch schlimmer kommen würde, als sie bisher gedacht hatte. »Wo bringen sie mich hin?«

»Das weiß ich nicht, Luisa. Aber … aber Ronaldo hat mir gestern erzählt, dass er gerne in Italien leben möchte.«

»Ich will nicht in Italien leben! Ich will aufs Gymnasium.«

»In Italien gibt es auch ein Gymnasium oder so etwas Ähnliches. Und vielleicht finden wir noch eine andere Lösung für dich. Ich werde tun, was ich kann, das verspreche ich dir. Aber jetzt musst du erst einmal mit Isabella zurück nach Hamburg. Dagegen kann ich momentan nichts machen. Sie ist … sie ist deine Mutter.«

Luisa wusste, mehr konnte sie nicht erreichen. Mehr konnten Erwachsene nicht versprechen. Und man musste überhaupt froh sein, wenn sie nur einen Bruchteil dessen einlösten, was sie versprachen, um heulende Kinder zu beruhigen.

Sie hätte nicht weinen dürfen, sagte sie sich, wischte sich die Tränen weg und befreite sich aus Lennarts Armen.

»Ihr seid ganz schön arm dran«, sagte sie und sah in seine traurigen Augen. »Ich habe immer gedacht, wenn ich groß bin, dann kann ich endlich machen, was ich will, und dann gehe ich, wohin ich will. Aber langsam glaube ich, ihr könnt auch nie machen, was ihr wollt.«

Lennart senkte den Blick.

Luisa blinzelte erstaunt. Sah sie richtig? Das, was in seinen Augen glitzerte und von seinen Wimpern tropfte, waren Tränen, echte Tränen.

»Nicht traurig sein, Papa«, sagte Luisa und legte ihre Arme um seinen Hals. »Ich habe dich doch lieb. Auch wenn ich weiß, dass du gar nicht mein echter Papa bist. Das war doch unser Geheimnis, und ich habe es niemandem verraten.«

»Ich auch nicht, kleine Prinzessin von Mönchgut«, sagte Lennart leise. »Aber irgendwann musste es eben herauskommen, nicht?«

»Reisen wir deshalb ab?«

»Nein.«

»Warum dann?«

Luisa sah, dass es Lennart schwerfiel, darauf zu antworten, und sie wusste, wenn Erwachsene so lange zögerten und nicht recht mit der Sprache herauswollten, dann tischten sie ihr eine Lüge auf, etwas, wovon sie meinten, dass ein Kind es so besser verstünde, eine Kinderwahrheit eben. Und die war wertlos. Darum sagte sie rasch: »Ich weiß schon, Mama hat wieder ihren Rappel gekriegt. Sie sei nicht asozial und solcher Schietkram. Das darfst du nicht so ernst nehmen, Papa!«

Endlich lächelte er wieder. Dann griff er in die Hosentasche und hielt ihr auf seinem Handteller einen grauweißen Stein hin.

»Mein Storchenstein!«, rief Luisa erschrocken. »Wo hast du ihn her?«

»Ich habe gestern Abend aus Versehen dein Schatzkästchen vom Nachttisch gefegt. Dabei ist es aufgegangen, und ich habe das hier gefunden. Es ist eine Gemme, und sie ist sehr schön. Darum habe ich sie eine Nacht lang behalten. Aber natürlich gehört sie dir.«

»Behalt sie!«, sagte Luisa großzügig. »Ich schenke sie dir, damit du mich nicht vergisst.«

»Danke!« Er drückte sie noch einmal ganz fest. »Ich habe übrigens auch etwas für dich«, sagte er und griff in die andere Jeanstasche.

»Eine Uhr!«, jubelte Luisa. »Ist die für mich? Wirklich? Danke, Papa, vielen Dank. Die war sicher sehr teuer.«

Das war es dann. Lennart wanderte ziellos durch sein plötzlich leeres und stilles Haus und versuchte das Bild zu vertreiben, wie Ronaldo und Isabella auf dem Motorrad vom Hof gefahren waren, die kleine Luisa zwischen sich geklemmt, die beiden Alten in schwarzer Kluft mit schwarzen Helmen und das kleine schmale Kind mit bloßem Kopf. Das war nicht nur unverantwortlich und gefährlich, sondern auch verboten. Aber sie waren nicht mehr aufzuhalten gewesen. Jedenfalls nicht von ihm. Lennart konnte nur hoffen, dass sie möglichst bald von einer Polizeistreife gestoppt wurden. Aber das würde er nicht erfahren. Er würde so lange Angst haben, bis er Luisa per Telefon erreichte, und das konnte dauern, denn mit einem Motorrad kam man nicht so schnell voran wie mit einem Auto. Man musste mehr Pausen machen.

Luisa hatte nur den kleinen orangeroten Rucksack mitnehmen können, mit dem sie gekommen war. Die Kleider, die sie zusammen in Binz gekauft hatten, würde er ihr nachschicken. Sie waren bereits in eine Kiste gepackt, die adressiert im Gang unter dem Spiegel am Hauseingang stand.

Wenn er sie weggebracht hatte – sobald die Post aufmachte –, dann gab es für ihn nichts mehr zu tun. Er musste nirgendwohin, niemand wartete auf ihn, keiner brauchte ihn. Hätte Lennart die Kraft gehabt, einen klaren Gedanken zu fassen, hätte er vermutlich erschrocken festgestellt, dass er im Begriff war, alles zu vergessen, was ihn und sein Leben bisher ausgemacht hatte. Sogar seinen Namen. Gerade den! Es kam ja nicht mehr darauf an. Er war für niemanden wichtig. Am wenigsten für sich selbst.

Silke fand ihn gegen neun Uhr wie erstarrt auf der Treppe sitzend, als sie nach einem kurzen Besuch bei ihrer Mutter in Groß Zicker einem vagen Gefühl folgend noch schnell zum Gut Gristow abbog, bevor sie sich auf den Weg zum Ferienhof Sonnenschein machte.

Kapitel 21

Dann bleibst du also nicht mehr bis zum Konzert«, sagte Trude.

Alena nickte. »Erstens habe ich die Zugfahrkarte, zweitens kann Marvin in seinem Schlitten mein Fahrrad nicht transportieren, und drittens ist es besser so. Marvin könnte sonst wirklich denken, dass aus uns beiden wieder etwas wird.«

Trude lächelte. Sie räumte das Frühstücksgeschirr der Pensionsgäste in die Spülmaschine, während Alena am Tisch saß und Friesentee süffelte. Ihre gepackte Tasche stand schon im Flur an der Tür.

»Aber diesmal dauert es keine zehn Jahre, bis ich wiederkomme«, versprach Alena. »Spätestens zu Ostern nächstes Jahr sieht du mich wieder.«

»Schön.«

»Irgendwie habe ich es gestern Abend begriffen«, sagte Alena versonnen und nahm einen kleinen Schluck vom heißen bitteren Tee. »Ich werde Kristin nicht vergessen, aber ich bin nicht verpflichtet, ständig an sie zu denken. Ich bin ihr nichts schuldig. Es war ihre Entscheidung, sich mit den Typen dieser Band einzulassen.«

Trude klappte die Spülmaschine zu und schaltete sie ein. Mit gekreuzten Armen blieb sie dann am Fenster gegen die Arbeitsfläche gelehnt stehen. Hinter ihr glitzerte der See in der Sonne. Das Schilf am Ufer schwankte im Wind.

Alena setzte die Tasse ab. »Es tut mir leid, dass es so lange gedauert hat. Es tut mir wirklich richtig leid, wenn ich daran denke, dass ich dich in all diesen Jahren so allein gelassen habe.«

»Du hast dich selbst allein gefühlt. Du warst verstört, das habe ich immer verstanden.«

»Ich weiß doch. Aber ich habe mich zu lange davor gedrückt, mir über mein Verhältnis zu Kristin klar zu werden. Stattdessen habe ich meine Trauer abgekapselt und weggeschoben. In Wahrheit habe ich immer Angst davor gehabt, Kristin wieder zu begegnen, hier auf Rügen, bei dir und in meiner Erinnerung.«

»Ich habe es verstanden, Alena, mach dir keine Gedanken. So krank, wie ich war, mutet man sich auch nicht gern eine Nichte zu. Und inzwischen habe ich ja Marika gefunden. Oder vielmehr, sie ist mir zugelaufen wie eine streunende Katze.« Trude lachte leise. »Und wenn zwei alte Damen zusammen eine Pension führen, denkt sich ja auch niemand gleich etwas Skandalöses.«

Alena stutzte.

Trude lächelte.

Alena begriff plötzlich. »Du und Marika? He, Tante Trude!« Sie musste lachen. »Darum also hast du nie geheiratet.« Sie stand auf und legte ihrer Tante den Arm um die Schultern. »Was haben Kristin und ich uns die Köpfe zerbrochen, was haben wir uns für Geschichten ausgedacht von Märchenprinzen und bösen Schwiegermüttern und Entsagung.« Sie drückte ihr einen Kuss auf die Wange. »Das freut mich für dich, Tantchen.«

»Schon gut!« Trude machte sich ruppig frei und blickte auf die Uhr. »Wo Lennart nur bleibt. Er wollte doch den Kirchenschlüssel haben, um irgendetwas an der Orgel zu richten.«

»Und ich wollte mich noch von Luisa verabschieden.«

Trude trat an den Tisch, nahm das Telefon und begann, seine Nummer einzutippen.

Alena hatte plötzlich das Gefühl, dass sie nicht so ruhig erschien, wie sie erscheinen wollte, und zog es vor, die Küche zu verlassen, bevor Trude Lennart am Ohr hatte.

Die Hoffnung, ihn noch einmal zu sehen, hatte sie die halbe Nacht wach gehalten, auch wenn ihr unklar war, was eigentlich passieren sollte, damit sich für sie und ihn noch eine Chance auftat. Immer wieder hatte sie sich gefragt, ob er gestern Abend tatsächlich gesagt hatte, dass er unschuldig sei. Oder war es doch nur eine Hypothese gewesen, um ihr vor Augen zu führen, dass es keinen Ausweg gab, auch dann nicht, wenn er nichts mit Kristins Tod zu tun hatte. Einfach deshalb, weil seine Unschuld, für die es keinen Beweis gab, immer als Frage zwischen ihnen stehen würde. Weil sie immer wieder den Verdacht haben würde, dass er sie belog. Und weil Kristin letztlich immer die Dritte in einer Beziehung mit Lennart sein und sie niemals tatsächlich in Ruhe lassen würde. Aber hätte sie das nicht alles überwinden können müssen, wenn sie Lennart wirklich liebte? Streng hatte Alena dann ihr eigenes Herz befragt. Hatte sie sich nur in einen ungemein gutaussehenden Mann verknallt, oder liebte sie Lennart wirklich?

Ja, sie fühlte sich zu ihm hingezogen, unsagbar stark. Vom ersten Moment an war er ihr vertraut gewesen, so als würden sie sich schon lange kennen. Keinen Augenblick hatte sie darüber nachgedacht, ob er der Mann war, mit dem sie leben wollte. Sie hatte einfach gewusst, dass er es war. Ohne Wenn und Aber. Nicht wie bei Marvin, bei dem sie sich immer wieder gefragt hatte, ob sie ihn wohl in fünf oder zwanzig Jahren noch interessant finden würde. Das mit Lennart war auf höherer Ebene entschieden worden oder, modern ausgedrückt, in den tiefen Schichten ihrer beider Gehirne, in denen Menschen wussten, wann sie zueinander gehörten. Das Gefühl war schon beinahe beängstigend.

Alena war, als ginge sie durch einen langen dunklen Gang auf eine Tür zu, unter deren Ritze Licht hervorstrahlte. Sie wusste sicher, dass sie hinter dieser Tür zu Hause war. Nur dass sie die Tür momentan nicht aufstoßen konnte. Mit keinem Mittel. Es würde sehr schwer werden, sich diese Liebe aus dem Herzen zu reißen, Lennarts Namen aus ihrem Kopf zu streichen und ihn zu vergessen mitsamt der Gewissheit, dass er derjenige gewesen wäre, welcher.

Alena holte ihr Fahrrad aus dem Schuppen und stellte es auf dem Weg zum Haus auf. Als sie wieder in die Küche kam, stand Trude mit finsterer Miene am Tisch, das Telefon noch in der Hand.

»Was ist los?«

»Isabella und Ronaldo sind abgereist und haben Luisa mitgenommen. Ganz plötzlich, heute in der Frühe. Anscheinend hat es einen heftigen Streit gegeben. Lennart ist völlig durcheinander.«

»Arme Luisa!« Alena überlegte, was das zu bedeuten hatte und für Lennart bedeutete – und für sie selbst. »Gerade mal vierzehn Tage hat

Luisas Glück gedauert. Aber irgendwie passt es auch wieder. Ich bin mit Luisa gekommen. Sie verschwindet mit mir. Und morgen kann ich sie in Hamburg besuchen.«

»Falls sie je heil dort ankommen! Sie sind mit dem Motorrad unterwegs, mit der Kleinen zwischen sich geklemmt. Und Lennart sagt, sie wollten nach Italien. Für immer.«

»Was!«, rief Alena, und diesmal war sie mit ihrer Sorge wirklich bei dem Kind. »Das können die doch nicht machen! Das geht doch nicht!«

Kapitel 22

Luisa betätigte die Spülung und verließ das Klo. Es war eines in einer Reihe von vielen, wie sie in Raststätten am Rande der Fernwege vorkamen. Weil Mittagszeit war, hatte sich eine Schlange gebildet. Luisa wusch sich die Hände am viel zu hohen Waschbecken. Da die Pustegeräte alle besetzt waren, schüttelte sie die Wassertropfen ab und trocknete sich die Hände an den Jeans. Dann duckte sie sich an dem hohen Bistrotisch mit der Untertasse mit den Münzen vorbei, an dem eine Frau saß und kassierte. Zum Glück war sie so klein, dass die Frau sie nicht bemerkte. Luisa steuerte auf die Tür zu, die nach draußen auf den Parkplatz der Rastanlage führte. Durch die Glasscheibe des Tankstellenladens sah sie Ronaldo in seiner schwarzen Motorradkluft mit einem Becher Kaffee in der Hand. Er teilte seine Aufmerksamkeit zwischen dem Regal mit den Zeitschriften und seiner Harley, die unweit der Türen zu den Toiletten abgestellt war. Mama stand irgendwo hinter dem Gebäude neben einem Mülleimer und rauchte. Sie hatten vorhin beschlossen, dass Ronaldo Isabella und Luisa in Rostock in den Zug nach Hamburg setzen würde, denn so zu dritt auf dem Bock, das ging nachher auf der Autobahn nicht mehr.

Luisa blickte sich um. Mama war nirgendwo zu sehen, und Ronaldo stand mit dem Rücken zum Fenster. Entschlossen hakte Luisa die Hände in die Schulterriemen ihres orangeroten Rucksacks und marschierte dorthin, wo die Busse standen.

Sie hatte keinen blassen Schimmer, wo sie genau waren. Rügen hatten sie schon vor langer Zeit verlassen. Aber sie war nicht blöd und hatte – obgleich sie schon ganz rammdösig war von der Fahrerei – sehr wohl mitgekriegt, dass Ronaldo die Maschine auf die andere Seite der Straße hatte lenken und in Gegenrichtung in die Rastanlage hatte einfahren müssen, damit sie aufs Klo gehen konnte.

Deshalb mussten die drei Busse, die da vorn standen, wieder zurück Richtung Rügen fahren, wenn sie hinausfuhren. Das war logisch wie das große Einmaleins.

Luisa hatte vorhin beobachtet, wie aus einem violetten Bus mit dunkel getönten Scheiben Jugendliche herausquollen, um die Rastanlage auf der Suche nach Getränken und Essbarem zu stürmen. Ein Teil stand in Grüppchen herum und rauchte. In der Schlange vor dem Damenklo hatte Luisa außerdem gehört, wie sich zwei Mädchen aus dem Bus über das Konzert auf dem Kap Arkona unterhielten, von dem auch Mama die ganze letzte Woche geschwärmt hatte. Außerdem hatte sie mitgehört, wie sich die Mädchen über drei Jungs unterhielten, die sie süß fanden und die nicht aus Rostock kamen wie die Mädchen selbst, sondern von woandersher. Und das war Luisas Chance. Wenn sich nämlich im Bus nicht alle kannten, dann konnte sie mit reinrutschen.

Der Busfahrer stand herum und rauchte. Alle Bustüren waren offen. Ein paar Jungs, die Luisa schrecklich viel älter vorkamen, alberten an der hinteren Tür herum. Luisa marschierte an der violetten Buswand entlang zur Mitteltür und stieg ein.

Und nun? Alle Plätze schienen belegt. Da lagen Sachen herum oder standen Taschen unter den Sitzen oder waren Rucksäcke in der Ablage darüber. Luisa erinnerte sich an einen Busausflug mit der Klasse in den Hamburger Hafen, und da waren die Plätze nach kurzem, aber heftigem Gerangel gleich verteilt gewesen, und man hatte sich nachher wieder dorthin gesetzt, wo man auf der Hinfahrt gesessen hatte. Wenn sie sich jetzt irgendwo hinsetzte, würde jemand kommen und sie wegschicken, und dann würde auffallen, das sie keinen Platz hatte und zu keiner der Gruppen gehörte.

Sie kam hinten bei der Sitzreihe am Heckfenster an. Auf dem Platz ganz rechts lag ein MP3-Player mit Ohrstöpseln, aber sonst lag auf keinem anderen etwas herum. Und so erklomm Lisa den Sitz ganz links.

Geschafft. Nun kam das zweite Problem. Der Bus musste schleunigst abfahren, und zwar bevor Mama merkte, dass sie, Luisa, nicht mehr da war – weder auf dem Klo noch bei Ronaldo –, und bevor sie anfing zu suchen und herumzuschreien und alle an der Tankstelle verrückt zu machen. Und Leute verrückt machen, das konnte Mama ausnehmend gut.

Mit dem orangeroten Rucksack auf den Knien drückte sich Luisa in die Ecke und wartete. Allmählich kehrten die anderen zu rück. Sie kamen Luisa viel älter vor als sie selbst. Ob das gut ging? Luisa wurde immer kleiner auf ihrem Sitz. Wahrscheinlich sahen sie ihr gleich an der Nasenspitze an, dass sie nicht hier reingehörte.

Und dann kam der zweite Schreck. Sechs riesige Kerle schlenderten durch den Gang auf die hintere Sitzreihe zu. Luisa fühlte sich von Blicken erdolcht. Aber die Kerle sagten nichts. Derjenige, auf dessen Platz sie saß, wischte sie einfach nur von dem Sitz wie einen Brotkrümel. Die anderen lachten und flegelten sich vors Rückfenster, während Luisa ihren Rucksack und sich selbst vom Boden aufsammelte, nach vorn flüchtete und schnell hinter den hohen Rückenlehnen eines Doppelsitzes Sichtschutz suchte.

Auf einmal herrschte Stimmengewirr im Bus. Alle waren da. Ein Mädchen mit Brille nahm neben Luisa Platz. Es hatte noch weniger Haare als Luisa und war dick und hässlich und blickte Luisa mit großen Augen an. Luisa schaute frech zurück und sagte: »Ich sitze jetzt neben dir. Die, neben der ich vorhin saß, ist mir zu blöd.«

Das Mädchen lächelte.

Eine Frau ging durch den Mittelgang und zählte die Köpfe in den Bänken. »Einer zu viel!«, rief sie nach vorn zu einer zweiten Aufsichtsperson. Aber da fuhr der Bus schon. Luisa hatte ganz vergessen, sich umzuschauen, ob Mama und Ronaldo bereits nach ihr suchten.

»Besser einer zu viel als einer zu wenig«, erwiderte die andere Frau und begann nun ebenfalls, von vorn nach hinten durchzuzählen. Da sie kurz hinter der Mitteltür stehen blieb, konnte Luisa sich so hinter die Lehne ihres Vordermanns ducken, dass die Frau sie nicht sah.

»Jetzt stimmt's«, sagte die Frau, drehte sich um und ging wieder nach vorne.

Geschafft!, dachte Luisa.

Kapitel 23

Lennart fuhr hoch. Er lag auf dem Sofa im Wohnzimmer und hatte das Gefühl, etwas Wichtiges vergessen zu haben. Er musste eingeschlafen sein, nachdem Trude ihn angerufen hatte, um zu fragen, wo er blieb. Am Morgen hatte Silke ihn aus seiner inneren Lähmung geholt und gezwungen, sich hinzulegen.

»Warum hängst du eigentlich so an Luisa?«, hatte sich Silke erkundigt. »Sie ist doch gar nicht deine Tochter. Und selbst, wenn sie es wäre, ihr Männer seid doch sonst nicht so erpicht darauf, Verantwortung für eure Sprösslinge zu übernehmen.«

Es war nicht einfach gewesen, das zu erklären. Er hatte es zunächst rational versucht. »Sie hat sich mich als Vater ausgesucht, als eine Art Mentor, damit ich ihr helfe, das zu erreichen, was sie erreichen will. Und wenn ein Kind eine gute Schulbildung haben will, muss man es doch unterstützen.« Dann hatte er versucht, seine Gefühle auszudrücken, die so unheimlich kompliziert und gleichzeitig so stark waren. »Und außerdem ist sie eine kluge und freche kleine Krabbe, ich mag sie einfach. Ich will ihr helfen. Ich habe in meinem Leben so viel kaputt gemacht, so viele Hoffnungen geweckt und zerstört, so vielen Menschen etwas vorgemacht, sie belogen, sie enttäuscht. An Luisa kann ich vielleicht etwas wiedergutmachen.«

Silke hatte ihn nachdenklich angeblickt. Vermutlich fand sie seine Erklärung immer noch ziemlich dürftig, denn sie hatte immer viel mehr Erklärungen von ihm gefordert, als er zu geben imstande gewesen war. »Das hätte ich dir gar nicht zugetraut«, hatte sie fast anerkennend bemerkt. »Dass du dich mal von dir aus um jemanden kümmerst. Dass dir überhaupt jemand so wichtig ist.«

Dabei hatte er ihr noch gar nicht von Alena und seinen Gefühlen für sie erzählt.

Lennart blickte auf die alte Standuhr, die neben der Tür im Takt des goldenen Pendels tickte. In einer Viertelstunde ging Alenas Zug. Er sprang auf.

Etwas musste er ihr noch geben, bevor sie aus seinem Leben verschwand. Etwas, das er ihr weder per Telefon noch in einer E-Mail zukommen lassen konnte. Und vielleicht war es besser so, sagte er sich, während er die Alleen entlangraste, wenn er nur diese paar Minuten vor der Abfahrt ihres Zugs hatte.

Noch fünf Minuten blieben ihm, als er auf den Parkplatz am Bahnhof einbog. Er stellte den Kombi irgendwo ab, sprang hinaus, stürmte in das gelbe Bahnhofsgebäude und rannte drüben wieder raus auf den Bahnsteig.

Der silberfarbene IC wartete schon. Lennart blickte sich um. Da drüben! Alena musste eben ihr Fahrrad abgegeben haben und ging mit ihrem Rucksack am Zug entlang zu ihrem Wagen.

Lennart sprintete los. Sie drehte sich um.

Alles hätte Lennart dafür gegeben, ihr Gesicht zwischen seine Hände nehmen und ihre Lippen küssen zu dürfen, ihr die Haarsträhne aus der Stirn zu streichen und mit seinem Lächeln die Trauer und Verwirrung aus ihren Augen zu vertreiben. Aber deshalb war er nicht hier.

Er verlangsamte seinen Schritt, griff in die Brusttasche seines weißen Hemds – das er seit gestern Abend trug – und trat auf Alena zu, die flache Hand mit dem rotweißen Stein ausgestreckt.

Sie blickte erschrocken zu ihm auf. »Der Storchenstein!«

»Nimm ihn, er gehört doch eigentlich dir.«

»Kristins Storchenstein!« Sie wagte es nicht, das Schmuckstück aus seiner Hand zu nehmen. »Ich habe ihn Kristin zu ihrem achtzehnten Geburtstag geschenkt. Ich habe ihn hier in Binz gekauft. Er hat mich für meine damaligen Verhältnisse ein Vermögen gekostet. Eine erhaben geschnittene Gemme nennt man eigentlich Kamee, hat mich die Verkäuferin damals belehrt.»Sie lächelte. »Das weiß ich noch. Ich musste Kristin den Stein unbedingt schenken, bevor sie zum Studium nach Berlin ging. Damit sie Rügen nicht vergisst und unseren Storchenstein. So hat Kristin nämlich immer den Buskam genannt. Sobald irgendwo Hochzeitsglocken läuteten und geschmückte Kutschen fuhren, haben wir uns auf unsere Räder gesetzt – ohne Gangschaltung natürlich – und sind zum Nordperd von Göhren losgestrampelt. Und immer kam der Wind von vorn, als ob er sich gegen uns verschworen hätte.« Sie lachte leise, doch zugreifen und den Stein aus seiner Hand nehmen wollte sie immer noch nicht. Stattdessen trat Misstrauen in ihren Blick, und sie wurde wieder ernst. »Wo hast du ihn her, Lennart? Von Kristin?«

»Nein. Luisa hat ihn mir geschenkt.«

»Luisa?« Alenas Augen wurden schmal. »Und wie kommt Luisa an diesen Stein?«

»Sie hat ihn in Isabellas Sachen gefunden, in der Dose, in der auch eine CD und ein Foto von mir mit meinem bürgerlichen Namen lagen.«

»Und wie ist Isabella zu den Sachen gekommen?«

»Bitte einsteigen und die Türen schließen«, dröhnte es in diesem Augenblick über den Bahnsteig. »Der Zug fährt gleich ab.«

Alena schrak zusammen. »Ich muss!« Sie setzte einen Fuß auf die Türstufe. »Lennart, was ... was hat das zu bedeuten?«

»Fahr nach Hamburg, Alena. Isabella wird es dir erklären müssen. Und beeil dich, denn sie will mit Ronaldo und Luisa nach Italien übersiedeln.« Er nahm Alenas Hand, legte den Stein hinein, schloss ihre Finger um das Schmuckstück und trat zurück. »Leb wohl und ... und viel Glück!«

»Danke.« Sie langte nach dem Innengriff der Zugtür. »Aber ...« Aber Pläne waren Pläne, sagte er sich. Genau darauf hatte er gesetzt. Sie sollte keine Zeit mehr haben für Fragen, sonst hätte er ihr erzählen müssen, was ihm Isabella gestern Nacht um die Ohren gehauen hatte, als er mit dem Stein nach unten kam und ihn ihr zeigte.

Alena stieß sich mit dem Fuß vom Bahnsteig ab, zog sich hinein in den Zug und blickte sich noch einmal um. Eine Frage schwebte ihr auf den Lippen, doch die Tür würde sich unerbittlich schließen vor ihrem schönen, klugen und verwirrten Gesicht.

Lennart drehte sich um und ging davon.

Kapitel 24

Zur selben Zeit standen eine junge Frau mit blonden Haaren und ein Bär von Mann in Lederkluft neben einer Harley-Davidson mit blauem Tank am Straßenrand an einem mit rotem Klatschmohn gesprenkelten Feld und stritten sich.

Sie rauchte zornig. Er schüttelte den Kopf.

»Ich bin nun einmal überzeugt«, sagte Isabella, »dass Lennart Luisa entführt hat. Er will verhindern, dass wir sie nach Italien mitnehmen. Du hast doch gehört, wie er sich heute Nacht aufgeführt hat. Verbieten wollte er es uns. Und da er das nicht kann, ist er uns gefolgt und hat sie sich bei der ersten Gelegenheit geschnappt. Das ist Kindesentführung.«

»Aber musstest du ihm gleich die Polizei auf den Hals hetzen?«, fragte Ronaldo. »Hätten wir das nicht erst einmal unter uns klären können? Wozu sind wir denn wieder zurück nach Rügen gefahren?«

»Der trickst uns doch aus, Ronaldo! Der hat einen Schuss, glaub es mir. Der ist gefährlich. Und wenn einer ein Kind entführt, dann muss man das anzeigen!«

»Und was ist das, was du seit zehn Jahren machst, Isabella? Kindesraub? Vortäuschung falscher Tatsachen? Oder wie auch immer das juristisch heißt, wenn eine Frau ein Kind behält, das ihr gar nicht gehört.«

»Luisas Eltern sind mausetot, Ronaldo! Ich habe die Kleine gerettet. Ich bin bestimmt keine besonders tolle Mutter, aber bei mir hat sie es allemal besser als im Heim.«

»Aber vielleicht hätte sie eine Familie gehabt, die sich um sie hätte kümmern können.«

»Nein, sie hatte keine Familie! Es hat sie niemand haben wollen! Außerdem hat das alles gar nichts mit dem zu tun, was Lennart hier abzieht. Er ist verrückt, glaub mir. Oder ein Päder… Peda… ein Perverser. Was will er denn mit Luisa? Sie ist doch gar nicht seine Tochter. Und wie er sich gestern Nacht aufgeführt hat! Bedroht hat er uns, Ronaldo. Er will uns Luisa wegnehmen. Wirst sehen, er wird vor Gericht gehen. Auch wenn er sie nicht kriegt, nehmen sie sie mir vielleicht auch weg. Aber wenn die Polizei ihn jetzt verhaftet, weil er Luisa entführt hat, dann kann er nicht vor Gericht gehen. Darum habe ich ihn angezeigt, Ronaldo. Ich musste es tun. Das musst du verstehen. Sonst heißt es wieder, ich sei eine schlechte Mutter und hätte nicht aufgepasst. Zehn Jahre habe ich Luisa aufgezogen wie meine eigene Tochter. Und nur, weil ich einmal ein paar Tage ohne sie wegfahren wollte, bin ich doch noch keine Rabenmutter. Ich konnte doch nicht wissen, dass Luisa mich so belügt. Ich befand mich in dem Glauben, dass sie auf dem Ferienhof Sonnenschein gut aufgehoben ist. Ich will doch nur ihr Bestes.« Isabella brach in Tränen aus. »Und jetzt hat er sie entführt. Und womöglich ist Luisa längst tot. Ermordet und tot. Und wir streiten uns hier herum.«

Das konnte Ronaldo nun doch nicht ungerührt mit ansehen. Er legte den Arm um Luisa und zog sie an sich. »Nun beruhige dich. Luisa ist einfach ausgebüxt. Die Polizei liest sie irgendwo wieder auf, und du hast dich ganz umsonst aufgeregt und diesen armen Teufel Lennart beschuldigt, er hätte dein Kind entführt.«

Isabella schluchzte an seiner Brust.

»Was machst du nur immer für Geschichten?«, brummte Ronaldo. »Geht es eigentlich nie auch mal eine Nummer kleiner, Isabella? Entführt und ermordet! Du siehst zu viel fern. Lennart ist in Ordnung, glaub mir. Er mag die Kleine halt. Sei doch froh, dass er zahlen will. Es gibt viele Väter, die täten das nicht, und er ist nicht einmal der Vater. Und den haust du in die Pfanne. Also, was willst du eigentlich?«

Isabella trocknete sich die Tränen. »Na, wenn er sie nicht entführt hat, dann hat er ja auch nichts zu befürchten, nicht?«

Ronaldo beschloss, dazu lieber nichts zu sagen.

Es war alles ziemlich peinlich gewesen. Da lief ihnen die Kleine davon, und statt ruhig zu überlegen, was sie unternehmen konnten, schrie Isabella in der Tankstelle Mönchhagen Zeter und Mordio. Dabei war Luisa vermutlich nur mit dem Bus davongefahren, der, wie Ronaldo bemerkt hatte, die Anlage Richtung Stralsund verlassen hatte, kurz bevor ihnen auffiel, dass Luisa abgängig war. Sie hätten sie vermutlich längst wieder eingefangen, wenn sie sich still und leise aufs Motorrad gesetzt hätten und dem Bus gefolgt wären. Stattdessen rief Isabella nach der Polizei und brachte ihn, Ronaldo, in Teufels Küche. Schließlich war ein Motorrad nicht für drei Menschen gebaut, und ein Kind ohne Helm hätten sie niemals zwischen sich nehmen dürfen. Glücklicherweise hatten sich die Beamten gar nicht für ihren fahrbaren Untersatz interessiert. Sie waren wie selbstverständlich davon ausgegangen, dass irgendwo auf dem Parkplatz ihr Auto stand. Glücklicherweise hatte auch Isabella sich nicht verplappert. Aber sie erzählte der Polizei etwas von Kidnapping. Warum tat sie so etwas nur? Immer fühlte sie sich verfolgt und schlecht behandelt. Jedenfalls war es ganz schön anstrengend. Doch er liebte sie eben. So wie sie war.

»Dann sollten wir jetzt aber mal weiter«, sagte er und griff nach dem Helm.

Kapitel 25

Als Lennart vom Bahnhofsparkplatz fuhr, klingelte sein Handy. Er hielt an und drückte auf Empfang. Es war Trude.

»Lennart«, sagte sie mit ungewohnter Aufregung in der Stimme, »wo bist du? Könntest du auf dem schnellsten Weg zu mir kommen. Die Polizei ist hier. Luisa ist verschwunden.«

»Bin gleich da«, erwiderte Lennart, beendete das Gespräch, warf das Telefon auf den Beifahrersitz und rammte den Gang rein. Doch gleich darauf musste er mit aller Kraft in die Eisen steigen. Alena stand vor seinem Kühler.

Ein Gespenst?

Lennart hatte keine Zeit, seiner Verblüffung nachzuhängen. Sie kam auf seine Seite, während er die Scheibe herunterließ.

»Lennart«, sagte sie ganz ungespenstisch, »wir müssen miteinander reden.«

»Steig ein!«

Sie lief wieder vor seinem Kühler vorbei, warf ihre Reisetasche auf die Rückbank, ließ sich neben ihm auf den Beifahrersitz fallen und lachte. »Mein Fahrrad muss jetzt leider alleine nach Hamburg fahren. Aber ich schätze, das wird ihm nichts ausmachen, und in Hamburg haben sie sicher Auffangstellen für vorübergehend herrenlose Fahrräder. Ich nehme dann den IC am Spätnachmittag.«

Lennart bog auf die Proraer Chaussee ein. Er war sprachlos.

»Ich musste einfach wieder aussteigen.« Sie blickte auf den Storchenstein hinab, den sie immer noch in der Hand hielt, in die er ihn vor wenigen Minuten gelegt hatte. Sie war noch etwas atemlos vom Sprint über den Bahnsteig zum Bahnhof hinaus auf den Parkplatz. »Ich muss es genauer wissen, Lennart.«

Er räusperte sich. »Alena«, sagte er ernst, »Luisa ist weg!«

Sie blickte ihn an. »Ja, ich weiß. Trude hat es mir erzählt. Ronaldo und Isabella sind heute früh mit ihr abgereist. Ich kann mir vorstellen, wie nahe dir das geht. Was ist passiert?«

»Nein, du hast mich falsch verstanden. Trude hat mich gerade angerufen. Die Polizei wartet bei ihr auf mich.«

Die Mienen der beiden Polizisten waren ernst. Sie warteten in Trudes Salon. Lennart kannte sie, man duzte sich. Willem Kamp, der Dienststellenleiter, war persönlich gekommen. Und es war ihm sichtlich peinlich.

»Lennart«, sagte er, »ich muss dich mit dem Vorhalt konfrontieren, dass du die zehnjährige Luisa Vorbeck entführt hast.«

»So ein Unsinn, Willem!«, griff Trude ein. »Du kennst doch Lennart. Warum sollte der ein Kind entführen?«

Marika brachte auf einem Tablett eine Kanne Tee und sechs Tassen, aber niemand achtete auf sie. In den Fenstern der Veranda blitzte der Schmachter See.

»Sucht ihr mal lieber nach der Kleinen«, fuhr Trude fort, »statt wilde Anschuldigungen zu verbreiten.«

»So einfach ist das nicht«, verteidigte sich der Polizist. »Die Kindesmutter, Isabella Vorbeck, hat den Kollegen gegenüber Anschuldigungen gemacht, denen wir von Amts wegen nachgehen müssen. Da soll es Drohungen vonseiten des Beschuldigten gegeben haben, ihr das Kind wegzunehmen.«

Lennart seufzte. Er hatte in der Tat gestern Nacht viel zu viel gesagt.

»Beschuldigter?«, rief Trude aufgebracht. »Nu mach aber mal halblang, Willem!«

Was passiert hier eigentlich?, fragte sich Alena verwundert. Hier ging es doch nicht allen Ernstes um Kindesentführung? Luisa war vermutlich nur weggelaufen und auf dem Weg zurück nach Rügen.

»Am besten wäre es wohl«, wandte sich der ältere Polizist an Lennart, da er bei Trude nicht weiterkam, »du kommst jetzt erst einmal mit uns auf die Wache. Und da klären wir dann alles in Ruhe.«

»Dürfte ich …« Lennart räusperte sich. »Dürfte ich erfahren, was eigentlich genau vorgefallen ist?«

Die beiden Polizisten blickten sich an.

Lennart richtete sich hoch auf. Sein Gesicht wurde hart. »Also gut. Aber es wäre schön, wenn ihr mir die Handschellen erspart.«

Willem winkte verlegen ab. Der andere Polizist nahm die Hand wieder von seinem Gürtel, in dem die Handschellen steckten.

Lennart legte seinen Schlüsselbund auf den Tisch neben Marikas Tablett mit dem Tee, für den sich niemand interessierte. Alena kam es vor, als würde er für immer seine bürgerliche Existenz ablegen, an die er nie recht geglaubt hatte. Er tat es, ohne sie anzublicken. Er hatte sie bislang überhaupt noch nicht angeschaut.

»Vielleicht«, sagte er zu Trude, »könntest du Kater Murr ab und zu futtern, falls … falls das hier länger dauert.«

»Mach ich, Lennart.« Trude klang nicht mehr so forsch, wie sie scheinen wollte. »Aber das wird sicherlich nicht nötig sein. Es wird sich alles schnell aufklären. Wann hättest du denn Luisa entführen sollen? Und wo überhaupt?«

Die beiden Polizisten antworteten nicht.

»Lass gut sein, Trude«, sagte Lennart. »Und danke für … für alles.«

Und dann endlich richtete er seine hellen Augen auf sie, fast widerstrebend, wie es Alena schien, so als würde er sich vor dem fürchten, was er in ihrem Gesicht lesen würde. Oder war es nur die scheue Zurückhaltung, die ihm eigen war? Alena begriff auf einmal. Dieser Mann drängte sich niemandem auf und forderte von niemandem Anteilnahme. Dabei brauchte er sie dringend. Ihr lief ein Schauer den Rücken hinunter.

»Es tut mir leid«, sagte Lennart leise, »aber wir müssen unser Gespräch verschieben. Dein Fahrrad fährt nun leider ganz umsonst dir voraus nach Hamburg.«

So schnell gab er auf? Er konnte doch nicht wirklich glauben, dass die Polizei das Recht und die Macht hatte, ihn auch nur vierundzwanzig Stunden lang festzuhalten. Oder irrte sie sich? Resignierte Lennart, weil er Luisa tatsächlich entführt hatte? Nein! Er hatte einfach nur jegliches Vertrauen verloren, dass ihm Gerechtigkeit widerfahren würde. Jeder wusste, dass er wegen Mordes vor Gericht gestanden hatte und freigesprochen worden war. Er war zwar nicht vorbestraft, aber vorbelastet. So, wie Lennart sich verhielt, benahm sich einer, der wusste, dass das reichte, damit man ihn erneut unschuldig verurteilte – vielleicht nicht vor Gericht, aber in der öffentlichen Meinung –, und dass nichts Erfolg haben würde, was er anstellte, um sich zu verteidigen. Man würde ihn wieder jagen, unerbittlich und bis ans Ende der Welt, bis jedes Detail über Luisa, Isabella und ihn in der Öffentlichkeit breitgetreten worden war. Das wollte er offenbar so schnell wie möglich hinter sich bringen.

Aber diesen ganzen Unsinn konnte man jetzt eigentlich gar nicht brauchen, dachte Alena. Man brauchte keinen Schuldigen, man musste Luisa suchen! Danach konnte man immer noch irgend jemanden auf die Wache schleppen.

»Moment«, sagte sie. »Lennart kann doch Luisa gar nicht entführt haben, weil …« Sollte sie für ihn lügen und behaupten, er sei an diesem Vormittag mit ihr zusammen gewesen? »Weil er …«

»Weil«, fiel Lennart ihr ins Wort, »sie gar nicht meine Tochter ist. Definitiv nicht!«

»Na«, bemerkte Willem gemütlich, »so genau kann man das doch auch wieder nicht wissen.«

»Doch, ich schon. Ich bin nämlich zeugungsunfähig, seit ich mit Anfang zwanzig von der Bühne in eine Absperrung gestürzt bin.«

Willem rieb sich das Kinn.

Alena hielt den Mund. Sie brauchte einem gestandenen Mann wie diesem Polizisten nicht zu erläutern, dass ein Mann kaum ein Kind entführen würde, das er nicht selbst gezeugt hatte.

»Und warum«, fragte Willem, »hält dir diese Isabella Vorbeck dann eine Kindesentführung vor?«

»Sie vertuscht, dass Luisa ihr davongelaufen ist«, antwortete Alena rasch. »Dass sie nicht aufgepasst hat.«

»Oder …« Lennart wurde plötzlich blass. »Nein!«

»Was denn, Lennart?«, fragte Trude.

»Sie … hätten nur dann etwas davon«, sagte Lennart heiser, »mir eine Kindesentführung vorzuwerfen, obgleich sie wissen, dass ich nicht Luisas Vater bin, wenn sie selbst … wenn sie dem Kind etwas … etwas angetan haben.«

»Meint Gott, Lennart!«, rief Trude.

»Vielleicht ist sie ihnen bei voller Fahrt vom Motorrad gefallen und jetzt brauchen sie jemandem, dem sie ihren Tod in die Schuhe schieben können.«

»Uns ist nichts von einem Unfall mit Todesfolge auf der Strecke Stralsund-Rostock bekannt«, warf Willem trocken ein.

»Es muss ja auch noch gar nicht bekannt sein.« Es fiel Lennart sichtlich schwer, weiterzusprechen. »Sie haben sie irgendwo versteckt …«

»Nein! Hör auf, Lennart!«, unterbrach ihn Alena.

»… oder verscharrt und hoffen, dass man es mir anlasten kann.«

»Nein«, sagte Alena ruhig und packte ihn am Arm. »Mach dich nicht verrückt.« Die Muskeln seines Arms waren zum Zerreißen angespannt und bebten.

Keine Unschuldsbeteuerung und kein Schwur wären besser geeignet gewesen, Alena vor Augen zu führen, was Lennart vor zehn Jahren tatsächlich durchgemacht hatte. Klarer hätte er es ihr kaum erzählen können. Womöglich hatte er auch damals Angst um einen anderen Menschen gehabt, vielleicht um Kristin, hatte aber ihren Tod nicht verhindern können und war anschließend von falschen Freunden verraten und beschuldigt worden, ihren Tod gewollt zu haben. Ungefähr so musste es gewesen sein.

Lennarts Angst um Luisa hatte auch die beiden Polizisten nicht unbeeindruckt gelassen. Als Alena sich jetzt erkundigte, wo das Kind eigentlich abhanden gekommen sei, erhielt sie umgehend Antwort. »Auf der Raststätte Mönchhagen an der B 105 in Fahrtrichtung Stralsund.«

»Dann ist sie auf dem Weg nach Rügen«, stellte Alena fest. »Wie auch immer.«

Trude setzte sich an den Tisch. Marika begann, Tee einzuschenken.

Alena blickte Lennart an. »Sie hat doch sicherlich deine Handynummer, nicht?«

Er nickte.

»Und sie weiß, wie man mit einem öffentlichen Telefon umgeht«, überlegte Alena laut weiter.

»Außerdem hat sie Geld«, ergänzte Lennart. »Ich habe ihr noch etwas mitgegeben, übrigens auch Münzen zum Telefonieren.« »Okay.« Alena blickte auf ihre Uhr. »Wenn sie bis jetzt noch nicht angerufen hat, dann entweder, weil sie noch kein öffentliches Telefon gefunden hat, oder, weil sie … ja genau, weil sie in einem Auto sitzt.« Sie nahm aus Marikas Hand eine Tasse dampfenden Tees, in dem der Kandis knisterte und sich eine Sahnewolke blähte.

»Schön«, bemerkte Trude, »aber hätte sie nicht den Fahrer um sein Handy bitten können?«

»Oder hätte der Fahrer nicht von sich aus unbedingt bei der Polizei anrufen müssen?«, warf Lennart ein. »Wenn ich ein zehnjähriges Mädchen am Straßenrand auflese, würde ich davon ausgehen, dass die Kleine ausgerissen ist. Ich würde zumindest darauf bestehen, dass sie ihre Mutter oder ihren Vater anruft.«

»Richtig!«, rief Alena. »Guter Hinweis. Also hat sie an der Tankstelle keine Mitfahrgelegenheit gefunden.« Sie nahm einen Schluck Tee. »Womöglich ist sie noch dort!«

»Die Kollegen haben alles abgesucht«, meldete sich Willem zu Wort. »Nachdem die Kindesmutter nach eigenen Angaben schon eine halbe Stunde gesucht und gerufen hatte.«

»Vielleicht hat Luisa sich irgendwo versteckt«, schlug Marika vor.

Lennart trat stöhnend ans Fenster. Sicherlich sah er weder die sonnige Wiese noch das wankende Schilf im blauen Wasser, nicht das ausgelassene Hüpfen des Lichts auf den Wellen und auch nicht die ewige Ruhe, die das alte Holzboot ausstrahlte, das regungslos am Holzsteg lag. Alena spürte den Widerhall seiner Nervosität in ihrer eigenen Seele. Lennart hatte wirklich Angst um Luisa. Es drängte ihn, irgendetwas zu unternehmen, egal, was. Untätigkeit war das Schlimmste, das verstand Alena.

»Wie lange fährt man denn nach Mönchhagen?«, erkundige sie sich in die Runde.

»Zwei Stunden«, antwortete Lennart und drehte sich um.

»Okay«, sagte Alena, »dann fahren wir.«

Lennart stieß sich vom Fenster ab und griff nach seinem Autoschlüssel auf dem Tisch. Dann hielt er inne. Seine grauen Augen ruhten ernst und fragend auf Willems Gesicht.

»Hau ab, Lennart«, sagte der Dienststellenleiter. »Wir haben dich ja nun gehört. Der Verdacht ist zunächst nicht habhaft geworden. Aber das Protokoll, das kommst du dieser Tage noch unterschreiben.«

»Mach ich.«

Eine Stunde später überquerten sie den Rügendamm. Lennart saß am Steuer. Er fuhr mit Dankbarkeit im Herzen, aber schweigend, denn Alena telefonierte fast ununterbrochen. Sie hatte routiniert die Suche organisiert. Offenbar kannte sie Gott und die Welt. Über eine Hamburger Spedition hatte sie die Lastwagenfahrer, die in Mecklenburg-Vorpommern unterwegs waren, per CB-Funk informiert, die örtlichen Taxiunternehmen wussten Bescheid. Im Haus Buskam saß Trude an ihrem Computer und suchte nach Alenas Anweisungen in Internetseiten die nötigen Telefonnummern, denn Alena war dabei, die Restaurants auf der Strecke anzurufen und sich zu erkundigen, ob dort ein Kind mit orangerotem Rucksack aufgefallen war, womöglich in Begleitung von einem oder mehreren Erwachsenen.

Als Lennart seinen blauen Kombi aus Stralsund hinaus auf die Straße nach Rostock lenkte, ließ Alena das Handy erstmals sinken und sah ihn von der Seite an. »Silke lässt dich grüßen. Ich habe gerade mit ihr telefoniert. Sie hält Ausschau, falls Luisa bei ihnen auf dem Ferienhof auftauchen sollte.«

»Sehr gut.« In Gegenrichtung stauten sich die Autos zum Rügendamm hin. Lennart warf Alena einen kurzen Blick zu. »Übrigens, ich war mal mit Silke zusammen. Anderthalb Jahre.«

Alena deutete ein Lächeln an. »Ich weiß, das hat sie mir erzählt. Und auch, dass sie heute Morgen bei dir war. Gegen neun. Mithin hättest du in der Tat keine Zeit gehabt, Isabella und Ronaldo zu folgen, an der Tankstelle Mönchhagen Luisa zu entführen und bis zwölf wieder zum Mönchgut zurückzukehren, um um Viertel nach zwölf bei mir am Bahnhof zu sein.«

»Dann wäre immerhin das geklärt.«

Alena schwieg einen Moment. »Und was war das für ein Streit mit Isabella gestern?«, fragte sie dann.

»Es war meine Schuld.«

»Nach Schuld habe ich nicht gefragt, Lennart.«

Er biss sich auf die Lippe. Sie hatte recht, Schuldfragen waren zu wichtig geworden in seinem Leben. »Nun ja«, sagte er, »ich hatte Luisas Storchenstein entdeckt, bin hinuntergegangen und habe Isabella sofort damit konfrontiert. Ich habe sie gefragt, wo sie ihn herhat. Sie schrie gleich los, das gehe mich nichts an, ich sei sowieso nicht Luisas Vater. Daraufhin habe ich ihr auf den Kopf zugesagt, dass sie auch nicht Luisas Mutter ist.«

»Ach!«, sagte Alena ehrlich erstaunt. »Wie kommst du darauf? Und wer ist denn dann Luisas Mutter?«

Lennart blickte zu Alena hinüber. Anscheinend hatte sie es noch nicht begriffen. Offenbar war es für sie völlig undenkbar.

»Alena«, sagte er, »ich glaube, Luisa ist … sie ist die Tochter deiner Schwester, sie ist Kristins Tochter.«

»Was?« Alena starrte ihn an, dann schüttelte sie den Kopf. »Kristins Baby ist tot und beerdigt.«

Er stutzte. »Beerdigt? Aber die Leiche des Babys ist doch nie gefunden worden. Die hat die Spree mitgerissen und nicht mehr hergegeben, hat es immer geheißen.«

Alena starrte ihn immer noch an. »Das … weiß ich nicht. Ich weiß es nicht. Meine Eltern haben mir nie gesagt, dass das Kind nicht gefunden wurde. Und ich fürchte, ich habe nicht viel mitbekommen, als wir zu Kristins Beerdigung für drei Tage von Cambridge nach Greifswald reisten. Ich dachte immer, man habe mit ihr auch das Baby beerdigt, denn auf ihrem Grabstein stehen beide, Kristin und ihr ›namenloses Baby‹. Meine Eltern haben nicht gewusst, wie es hieß. Als Kristin ihr

Kind bekam, waren sie gerade total zerstritten. Und es hat soviel ich weiß keinerlei Unterlagen in Kristins Sachen gegeben. Keine Geburtsurkunde, nichts.«

»Kristins Baby«, sagte Lennart, »hieß Louisiana. Aber weil der Standesbeamte diesen Namen nicht akzeptieren wollte, wurde sie als Luise-Jana eingetragen. Die Geburtsurkunde hat Isabella vermutlich nach Hamburg mitgenommen, genauso wie Kristins blaue Dose.«

»Louisiana«, murmelte Alena. »Mein Gott, Luisa ist womöglich tatsächlich Kristins Tochter. Meine Nichte.« Sie blickte Lennart fassungslos an. »Sie lebt! Meine Eltern haben eine Enkelin! Das … das wird sie vielleicht ein bisschen trösten. Das muss ich ihnen sagen.«

»Warte, Alena. Isabella streitet nämlich alles entschieden ab. Und ehe wir uns falsche Hoffnungen machen, sollten wir es eindeutig klären lassen. Leider dürfte es heute nicht mehr so einfach sein, an gentechnisch verwertbares Material deiner Schwester heranzukommen. Aber eine Verwandtschaft mit dir wird sich wahrscheinlich ziemlich eindeutig nachweisen lassen.«

»Aber wie ist Isabella an das Baby gekommen? Bei Tims und Kristins Unfall war doch niemand dabei. Die Leichen wurden erst Stunden später gefunden. Außerdem hätte Isabella doch nicht einfach ein fremdes Baby behalten können, ohne dass es jemandem auffällt.«

»Zugang zu unserer Villa im Grunewald hatte Isabella jedenfalls. Sie war Bobs Mädchen. Bob war übrigens …«

»Euer Bassist, ich weiß.«

Dass er der Bassgitarrist gewesen war, hatte Lennart eigentlich nicht sagen wollen. Aber er nahm Alenas Unterbrechung als Hinweis, dass sie nicht über Bobs Rolle als Hauptbelastungszeuge gegen ihn reden wollte. Wieder spürte er ihre große Scheu, allzu tief in den Kern der Tragödie vorzustoßen.

Mit gesenkten Augen saß sie neben ihm und spielte mit dem Handy. Genau deshalb hatte er ihr vorhin am Bahnsteig keine Gelegenheit geben wollen, mit ihm über den Storchenstein und das, was er bedeutete, zu reden. Er hatte nicht die Hoffnung in ihr wecken wollen, Kristin wenigstens in einem Kind wiederzufinden, und womöglich bitter enttäuscht zu werden, falls er sich irrte. Lieber wäre es ihm gewesen, sie wäre von selbst darauf gekommen und hätte vielleicht Isabella das Geständnis entlocken können, das ihr abzuringen ihm gestern Nacht nicht gelungen war.

»Leider«, fuhr er fort, »habe ich nach meiner Behauptung, Luisa sei Kristins Kind, auf Isabellas heftige Gegenwehr ebenfalls ziemlich heftig reagiert. Ich habe sie aufgefordert, das Verwandtschaftsverhältnis durch einen Gentest klären zu lassen. Das sei sie vor allem Kristins Familienangehörigen schuldig. Sie behauptete daraufhin, es gebe keine Angehörigen. Außerdem seien diese Überlegungen müßig, denn Luisa sei ja nicht Kristins Tochter, sondern ihre eigene.«

Er spürte, dass Alena ihn neugierig von der Seite anblickte.

»Da ich nicht wusste, ob dir das recht gewesen wäre, habe ich Isabella nicht gesagt, dass du Kristins Schwester bist. Aber ich habe Isabella mit einer einstweiligen Verfügung per Gericht gedroht, wenn sie sich gegen einen Gentest sperrt. Daraufhin ist sie richtig ausgerastet, und Ronaldo hat sich bereit gemacht, mir den Hals umzudrehen.«

Alenas Hände lagen still auf dem Handy. Sie hörte ihm zu.

»Es endete damit, dass ich den Rest der Nacht auf dem Stein am Remisentor verbrachte, bewacht von Ronaldo, der drinnen am Küchenfenster saß, während Isabella wie eine Wahnsinnige durchs Haus fegte und putzte und alle Haar- und Zahnbürsten einsammelte, damit ich nur ja auf keine Weise an Genmaterial von ihr oder Luisa herankomme. Und als es hell wurde, sind sie dann abgefahren.«

»Arme Luisa«, sagte Alena. »Allerdings lässt Isabellas Verhalten wirklich darauf schließen, dass sie Grund hat, sich vor einer Genanalyse zu fürchten.«

»Und es bedeutet, dass du momentan die Einzige bist, die das Recht dazu hätte, Isabella davon abzuhalten, mit Luisa nach Italien zu gehen.«

»Vorausgesetzt, es stimmt und Luisa ist wirklich meine Nichte.«

»Und vorausgesetzt, du wärst bereit, Luisa zu dir zu nehmen.«

In diesem Moment klingelte Alenas Handy wieder. Sie schaltete es frei und hob es ans Ohr.

Vor dem Kühler des Kombis schnitt die B 105 schnurgerade durch Wälder, grüne Wiesen und reifende Felder. Der Verkehr Richtung Rügen rauschte links ohne Lücke an ihnen vorbei. Sonnabend – Bettenwechsel. Auffällig viele Reisebusse reihten sich in die lückenlose Schnur der Personenwagen.

»Luisa befindet sich wohl wirklich nicht mehr auf der Tankanlage«, teilte Alena mit, nachdem sie das Gespräch beendet hatte. »Das war eben eine der Angestellten, die mir versichert hat, dass sie noch einmal alles abgesucht haben. Zu Fuß kann Luisa auch nicht von dort weggegangen sein, sonst hätte die Polizei sie längst irgendwo in der Nähe am Straßenrand aufgelesen. Sie muss mit einem Fahrzeug die Tankstelle verlassen haben.«

»Mit einem Reisebus«, sagte Lennart spontan.

Alena richtete sich auf. »Ein Reisebus, aber klar! Dass wir da nicht eher draufgekommen sind. Es sind wirklich viele Busse nach Rügen unterwegs.«

»Das Konzert«, sagte Lennart. »Die fahren vermutlich fast alle zu diesem Konzert.«

Alena rief erneut Trude an. »Pass auf, ich brauche die Nummern von ein paar Busreiseveranstaltern, und zwar die folgender …« Sie zählte eine Reihe von Reiseveranstaltern auf. »Übrigens«, sagte sie zwischendurch zu Lennart, »ich schlage vor, wir kehren um.«

Er wendete den Wagen an der Abzweigung nach Barth und zur Halbinsel Fischland-Darß-Zingst und reihte sich in den dichten Anreiseverkehr nach Rügen ein, der alsbald ins Stocken geriet.

Plötzlich wurde er sich seiner Müdigkeit bewusst. Sie war nicht einmal unangenehm. Seit Alena sich der Sache angenommen hatte, fühlte er sich nicht mehr so wehrlos und ohnmächtig wie noch heute Morgen. Nie im Leben hatte er einer Frau so blind vertraut. Er war glücklich. Was wollte er im Moment mehr? Dass er Alena schon morgen verlieren würde, sogar das schien ihm momentan erträglich. Er hatte schon so viele Dinge nicht bekommen, von denen er geglaubt hatte, sie unbedingt haben zu müssen. Es war so vieles nichts geworden, was er für seine sichere Zukunft gehalten hatte. Er hatte gelernt, bescheiden zu leben, am unteren Rand des Glücks.

Sie zuckelten mit dem Urlauberstau durch Stralsund. Alena telefonierte mit verschiedenen Busunternehmen und fragte die Strecken ab, welche die einzelnen Fahrzeuge heute fuhren. Sonnabends kein leichtes Unterfangen, jemanden in den Büros zu erwischen.

»Du bist eine wahre Meisterin der Kommunikation«, bemerkte Lennart zwischendurch. Alena blickte ihn überrascht an. »Ich habe jedenfalls selten jemanden so geschickt telefonieren hören wie dich. Du findest bei jedem den richtigen Ton und das richtige Tempo, und sie sagen dir alles, was du wissen willst, selbst wenn Datenschutzgründe dagegen sprechen. Das ist eine ganz besondere Begabung, Alena.«

Sie lachte ungläubig.

Nur sie beide konnten nicht miteinander reden, dachte er. Vielleicht, weil Alena zwar den Beruf einer – wie hatte Luisa das genannt? – einer Wirtin für Geschwätz ausübte, aber privat eigentlich keine Frau vieler Worte war. Wahrscheinlich traute sie Worten nicht, denn bloß mit Worten konnte man lügen.

Wirklich nahe und vertraut waren sie sich beide nur auf der Papageno gewesen, als sie einander allein mit Küssen, Händen und Körper »Ich liebe dich!« gesagt hatten. Und als sie danach angefangen hatten miteinander zur reden, hatten sich zwischen ihnen unüberwindliche Hindernisse aufgetürmt.

Der Doppelpfeiler der neuen, so gut wie fertigen Brücke über den Strelasund nach Rügen tauchte auf. Sie rollten auf den Rügendamm mit der alten Klappbrücke hinaus.

Da sagte Alena plötzlich: »Wir haben sie! Ich meine, ich glaube, ich weiß, wo sie ist. Ich habe das Kennzeichen des Busses, in den sie höchstwahrscheinlich an der Tankstelle gestiegen ist. Es sind Jugendliche aus Bad Doberan, Kühlungsborn und Rostock, die zum Konzert wollen und heute Nacht zurückfahren werden. Das Unternehmen ruft jetzt die beiden Betreuerinnen im Bus an, und die schauen dann mal, ob sie Luisa entdecken. Und dann melden sie sich wieder.»

Kapitel 26

Luisa schreckte hoch, weil der Bus ruckte. Sie musste eingeschlafen sein. Sie schaute aus dem Fenster – Wiesen, Felder, Dörfer. Irgendwie kam ihr das bekannt vor. Aber auch wieder nicht so richtig. Als ob sie jeden Moment auf die Halbinsel Mönchgut einbiegen oder hinter dem nächsten Hügel die Häuser von Binz aufrauchen müssten. Aber dann war doch wieder alles anders.

Leider konnte sie ihre Nebensitzerin nicht fragen, wo sie eigentlich genau hinfuhren. Hier wussten das alle, und sie hätte sich nur verraten.

Inzwischen fragte Luisa sich auch, ob es richtig gewesen war, was sie gemacht hatte. Klar, immer bestimmten andere über sie. Was sie wollte, zählte nicht. Das hatte sie zornig gemacht. Mama und Ronaldo hätten sie fragen müssen, bevor sie holterdiepolter alle zusammen abreisten. Und nach Italien wollte sie sowieso nicht. Außerdem war es auf dem Motorrad kalt und unbequem gewesen, und Luisa hatte die ganze Zeit Angst gehabt, weil es so wackelte. Aber einfach weglaufen, das war auch nicht okay. Wenn sie ein Handy gehabt hätte, dann hätte sie jetzt Mama auf Ronaldos Telefon anrufen oder mit Papa telefonieren können. Aber sie hatte eben kein Handy. Ihre Nebensitzerin, die übrigens Nina hieß, besaß natürlich eins, aber sie hätte ja dann alles mitgehört, was Luisa sagte. Und dann hätte Nina gewusst, dass sie ausgerissen war, und es den Gruppenbegleiterinnen erzählt.

Und so fuhren sie unentwegt weiter, ohne dass Luisa irgendetwas tun konnte. Sie fuhren durch unheimlich dunkle Wälder und über einen Damm, neben dem sich links und rechts verwunschene Gewässer ausbreiteten. Wahrscheinlich waren sie schon fast in Sibirien, und in den Wäldern streunten Bären und heulten nachts die Wölfe.

Als Alenas neue Uhr halb vier zeigte, nahm eine der beiden Frauen das Busmikrofon und erklärte den weiteren Verlauf der Reise. Sie würden den Bus auf dem Parkplatz abstellen. Von dort würden sie alle zusammen zu Fuß die anderthalb Kilometer bis zum Konzertplatz gehen. Und um Mitternacht würde man sich wieder am Bus versammeln, und wer dann nicht da sei, müsse selber sehen, wie er nach Hause komme. Das war natürlich nur als Drohung gemeint, das wusste Luisa, denn die Erwachsenen hatten Aufsichtspflicht, solange die Jugendlichen noch nicht achtzehn waren.

Während die eine der beiden Frauen redete, klingelte bei der anderen das Telefon. Das Mikrofon verstärkte das Klingeln bis nach hinten. Und auf einmal hörte Luisa ganz leise ihren Namen fallen. »Luisa Vorbeck?«, hatte die Gruppenleiterin eben ins Telefon gefragt.

Luisa duckte sich. Man war ihr auf der Spur! Sie überlegte. Solange der Bus fuhr, würde ihr nichts passieren. Aber auf dem Parkplatz würde vermutlich die Polizei auf sie warten. Doch zunächst geschah erst einmal gar nichts. Die Betreuerin legte das Mikro weg. Im Bus begann ein großes Zusammenpacken. Alle redeten durcheinander.

Als der Bus auf eine riesige Parkfläche einschwenkte, lugte Luisa über die Sitzlehne ihres Vordermannes nach vorne. Die Frauen hielten Listen in der Hand. Vermutlich Namenslisten. Und auf denen stand Luisa nicht drauf. So also wollten sie sie fangen! An der Tür, wenn sie ausstieg. Superschlau! Also durfte sie nicht aussteigen.

Als der Bus stand, ging nur die Vordertür auf.

Luisa duckte sich hinter der Vorderlehne ans Fenster. Ein Polizeiauto konnte sie nirgendwo entdecken. Das war schon mal gut. Es waren wahnsinnig viele Autos und Busse und Leute da draußen. Auch das war gut. In Gruppen wanderten sie fort, hinaus auf die Felder in eine Richtung, deren Ziel Luisa nicht erkennen konnte.

Inzwischen war auch Nina aufgestanden. Im Gang des Busses stauten sich die Menschen. Luisa schlüpfte hinter Nina unter die großen Jungs, die von der Rückbank kamen, und drängelte sich bis zur rückwärtigen Tür durch. Eigentlich hatte sie vor, sich in der Toilette zu verstecken, doch da entdeckte sie den Knopf, mit dem man die Tür öffnen konnte, und drückte drauf. Zischend öffnete sich die Tür. Sie sprang hinaus, gefolgt von einigen der Jungs, und rannte los.

Fünfzig Kilometer weiter südlich hörte Trude ein Motorrad in die Sackgasse wummern. Sie griff nach dem Telefon, das neben ihrem Computer lag, stand auf und ging hinaus.

Isabella und Ronaldo stiegen von der Maschine und nahmen die Helme ab.

»So schnell sieht man sich wieder«, konnte Trude sich nicht verkneifen zu sagen. »Das war wohl nichts, was? Aber ich kann euch beruhigen, Luisa ist wahrscheinlich am Kap Arkona. Sie ist vermutlich in einen Bus gestiegen, der fünfzig Jugendliche aus dem Raum Rostock zum Konzert bringt. Die Polizei ist schon unterwegs.«

»Gott sei Dank!«, seufzte Isabella. Sie stolperte auf das Gartentor zu, und Ronaldo hielt sie fest. »Was dem Kind nur immer wieder einfällt!«

»Na, euch ist ja auch so einiges eingefallen«, erwiderte Trude scharf. »Schickt Lennart die Polizei auf den Hals. Kindesentführung! Was habt ihr euch denn dabei gedacht?«

Isabella setzte eine trotzige Miene auf. »Er hat gedroht, mir Luisa wegzunehmen!«

Trude musterte das abgekämpfte Paar, das vor ihr stand. Isabella schien am Ende ihrer Kräfte, und auch Ronaldo sah nicht mehr sonderlich frisch aus. Trude hatte Erbarmen und bat die beiden herein in ihre Küche.

»Aber musstet ihr Lennart deshalb gleich die Polizei auf den Hals hetzen?«, fragte sie, während sie die beiden mit Bier, Brot und Aufschnitt versorgte. Isabella zog es allerdings vor zu rauchen.

»Wir haben uns eben Sorgen gemacht«, antwortete Ronaldo auf seine seelenruhige Art. »Und Lennart ist tatsächlich nicht zu Hause. Wir kommen gerade von dort. Alles zu, menschenleer, alle ausgeflogen. Da könnte man schon auf den Gedanken kommen, dass er sich vor uns versteckt.«

»Menschenskinder, Lennart ist mit Alena unterwegs, eure Luisa suchen!«

»Die Kleine bringt mich noch ins Grab«, seufzte Isabella.

»Verdammt«, fuhr Trude die junge Frau mit den großen blauen Augen und dem kindlichen Gesicht an, »ist das ein Grund, Lennart die Hölle heiß zu machen? Kindesentführung ist ein schwerer Vorwurf. Ist dir das überhaupt klar?«

Isabella blinzelte erschrocken.

»Und warum sollte Lennart Luisa denn überhaupt entführen? Sie ist doch gar nicht seine Tochter.«

»Aber er glaubt das!«

»Unsinn, Isabella. Er kann keine Kinder zeugen. Und das weiß er seit über zehn Jahren.«

»Aber er will mir meine Luisa wegnehmen.«

»Warum sollte er das wollen, Isabella?«

Isabella starrte sie an. Tränen liefen ihr über die Wangen. Ronaldo legte schützend den Arm um sie.

»Warum, Isabella?«, hakte Trude etwas milder nach. »Worüber habt ihr euch heute Nacht so gestritten? Es war doch eigentlich ein netter Abend und alles ganz friedlich. Was ist passiert?« Isabella schüttelte den Kopf.

»Na gut, dann will ich dir mal etwas zeigen«, sagte Trude. »Ich bin gleich wieder da.« Sie stieg die Treppe hinauf in ihr Zimmer, wo die Fotoalben standen, und kehrte mit einem der ganz frühen in die Küche zurück.

Inzwischen hatte Isabella sich etwas beruhigt und wenigstens einen Bissen gegessen. Trude legte das Album neben Isabellas Teller und schlug es auf.

»Schau mal, Isabella. Das sind meine beiden Nichten. Das Foto wurde da draußen auf der Wiese gemacht. Das ist Kristin im Alter von zehn Jahren. Und das da ist Alena mit fünf.«

»Alena?« Isabella blickte erstaunt auf.

»Ja, Alena ist Kristins jüngere Schwester. Hast du das nicht gewusst?«

Isabella schüttelte den Kopf. »Woher denn? Kristin hat nie erzählt, dass sie eine Schwester hat. Ich dachte immer, sie hat niemanden, wo sie sich doch mit ihren Eltern verkracht hatte.«

Trude schluckte eine kleine Enttäuschung hinunter. Offenbar hatte Kristin auch nie von ihren Sommern auf Rügen und ihrer Tante Trude erzählt. Aber Trude hatte zu der älteren Schwester ohnehin nie so ein intensives Verhältnis gehabt wie zu Alena. »Na ja«, bemerkte sie, »mir scheint, Kristin hat bei euch in Berlin nicht mehr so recht wissen wollen, wo sie herkam. Aber das ist nicht so wichtig. Schau dir mal die kleine Kristin an.«

Isabella starrte auf das Foto mit den beiden kleinen Mädchen. Alena saß auf der Schaukel. Sie hatte als Kind wunderschöne lange braune Haare gehabt, während die von Kristin eher farblos und dünn wirkten. Mit zehn war Kristin überhaupt keine Schönheit gewesen. Sie stand neben der Schaukel mit einem Wecker in der Hand und blickte etwas überrascht und unwirsch in die Kamera.

»Schau dir diesen Gesichtsausdruck an«, sagte Trude. »Wie Luisa, findest du nicht? Mir ist das am zweiten oder dritten Tag plötzlich aufgefallen, als Luisa mich so ansah, mit diesen großen blauen Augen und diesem erschrockenen Ausdruck Die Ähnlichkeit ist unverkennbar, finde ich.«

»Nein, das finde ich nicht.« Isabella sprang auf. »Ronaldo, komm, wir gehen. Das muss ich mir nicht bieten lassen. Die sind doch hier alle verrückt! Alle wollen sie mir mein Kind wegnehmen! Zehn Jahre lang hat das alles niemanden interessiert. Und ich konnte alleine schauen, wie ich klarkomme, ohne Geld und alles. Und das ist nun der Dank dafür. Als Verbrecherin wird man hingestellt. Aber das lasse ich mir nicht bieten! Los, Ronaldo, steh auf, wie gehen!«

»Isabella«, sagte Ronaldo ruhig, »ich gehe mit dir, wohin du willst, und wenn du gehen willst, dann komme ich mit. Ich mache alles, das weißt du. Aber ich finde, es ist an der Zeit, dass du klar Schiff machst.«

Isabella starrte ihn an. Dann schlug sie die Hände vors Gesicht und brach in Tränen aus. Ronaldo legte erneut den Arm um sie. Dabei blickte er Trude Hilfe suchend an.

»Hör mal, Isabella«, sagte Trude sanft, »meinst du nicht, es wäre an der Zeit, dass du uns alles erzählst? Immer diese Geheimnistuerei, das tut niemandem gut. Und immer die Angst, dass es eines Tages doch rauskommt.«

Isabella wischte sich die Tränen weg und nickte.

Kapitel 27

Die Plakate für das Live-Aid-Konzert verdichteten sich am Straßenrand, je weiter sie nach Norden kamen. Auch der Verkehr nahm zu und staute sich über den Damm zwischen dem Kleinen und dem Großen Jasmunder Bodden Richtung Norden. Alenas Erregung nahm im selben Maße zu. Das war einfach so, wenn man wie Tausende anderer Menschen auch einem gemeinsamen Ziel zustrebte, einem Popkonzert unter freiem Himmel.

Bei Putgarten wurden sie auf einen Großparkplatz eingewiesen. Unmengen Menschen fast aller Altersgruppen strömten, bepackt mit Rucksäcken, Stühlen, Jacken und Decken, zwischen den Autos hindurch hinaus aufs Kap.

Alena zog ihren hellgrünen Blazer über, denn es war zwar sehr warm, aber es wehte auch ein kühler Wind. Sie musterte Lennart verstohlen, als er das Auto abschloss. Er trug, was er gestern Abend angehabt hatte, helle Jeans, einen braunen Gürtel und ein weißes Hemd, dessen Ärmel er hochgekrempelt hatte. Es war heiß, und er war den ganzen Tag herumgerannt und hatte mit ihr vier Stunden im Auto gesessen. Er war verschwitzt, das Hemd war verknittert, er sah sehr angespannt und furchtbar müde aus. Aber gerade das war es, was ihn für Alena plötzlich so attraktiv machte, dass es beinahe schon schmerzte. Die Distanz, zu der sie sich verdammt hatten, erschien ihr auf einmal unerträglich. Keine Sekunde meinte sie es mehr aushalten zu können, ohne ihn berühren zu dürfen. Am liebsten wäre sie um das Auto herum direkt in seine Arme gelaufen, um sich an ihn zu schmiegen, den Kopf an seine Brust zu legen, sich dem ruhigen Rhythmus seines Atems hinzugeben und an nichts mehr zu denken. Aber sie wusste, das sie genau das gerade nicht machen konnte. Es ging bei dem jetzigen Stand ihrer Beziehung überhaupt nicht.

Er hatte ihr vorhin auf dem Bahnhof Lebewohl gesagt, als hätte er sich damit abgefunden, dass sie ging, nachdem sie ihm gestern Abend noch einmal unmissverständlich erklärt hatte, dass sie sich keine Zukunft mit ihm denken könne.

»Was ist?«, fragte er, als sie auf dem Weg zwischen den geparkten Autos zusammentrafen. Nicht einmal eine zufällige Berührung ihrer Hände ergab sich.

»Nichts!« Alena steckte ihre Hände in die Taschen ihrer Jeans und schüttelte den Kopf. »Warum?«

Er deutete ein Lächeln an. »Du hast eben so ausgesehen, als hättest du einen Entschluss gefasst.«

Sie bemühte sich zu lachen. »Nein, ich habe gerade gedacht, dass wir da drüben bei den Bussen vorbeigehen sollten. Die beiden Frauen haben Luisa zwar nicht in ihrem Bus gesehen, aber eine der Mitfahrerinnen hat von einem kleinen Mädchen berichtet, das nach dem Halt in Mönchhagen plötzlich neben ihr saß. Vielleicht kann sie uns eine Beschreibung geben.« Eigentlich ist das völlig unnötig, dachte Alena. Lennart sah so aus, als würde er dasselbe denken. »Außerdem«, sagte sie, um ihrer Verlegenheitsidee etwas mehr Sinn zu verleihen, »würde ich mich gerne bei den beiden Begleiterinnen für die Mühe bedanken.«

Das leuchtete Lennart schon eher ein. Aber der Bus stand still und verlassen da. Niemand war mehr dort. Sie waren alle längst unterwegs zum Konzert.

Alena schaute sich um. In Massen strebten die Menschen der Straße zu, die durch Putgarten hindurch und dann über die Felder zu den Leuchttürmen am Kap führte. In den Feldern knisterte die Hitze, und der Wind schaukelte den Mohn am Straßenrand. Schwere Kaltblutpferde zuckelten vor den Wagen voller junger Leute den Asphalt entlang. Von der Küste dröhnten hin und wieder leise ein paar Bässe herüber, während die Tontechnik die Beschallung auspegelte.

»Gehen wir zu Fuß, oder nehmen wir einen der Pferdewagen?«, fragte Alena.

»Ein bisschen Bewegung tut uns vermutlich ganz gut«, antwortete Lennart. Voller Unbehagen ließ er den Blick über die meist sehr jungen Leute gleiten, die frohgemut in eine lange aufregende Nacht zogen. »Aber wie sollen wir Luisa in diesen Menschenmassen finden, Alena?« Er nahm sein Handy aus der Brusttasche seines Hemds und überprüfte die Funktionen. »Ich fürchte, wir müssen warten, bis sie sich meldet.«

Seine Augen funkelten dunkler als üblich, denn seine Pupillen waren geweitet wie bei einem Menschen unter höchstem Stress oder bei Angst. Auf einmal kam er ihr vor wie ein außer Dienst gestelltes Rennpferd, das den Geruch der Rennbahn witterte, für die es gezüchtet und ausgebildet worden war und die es fürchtete und zugleich liebte, weil sie ihm früher einmal Siege und Erfolg beschert hatte.

»Komm, Lennart«, sagte Alena sanft. Am liebsten hätte sie ihn an die Hand genommen. »Vielleicht haben wir Glück und stoßen zufällig auf Luisa. Womöglich können wir sie sogar ausrufen lassen. Oder gibt es irgendeinen besonderen Grund, warum wir nicht zum Konzertplatz gehen sollten?«

Er antwortete nicht.

»Lennart, du bist okay, ja?«

»Ich bin okay.« Er presste die Lippen zusammen, fasste mutig die Strecke ins Auge, steckte das Handy wieder in die Hemdtasche zurück und setzte sich zusammen mit Alena in Bewegung.

Das flache Gelände zwischen den beiden alten Leuchttürmen und dem Peilturm auf dem Plateau über der Steilküste war schwarz vor Menschen. Die Bühne war am Peilturm aufgebaut. Hinter Wällen und Bäumen rauschte das Meer.

An den beiden Leuchttürmen waren die Straßen gesäumt von Ständen, an denen man Pommes, Getränke, Schallplatten, CDs, T-Shirts und Schmuck kaufen konnte. Neben den WC-Wägen standen die Autos von Rotem Kreuz und Malteser-Hilfsdienst. Ausrufen konnten sie leider niemanden. Alena gab den noch untätig herumstehenden jungen Leuten wenigstens eine Beschreibung von Luisa und ihre Handynummer. Sie versprachen, die Augen offen zu halten.

Am Schinkelturm stießen sie dann unvermittelt auf Marvin, der der mit zwei Handys in der Hand zuschaute, wie sich das Gelände füllte.

»Da seid ihr ja!«, sagte er und küsste Alena auf die Wange. »Hallo, Len. Wunderbar, dass du es dir doch noch überlegt hast. Ich hatte dich zwar nicht mehr auf der Rechnung, und für eine Probe ist es auch zu spät, aber zwanzig Minuten kann ich dir einräumen.«

»Nein, ich werde nicht auftreten«, erwiderte Lennart. »Wir suchen Luisa. Hast du sie gesehen?«

Marvin schüttelte den Kopf.

»Könntest du sie nicht ausrufen lassen?«, fragte Alena.

»Ich? Damit?« Marvin hob die Handys.

»Auf der Bühne habt ihr doch Mikrofone. Es ist wirklich wichtig, Marvin. Wie sollen wir Luisa denn finden? Sie ist ausgerissen und irrt vermutlich hier irgendwo herum. Und sie hat keine Ahnung, dass wir auch hier sind.«

Marvin ließ seinen schlauen Blick zwischen ihnen hin und her springen. »Also gut, ich sage jemandem Bescheid, dass er sie ausruft. Wohin soll er Luisa bestellen?« Er zückte eines seiner Handys und grinste plötzlich. »Und was tut ihr im Gegenzug für mich, hm? Len, wenn ich Luisa ausrufen lasse, gehst du dann auf die Bühne? Wäre dir die kleine Göre das wert?«

»Marvin!«, donnerte Alena. »Hör auf damit!«

»Na, Len?«, sagte er grinsend. »Ein Lied, nur ein Lied, ist das zu viel verlangt?«

Lennart schwankte einen Augenblick, unendliche Verachtung auf dem Gesicht, dann drehte er sich um und ging mit großen Schritten davon.

Alena lief ihm hinterher.

»He!«, hörte sie Marvin noch rufen. »Wohin soll Luisa denn kommen?«

Aber sie wollte jetzt vor allem Lennart nicht aus den Augen verlieren. Er strebte aus dem Getümmel hinaus zur Küste. Von hier aus konnte man den großen schwarzen Bühnenkasten am Peilturm und das Zelt für die Künstler nicht mehr sehen.

»He!«, rief sie und zupfte Lennart am Ärmel.

Er zuckte zusammen und stoppte. »Entschuldige«, sagte er. »Ich fürchte, ich habe mich benommen wie … wie ein Idiot. Aber ich hatte auf einmal das Gefühl … ich könnte … Alena, ich fürchte, ich kann das nicht.«

»Marvin ist der Idiot«, sagte Alena, leicht außer Atem. »Aber das hat er eben nicht so gemeint. Natürlich stellt er keine Bedingung. Du musst nicht auftreten, damit er Luisa ausrufen lässt. Komm, wir müssen zurück. Wir müssen ihm sagen, wo er Luisa hinbestellen soll.«

Lennart fuhr sich durchs Haar.

Ein Gitarrenbass dröhnte auf einmal übers Gelände, ein Schlagzeug erklang.

»Komm!«, drängte Alena.

Lennart ließ sich mitziehen, aber am Schinkelturm war kein Marvin mehr zu sehen, und da in diesem Moment die ersten Musiker auf die Bühne traten und Beifall aufbrandete – dem Lärmpegel nach zu schließen war es eine lokal sehr bekannte Gruppe –, hatte es auch keinen Sinn mehr, Marvin anzurufen. Erstens würde man am Telefon nichts mehr verstehen, und zweitens waren die Bühne und ihr Mikro vorerst blockiert und keine Durchsage möglich. Am besten wäre es, wenn sie versuchen würden zur Bühne vorzukommen und Marvin backstage aufzutreiben, aber das schien ihr mit Lennart im Moment nicht zu machen.

Die Gruppe junger Männer groovte sich mit Gitarre, Schlagzeug und Schifferklavier auf die Hits der siebziger und achtziger Jahre ein. Sie sangen sie auf Mecklenburger Platt. Es kam gut an, aber Alenas empfindliches Gehör quietschte, und auch Lennart verzog missbilligend das Gesicht.

»Hast du auch solchen Hunger wie ich?«, schrie Alena gegen den Geräuschpegel an. Er nickte, obgleich er vermutlich vor lauter Stress keinen Hunger verspürte. Sie begaben sich in die Straße mit den Verkaufsständen, die sich allmählich leerte.

Die Pommes waren wunderbar heiß und salzig und belebten Alena sofort. Auch Lennart bekam wieder Farbe.

Während sich die Sonne allmählich zum Horizont senkte, stieg hinter den Wällen an der Steilküste, dem Peilturm und der Bühne ein halber Mond in den silbergrauen Abendhimmel.

Eine unangemessen freudige Erregung machte sich in Alena breit. Sie war nicht nach Hamburg gefahren, um den Sonntag am Computer zu verschwenden. Sie hatte heute Mittag einem spontanen Impuls nachgegeben und war aus dem anfahrenden Zug gesprungen. Dass sie im Moment unbegründet glücklich war, gehörte zu dem Wechselbad der Gefühle, dem auszusetzen sie sich entschlossen hatte, als sie aus dem Zug sprang.

Die Mecklenburger Jungs waren immer noch am Rocken, als das Handy klingelte, das Lennart vor sich auf das Tischchen gelegt hatte. Er nahm es, hob es ans Ohr und wandte sich ab, um aus dem Lärm hinauszulaufen, allerdings ohne echte Chance, der Beschallung zu entkommen.

Alena warf die Pappschalen und Colabecher in den Mülleimer und rannte ihm hinterher, ehe er ihr aus den Augen entschwand. An einem Baum blieb er stehen und ließ das Handy sinken.

»Und?«, fragte sie.

»Sie war es. Glaube ich wenigstens. Es war Luisa, aber ich konnte überhaupt nichts verstehen. Ich glaube, sie ist wirklich hier.«

»Na siehst du!«

»Ich habe versucht ihr zu sagen, dass sie noch mal anrufen soll, aber ich glaube nicht, dass sie mich verstanden hat. Zumindest habe ich nicht verstanden, was sie geantwortet hat. Wie sollen wir uns hier jemals finden?«

Die Musik dröhnte derart über das Kap, dass sie sich auch hier noch fast anschreien mussten. Alena bedeutete Lennart, ein Stück hinaus Richtung Küstenweg zu gehen, und sagte: »Luisa dürfte auf jeden Fall gehört haben, dass du ebenfalls hier am Kap bist, und das ist schon mal gut. Wenn sie klug ist, gibt sie dir zehn Minuten Zeit und ruft dann noch einmal an. Und Luisa ist ein ungemein kluges Kind.«

Aber so klug war sie dann offenbar doch nicht, jedenfalls klingelte Lennarts Handy nicht noch einmal. Und er hätte es nicht überhört, denn er hielt es die ganze Zeit in seiner Hand und warf alle zwei Minuten einen Blick aufs Display.

Schließlich nahm Alena ihm das Handy weg und drückte einen Rückruf der obersten Nummer auf dem Display der eingegangenen

Anrufe. Nach langem Klingeln nahm sogar jemand ab, aber es war nicht Luisa, sondern ein Mädchen, das kaum zu verstehen war und auch Alenas Frage nicht verstand, ob sie das Handy einem Mädchen mit orangerotem Rucksack geliehen habe. Alena gab es auf.

Sie wanderten auf dem Küstenweg entlang in die untergehende Sonne hinein.

»Ich kann es immer noch nicht fassen«, sagte Alena, »dass Luisa Kristins Tochter ist, meine Nichte. Vielleicht kam sie mir deshalb immer so vertraut vor«, überlegte sie laut. »Eben irgendwie verwandt.« Sie blickte Lennart an. »Was war Tim, ihr Vater, für ein Mensch?«

»Da fragst du den Falschen, Alena. Kristin hat mich immerhin wegen ihm verlassen.«

»Was?« Sie blieb abrupt stehen.

Lennart drehte sich zu ihr um. Das gelbliche Licht der sinkenden Sonne ließ sein weißes Hemd vor dem blauen Meer leuchten und nutzte die blauen Farbanteile in seiner Iris, um seine Augen smaragdgrün zu färben. Das mächtige Licht zeichnete in 1 seinen Gesichtszügen, fein verästelt, die Leidenschaften seines Lebens nach – die bösen und bitteren Erfahrungen, die Enttäuschungen, die Freuden, die Ruhe seines heutigen Lebens, seine unerfüllte Sehnsucht nach Glück.

»Wusstest du das nicht«, fragte er leise, »dass Kristin vorher mit mir zusammen war?«

Alena schüttelte den Kopf. »Das hat sie mir nie erzählt. Sie hat mir nur von Tim erzählt, als sie schon schwanger war. Und von deiner rasenden Eifersucht. Damals habe ich das nicht recht verstanden.«

Lennart trat an den hölzernen Balken, der den Weg vom senkrechten Küstensturz ins Meer trennte.

»Aber jetzt verstehe ich es«, sagte Alena. »Hast du sie geliebt?«

Lennart stand regungslos da. »Sie … sie war meine erste große Liebe, Alena. Zumindest dachte ich das damals. Sie war überaus schön. Eigentlich waren wir alle drei in sie verknallt, Tim, Bob und ich. Und ich glaube, sie hat jeden von uns gemocht. Aber …« Er blickte Alena an. »… Kristin wollte auch Kinder.«

»Das stimmt«, sagte Alena lächelnd. »Mindestens vier.«

»Und damit konnte ich ihr leider nicht dienen.«

»Aber deshalb hat sie dich doch nicht verlassen! Nein, das hätte nicht zu ihr gepasst. ›Auf immer und ganz‹, so hat sie immer gesagt.«

Lennart versuchte zu lächeln. »Dann hat sie Tim wohl einfach mehr geliebt als mich.«

»Und du? Was hast du gemacht?«

»Bob hat im Prozess ausgesagt, ich hätte Tim und Kristin offen gedroht, ihnen etwas anzutun, und ich kann dir nicht beweisen, dass es nicht so war.«

»Ich frage nicht nach Beweisen, Lennart.«

Er senkte den Blick. »Wir waren nun mal damals keine netten Jungs, weder ich noch Bob noch Tim. Gut, wir hatten Geld …«

»Geld hat Kristin nie interessiert!«, protestierte Alena.

»Kristin war ein Groupie, Alena. Manchmal kamen mir diese Mädchen vor wie verirrte Motten, die im heißen Licht einer Lampe verglühen.«

Alena musste sich eingestehen, dass ihr ihre Schwester damals ebenfalls fremd geworden war in ihrer blinden Schwärmerei für diese Popstars.

»Aber du hast recht«, fuhr er fort, »Geld hat Kristin nicht interessiert. Doch unser Leben im Licht glühend heißer Scheinwerfer, unsere Freiheit zu tun und zu lassen, was wir wollten, unser vermeintlicher Ausbruch aus der Enge bürgerlicher Normen. Dabei waren gerade wir gefangen in unseren Rollen, in unserer Show und in unserem Vertrag.«

»Es hätte schon einer sterben müssen, damit die Gruppe sich auflösen kann«, erinnerte sich Alena plötzlich. »Das hat Kristin im letzten Sommer gesagt.«

»Ja, wir hatten ziemlich blauäugig einen Vertrag unterschrieben, mit dem die Musikfirma in weiser Voraussicht vor allem verhindern wollte, dass einer von uns schon bei den ersten Schwierigkeiten den Bettel hinschmiss. Die Konventionalstrafe war so immens hoch angesetzt, dass es sich auch nach fünf Jahren keiner von uns leisten konnte auszusteigen. Nur gemeinsam hätten wir das Ende der drei B'Demons erklären können.«

»Und Tim wollte gehen?«

Lennart nickte. »Aber ich wollte nicht. Ich wollte noch ein paar Jahre weitermachen. Frag mich nicht, warum. Eigentlich hat es mich damals schon angekotzt. Die falsche Show, diese Lügen nach außen von der großen Freundschaft unter uns dreien, obwohl ich mich mit Tim nur noch gestritten habe, diese nichtssagende Musik. Aber ich hatte noch nicht begriffen, dass wir den Hit, von dem ich träumte, nie machen würden, den Hit, der auch in dreißig Jahren noch gespielt wird.«

»Kann es nicht sein, dass ihr euch wegen Kristin so zerstritten habt, Tim und du? Nicht direkt, aber indirekt.«

Lennart sah überrascht aus. »Möglich. Unser Streit begann in der Tat, als Kristin zu uns stieß. Tim und ich hatten ständig Zoff miteinander, wegen jeder Kleinigkeit. Bühnenbild, Choreographie, Tourneeplan, alles wurde zu einer Quelle endloser Diskussionen. Ich will auch nicht so tun, als hätte ich Kristin ohne Vorwürfe von mir zu ihm ziehen lassen. Ich habe ihr Egoismus und berechnende Kälte vorgeworfen. Ich war verletzt, das ja. Ich habe gelitten, mich besoffen und dann mit anderen Mädchen getröstet. Es war Tim, der mit der Situation nicht zurechtkam. Er stellte die Machtfrage; wenn man so will. Er hatte mir meine Freundin weggeschnappt, und nun wollte er auch musikalisch eine größere Rolle spielen. Leider sah er nicht so gut aus wie ich, und deshalb waren vor allem unsere Manager strikt dagegen. Aber Tim vermutete natürlich, dass ich gegen ihn intrigierte.«

Alenas Herz klopfte heftig. Die Geschichte kam ihr jetzt doch zu nahe, das musste sie sich eingestehen. Sie hatte Angst, ohne genau sagen zu können, wovor. Seit zehn Jahren lauerte diese unbestimmte Angst in ihr.

»Und Bob ...« Sie musste sich räuspern. »Was spielte der für eine Rolle?«

»Er versuchte auszugleichen. Ich dachte sogar, dass er auf meiner Seite stünde. Bis er im Prozess als Zeuge gegen mich auftrat.«

»Er musste, wenn es die Staatsanwaltschaft von ihm verlangte«, gab Alena zu bedenken.

»Aber er hätte nicht sagen müssen, dass er mich an der Bremsanlage von Tims Motorrad gesehen hat. Und er hätte nicht behaupten müssen, ich hätte Tim und Kristin bedroht. Das Einzige, was er wirklich mitgekriegt hat, war eine Prügelei zwischen Tim und mir. Ich war betrunken und Tim auf Speed. Danach hatte ich ein blaues Auge und er ein gebrochenes Nasenbein, und unser Manager geriet in Erklärungsnot. Worum es eigentlich ging, weiß ich nicht mehr, aber Tim schrie mich an, meine Eifersucht sei krankhaft. Ich sei krank, ich würde sie noch alle umbringen und so weiter. Ich vermute, er wollte Kristin damit enger an sich binden. Sie sollte Angst vor mir haben.«

»War er sich ihrer denn so wenig sicher?«

»Das … das weiß ich nicht.«

Jetzt waren sie am Punkt. Alena hätte sich fast verschluckt vor Erregung. Es war eigenartig. Lennart schien reden zu wollen und doch nicht. Und sie wollte es nicht hören und musste doch.

»Und wer …« Alena musste husten und noch einmal ansetzen. »Wer hat nun wirklich das Wasser in die Bremsflüssigkeit von Tims Motorrad gemischt, Lennart?«

Er zögerte. Er zögerte zu lange für das, was er dann vorbrachte.

»Und wenn es einfach nur ein Unfall war, Alena? Niemand muss irgendetwas irgendwo hineingemischt haben. Bremsflüssigkeit ist hygroskopisch. Sie zieht Wasser an. Deshalb muss man sie auch regelmäßig auswechseln. Tim war nicht gerade der Typ, der ständig an seinem Bock herumwienerte und schraubte. Ihm hat es eigentlich nur Spaß gemacht, mit dem Ding nachts durch Berlins stille Wohnviertel zu heizen. Vor allem nachts. Und in dieser Nacht hat er Kristin mitgenommen, wie vorher auch schon oft, sogar noch, als sie schon hochschwanger war. Vielleicht wollten die beiden dem Baby Berlin zeigen. Was weiß ich.«

Alena vereiste innerlich. Was Lennart sagte, klang plausibel. Es war glaubhaft, weil es banal war. Aber sie konnte sich nicht helfen, es klang nach müder Ausrede und lahmen Ausflüchten. Es klang, als würde er es sich selbst nicht recht glauben.

Er sah, was sie dachte. Ein Zug von Härte grub sich in seine Mundwinkel.

Sie wandte sich ab.

»Alena!« Er umrundete und stoppte sie. »Wenn es kein Unfall war und wenn ich es nicht war, muss es einer von den anderen gewesen sein. Tim oder Bob. Oder aber irgendeiner der zahllosen Bediensteten, die wir in unserer Villa im Grunewald beschäftigt hatten. Aber ich möchte niemanden beschuldigen. Ich möchte auch niemanden verdächtigen.«

»Und was hätten die anderen für ein Motiv gehabt?«

»Diese Frage«, sagte Lennart bitter, »hat sich auch der Staatsanwalt gestellt. Ich habe keine Antwort darauf.«

Auch das klang sauber und ehrlich. Es war sogar einleuchtend. Es war hochanständig. Und dennoch, der Funke sprang nicht über. Alena vermisste in sich das Feuer tieferer innerer Gewissheit, dass dieser stolze und verzweifelte Mann, der da vor ihr stand, wirklich durch und durch aufrichtig zu ihr war.

Sie ging an ihm vorbei und schlug den Rückweg zu den Leuchttürmen ein. Doch schon nach zwei Schritten drehte sie sich wieder um.

»Lennart«, sagte sie, »wir müssen etwas tun, damit Luisa uns findet. So geht das nicht weiter. Und ich weiß auch schon, was. Wir werden jetzt sehen, dass wir Marvin auftreiben. Und dann … dann wirst du sein Angebot annehmen und auf die Bühne gehen und singen.«

Kapitel 28

Die waagrechten Sonnenstrahlen tauchten die Szenerie in ein feierliches Rotgold. Ein Meer von Köpfen und hochgerissenen Armen wogte im Gegenlicht der untergehenden Sonne vom Peilturm bis zu den beiden Leuchttürmen hin. Die Menge applaudierte gerade Silbermond, den drei Jungs aus Bautzen mit ihrer schwarzhaarigen Sängerin. Über dem schwarzen Bühnenkasten stand schon ziemlich hoch am violetten Osthimmel der leicht angefressene Halbmond.

Alena befand sich an der Absperrung vor der Bühne auf der kleinen Anhöhe zum Kliff hin, von wo aus sie das Gelände halbwegs überblicken konnte. Silbermond gab noch eine Zugabe, dann trat der Moderator auf die Bühne und kündigte einen »der ganz Großen« der neunziger Jahre an, Len Lost, der nach den tragischen Ereignissen vor zehn Jahren als Lennart Gristow heute und hier zum ersten Mal wieder auftrete. Für den guten Zweck.

In manchen Ecken des Publikums brandete Beifall und Jubel auf, die anderen stimmten wohlwollend mit ein.

Zu den ganz Großen hatte Len Lost nun allerdings nie wirklich gehört. Im Zelt hinter der Bühne hatte ihn tatsächlich keiner der Kollegen gekannt. Einer hatte ihm die Gitarre gegeben, mit der Lennart jetzt auf die Bühne trat.

Er kam langsam. Dennoch beherrschte er von der ersten Sekunde an nicht nur die riesige Bühne, sondern auch das Publikum. War es die Art, wie er den Kopf hob, herausfordernd und zugleich fragend, oder das halbe Lächeln auf den Lippen oder die Gelassenheit, mit der er den Blick schweifen ließ, als wollte er erst sehen, wer die waren, für die er sich jetzt auf den hohen Schemel setzte und die Gitarre übers Knie legte, das linke, so wie man es mit einer echten Konzertgitarre tat.

Er trug immer noch die hellen Jeans, den Ledergürtel und das weiße Hemd mit den hochgekrempelten Ärmeln. Alena hatte ihm hinter der Bühne nur noch schnell zwei weitere Hemdknöpfe geöffnet. Dabei hatte er ihre Hand eingefangen und geküsst. Sie hatte es geduldet, denn Künstler durften vor ihrem Auftritt wahllos die Hände junger Frauen küssen. Sie hatten Narrenfreiheit, denn sie hatten Lampenfieber.

Während er nun das Mikro ins Klangloch der Gitarre hängte und die Saiten noch einmal kurz nachstimmte, fragte Alena sich, was um Himmels willen er singen würde. Ihr würde in so einer Situation nichts einfallen, sie würde keinen Ton herausbringen. Und sie hatte ihn zudem auch ziemlich überrumpelt. Er hatte sich erstaunlicherweise nicht einmal gewehrt. »Na gut. Wenn es denn sein muss, lasse ich mich für Luisa auch noch von der Presse schlachten«, hatte er, um einen leichten Ton bemüht, lediglich bemerkt und war danach ziemlich wortkarg gewesen.

Es wurde still. Alena betrachtete Lennarts blasses Gesicht mit dem pechschwarz schimmernden Haar und den hellen Augen, die über das Meer dunkler Köpfe glitten. Ein Gesicht, das man nicht schminken musste, damit es im Scheinwerferlicht Ausdruck bekam.

Die Muskeln von Lennarts entblößten Unterarmen zuckten geschmeidig, während er das Intro von »Hotel California« anschlug und damit schon Applaus auslöste.

Lennarts Haltung veränderte sich kaum merklich, und mit einem Mal sprang der Funke über, ohne dass Alena hätte sagen können, wie er das anstellte. Es war mucksmäuschenstill. Alena sah die Gesichter der Mädchen an der Absperrung atemlos gespannt, die Augen vertrauensvoll geöffnet. Alle wollten wissen, was der Barde mit der Gitarre hier wirklich zu sagen hatte. Lennart variierte verschiedene Hits, und sogar aus Deep Purples »Smoke on the Water« machte er eine Überraschung. Dann wechselte er plötzlich in eine ganz einfache, feierliche Melodie.

Mein Gott, dachte Alena, das! Das wollte er hier singen?

Und in der Tat, Lennart holte Luft und begann mit seiner tiefen melodiösen Stimme zu singen, in der Ernst und Kraft als ironische Dissonanz mitschwangen und verhinderten, dass er schnulzig klang: »Guter Mond, du gehst so stille / Durch die Abendwolken hin.«

Er sang klar und einfach, ohne in die schleppende Langsamkeit zu verfallen, in der Volkslieder oft als Kunstlieder vorgetragen wurden. Alena spürte Verblüffung um sich herum, hier und dort flackerte sogar ein Murren auf. Ein Kinderlied. Ein Volkslied. Viele kannten es als Schlaflied, doch keiner hatte es je so gehört, wie Lennart es sang. So, dass einem plötzlich die Worte bewusst wurden. Und auf einmal hoben sich aller Augen zum Halbmond über dem Bühnenkasten.

»Leuchte freundlich jedem Müden / In das stille Kämmerlein«, sang Lennart, und jeder spürte die Müdigkeit dieses Mannes, der geliebt hatte und verraten worden war und wieder liebte, aber vergeblich. »Und dein Schimmer gieße Frieden / Ins bedrängte Herz hinein.«

Gern hätte Alena dies getan. Längst saß ihr ein dicker Kloß im Hals.

»Guter Mond, du gehst so stille / In den Abendwolken hin. / Bist so ruhig, und ich fühle, / Dass ich ohne Ruhe bin. / Traurig folgen meine Blicke / Deiner stillen, heitern Bahn. / O wie hart ist mein Geschicke / Dass ich dir nicht folgen kann.«

Plötzlich und völlig unvermutet schossen Alena Tränen in die Augen. Sie konnte es nicht verhindern. Aber egal, es war ja dunkel, es sah niemand.

Das Lied hatte viele Strophen. Und mit jeder fesselte Lennart das Publikum erneut, obgleich es ein so junges Publikum war. Vielleicht bannte die Jugendlichen die Überraschung, dass ein alter Text, von dem man nie etwas hatte wissen wollen, plötzlich Sinn bekam. Dann auf einmal klang Lennarts Gitarre härter und heller – er zupfte weiter unten am Steg, um die Obertöne herauszukitzeln –, und seine Stimme bekam einen leicht verschmitzten Unterton. Und mit eine Mal war es kein frommes Schlaflied voller Sehnsucht nach Ruhe und Frieden mehr, das er sang, sondern die Hymne an eine Geliebte.

»Mond, du Freund der reinsten Triebe,
Schleich dich in ihr Kämmerlein;
Sage ihr, dass ich sie liebe
Und dass sie nur ganz allein

Mein Vergnügen, meine Freude,
Meine Lust, mein Alles ist,
Dass ich gerne mit ihr leide,
Wenn ihr Aug' in Tränen fließt.«

Verträumt ließ er die Melodie verklingen, und als seine Hände auf dem Instrument zur Ruhe kamen, war es erst eine Sekunde lang totenstill. Dann klatschten die Ersten, andere fielen ein, und auf einmal stürmte und toste der Beifall.

Alena erinnerte sich wieder, dass sie zwischen Bühne und Absperrung stand, um nach Luisa Ausschau zu halten und damit Luisa sie sah, wenn sie, angelockt von Lennarts Stimme, den Weg nach vorne fand. Vermutlich hatte Lennart dieses Lied gewählt, weil es so lang war. Aber sie mussten Luisa wohl mehr Zeit lassen. Zwanzig Minuten hatte Marvin Lennart für seinen Auftritt gegeben. Alena hoffte inständig, dass diese Aktion nicht umsonst sein möge, und fragte sich beklommen, ob Lennarts Angst vor dem, was die Zeitungen über seinen Auftritt und demzufolge auch über seine Vergangenheit schreiben würden, wirklich begründet war.

Er ließ dem Publikum nicht viel Zeit für Beifall und Jubel und stimmte »Berlin be beat« an, den größten Hit der B'Demons, der mit seinen sinnlosen Wortspielen im Stakkato die Gruppe schlagartig berühmt gemacht hatte und auch jetzt das Publikum mitriss. Inzwischen hatte sich hinter ihm jemand ans Schlagzeug gesetzt und zu klopfen angefangen, und einer mit Bassgitarre war auch erschienen. Von dort oben konnte Lennart gegen den Schleier des Scheinwerferlichts nicht sehen, was Alena auf einmal sah.

Eine kleine Gestalt mit Rucksack drückte sich an der Absperrung entlang. Einen nach dem andern zwang sie, einen Schritt zurückzutreten und sie durchzulassen. Alena fiel zuerst auch nur die Unruhe in der ersten Reihe auf. Luisa kam, sie hatte ihren Wahlvater gehört, sie hatte den Weg gefunden. Nur dass die Sperrgitter zu eng waren, als dass sie sich durch die Stäbe in den freien Bereich unmittelbar vor der Bühne hätte drücken können.

Alena lief ihr entgegen. Luisa streckte die Arme aus. Alena beugte sich über die Absperrung hinüber. Ein junger Mann half ihr, das Kind über den Zaun zu heben.

Alena drückte Luisa an sich. Etwas zu sagen hatte bei dem Geräuschpegel keinen Sinn. Ohnehin fiel die Begrüßung ziemlich kurz aus, denn Luisa hatte buchstäblich nur Augen für das, was auf der Bühne geschah. Stumm streckte sie die Hand aus. Eine ungemein kindliche Geste, die auch auf den Ordner, der in der Bühnenecke stand, ihren Eindruck nicht verfehlte. Er schritt nicht ein, als Alena das Kind auf die Bühnenplattform hob, wo Lennart und seine kleine Band eben den letzten Refrain ausklingen ließen.

Unbeeindruckt vom gleißenden Licht der Scheinwerfer und dem Tosen der Menge marschierte Luisa hinüber zu dem Mann mit der Gitarre.

Ein schönes Lächeln erleuchtete Lennarts Gesichtszüge. Er stand auf und ging, als Luisa ihre Hand in seine legte, in die Knie, um das Kind in seine Arme zu ziehen.

Dann stimmte er, wo er war, Grönemeyers berühmtes »Kinder an die Macht« an. »Die Welt gehört in Kinderhände, dem Trübsinn ein Ende …«

Danach stand er auf und verbeugte sich, die eine Hand auf Luisas Schulter gelegt, in der anderen die Gitarre. Eine Weile standen beide still und lächelnd in der Brandung der Begeisterung. Schließlich hob Lennart die Hand und bat um Ruhe.

»Nicht jedes Kind hat die Möglichkeit«, sagte er, »sich sein Glück selbst zu suchen. Und nicht jedes ist so tapfer und mutig wie dieses Kind hier, sich auf den langen ungewissen Weg zu machen. Aber alle Kinder sehnen sich nach jemandem, der sich um sie kümmert. Manchmal müssen wir uns selbst bewegen und zu ihnen kommen. Darum veranstalten wir dieses Konzert. Darum bitten wir euch zu spenden. Es muss nicht viel sein. Niemand muss alles geben, was er besitzt. Es genügt, wenn wir bereit sind zu teilen.«

Kapitel 29

Lennart begegnete Alenas Blick zum wiederholten Mal auf der Fahrt über die dunkle Insel im Rückspiegel.

»Bereust du es?«

Er schüttelte den Kopf. »Es war die einzige Möglichkeit.«

Wieder ihr kurzer Blick im Rückspiegel. Sie saß am Steuer seines Wagens und fuhr. Er saß hinten. Luisa hatte sich, so weit es der Sicherheitsgurt erlaubte, gegen ihn gelehnt und schlief, erschöpft, wie sie war, nach all der Aufregung. Erst die Flucht und die Busfahrt, dann das Herumirren auf dem Konzertgelände. Sie hatte nicht gewusst, wie sie von dort wegkommen sollte. Leute, die sie nach Gager gefragt hatte, hatten die Köpfe geschüttelt. Manche hatten auch gelacht. Das war viel zu weit weg zum Laufen, hatte sie erfahren. Vor einem Polizeiwagen war sie in die Felder geflüchtet, vor den Leuten vom Roten Kreuz hatte sie sich versteckt. Schließlich hatte sie ein Mädchen gefragt, ob sie mal sein Handy benutzen dürfe, und Lennarts Nummer gewählt. Aber dann hatte sie wegen des Krachs nichts verstanden. Ziellos war sie herumgelaufen, immer auf der Hut vor Polizisten und den Ordnern mit ihren neongrünen Westen. Und auf einmal hatte sie Lennarts Stimme in den Lautsprechern gehört und das Lied, das er ihr vorm Einschlafen so oft vorgesungen hatte, und hatte sich auf den langen Weg durch die Menschenmassen zur Bühne gemacht.

»Übrigens«, fügte Lennart hinzu, »danke, Alena! Ohne dich hätte ich es nicht gemacht.«

»Und? War es schlimm?«

In ihrer Stimme schwang ein Lächeln mit, das er nicht sehen konnte. Auch er lächelte und wusste, dass Alena es nicht sah. Sie hatten nur den kleinen Ausschnitt im Rückspiegel, und auch der war höchst unzureichend. Er funkelte finster, wenn sie alleine auf der Straße fuhren, oder wurde von Scheinwerfern überblendet, wenn ihnen ein Auto entgegenkam oder sich von hinten näherte.

»Nein«, antwortete Lennart. »Es war eher aufregend. Erstaunlich, wie schnell die Routine zurückkommt.«

Er hatte die Interviews danach wie mit dem Autopiloten gemacht. Glücklicherweise hatte er Alena nicht erst erklären müssen, wie wichtig es war, dass sie hinter der Bühne mit Luisa Abstand hielt, solange die Pressefritzen sich für ihn interessierten. Sie hatte von alleine verstanden, dass niemand Gelegenheit bekommen durfte, eine private Beziehung zwischen ihm und dem Kind zu entdecken, das zu ihm auf die Bühne gekommen war.

Aber wie sollte das mit Luisa weitergehen?, fragte er sich stumm. Bei Trude warteten Isabella und Ronaldo auf sie. Das hatte Alena von ihrer Tante erfahren, als sie anrief, um zu melden, dass sie Luisa gefunden hatten. Wahrscheinlich würde es wieder Streit geben. Und eigentlich war er dafür viel zu müde und viel zu friedlich gestimmt.

Er wusste kaum, wem er dankbarer sein sollte, Luisa dafür, dass sie ihm mit ihrer Flucht einen ganzen Tag mit Alena geschenkt hatte, oder Alena für die Leichtigkeit, die ihre Nähe seinem Dasein verlieh.

Als sie vor dem Haus Buskam an den Straßenrand fuhr, begegneten sich ihre Blicke zum letzten Mal im Rückspiegel. Er befreite Luisa aus dem Sicherheitsgurt, nahm sie auf den Arm und stieg aus.

Trude kam aus dem Haus gelaufen, Isabella folgte ihr.

»Luisa!«, rief sie. »Was machst du nur für Sachen! Weißt du, was ich für eine Angst ausgestanden habe?«

Luisa murmelte verschlafen etwas Unverständliches.

Zum Glück gab Isabella den Versuch gleich wieder auf, ihm Luisa aus den Armen zu nehmen, und überließ es ihm, das Kind in das Zimmer hinaufzubringen, das Marika für Isabella und Ronaldo zurechtgemacht hatte. Er brachte Luisa zu Bett und stolperte müde die Treppe hinunter.

Aus der Küche drangen gedämpfte Stimmen. Der Gedanke an Alena half ihm, die letzten Reserven zu aktivieren. Vielleicht schenkte sie ihm sogar noch zwei Minuten allein vor der Haustür. Dann konnte er ihr noch sagen, was für ein schöner Tag das für ihn gewesen war. Und vielleicht … vielleicht …

Alle schauten ihn an, als er in die Küche trat. Vermutlich hatten sie über ihn gesprochen, vermutlich über seinen Auftritt. Trude lächelte. Marika lächelte noch viel mehr.

Lennart griff nach seinem Autoschlüssel, den Alena auf den Küchentisch gelegt hatte. »Dann werde ich mal heimfahren«, sagte er.

Alena schaute ihn an, machte aber keine Anstalten, ihn hinauszubegleiten. In ihrem Gesicht lag der gleiche Ausdruck nachdenklicher Reserviertheit wie auf Kap Arkona, nachdem er versucht hatte, ihr seine Version der Umstände von Kristins Tod zu erklären.

Er wusste selbst, dass sein Versuch halbherzig gewesen war. Er hätte schweigen oder aber ihr die ganze Wahrheit sagen müssen, auch wenn er ihr wehgetan hätte und damit sich selbst noch viel mehr.

»Len«, unterbrach Isabella seine stumme Zwiesprache mit Alena, »ich muss mich wohl bei dir bedanken.« Sie griff nach der Zigarettenschachtel. »Und ich muss mich entschuldigen. Doch, Len! Es war nicht richtig, wie ich reagiert habe. Ich hätte dir die Polizei nicht auf den Hals hetzen dürfen. Aber ich habe mir halt Sorgen gemacht.«

Lennart hatte das Gefühl, nicht mehr stehen zu können, brachte es aber auch nicht fertig, sich zu setzen. Nichts ging mehr.

»Und bei dir, Alena, muss ich mich auch bedanken«, fuhr Isabella fort und zündete sich umständlich eine Zigarette an. »Und außerdem muss ich dir etwas sagen.«

Ronaldo saß breitbeinig neben Isabella am Tisch und drehte eine leere Bierflasche in den Händen. Trude stand vor dem dunklen Fenster gegen den Spültisch gelehnt. Marika saß in der Ecke und blickte neugierig von einem zum anderen. Alena stand mit verschränkten Armen auf der anderen Seite des Küchentischs beim Herd.

»Es stimmt, was Len gesagt hat.« Isabella streifte die Asche am Aschenbecherrand ab. »Luisa ist nicht meine Tochter.« Sie blickte erst zu Lennart hoch und dann zu Alena hinüber. »Sie ist Kristins Tochter. Aber, Alena, dass du Kristins Schwester bist, das habe ich wirklich nicht gewusst. Das habe ich vorhin erst von Trude erfahren. Ich hatte wirklich keine Ahnung, dass Kristin eine Schwester hatte. Ehrlich nicht!«

Isabella riss die Augen dabei so unschuldig auf, dass Lennart im selben Moment an ihrem »Ehrlich nicht!« zweifelte.

»Mir hat sie immer nur gesagt, dass ihre Eltern sauer sind, weil sie mit Tim nach Amerika will, wo sie doch studieren sollte, und dass die Eltern mit ihr gebrochen hätten und nach England gegangen seien. Also habe ich die Kleine behalten. Ich dachte, ins Heim soll sie nicht kommen und nicht zu diesen kaltherzigen Großeltern … Ich dachte, das bin ich Kristin schuldig.«

Alena löste die Arme und stützte sich am Herd ab. »Was warst du Kristin schuldig?«, fragte sie.

Isabella warf Trude einen Blick zu, die nun ihrerseits mit verschränkten Armen abwartend vor dem nachtschwarzen Fenster stand, dann blickte sie Ronaldo an, der ihr aufmunternd zunickte.

»Na ja, schuldig war ich ihr nicht direkt was. Das sagt man eben so. Wir waren Freundinnen.« Sie lachte auf. »Wir befanden uns in derselben beschissenen Lage. Wir als die Bräute von diesen Jungs. Wobei Bob und ich es noch schwerer hatten als Kristin und Tim, denn offiziell war Bob der Schwule. Wir durften uns nie öffentlich küssen. Andererseits war sie schwanger, und das war auch nicht lustig. Ständig wollten alle wissen, ob es von Len ist oder von Tim. Und dann hat die Presse versucht, daraus ein riesiges Eifersuchtsdrama zu machen. Len der Teufel, Kristin das Reh und Tim der Held. Nicht zum Aushalten. Deshalb wollten Tim und Kristin, dass die ganze Gruppe nach Amerika auswandert. Da wären wir weniger bekannt gewesen. Doch Len wollte natürlich nicht.« Isabella legte eine Pause ein, aber niemand fragte: Warum? »Dazu hat er den ganzen Hype, den sie alle um ihn gemacht haben, viel zu sehr genossen«, gab Isabella die Antwort ungefragt. »Irgendwann hat Tim gedroht, alleine zu gehen und die Gruppe zu verlassen. Bob hat versucht zu vermitteln. Len hätte Tim nur ein bisschen was anbieten müssen, einen Part als zweiten Sänger zum Beispiel. Aber er hat sich stur gestellt.«

Isabella inhalierte tief und blies den Rauch über den Tisch. Er schlug Wolken unter der Deckenlampe. Sie genoss es sichtlich, dass man ihr gespannt zuhörte, vor allem Alena, die ihr haushoch überlegen war und trotzdem – wie Isabella instinktiv spürte – sehr verletzlich in diesem Moment.

»Er hat es dann sogar noch auf die Spitze getrieben. Oder willst du das bestreiten, Len? Ich habe mit eigenen Ohren gehört, wie du verkündet hast: Wenn einer gehen will, muss ein anderer sterben. Willst du das bestreiten?«

Lennart reagierte nicht.

Isabella wandte den Blick wieder Alena zu. »Und das sei auch gar nicht so schwierig, hat er gesagt. Nur ein bisschen Wasser ins Bremssystem eines Motorrads, und rums. Und schwer nachweisbar. Bremsflüssigkeit zieht ja sowieso Wasser an. Der perfekte Mord!«

So still war es in Trudes Küche, dass man draußen am See den Wind im Schilf rauschen hörte.

»Ich habe mir ewig Vorwürfe gemacht, glaub mir, Alena, weil ich Kristin nicht gewarnt habe«, fuhr Isabella fort zu reden und zu rauchen. »Deswegen habe ich vorhin gesagt, ich sei ihr was schuldig gewesen. Aber ich habe es eben nicht gecheckt, als Bob mir erzählte, dass er Len an Tims Maschine gesehen hatte. Ich weiß natürlich nicht, was er da gemacht hat, ich will auch niemanden verdächtigen, aber …«

»Und wie«, unterbrach Alena sie, »bist du dann an Kristins Baby gekommen?«

»Bob und ich sind ihnen hinterhergefahren. Ich hatte auf einmal so ein komisches Gefühl, und ich habe zu Bob gesagt, wir müssen hinterher. Als ob ich's geahnt hätte.«

Lennart flackerte es vor den Augen. Er begegnete Alenas besorgtem, ja, alarmiertem Blick und riss sich zusammen. Die Angst, gänzlich die Kontrolle zu verlieren, jagte seinen Blutdruck wieder in die Höhe.

»Wir ihnen also nach«, fuhr Isabella fort, »aber Tim ist gefahren wie der Teufel. Er hat Bob und mich nicht rankommen lassen. Und plötzlich legt sich seine Maschine quer. Das werde ich nie vergessen. Ich sehe es noch vor mir, wie Kristin gegen den Baum knallt und Tim in hohem Bogen ins Wasser fliegt. Wie im Film. Die Maschine schlittert hinterher. Erst jetzt sehe ich, dass sie das Baby dabeihaben. Kristin hat so ein afrikanisches Tuch benutzt, und da ist die Kleine herausgefallen. Ich sehe sie ins Wasser rutschen, sprinte los und schnappe sie mir, und dann nichts wie weg, zusammen mit Bob.«

»Ihr habt Kristin und Tim einfach liegen lassen?«, fragte Alena tonlos.

»Sie waren tot, Alena. Tim war weg im Wasser, und Kristins Augen waren offen. Sie war tot. Genickbruch, wie man später festgestellt hat. Wir hätten ihr nicht mehr helfen können. Außerdem wollte Bob nicht, dass man ihm noch was anhängt von wegen illegales Wettrennen oder so. Am Ende hätte es geheißen, wir hätten sie in den Tod gejagt. Also haben wir niemandem gesagt, dass wir ihnen hinterhergefahren waren. Deshalb musste ich auch geheim halten, dass ich Kristins Baby hatte. Ich bin dann sofort zu einer Freundin nach Hamburg gegangen.«

»Und warum«, fragte Trude plötzlich streng, »hat Bob in der Revisionsverhandlung seine Aussage widerrufen, er habe Lennart an Tims Motorrad gesehen, wenn er es doch, wie du sagst, gesehen hatte?«

»Wir waren nicht mehr zusammen, als der Prozess stattfand«, antwortete Isabella achselzuckend. »Bob hatte keine Lust, ein Kind großzuziehen, das nicht sein eigenes war. Na ja, und ich habe ihm auch vorgeworfen, dass er Tim nicht gewarnt hatte. Er ist nach Spanien gegangen, soviel ich weiß. Habe seit Jahren nichts mehr von ihm gehört. Keine Ahnung, wo er steckt. Sonst könnte man ihn ja mal fragen, warum er nicht bei seiner Aussage geblieben ist. Aber vielleicht haben Lens Anwälte ihn unter Druck gesetzt, damit er widerruft. Das kennt man ja.«

Welche Rechnung hatte Isabella eigentlich mit Lennart offen, fragte Alena sich. War es verschmähte Liebe, war es der Neid der Braut des Bassisten auf den Lead-Sänger oder nutzte Isabella nur die seltene Chance, dass man ihr zuhörte, und geriet dabei in den Sog des Fabulierens?

»Na«, sagte Trude, »das solltest du aber nicht einfach so behaupten, Isabella, wenn du es nicht beweisen kannst. Ich denke, dein feiner Bob ist etwas übers Ziel hinausgeschossen, weil er Lennart eins auswischen wollte. Und im Prozess musste er dann zurückrudern. War es nicht vielmehr so?«

»Ich weiß natürlich nicht, was Bob wirklich gesehen hat«, ruderte auch Isabella zurück. »Vielleicht hat er auch mir etwas Falsches erzählt. Vielleicht hat er Len gar nicht an Tims Motorrad gesehen. Kann sein.«

»Danke, Trude!«, sagte Lennart.

Alle blickten ihn an. Selten hatte Alena ein Gesicht gesehen, das derart von Erschöpfung gezeichnet war. Lennart schien nicht mehr stehen, sich aber auch nicht hinsetzen zu können. Alena konnte es ihm erschreckend gut nachfühlen. Es gab solche Zustände, da bedeutete jede Änderung der Haltung den Zusammenbruch. Sie hätte nicht zulassen dürfen, dass Isabella ihm heute Abend diese Szene machte. Sie hätte es verhindern müssen.

»Ich … ich kann nur noch mal wiederholen«, sagte Lennart, und man sah ihm an, wie er sich zwingen musste, »dass ich Tims Motorrad nicht manipuliert habe. Ich habe weder seinen noch Kristins Tod auch nur gewollt. Und ich weiß, dass mein Anwalt Bob nicht bestochen oder bedroht hat, damit er seine Aussage widerruft.«

»Kannst du das schwören?«, fragte Isabella herausfordernd.

»Wem? Dir etwa?« Lennarts Augen flackerten. »Nein, Isabella, du hast weder den Durchblick noch das Format, dich als meine Anklägerin aufzuspielen. Ich bin freigesprochen worden, und niemand auf der Welt kann mich noch einmal für dieses Verbrechen anklagen.«

Plötzlich spürte Alena wieder, was Lennart schon zweimal, wenn auch nur für Sekundenbruchteile, hatte durchblitzen lassen – ein wildes Temperament, das sich ungern unterwerfen ließ, aber niedergeworfen worden war, und den verzweifelten Stolz, in den ein tief verletzter Mann sich rettete, wenn er nicht zurückschlagen wollte.

»Ich bin niemandem mehr Rechenschaft schuldig«, sagte Lennart fast tonlos leise. »Und wer mich verurteilen will, soll es tun. Ich kann es nicht ändern. Es gibt keinen Beweis meiner Unschuld. Und wer ist schon wirklich unschuldig, wenn es zu so einer Tragödie kommt! Aber …« Sein Blick glitt über die erschrockenen Zuhörer und blieb an Alena hängen. »… es übersteigt meine Kräfte, mich jeden Tag von neuem verteidigen zu müssen, gegen eilfertig erhobene Vorwürfe genauso wie gegen die Verdächtigungen, die nie ausgesprochen werden, aber immer in der Luft liegen. Es ist niemand gezwungen, mir zu glauben. Niemand muss sich mit mir abgeben, der mich für einen Mörder hält. Und wer von Zweifeln geplagt wird, der muss nicht meine Freundschaft suchen.«

Trude runzelte die Stirn.

Isabella lachte auf.

»Und jetzt«, sagte Lennart, »bitte ich euch, mich zu entschuldigen. Ich … ich hatte einen anstrengenden Tag.« Er wankte, griff nach der Türklinke und fing sich wieder. »Gute … gute Nacht. Und … leb wohl, Alena.«

Im nächsten Moment war er aus der Küche verschwunden. Alena überlegte noch, ob sie ihn nicht besser nach Hause gefahren hätte, verzettelte sich aber in der Frage, wie sie selbst dann wieder hierher zurückgekommen wäre, und ehe ihr ebenfalls müdes Gehirn dieses kleine logistische Problem gelöst hatte, hörte sie schon Lennarts Mercedes starten. Hätte sie allerdings gewusst, dass sie ihn nicht wiedersehen würde, hätte sie sicherlich nicht eine halbe Sekunde gezögert, ihm hinterherzulaufen.

Als sie am nächsten Tag zum Gut Gristow kam, musste sie nämlich feststellen, dass sein Haus verschlossen war. Und auch die Papageno lag nicht mehr im Hafen von Gager. Und da Lennart wusste, dass sie an diesem Sonntag den Zug nach Hamburg nicht wieder ohne sie wegfahren lassen durfte, um ungeklärte Fragen mit ihm zu klären, musste sie annehmen, dass er eben das nicht wollte.

Und genau das hatte er ja auch gesagt: Lass mich in Ruhe, solange du Zweifel an mir hast.

Kapitel 30

Herzlichen Glückwunsch«, sagte die Frauenärztin, nachdem Alena sich wieder angekleidet und auf dem Stuhl an dem Tisch in der Praxis Platz genommen hatte. »Sie sind in der siebten Woche.«

»Was?«

»Sie sind schwanger, Frau Heil.«

»Das kann nicht sein!«

Die Ärztin lächelte. »Sie haben vor zwei Monaten die Pille abgesetzt.«

»Aber es kann wirklich nicht sein. Ich habe mich von meinem Freund getrennt und hatte seitdem …« Alena schüttelte energisch den Kopf. »Nein!«

»Nun, nach meiner Erfahrung ist es selten der Heilige Geist.«

»Ja, aber nach meiner Berechnung …«

»Das ist keine sehr zuverlässige Verhütungsmethode«, bemerkte die Ärztin. »Es gibt auch so etwas wie einen spontanen Eisprung bei großer sexueller Lust. So manches Kriegskind ist auf diese Weise entstanden, wenn der Mann Heimaturlaub hatte.«

»Aber der Mann, mit dem ich zusammen war, kann keine Kinder zeugen. Er ist nach einem Unfall steril.«

»Da hat er sich wohl im besten Fall schlichtweg geirrt. Im schlechtesten Fall hat er nicht ganz die Wahrheit gesagt. Manche Männer sind ziemlich erfindungsreich, wenn es darum geht, eine Frau zu verführen.«

»Aber er hat überhaupt nichts gesagt.«

Die Ärztin schmunzelte. »Na dann!«

Alena lachte ratlos. Vom Fenster des Sprechzimmers hatte man einen schönen Blick über die Binnenalster zum Jungfernstieg. Die Häuser leuchteten in dem gelblichen Licht, das der Sommer über Hamburg gebreitet hatte. Seit zwei Wochen waren die Straßencafes überfüllt, in den Büros stöhnten die Menschen unter der Hitze, sogar der Wind war träge geworden.

Ungefähr ebenso lange war Alena ständig schwarz vor Augen geworden, wenn sie morgens aufstand. Außerdem war ihr immer leicht übel gewesen, wenn sie es recht bedachte. Aber nicht so, dass sie sich hätte alarmiert fühlen müssen. Sie hatte tatsächlich mit keinem Gedanken erwogen, dass sie schwanger sein könnte, als sie sich bei der Frauenärztin zur Untersuchung anmeldete. Wenn man die Pille absetzte, konnte immer mal die Menstruation ausbleiben. Also kein Grund zur Beunruhigung.

»Und jetzt?«, fragte sie.

Die Ärztin lachte. »Jetzt geht es seinen natürlichen Gang, und Sie bekommen im April ein Kind. Vorausgesetzt, Sie wollen es bekommen.«

Alena nickte entschlossener, als sie sich im Moment fühlte. Zeit, darüber nachzudenken, hatte sie jetzt nicht, denn Luisa würde gleich aus der Schule kommen.

Alenas Leben hatte sich drastisch verändert, seit sie vor fünf Wochen nach Hamburg zurückgekehrt war. Sie hatte Marvins Angebot, sie in seinem Auto mitzunehmen, abgelehnt. Stattdessen war sie mit Luisa im Zug zurückgefahren, während Isabella und Ronaldo sich mit der Harley auf den Weg gemacht hatten. Schließlich hatte es einiges gegeben, was man dem Kind erklären musste.

»Ich habe ja immer schon gedacht, dass ich nach meiner Geburt vertauscht wurde«, behauptete Luisa tapfer. »Das ist also nix Neues für mich. Aber dass Lennart nicht mein Vater ist, das ist wirklich schade. Ich darf ihn doch trotzdem lieb haben.«

»Das darfst du, Luisa. Er ist doch jetzt dein Patenonkel.«

Ganz so einfach war es für Luisa dann aber doch nicht gewesen, wegzustecken, dass sich ihre gesamten Familienverhältnisse geändert hatten. Von einer Minute auf die nächste hatte sie ihre Mutter verloren, und zwar gleich zweimal. Isabella war nicht ihre richtige Mutter, und die richtige war tot. Auch ihr Vater war tot. Alena hatte in den folgenden Wochen immer wieder mit Luisa zusammen alte Fotoalben angeschaut und von Kristin erzählt. Allmählich begriff Luisa, dass sie nicht plötzlich mutterseelenallein auf der Welt war, sondern in Alena eine Tante und in Trude eine Großtante dazugewonnen hatte, die immer für sie da sein würden.

Den Beweis hatte Alena bereits im Zug kurz vor Hamburg antreten müssen, als Isabella anrief und mitteilte, Ronaldo und sie würden noch einen Abstecher in den Süden machen, ob sie nicht Luisa für ein paar Tage zu sich nehmen könne. Daraus waren mittlerweile fünf Wochen geworden.

Luisa war mit den meisten ihrer Sachen – viel besaß sie nicht – aus Steilshoop in Alenas Wohnung im Schanzenviertel umgezogen. Da die Sommerferien erst Mitte August zu Ende waren, hatte Alena außerdem Urlaub genommen, was bei Dieter Tudhoff, dem Chef von Potemkin Film, nicht gerade Begeisterung ausgelöst hatte. Sie waren im Tierpark Hagenbeck gewesen, an der Eichbaumchaussee schwimmen gegangen und hatten das Modelleisenbahnmuseen besucht. Außerdem hatte Alena Luisa in den Gebrauch von Leihbibliotheken eingeführt und war mit ihr im Kino gewesen. Luisa sog all das Neue wie ein Schwamm in sich auf. Sie lernte rasend schnell und entwickelte ebenso rasch die zeitgemäßen Kinderwünsche nach MP3-Playern und Handy. Ein Handy hatte Alena ihr sofort gekauft, denn das erschien ihr nötig und nützlich. Bei allen anderen Wünschen hatte sie Luisa auf ihren Geburtstag im November verwiesen.

Kurz vor Schulbeginn gelang es Alena, Luisas Lehrerin, Frau Brucker, ans Telefon zu bekommen und mit ihr einen Termin zu vereinbaren. Aber Schulbehörden waren unerbittlich. Frau Brucker zeigte sich zwar erfreut, dass sich nun eine Tante der etwas vernachlässigten Luisa annahm, musste Alena aber darauf hinweisen, dass sie keinerlei Erziehungsberechtigung hatte und für einen sofortigen Wechsel aufs Barmbeker Gymnasium die Unterschrift der Mutter vonnöten war. Es war Luisa nicht leicht gefallen, sich dreinzufügen, aber Alena hatte ihr geduldig dargelegt, dass sie dann eben nächstes Jahr aufs Gymnasium wechseln würde.

Vor zwei Wochen hatte dann die Schule begonnen. Glücklicherweise war die Gesamtschule Steilshoop auch eine Ganztagsschule. Zudem war Luisa nach Schulschluss noch knapp eine Stunde mit der U-Bahn ins Schanzenviertel unterwegs. Dennoch bedeutete es für Alena eine gravierende Umstellung ihres Lebensrhythmus. Frühmorgens um halb sechs taumelte sie aus dem Bett, um das Kind mit einem Frühstück im Bauch auf den Schulweg zu schicken, und um fünf Uhr nachmittags musste sie ihr Büro in der Speicherstadt fluchtartig verlassen, egal, ob sie alles erledigt hatte oder nicht. Die Folge war, dass sie Arbeit mit nach Hause nahm und insgesamt mehr machte, als sie früher während ihrer Bürostunden gemacht hatte.

Die ersten leicht gereizten Wortwechsel mit ihrem jugendlichen Chef Dieter Tudhoff hatte sie auch schon gehabt, als sie ihm erklären musste, dass sie nicht mal schnell nach Wien jetten konnte und dass auch das Grönlandprojekt, das sie selbst an Land gezogen hatte, vorerst ohne sie auskommen musste, zumindest, was die Motivsuche vor Ort betraf.

Und jetzt noch ein Kind?

Alena verscheuchte den Gedanken, schob ihren Einkaufswagen durch den Supermarkt und lud ihn voll mit Milch, die sie selbst nicht trank, aber Luisa literweise, Saftpackungen mit Strohhalm, Fischstäbchen, die sie ekelhaft fand, aber Luisa besonders gern aß, Tüten von Fruchtgummis in gefährlichen Farben, ohne die Lisa ihre Phasen schlechter Laune nicht überstand, und dann noch mit ein paar vernünftigen Dingen wie Äpfel, Pfirsiche, die ersten Trauben, Gemüse und Kartoffeln.

Das Leben mit einem zehnjährigen Kind war schön und oft überraschend, aber auch fürchterlich anstrengend. Manchmal ertappte Alena sich dabei, dass sie die zwei Wochen Schulferien Anfang Oktober herbeisehnte. Die würde Luisa vermutlich bei Lennart auf Rügen verbringen – oder bei Tante Trude, falls Lennart aus irgendeinem Grund nicht zur Verfügung stand, den Alena sich allerdings nicht denken konnte –, und sie würde endlich Zeit haben, all die Dinge zu tun, die jetzt liegen blieben. Zum Beispiel nachdenken. Sich entscheiden.

Marvin hörte nicht auf, sie mit Einladungen zum Essen zu umwerben. Luisas Existenz nahm er mit bewundernswert guter Laune hin. Kein Meckern, wenn Luisa Alena im Restaurant dreimal auf dem Handy anrief, um mitzuteilen, dass alles in Ordnung sei, dass sie jetzt ins Bett gehe, dass sie nun im Bett liege und gleich einschlafen werde. Was würde Marvin wohl für ein Gesicht machen, wenn sie ihn plötzlich erhörte? »Also gut, dann heiraten wir eben. Schließlich braucht mein Baby einen Vater.« Dass er nicht der Vater war, konnte er sich leicht ausrechnen. Und ob ihr Baby wirklich Marvin als Vater brauchte, war auch so eine Frage.

Wie immer, wenn Alena über ihr Verhältnis zu Marvin nachdachte, endete es damit, dass ihr Lennart vor ihrem geistigen Auge erschien – groß und ruhig, wie er ihr zuerst begegnet war, scheu und stark, wie sie ihn auf der Papageno erlebt hatte, als Mann großer Ausstrahlung und Überzeugungskraft, wie sie ihn auf der Bühne gesehen hatte, und schließlich müde, stolz und erbittert.

Sie fragte sich nicht, ob sie Isabella glaubte oder ihm. Selbstverständlich glaubte sie Lennart, dass er Tims Motorrad nicht manipuliert hatte. Dennoch konnte sie das Gefühl nicht loswerden, dass er ihr nicht alles gesagt hatte. In seiner Darstellung klaffte eine Lücke, die Isabella instinktiv genutzt hatte mit ihrer Behauptung, dass die Idee von ihm stammte: Wenn einer die Gruppe verlassen wollte, musste ein anderer sterben, und zwar auf seinem Motorrad. Dazu passte Lennarts These nicht mehr, dass es sich um einen Unglücksfall gehandelt hatte, weil das Motorrad schlecht gewartet worden war. Es war nur die halbe Wahrheit.

Aber welches Recht hatte sie, von ihm das zu fordern, was er so offensichtlich nicht sagen wollte? Vor allem, nachdem sie ihm zunächst ja sogar verboten hatte, irgendwelche Rechtfertigungsversuche zu unternehmen. Seinen Standpunkt hatte er ihr bei ihrer letzten Begegnung in Trudes Küche genauso deutlich gemacht wie sie ihm ihren nach ihrem ersten Treffen auf der Papageno, und er war ähnlich erregt und erbittert gewesen wie sie damals. Seine Worte waren unmissverständlich gewesen. Er war es müde, sich gegen unausgesprochene oder offene Vorwürfe zu verteidigen. Solange sie von ihm noch eine Erklärung erwartete – ob explizit oder insgeheim –, sollte sie sich von ihm fernhalten. Wahrscheinlich mit Recht durfte er von ihr erwarten, dass sie ihm blind vertraute, wenn sie ihn liebte.

Aber so einfach war das für Alena nicht. Sie liebte ihn zwar, sie vertraute ihm blind, es war unvorstellbar, dass Lennart ein Verbrechen begangen hatte oder auch nur einen Fehler, zu dem er sich nicht bekannt hätte, stolz, wie er war. Und wäre Kristin nicht ihre Schwester gewesen, vielleicht hätte Alena dann darauf verzichten können, genau wissen zu wollen, was zu ihrem Tod geführt hatte. Doch weil Kristin ihre Schwester war, meldete sich in ihr eine innere Stimme, die Fragen stellte und immer stellen würde, so lange, bis es keine Geheimnisse mehr gab.

Stets von neuem verwundert, fragte sie sich, warum Lennart zu Anfang ihr Verbot akzeptiert hatte, sich vor ihr zu rechtfertigen. Womöglich, weil er nie vorgehabt hatte, sich ihr zu erklären. Und deshalb kämpfte er auch jetzt nicht darum, dass sie ihn und seine damalige Lage und die Entscheidungen, die er damals getroffen hatte, verstand. Tatsächlich hatte er sie und ihre Liebe schon in dem Augenblick aufgegeben, als sie von Bord der Papageno gingen und sein Auto bestiegen, in dem er ihr sagen würde, wer er war. Zweifellos begehrte er sie und liebte sie zärtlich, aber nicht um den Preis, dass er sich erklärte, sich rechtfertigte oder sein Geheimnis lüftete. Vielleicht hätte er sein Leben für sie geopfert, aber er opferte nicht seinen Stolz.

Da war Marvin anders. Er kämpfte wie wild um sie. Ihm lag offensichtlich viel mehr an ihr, als sie jemals vermutet hatte. Eine Zukunft mit ihm war sehr viel eher im Bereich des Realistischen als eine mit Lennart. Marvin war zwar nicht ihre große Liebe, aber sie besaßen eine gemeinsame Basis: Sie lebten beide in Hamburg, sie waren beide beruflich in vergleichbaren Bereichen tätig, und sie kannten einander gut. Da war nichts, was für Alena zur bösen Überraschung hätte werden können. Nicht einmal Marvins Neigung, dem Charme junger Praktikantinnen zu erliegen. Sie wusste, was er gerne aß und dass er seinen Kaffee mit Milch und Zucker trank. Von Lennart wusste sie nicht einmal, ob er überhaupt Kaffee trank. Da hätte sie Luisa fragen müssen.

Luisa telefonierte regelmäßig mit ihm. Meist rief Lennart sie auf ihrem Handy an. Auch deshalb hatte Alena ihr ein Handy gekauft. So konnte es wenigstens nicht vorkommen, dass sie den Hörer abnahm und unversehens Lennart dran hatte.

Beim ersten Mal hatte Lennart sich höflich bis kühl erkundigt, wie es ihr gehe. Sie hatte geantwortet, dass es ihr gut gehe, ohne ihn ihrerseits nach seinem Befinden zu fragen, und den Hörer kommentarlos an Luisa weitergereicht. Beim zweiten Mal hatte er sich die Mühe gemacht, sich zu erkundigen, wie sie mit ihrer Nichte zurechtkomme, und sich die Bemerkung gestattet, dass sie sich ihre Rolle als Tante wohl nicht so vorgestellt habe, dass Luisa gleich bei ihr einziehe. Darauf hatte sie so einsilbig geantwortet, dass er beim dritten Mal gleich Luisa verlangt hatte.

Falls Luisa spürte, dass für Alena das Thema Lennart schwierig war, nahm sie keine Rücksicht darauf, vor allem dann nicht, wenn Marvin zugegen war. Deshalb wusste Alena nicht nur, dass er mit einigen Sommergästen auf der Papageno Rügen umrundet hatte und nach Usedom gesegelt war, sondern auch, dass verschiedene Kultureinrichtungen versucht hatten, ihn für einen Liederabend zu gewinnen, und dass im Oktober ein Konzert im Kurhaussaal von Binz stattfinden würde, für das die Karten nach drei Tagen ausverkauft gewesen waren.

Hin und wieder rief auch Isabella an. Diese Gespräche verliefen meist kurz und unbefriedigend. Isabella wollte sich nicht festlegen, wann sie zurückkommen würde, und Alenas Versuche, ihr klarzumachen, dass sie für diverse Unterschriften in Hamburg gebraucht wurde, scheiterten. Schließlich drohte Alena damit, sich ans Jugendamt zu wenden.

Was die juristische Seite betraf, hatte sie sich erkundigt. Die Rechtslage war in Isabellas Fall nicht eindeutig. Zwar gab es den Straftatbestand der »Entziehung Minderjähriger«, aber die Gesetzgeber hatten sich da vordringlich mit dem häufigeren Fall befasst, dass es Eltern, einen Vormund oder einen Pfleger gab, denen jemand ein Kind stahl, ohne dessen Angehöriger zu sein. Und nur wenn die Bestohlenen Strafanzeige stellten, kam es zum Gerichtsverfahren, und nur dann drohten der Räuberin eine Geldstrafe oder bis zu fünf Jahren Haft. Aber Isabella hatte das todgeweihte Baby ja nicht wirklich jemandem weggenommen. Die Eltern waren tot gewesen, und einen Vormund hatte es nicht gegeben. Freilich hätte Isabella sich nach Großeltern oder anderen Angehörigen erkundigen müssen, aber wenn sich daraus ein Straftatbestand ableiten ließ, so war der längst verjährt. Blieb nur die unterlassene Hilfeleistung, derer sich Isabella schuldig gemacht hatte. Doch auch die war nach drei Jahren verjährt.

Nur, allzu lange konnten die Entscheidungen über Luisas künftiges Leben nicht mehr aufgeschoben werden. Gerade jetzt nicht, wo Alena sich außerdem Gedanken darüber machen musste, wie sie sich ihre Zukunft vorstellte. Denn sie war schwanger, und sie würde das Kind haben wollen. Das war ihr im Grunde schon klar gewesen, als sie das Ärztehaus verließ. In den unteren Schichten ihres Bewusstseins hatte sie bereits angefangen zu planen. Trude würde sich freuen und ihre Hilfe anbieten. Sie hatte genügend Freundinnen, die ihr raten und helfen würden. Sie musste sich weder eine andere Wohnung suchen noch mit Marvin zusammenziehen. Es würde gehen. Sie freute sich darauf, wie sie sich auf alles Neue in ihrem Leben freute.

Aber sie war eben nicht einfach nur schwanger. Es war Lennarts Kind, das sie erwartete. Daran gab es keinen Zweifel. Eine andere Möglichkeit existierte nicht. Und es war ein Kriegskind, ein Kind der Liebe im wahrsten Sinne des Wortes. Das musste sie Lennart mitteilen. Er musste fairerweise das Recht bekommen, seine Vaterschaft anzuerkennen und die Rechte geltend zu machen, die unehelichen Vätern zustanden. Sie würde es ihm sagen müssen. Irgendwann.

Alena machte sich daran, ein Abendessen zu kochen. Zehn Minuten später kam Luisa. Sie klingelte nicht. Sie hatte einen eigenen Schlüssel und legte auch Wert darauf, ihn zu benutzen. Die nächsten drei Stunden gehörten dann dem Kind. Sie aßen, und Luisa erzählte verwickelte Geschichten über Dirk und Lütfiye und andere Klassenkameraden, über blöde Lehrer und Ungerechtigkeiten und über das, was sie gelernt und trotzdem im Test falsch gemacht hatte. Danach begann der Kampf ums Fernsehen. Luisa übte ihre sprachliche Kompetenz in verbissenen

Diskussionen darüber, wie nützlich Ratesendungen für Kinder seien und dass Lütfiye die oder jene Vorabendserie auch sehen dürfe.

»Und wann üben wir?«, hielt Alena dagegen.

»Nachher.«

»Nachher musst du ins Bett.«

Luisa war ja im Prinzip bereit, Rechtschreibung zu üben, aber es kostete sie Überwindung, sich mit etwas zu beschäftigen, was ihr so wenig Erfolgserlebnisse bescherte. Einen Ausweg aus dem Dauerfrust mit der Rechtschreibung hatte Alena inzwischen immerhin gefunden – den Computer. Für eine E-Mail an Lennart durfte sie ein Programm mit Rechtschreibprüfung benutzen. Und das antwortete auf ihre krause Orthografie mit roten Schlangenlinien unter den Wörtern. Luisa konnte von »Fadder« über »Fater« und »Vater« jede Variante ausprobieren, und wenn die rote Schlangenlinie des Korrekturprogramms verschwand, dann jubelte sie. Inzwischen legte sie ihren Ehrgeiz darein, den Computer zu überlisten, wie sie das nannte. Das hieß, dass sie versuchte, auf Anhieb die Schreibweise zu treffen, die keine rote Schlangenlinie erzeugte. Allmählich begann sie sich zu merken, wie sich die gebräuchlichsten Wörter schrieben.

Als Luisa an diesem Abend ihren Mailkasten aufmachte, war von Lennart eine Nachricht da.

»Er fragt, ob ich ihn in den Herbstferien besuchen darf«, meldete sie unverzüglich an Alena weiter.

»Aber klar. Davon bin ich eigentlich ausgegangen.«

»Und wenn Isabella was dagegen hat?«

»Das sehen wir dann«, antwortete Alena.

»Und wenn ich mit ihr und Ronaldo nach Italien ziehen muss?«

»Dazu müsste sie erst einmal wieder hier auftauchen, Luisa.«

»Und wenn sie auftaucht? Muss ich dann wieder nach Steilshoop ziehen?«

»Von mir aus nicht.«

»Und wenn sie darauf besteht?«

»Dann werden wir mit ihr darüber reden.«

»Und wenn sie sich stur stellt?«

»Dann stellen wir uns auch stur.«
»Und was machen wir dann?«
»Da wird uns schon etwas einfallen, Luisa. Mach dir mal keine Sorgen.«
Luisa drehte sich auf dem Stuhl vor dem Computer um. »Entweder, du hast keine Ahnung, was wir dann machen, oder du willst es mir nicht sagen.«
Alena lachte. »Ertappt! Die harte Wahrheit ist: Dann müssten wir uns ganz wüst vor Gericht um dich streiten, Luisa. Und zwar mit ungewissem Ausgang. Wenn ich auch glaube, dass wir gute Chancen haben.«
»Und sie hat auch gute Chancen, weil sie mir das Leben gerettet hat?«
»Vor allem, weil sie zehn Jahre wie eine Mutter für dich gesorgt hat, Luisa, vergiss das nicht. Aber natürlich würde man auch dich fragen, was du willst.«
»Ich will bei dir und Lennart leben!«
»Das wird nicht gehen. Ich lebe in Hamburg, und er lebt auf Rügen.«
Luisa begann auf dem Drehstuhl herumzuturnen. »Und warum kannst du nicht einfach Lennart heiraten?«
»Weil er mich nicht gefragt hat, darum … Und setz dich ordentlich hin, sonst …«
Und schon rollte der Drehstuhl in die eine Richtung und fiel das Kind in die andere. Alena konnte Luisa gerade noch auffangen, bevor sie den Kopf in den Fußboden rammte. »Mensch, wie oft habe ich dir das schon gesagt? Auf Drehstühlen turnt man nicht herum!«
Luisa riss sich los und rannte hinaus. Sie war immer tief gekränkt, wenn ihr ein Missgeschick widerfuhr, das mit Voraussicht zu vermeiden gewesen wäre. Alena staunte oft, wie schwer es Luisa fiel zu akzeptieren, dass sie ein Kind war, dem Dummheiten passierten. Als ob sie es besonders eilig hätte, erwachsen zu werden, um selbst über ihre Zukunft bestimmen zu dürfen. Alena wusste, sie musste Luisa jetzt eine Weile in ihrem Zimmer mit dem Kopfhörer auf den Ohren Musik hören lassen. Sie hörte vorzugsweise die B’Demons.

Sie setzte sich selbst an den Computer, um ihre eigenen E-Mails zu sichten. Auf dem Bildschirm stand noch Lennarts Brief an Luisa. »Hallo, Prinzesschen von Mönchgut«, begann er. »Geht es Dir gut? Habt ihr den Mathetest schon zurückbekommen?«

Alena war, als würde sie ihn in seiner respektvoll interessierten Art sprechen hören. Seine tiefe, ruhige Stimme klang in ihr auf, rieselte durch ihren Körper und erzeugte eine wohlig erregende Wärme.

»Ich habe Dein Zimmer gestrichen und einen Teppich auf die Dielen gelegt. Ich hoffe, er gefällt Dir. Du wirst ihn sehen, wenn Du in den Herbstferien kommst.«

Von wegen, er hatte gefragt. Alena musste schmunzeln. Lennart ging wie sie davon aus, dass Luisa ihn besuchen würde.

»Und nun schlaf schön, Prinzesschen!«

Am liebsten hätte Alena alle anderen E-Mails aufgemacht, die er an sein Prinzesschen geschrieben hatte, nur um seine Worte zu lesen und seine Stimme darin schwingen zu hören. Wie sollte sie ihn nur jemals vergessen?

Wenn sie sein Kind – ihr gemeinsames Kind – bekam, dann würde sie immer wieder mit ihm zu tun haben, würde ihn sehen, mit ihm reden müssen. Würde sie das jemals halbwegs gelassen hinkriegen?

Und wenn sie ihm nicht sagte, dass das Kind von ihm war?

Auf einmal kippte etwas in ihr. Hormonschwankungen, dachte sie noch, dann gab sie dem Elend nach, warf sich aufs Sofa und heulte. Sie durfte. Sie musste nicht immer stark sein.

Was sollte sie nur tun? Was war richtig, was hielt sie überhaupt aus? Etwas Beruhigung fand sie dann in dem Gedanken, dass sie ja jetzt noch niemandem erzählen musste, dass sie schwanger war. Sie war ja kaum im dritten Monat. Und bist zum fünften konnte immer noch irgendetwas schiefgehen. Vor allem bei einer Erstschwangerschaft.

Angst flatterte in ihr auf. Nein, sie durfte das Kind nicht verlieren! Alles, bloß das nicht!

Kapitel 31

Rügen war ruhig geworden. Mit dem Ende der Schulferien von Bayern und Baden-Württemberg waren die letzten Kinder verschwunden. Nun kamen die Kraniche.

Trude hatte ihre Pension dichtgemacht, die Betten auf den Dachboden gepackt und mit Marika und ihren drei Katzen wieder das ganze Haus Buskam selbst in Beschlag genommen. Jetzt war auch wieder Zeit für Hausmusik, Lesekreise und Vortragsabende. Marika hatte eine schöne Ausstellung ihrer Bilder gehabt. Lennart hatte auf Trudes Drängen im Gemeindehaus einen Liederabend veranstaltet. Es war unerwartet voll geworden, obgleich es keinerlei Werbung dafür gegeben hatte. Auch die Kirche war sonntags neuerdings ziemlich gut gefüllt, nachdem sich herumgesprochen hatte, wer der Organist war.

Im Auftrag von Marvin war ein Redakteur *der Jukkboks* erschienen, der ein langes Interview mit ihm gemacht und den Maßstab vorgegeben hatte, dass er Opfer eines übereifrigen Staatsanwalts geworden und glücklich von allen Vorwürfen freigesprochen worden war. Danach war verschiedentlich die Presse durch Binz geirrt und die Alleen nach Gager hinausgefahren. In diversen Zeitungen und Magazinen hatte es weitere Artikel mit Fotos mit ähnlich positiver Tendenz gegeben. Aus der Zeit der B'Demons wusste Lennart noch, dass die Presse nur beherrschte, wer keinerlei Geheimnis um seine Person machte. Und er hatte zu einem Trick gegriffen, der ziemlich zuverlässig wirkte. Er hatte die größten Klatschblätter selbst angerufen und sich aufgedrängt. Sehr schnell hatten die Redaktionen begonnen abzuwinken, und bald hatte er sein ruhiges Leben wieder aufnehmen können.

Er hatte die Papageno generalüberholt und neu aufgetakelt und eine Mauer wieder hochgezogen, die der erste Septembersturm umgeworfen hatte. Der jetzt zu Ende gehende September glänzte mit Sonne und blauen Seen. Das Rohr war geerntet und stand zum Trocknen auf den Feldern, und Lennart saß an seinem Konzertflügel im Musikzimmer und probierte.

Als Alena ihn zwang, bei dem Konzert auf Kap Arkona auf die Bühne zu gehen, hatte sie ihm unerwartet ein Tor aufgestoßen. Auf einmal sah er wieder eine Zukunft für sich.

Er bereitete sich auf ein Konzert vor, nicht als Popmusiker, sondern als Interpret altbekannter Lieder. Für einen Musiker mit allerhöchsten Ansprüchen an sich selbst waren ein paar Wochen nicht viel Zeit, um ein anderthalbstündiges Programm aus deutschem Liedgut zusammenzustellen. Aber Lennart hatte während seiner zahllosen Live-Konzerte gelernt, sich auf seine Musikalität zu verlassen. Tim und Bob hatten ihn oft verflucht, weil er das Programm auf der Bühne spontan umstellte oder unabgesprochene Solos einlegte, die Kritik dagegen hatte ihm bescheinigt, dass er immer dann am besten gewesen war, wenn er die Stimmung des Publikums aufnahm und spontan darauf antwortete. Lennart war der geborene Live-Sänger. Aber er wusste auch, dass die Dramaturgie des Gesamtprogramms stimmen musste. Er kramte ziemlich in seinen Noten und Arrangements für Klavier oder Gitarre und übte viel, bis er einigermaßen wusste, wie das Konzert laufen musste, um halbwegs rund über die Bühne zu gehen.

Was die Presse hinterher über ihn schreiben würde, war ihm ziemlich egal. Aber den Rüganern war er ein anständiges Konzert schuldig. Der Bürgermeister von Binz hatte persönlich dafür gesorgt, dass das Hotel im Kurhaus Binz den Saal frei machte, in dem sonst das Varieté Boddenbarsch auftrat. Und selbst diese fünfhundert Plätze waren längst ausverkauft. Außerdem hatte die Landrätin von Rügen ihn auf Gut Gristow besucht und einen Nachmittag mit ihm verplaudert. Man hatte auch über ein neues Kulturmanagement gesprochen. Lennart hatte dabei sofort an Alena gedacht und an ihr Organisationstalent und ihre Begabung, fremde Leute für ihre Interessen zu gewinnen. Er dachte überhaupt sehr oft an Alena. Aber auf keinen Fall wollte er sich aktiv in ihr Leben einmischen. Deshalb hatte er der Landrätin gegenüber geschwiegen.

Von seinem Schemel am Flügel aus genoss Lennart den Blick über den Hang hinab zur Küste. Über der Kliffkante ließen sich die Möwen vom Aufwind tragen, kippten seitlich ab und schossen längs der Kante zum Meer hinab. Die Luft war so klar, dass der Horizont wie mit dem Lineal gezogen die graublaue Ostsee gegen den Himmel abgrenzte. Da draußen im Niemandsland zwischen Himmel und Meer hatte er einst das Segelboot beigedreht und geankert, seine Papageno, in der er die Liebe seines Lebens gefunden hatte. Und schon ein paar Stunden später hatte er sie wieder verloren.

Lennart schloss die Augen und ließ die Finger über die Tasten laufen. Ohne bewusstes Zutun kristallisierte sich eine Melodie heraus. Sie rollte dahin wie ein Fluss nach der Schneeschmelze zwischen hohen Felsen. Automatisch formierten sich in Lennarts Kopf die dazugehörigen Worte von Heinrich Heine: »Ich weiß nicht, was soll es bedeuten, dass ich so traurig bin?« Er begann, bewusst Friedrich Silchers Melodie zu variieren.

»Den Schiffer im kleinen Schiffe,
Ergreift es mit wildem Weh;
Er schaut nicht die Felsenriffe,
Er schaut nur hinauf in die Höh.

Ich glaube, die Wellen verschlingen
Am Ende Schiffer und Kahn,
Und das hat mit ihrem Singen
Die Loreley getan.«

Kapitel 32

Am Sonnabend, dem ersten Tag der Herbstferien, brachte Alena Luisa vormittags zum Bahnhof und setzte sie in den IC nach Rügen. Sie blieb am Bahnsteig stehen und winkte, bis der Zug ihrem Blick entschwunden war.

Jetzt war sie für sechzehn Tage frei – und fühlte sich unruhig. Ein einsames Wochenende lag vor ihr. Was sollte sie tun? Eine lange Fahrradtour unternehmen? Ins Kino gehen? Freundinnen besuchen?

Alena schlenderte die Mönckebergstraße entlang ins Einkaufsvergnügen. Nach zwei Schritten klingelte ihr Handy. Es war Charlotte, die Produzentin des Teams, das angefangen hatte, auf Rügen zu drehen. Ein Fischer war nicht zum Termin erschienen. Gegen eine Laterne gelehnt, telefonierte Alena dem Mann hinterher und erfuhr von seiner Frau, dass er erkrankt war. Das hätte auch Charlotte herausfinden können. Als sie Charlotte zurückrief, beschwerte sie sich außerdem darüber, dass ihr entgangen sei, dass Lennart Gristow in Gager lebe. Der werde demnächst ein Konzert geben. Ob sie ihr nicht einen Kontakt mit ihm machen könne. Das sei schließlich ihre Aufgabe, dafür werde sie von Dieter bezahlt.

Alena verzichtete darauf, sich zu verteidigen, und versprach, einen Kontakt zu Herrn Gristow herzustellen.

Dazu hätte sie Lennart anrufen müssen. Was ihr im ersten Moment wie eine Chance erschienen war, auf einer professionellen Ebene wieder mit ihm ins Gespräch zu kommen, hielt sie im zweiten Moment schlicht für unmöglich. Unsicher wanderte sie die Mö zum Rathausmarkt hinauf. Soll Charlotte doch selber anrufen, dachte sie. Produzentinnen waren schließlich für die Organisation des Drehs da. Aber so war Charlotte von Anfang an gewesen, immer darauf aus, ihr, Alena, das Leben schwer zu machen. Zickenalarm nannte Dieter Tudhoff das.

Also, was nun?, rief Alena sich zur Ordnung. Entscheide dich! Inzwischen würde es Lennart wohl nicht mehr ablehnen, in einem Film über Rügen vorzukommen. Aber jetzt hatte sie auch ihren Stolz.

Sie verschob die Entscheidung auf später. Sie verschob überhaupt immer mehr auf später. Sie schob beiseite, was sie hätte aufräumen müssen, vorausgesetzt, sie hätte gewusst, wohin. Ihr Leben hatte seine Leichtigkeit verloren. Auf einmal beneidete sie Luisa unbändig darum, dass sie in ein paar Stunden auf dem Bahnhof Binz aussteigen und ihrem heiß geliebten Wahlvater Lennart in die Arme fliegen durfte. Am liebsten wäre sie sofort umgekehrt, zum Bahnhof gelaufen und in den nächsten Zug Richtung Rügen gesprungen.

Am Abend rief Isabella an. Sie sei morgen, spätestens übermorgen wieder in Hamburg. »Wunderbar«, entgegnete Alena etwas ironisch, »und Luisa ist gerade auf Rügen.« Sie verabredete sich mit Isabella für Montagabend.

Montagmorgen rief Dieter Tudhoff sie zu sich ins Büro. Charlotte hatte sich beschwert. Alena holte Luft, um sich zu verteidigen, aber Dieter winkte ab. »Mit Rügen bist du durch. Ich habe etwas viel Besseres für dich.« Er schob ein Flugticket über den Tisch. »Grönland.«

»Aber …«

Dieter runzelte die Stirn, was so aussah, als schlüge seine Stirn an seiner spiegelglatten Glatze Wellen. »Du wirst mir doch nicht wieder erklären, du könntest wegen deiner Nichte nicht fahren. Was macht eigentlich die Mutter?«

»Sie kommt heute zurück«, murmelte Alena.

»Na, dann ist ja alles in Butter. Am Donnerstag geht es los. Pack deinen Rucksack. Du hast vier Wochen.«

Aber es geht nicht, dachte Alena, als sie wieder in ihrem Büro saß. In zwei Wochen kam Luisa zurück, weil die Schule wieder anfing. Was würde sie sagen, wenn sie erfuhr, dass sie dann doch wieder in Steilshoop bei Isabella wohnen musste? Allerdings war es nur für zwei Wochen, höchstens drei, vorausgesetzt, Isabella spielte mit. Aber sie würde schon. Sie musste. Zur Not würde Alena ihr reichlich Geld anbieten. Außerdem, vielleicht bestand Isabella ja ohnehin darauf, dass

Luisa wieder bei ihr wohnte. Juristisch war sie ihre Mutter und hatte so lange das Recht dazu, bis ein Vormundschaftsgericht Luisa Alena zusprach. Und dazu musste sie erst einmal einen Antrag stellen.

Allerdings konnte sie Luisa diese neue Entwicklung nicht einfach am Telefon mitteilen. Und sie wollte auch Trude nicht dazu benutzen, Luisa diese Hiobsbotschaft zu überbringen. Sie musste selbst nach Rügen und es Luisa persönlich erklären.

Eine unangemessen freudige Erregung ergriff sie. Rügen!

Zwei Stunden später stand sie noch einmal bei Dieter im Büro und erklärte: »Bevor ich nach Grönland fliege, muss ich eine private Angelegenheit regeln. Und dafür brauche ich ein paar Tage Urlaub.«

Kapitel 33

So ein Dachboden war spannend. Und der von Lennarts Haus war riesig, staubig und dunkel und stand voller alter Schränke, Tische und Stühle aus einer Zeit der Feen, Wunderlampen und Hexen. Aber Luisa war kein kleines Kind mehr und hatte keine Angst. Dennoch hielt sie sich vorsichtshalber in der Nähe der beiden Glühbirnen auf, die zwei ineinandergreifende Lichtkreise auf den Holzboden warfen.

Lennart hatte ihr nicht verboten, auf den Dachboden zu gehen und in die Schränke und Truhen zu schauen. Luisa hatte allerdings den Verdacht, dass es Lennart nur vergessen hatte, ihr den Dachboden zu verbieten. Er war ein ziemlich unerfahrener Onkel. Eigentlich war er ja auch nur ein Patenonkel. Das waren Leute, die Geld, aber keine Kinder hatten, für die sie es brauchten. Der größte Vorteil eines Patenonkels war, dass er die Spielregeln nicht kannte. Beispielsweise durfte ein Kind alles als erlaubt betrachten, was nicht ausdrücklich verboten war. Hinterher schimpfen war unfair.

Ein bisschen schlechtes Gewissen hatte Luisa zwar, weil sie Lennart nicht darauf aufmerksam gemacht hatte, dass er ihr verbieten müsste, auf dem Dachboden zu stöbern, weil es gefährlich war. Die Bretter dort drüben konnten umfallen oder der Deckel einer Truhe konnte ihr Hand oder Kopf abschlagen. Aber sie würde vorsichtig sein.

Der Schlüssel am Schrank ging schwer, die Tür öffnete sich knarrend. Darin hingen Kleider. Frauenkleider. Allerdings waren sie nicht aus Samt und Seide, sondern ziemlich grob. Es waren Großmutterkleider, wie Luisa sie in alten Filmen gesehen hatte. Hinter der anderen Tür befanden sich Großvaterkleider, eine Marineuniform mit Schirmmütze, Stiefel. Als Nächstes untersuchte Luisa eine wacklige Kommode. Ihre Schubladen waren mit bröseligen vergilbten Zeitungen aus dem Jahr 1907 ausgelegt. Nicht sehr geheimnisvoll.

In einer Truhe stapelten sich Weißzeug, Laken und Tischdecken. Die Kisten unter der Dachschräge enthielten alte Schulbücher mit komischen Zeichnungen von Jungen mit Kniebundhosen und Mützen auf den Köpfen und Mädchen in Röckchen mit Schnürstiefeln. Etwas geheimnisvoller waren da schon die Navigationsinstrumente aus Messing in der nächsten Kiste und die Atlanten der Weltmeere. Lennarts Großvater war offenbar Kapitän gewesen.

Luisa fasste Mut und drang weiter vor. In der hintersten und dunkelsten Ecke des Dachbodens standen Pappkartons, die nicht sonderlich alt aussahen. Ihr Inhalt war enttäuschend. Aktenordner. Auf ihren Rücken standen Jahreszahlen von 1990 bis 1998.

Luisa war überhaupt kein Fan von Dingen, die man lesen musste, aber sie wuchtete trotzdem einen Ordner heraus und schlug ihn auf. Er enthielt Briefe, unheimlich viele, meist mit der Hand geschrieben, auf rosafarbenem oder violettem oder hellgrünem Briefpapier. Sie waren mit Herzchen übersät. Auf fast alle Briefe waren Fotos geklebt. Lauter Mädchen. Sie lächelten, sie waren irre aufgedonnert, manche waren splitternackt. So viele Freundinnen hatte Lennart früher gehabt?

Ein anderer Ordner enthielt getippte Briefe. Sie waren nicht mehr nur von Frauen geschrieben. Die Worte »Mörder« und »Verräter« sprangen Luisa regelrecht ins Auge. Die waren doch bloß neidisch gewesen, dachte Luisa und steckte den Ordner zurück. Zwei Ordner von anderer Farbe enthielten Korrespondenz mit Briefköpfen, die beinahe die halbe Seite einnahmen. »Anwaltskanzlei«, buchstabierte Luisa beispielsweise. Oder »Landgericht«.

Trude hatte ihr erklärt, dass Lennart einmal vor Gericht gestanden hatte, aber freigesprochen worden war. Luisa hatte verstanden, dass man darüber nicht laut redete. Am besten gar nicht. Aber sie wusste sowieso schon alles. Sie war ja nicht blöd.

Es war nämlich so: Lennart hatte früher auch mal was mit ihrer Mama gehabt. Die Mama hatte sich dann aber in den Papa verliebt. Daraufhin war Lennart sauer gewesen. Und deshalb hatte man gemeint, er hätte was mit dem Tod von Mama und Papa zu tun gehabt.

Hatte er aber nicht. Papa hatte den Bock vermutlich verrissen. Das konnte nämlich ganz leicht passieren, hatte Ronaldo erklärt.

Luisa legte auch diesen Ordner zurück in die Kiste. Dabei rutschte etwas heraus. Es war ein zusammengefaltetes Blatt Papier. Die Außenseite war ein bisschen rau. Man fühlte die Buchstaben hindurch. Luisa faltete das Blatt auf. Sie hatte keine Ahnung, dass sie einen noch mit einer Schreibmaschine getippten Brief in der Hand hielt, aber er kam ihr altertümlich vor. »Sehr geerter Herr Lost«, begann er.

Luisa stutzte. Das war ja falsch! Das war verkehrt! »Geehrter« schrieb man doch mit h, oder? Doch, ja. Da war sie sich ganz sicher. Das kam von »Ehre«, und Ehre ohne h sah komisch aus. Luisa lächelte glücklich. Hätte sie nicht eine tiefe innere Verwandtschaft, gepaart mit einem wohltuenden Überlegenheitsgefühl, für den unbekannten Schreiber entdeckt, so hätte sie niemals weiter gelesen.

»Sie sind unschuldig«, lauteten die nächsten Zeilen, »und das würde ich jederzeit vor Gericht beschwören.«

»Luisa!«, ertönte da Lennarts Stimme aus dem Bauch des Hauses.

»Hier! Auf dem Dachboden«, brüllte Luisa zurück, faltete den Brief wieder zusammen, steckte ihn in die Hosentasche, machte den Pappkarton zu und rannte zur Luke.

Unten an der Stiege stand Lennart und lächelte. »Wir müssen los.«

»Ach ja, Trude hasst Unpünktlichkeit!« Luisa kletterte die steile Stiege hinunter. »Bin gleich fertig.« Sie rannte in ihr Zimmer hinüber, knüllte den Brief in die Seitentasche ihres orangeroten Rucksacks, griff sich ihre bunte Windjacke und stand in der nächsten Sekunde atemlos vor ihm.

Lennart trug eine ähnliche Jacke, nur nicht ganz so bunt, über seinem auberginefarbenen Wollpullover.

Er lieferte Luisa im Haus Buskam ab. Marika und Trude wollten einen Ausflug zu den Feuersteinfeldern an den Kreidefelsen machen. Er selbst musste auf die Bank und hinterher zum Kurhotel, um die Einzelheiten für sein Konzert in knapp zwei Wochen zu klären.

Die Eventmanagerin zeigte ihm den hoteleigenen roten Flügel, der in der Kakadu-Bar stand und den man fürs Konzert auf die Bühne im

Kurhaus-Saal stellen würde, und Lennart setzte sich nieder und probierte eine Weile, um sich mit seinem Klang und der für jeden Flügel typischen Härte der Pedale und Hämmer vertraut zu machen.

Eine Stunde später fuhr er, einem spontanen Entschluss folgend, die Ostküste hinauf. Auf dem nördlichsten Parkplatz von Saßnitz entdeckte er Trudes rotes Auto. Von hier bis zum berühmten Königsstuhl, dem bekanntesten Teil des Kreidekliffs, waren es ungefähr zehn Kilometer zu Fuß. Viel näher kam man mit dem Auto an das Naturdenkmal nicht heran. Aber Trude und Marika hatten ohnehin nicht vorgehabt, mit Luisa durch den urigen Buchenwald der Stubbenkammer hinauf zur Abbruchkante der Kreidefelsen zu wandern. Vielmehr hatten sie unterhalb der weißen Steilwand Feuersteine sammeln wollen. Feuerstein kam hier fast überall vor, ganze Halden gab es davon. Er war eine Begleiterscheinung der Kreidefelsen.

Langsam wanderte Lennart auf klirrendem Flint und durch feinen Sand den Strand unter den mächtigen weißen Felsen am Meer entlang. Jetzt im Herbst waren viele Leute unterwegs. Er war noch keine Viertelstunde gegangen, da erblickte er hinter einer Felsnase die drei vertrauten Gestalten.

Luisa stocherte hingebungsvoll mit einem Ast in einem Berg von Feuersteinen herum und warf Steine hinter sich. Marika saß auf einem abgestürzten und von Wind und Sonne gebleichten Buchenstamm, beschattete die Augen mit der Hand und blickte in die Ferne, und Trude stand ganz unten an der Wasserkante, scharrte mit der Gummistiefelspitze im feuchten Sand und hielt, wie Lennart wusste, nach Bernstein Ausschau. Er winkte Marika grüßend zu und begab sich zu Trude an die Wasserkante.

»Na, alles erledigt?«, fragte sie.

Luisa kam angelaufen. »Hör mal, wie das klingt!« Sie schlug zwei Feuersteine gegeneinander. »Und mit dem hier, da klingt es so.« Sie ließ einen größeren gegen den kleinen knallen.

Marika hob ihre Kamera und machte ein Foto, und Luisa lief zu ihrem Feuersteinberg zurück. Plötzlich fühlte Lennart sich glücklich. Und wie immer, wenn ihn sein Glück überraschte, dachte er an Alena.

»Übrigens«, sagte Trude, »Alena hat gestern angerufen.«
»Hm.«
»Isabella ist seit Montag wieder in Hamburg.«
»Ah!«
»Und Alena muss für vier Wochen nach Grönland. Sie kommt heute Abend hierher. Sie will nicht, dass ich es Luisa sage. Sie will es ihr selber erklären. Luisa wird für eine gewisse Zeit wieder bei ihrer Mutter … ich meine bei Isabella wohnen müssen.«
Lennart gab einen weiteren unartikulierten Ton von sich. Alena kommt, war sein erster Gedanke. Der zweite lautete: Arme Luisa. Würde er Alena sehen?, fragte er sich als Nächstes. War das klug? Vielleicht lieber nicht. »Dann bringe ich Luisa am besten morgen zu dir«, war das Ergebnis seiner ungeordneten Überlegungen. »Dann kann Alena in Ruhe mit ihr reden.«
Trude nickte. »Aber wir müssen so schnell wie möglich eine dauerhafte Lösung für Luisa finden. Ich fürchte nur, alleine wird Alena das alles nicht schaffen.«
»Ich habe schon versucht mit ihr darüber zu reden«, erwiderte er, »aber ich glaube, nicht sonderlich geschickt.«
Trude lachte. »Sie hat so getan, als wäre das alles kein Problem, hm? Ja, so sind die jungen Frauen heutzutage. Sie meinen, sie müssten alles alleine hinkriegen mit Job und Kind. Und meistens schaffen sie es ja auch, nicht wahr?«
»Hm.«
Trude musterte ihn forschend. »Lennart, du antwortest wie ein tauber Chinese.«
»Bitte?«
»So hat Kristin immer gesagt, wenn jemand immer bloß ›ja‹ und ›hm‹ und ›ah‹ sagt, ohne richtig zuzuhören.«
Lennart lächelte.
»Was ist los, Lennart? Was ist eigentlich zwischen euch beiden? Alena macht auch absolut dicht, wenn ich dich erwähne. Es ist zum verzweifeln.«
»Ist das so verwunderlich, Trude?«

Sie ließ sich nicht zu einer schnellen Antwort verführen. Lennart kannte niemanden sonst, der anderen auf diese Art und Weise Zeit ließ zu antworten, allerdings ohne einem die Antwort zu erlassen.

»Ich habe«, sagte er, »in der Nacht nach dem Konzert in deiner Küche Dinge gesagt, die ich nicht hätte sagen dürfen. Ich hätte mich schon längst auch bei dir entschuldigen müssen.«

»Geschenkt. Du warst übermüdet, und Isabella hatte dir ziemlich übel zugesetzt. Aber du glaubst doch nicht im Ernst, dass Alena diesem Geschwätz auch nur eine Sekunde Glauben geschenkt hat!«

»Das vielleicht nicht.«

»Aber?«

»Ach Trude! Alena erwartet von mir, dass ich die Umstände von Kristins Tod vollständig erkläre, aber das kann ich nicht.«

»Verstehe.« Trude musterte ihn nachdenklich.

Lennart hätte gerne etwas anderes gehört, als dieses »Verstehe!«, das ihm nur bestätigte, dass Trude seine Einschätzung teilte.

»Natürlich«, sagte er, »hätte ich mich in dieser Nacht nicht so aufführen dürfen. Ich fürchte, Alena hat daraus nur schließen können, dass ich nichts mehr mit ihr zu tun haben will.«

»Das war gewissermaßen unmissverständlich«, bemerkte Trude. »Falls du es nicht so gemeint haben solltest, dann musst du ihr das ebenso deutlich sagen, fürchte ich.«

Er schwieg.

»Lennart, ich kenne dich jetzt seit acht Jahren. Und ich muss zugeben, dass ich in dir anfangs nur eine ziemlich finstere Gestalt auf der Flucht vor seiner Schuld gesehen habe. Ich bin ein gläubiger Mensch, wie du weißt, und Vergebung ist nur dann etwas wert, wenn sie Überwindung kostet. Deshalb habe ich dich gebeten, bei uns die Orgel zu spielen. Doch ziemlich bald habe ich festgestellt, dass du ein ganz anderer bist, als ich dachte. Du bist freundlich, großherzig, aufrichtig und loyal und was nicht noch alles. Ich will dich nicht in Verlegenheit bringen. Aber vielleicht solltest du dich fragen, ob du nicht zuweilen ein bisschen unnahbar bist.«

Lennart senkte den Blick.

»Gut, man hat dich nicht gerade nett behandelt. Das steckt man nicht so einfach weg. Aber du musst Alena auch die Chance geben, dich kennenzulernen. Nur dann kann sie ihre Zweifel überwinden.«

»Kristin wird immer zwischen ihr und mir stehen.«

Trude musterte ihn erneut. »Darf ich dich mal etwas fragen?«

»Du immer.«

»Warum hast du damals während deiner Verhandlung geschwiegen? Warum hast du keine Aussage gemacht?«

Er antwortete nicht.

»Na gut, es geht mich ja wirklich nichts an. Aber solltest du geschwiegen haben, um jemanden zu schützen, dann solltest du dich vielleicht jetzt fragen, ob er – oder sie – es wert war.« Lennart seufzte tief.

Kapitel 34

Ein Schoner zog majestätisch in den blauen Strelasund hinaus. Alena zählte acht Segel an drei Masten. Eine Barkasse tuckerte in Gegenrichtung durch die offene Klappbrücke. Alena saß in einem Mietwagen und betrachtete die gewaltige stählerne Mechanik der geöffneten Ziegelgrabenbrücke, die nicht nur die Straße auf dem Rügendamm unterbrach, sondern auch den Verkehr auf der Schiene. Fünfmal am Tag öffnete sie sich derzeit noch für je zwanzig Minuten. Dann staute sich abends der Pendlerverkehr durch ganz Stralsund.

Während Alena darauf wartete, dass sich der Stahlkoloss wieder senkte, betrachtete sie die Pylonen und bereits fertigen Fahrbahnteile der neuen Brücke. Ein leichtes Betongebilde an Stahlseilen, das hoch genug war, um auch solche Schoner hindurchzulassen wie den, der gen Westen in die Ostsee hinauszog. Fast schade, dachte sie. Wo blieb der Inselcharakter von Rügen, wenn die Seefahrt nicht mehr gelegentlich ihr Recht wahrnahm, die Insel vom Festland abzutrennen? Aber so konnte vermutlich nur jemand denken, der aus Hamburg kam.

Alena hatte erst hinter Rostock ihre innere Hektik abgestreift und sich mit dem Dauerstau durch Mecklenburg-Vorpommern abgefunden. Hinter ihr lagen nervenaufreibende Tage.

Isabella war tatsächlich endlich wieder zurückgekehrt, und ein mühsamer Klärungsprozess hatte begonnen. Nicht dass Isabella nicht willig gewesen wäre, eine Entscheidung zu treffen, aber es fiel ihr schwer. »Luisa ist für mich wie mein eigenes Kind!«, hatte sie geschluchzt, unterbrochen von hoffnungsvollen Plänen, was sie alles tun könnte, wenn sie nicht mehr durch ein Kind gebunden wäre. Das Abitur nachholen, studieren oder endlich Modedesign lernen. Viel Geld verdienen. Oder mit Ronaldo in Italien leben und viele Kinder kriegen.

Es hatte Alena eine Menge Überzeugungsarbeit gekostet, Isabella klarzumachen, dass sie mit ihr aufs Jugendamt gehen musste, um die Verwandtschaftsverhältnisse offenzulegen, und zwar nicht nächste Woche oder irgendwann, sondern gleich.

Der Sozialpädagogin auf dem Jugendamt hatte das alles überhaupt nicht gefallen. Weder, dass Isabella seit Jahren ein Kind als ihres ausgab, das ihr nicht gehörte, noch, dass sie darüber nachdachte, es entweder herzugeben oder es nach Italien mitzunehmen. Ihr hatte aber auch nicht gefallen, dass Alena zwar bereit war, künftig für ihre Nichte zu sorgen, aber gerade jetzt für vier Wochen nach Grönland reisen wollte. Und nicht einmal eine feste Partnerschaft konnte Alena vorweisen, geschweige denn einen Ehepartner. Da würde es der Vormundschaftsrichter, der über Luisas Zukunft entscheiden musste, nicht leicht haben.

»Dann heiraten wir eben«, hatte Marvin munter erklärt, als Alena ihm ihre gesamte Notlage gestand. »Dann werde ich eben Vater von zwei Kindern, die ich nicht gemacht habe. Vielleicht kriegen wir ja noch ein drittes hin, hm? Das wird schon, mach dir mal keine Sorgen, Alena. Alles wird gut.«

Alena war ungemein gerührt gewesen.

Seitdem grübelte sie. Was war wirklich richtig? Für sie, für Marvin, für Luisa? Momentan lebte Luisa lieber bei ihr, aber die sechs vergangenen Wochen waren für das Kind eher ein Ausnahmezustand gewesen, fast wie Ferien, eine Abfolge spannender Neuigkeiten. Doch irgendwann kehrte der Alltag ein. Und wenn es die ersten schweren Differenzen gab, wenn Alena beispielsweise einen Diskobesuch oder eine Reise mit einer Freundin verbieten musste, wenn Marvin auf bestimmten Spielregeln bestand oder wenn Luisa die Schule schmeißen wollte, um irgendetwas zu tun, was Sechzehnjährige taten, weil sie meinten, sie wüssten selbst, was gut für sie sei, was dann? Würde Luisa ihr dann entgegenschleudern, sie wünschte, sie wäre bei Isabella geblieben und mit ihr nach Italien gegangen?

Inzwischen hatte die Klappe der Ziegelgrabenbrücke sich zu senken begonnen. Der Boden der Fahrbahn vibrierte im Grollen der Motoren.

Hinter Alena startete der eine und andere Autofahrer voreilig seinen Wagen, aber es dauerte noch eine ganze Weile, bis die Schranken hochgingen und die Ampeln auf Grün sprangen.

Als Lennart sich gerade mit Luisa in der Küche zum Abendessen niederließ, fuhr ein Auto in den Hof. Luisa sprang auf und schaute aus dem Küchenfenster.

»Es ist Silke«, meldete sie und setzte sich wieder. Lennart hatte ihr nicht gesagt, dass Alena heute Abend auf die Insel kam, aber er hatte wieder einmal das vertrackte Gefühl, dass Luisa wie ein Spiegel seine eigenen Hoffnungen und verschwiegenen Erwartungen aufgenommen hatte.

Silke fand selbstständig den Weg in die Küche. Sie steckte in Reithosen, Reitstiefeln und Daunenweste. »Hm! Es gibt Himmel und Erde, lecker!«, rief sie.

»Setz dich«, sagte Lennart, »es ist genug da. Du hast doch sicher noch nichts gegessen.«

»Ich will aber nicht stören.«

»Du störst nicht.«

Lennart stellte ihr einen Teller auf den Tisch, legte Besteck dazu und füllte, während Silke sich setzte, ihren Teller mit dem Eintopf aus Kartoffeln, Äpfeln, Speck und Zwiebeln.

»Ich wollte eigentlich nur schnell fragen«, sagte Silke, »ob du noch Karten für dein Konzert hast. Meine Mutter hat plötzlich festgestellt, dass alle hingehen, und das möchte sie dann auch nicht versäumen. Nun kann sie es gar nicht fassen, dass man ihr keine Karte zurückgelegt hat. Du kennst sie ja. Sie meint immer, dass alle nur auf sie warten. Da dachte ich, ich frage dich mal, ob du noch Karten hast.«

Lennart zögerte.

»Du hast doch sicher ein Kontingent für deine Freunde und Bekannten.«

Er besaß noch genau eine Karte. Die hob er für den Fall auf, auf den er nicht zu hoffen wagte. »Wie viele brauchst du denn?«, fragte er.

»Zwei, eine für mich und eine für meine Mutter.«

»Leider habe ich nur noch eine«, sagte Lennart erleichtert.

»Auch gut, dann kann wenigstens meine Mutter hingehen. Ich habe dich ja schon ein paarmal spielen gehört.« Sie lächelte ihn an, wurde plötzlich rot und senkte den Blick auf ihren Teller. »Sehr lecker, aber gut kochen konntest du ja schon immer. Also, was ist? Kriege ich die Karte?«

»Aber die ist doch für Alena!«, protestierte Luisa.

Woher weiß die Kleine das schon wieder?, fragte sich Lennart.

»Oh!«, sagte Silke. »Verstehe!« Ihr Blick war sehr fragend.

»Nein«, erwiderte Lennart. »Alena kommt nicht zum Konzert. Natürlich kannst du die Karte haben, Silke.«

Sie strahlte. »Wirklich? Das ist toll! Und du musst unbedingt mal zu uns auf den Ferienhof Sonnenschein kommen und mit den Kindern singen. Zu Weihnachten zum Beispiel.«

Lennart holte die Karte aus seinem Arbeitszimmer und gab sie Silke. Dann aßen sie, alberten ein wenig herum und unterhielten sich über dies und das, während die Nacht sich übers Mönchgut legte und die Fenster dunkel färbte. Silke bot Luisa an, sie mal zu den Pferden mitzunehmen. Das fand Luisa dann so interessant, dass sie Silke nicht weiter grollte, weil sie Alena die Konzertkarte weggeschnappt hatte und Lennart auf eine Art und Weise anblickte, die Luisa und Lütfiye immer kichernd »kussig« nannten, auf Küsse erpicht.

»Und jetzt ab mit dir«, sagte Lennart schließlich. »Ich komme in einer Viertelstunde rauf, und dann liegst du im Bett, okay?«

Luisa trollte sich nach kleineren Protesten.

»Ich glaube«, meinte Silke lächelnd, »dich hätte ich auch gern als Vater meiner Kinder gehabt. Du machst das wirklich gut. Hätte ich nie gedacht. Du kannst ja inzwischen sogar richtig albern werden.«

Lennart lächelte verlegen und stand auf, um den Tisch abzuräumen.

»Aber es hat eben nicht sollen sein«, seufzte sie demonstrativ. »Woran hängt's, Lennart? Warum wird das mit Alena eigentlich auch nichts?«

Er schwieg.

Sie lachte. »Da ist er wieder, der Mann, der sich nicht ins Herz schauen lässt und alles mit sich alleine abmacht. Wahrscheinlich hast du vergessen ihr zu sagen, dass du sie liebst. Du liebst sie doch, oder?«

»Ja.« Lennart musste es einfach aussprechen. »Ich liebe Alena mehr, als ich es fassen kann. Ich weiß nicht, was mit mir passiert ist, aber es ist passiert.«

Silke lächelte fast mütterlich. »Das freut mich für dich«, sagte sie. »Und wo steckt das Problem?«

»Was für ein Problem?«

Silke lachte. »Du gibst mir die Konzertkarte, die du für Alena aufgehoben hast. Was ist denn los?«

Lennart ließ Teller und Besteckt vorerst in der Spüle stehen und setzte Teewasser auf. »Lass es gut sein, Silke. Mit Alena und mir kann es nie etwas werden. Es gibt … es gibt objektive Hinderungsgründe …«

»Erzähl mir nichts, Lennart. Die Liebe kennt keine objektiven Hinderungsgründe.«

»Kristin war Alenas Schwester.«

»Und wer ist Kristin?«

»Kristin ist die Mutter von Luisa. Sie war die Frau, die vor zehn Jahren zusammen mit unserem Schlagzeuger ums Leben kam.«

»Oh! Das ist in der Tat nicht gut. Und Alena glaubt, du hättest ihre Schwester getötet?«

»Nein.«

»Was ist es dann? Was wirft sie dir dann vor?«

»Gar nichts.« Lennart lächelte.

Silke sah ihn verwundert an. »Willst du damit etwa sagen, dass du ihr etwas vorwirfst?«

»Auch nicht.«

Sie schaute ihn von oben bis unten an. »Du willst es mir nicht sagen, verstehe. Du bist doch ein elender Geheimniskrämer, Lennart. Trotzdem wünsche ich dir viel Glück. Und gib nicht so schnell auf. Streng dich mal ein bisschen an, hörst du!« Sie strich ihm aufmunternd über den Arm.

»Danke, Silke.« Er gab ihr einen freundschaftlichen Kuss.

Kapitel 35

Alena bog zu Fuß um die Mauer mit dem kleinen Leuchtfeuerturm herum. Im stillen nächtlichen Hof stand ein Auto mit dem Aufdruck »Ferienhof Sonnenschein«. Das Haus war dunkel, nur in der Küche brannte Licht. Alenas Schritt stockte. Am Fenster standen Lennart und Silke eng beieinander. Er küsste sie. Augen zu und durch, sagte sie sich und klingelte. Lennart öffnete wenige Sekunden später.

»Guten Abend«, sagte Alena rasch. »Ich will auch nicht lange stören …«

»Du störst nicht«, erwiderte Silke, die hinter Lennart in der Küchentür erschienen war. »Ich war sowieso gerade am Gehen. Meine Mutter wartet. Tschüss, Lennart. Und Tschüss, Alena.« Silke huschte an ihr vorbei hinaus. »Ruf mich doch an, wenn du länger bleibst, dann gehen wir einen Kaffee trinken.«

»Gern«, stammelte Alena, »und tschüss.«

Silke winkte und lief zu ihrem Auto.

Lennart trat von der Tür zurück und machte eine einladende Geste.

»Aber ich wollte nur ganz kurz …«, sagte Alena.

Doch seine Geste war so nachdrücklich, dass sie eintrat.

Kaum standen sie in der Küche, hastete auch Silke schon wieder herein, legte rasch etwas auf den Tisch, was wie eine Konzertkarte aussah, grinste und war im nächsten Augenblick wieder draußen. Man hörte im Hof das Auto starten und rückwärts zum Tor hinausfahren. Das Motorengeräusch verbrummelte in der Nacht.

»Ich bin zu Fuß von Gager heraufgekommen«, erläuterte Alena, um ihr stilles Erscheinen zu erklären und ihm Zeit zu lassen, seine Verlegenheit zu überwinden. »Ich war mir nicht sicher, ob der Mietwagen mit den Pfützen im Sandweg zurechtkommt. Wie … wie geht es Luisa?«

»Luisa?« Lennart räusperte sich. »Der geht es gut. Ich … ich wollte gerade hinauf und ihr gute Nacht sagen.« Er fuhr sich durch die Haare. »Trude hat mir heute Morgen erzählt, dass sie zu Isabella zurückmuss und dass du kommst, um es ihr zu erklären.«

»Ja, ich muss für vier Wochen nach Grönland, und ich muss schon morgen Nachmittag wieder nach Hamburg fahren. Deshalb wollte ich dich eigentlich nur fragen, ob ich dir morgen Vormittag Luisa für ein paar Stunden entführen darf.«

»Aber sicher.«

»Gut.«

»Wenn du möchtest, bringe ich Luisa um zehn zu deiner Tante.«

»Okay.«

Alena musterte verstohlen die Küche, die drei Teller in der Spüle, der summende Topf Wasser auf dem Herd. Ein Familienleben. Lennart kam ihr auf einmal sehr fremd vor.

»Darf ich dir was anbieten?«, fragte er. »Ich bin gerade dabei, Tee zu machen.«

»Ich wollte eigentlich …«

»Bitte, setzt dich doch.« Er schnitt ihr jede Antwort ab, indem er sich abwandte, das Gas unter dem kochenden Wasser abstellte, eine Teekanne aus dem Schrank nahm und sie mit Teeblättern füllte. Dann langte er nach einem Topflappen und ergriff den Topf. Der dampfende Wasserstrahl zitterte nicht und traf exakt das kleine Loch in der Kanne.

Alena nahm Platz. Die Konzertkarte fiel ihr ins Auge. Sie nahm sie, während Lennart zwei Teegläser auf den Tisch stellte.

»Leider kann ich nicht zu deinem Konzert kommen«, sagte sie.

»Oh, das … das ist nicht so wichtig.« Er zündete die Kerze in einem Stövchen an und stellte die Teekanne darauf.

»Ich finde es gut, dass du wieder auftrittst.«

»Das verdanke ich dir, Alena.«

Alena schwindelte leicht. Plötzlich spürte sie wieder seine immense Zärtlichkeit ihr gegenüber. Und es war wieder, als hätte er sich niemals von ihr losgesagt, weil sie ihm zu schwach war, zu zögerlich, zu zaudernd, zu bedeutungslos.

Er setzte sich ihr über Eck gegenüber. »Nach dem Desaster mit den B'Demons hatte ich eigentlich gedacht, ich hätte nichts mehr zu sagen. Aber als du mich auf die Bühne schicktest und mir nichts Besseres einfiel als Luisas Lieblingsschlaflied, da habe ich auf einmal gemerkt, dass ich doch noch etwas sagen kann, dass ich die Stimme habe, es glaubwürdig vorzutragen und … und die Reife.«

»Das freut mich.« Sie konnte ihn nicht anschauen und blickte auf die Karte in ihrer Hand und legte sie auf den Tisch zurück.

Lennart schenkte Tee in die Gläser. Da hatte sie wieder etwas, wonach sie greifen konnte.

»Und was ist mit Isabellas Plänen, nach Italien zu gehen?«, erkundige er sich.

»Es ist noch nichts entschieden. Isabella ist durchaus klar, dass ich nicht zulassen würde, dass sie Luisa mitnimmt. Und es ehrt sie sehr, finde ich, dass es ihr wirklich schwerfällt, Luisa für immer herzugeben.« Lennart deutete ein Lächeln an. Alena erinnerte sich unwillkürlich an seine Behauptung, sie habe die besondere Begabung, in anderen Menschen das Gute zu sehen, mit der er sie auf der Papageno überrascht hatte. Sie hätte nie vermutet, dass das überhaupt eine nennenswerte Begabung war. Und noch einmal hatte er sie überrascht, als er ihre Art und Weise, mit fremden Menschen zu telefonieren, als hohe Kunst bezeichnete. Aber da hatte sie noch keine Ahnung gehabt, welche enormen Begabungen Lennart besaß. Inzwischen war ihr klar, dass er sie zu Recht vor sich gewarnt hatte. Sie war für ihn eben doch nur irgendein Mädchen, das er mitnahm oder auch nicht, vorausgesetzt, sie verlangte von ihm nicht, dass er sich erklärte oder gar rechtfertigte. Das alles ging ihr blitzschnell durch den Kopf, während sie weiterredete. »Auch wenn es natürlich unverzeihlich ist, was Isabella dir vorgeworfen hat.«

Lennarts Hand, die auf dem Tisch lag, ballte sich zur Faust. »Noch unverzeihlicher«, sagte er, »ist mein Ausbruch danach. Und ich möchte die Gelegenheit nutzen und mich in aller Form bei dir dafür entschuldigen.« Die Faust öffnete sich wieder, seine Hand zuckte in ihre Richtung.

Alena schloss schnell ihr Hände um das heiße Teeglas. »Wieso«, wehrte sie ab, »du hattest doch recht. Was Isabella sich da geleistet hat, war unterirdisch. Ich hätte mir das nicht so lange angehört.«

Er schwieg.

Da war sie wieder, seine Blockade. Alena trank einen Schluck Tee und fragte sich, ob Lennart damit auch zurücknahm, was er gesagt hatte: Lass mich in Ruhe, solange du an mir zweifelst. Sollte sie ihn fragen? Nein, das musste er von sich aus sagen. Sie stellte das Teeglas ab. »Ich denke, dann sollte ich mal los. Trude wartet. Du bringst Luisa morgen zu uns, und dann rede ich mit ihr.« Sie griff nach ihrer Handtasche und seufzte. »Lustig wird das nicht. Aber es sind ja nur vier Wochen, die sie bei Isabella wohnen muss, genauer drei, denn erst einmal ist sie ja noch bei dir. Und danach muss dann der Vormundschaftsrichter entscheiden.«

»Dann wirst du Luisa also zu dir nehmen?«

Alena nickte. »Mein Anwalt sagt allerdings, dass es keineswegs ausgemacht ist, dass der Vormundschaftsrichter Luisa mir zuspricht. Ich bin ja nur die Tante, und Isabella hat sich zehn Jahre lang um das Kind gekümmert.«

»Er wird«, sagte Lennart ruhig. »Außerdem will Luisa bei dir leben. Das sagt sie immer wieder. Sie hat sich bei Isabella immer fremd gefühlt. So als wäre sie als Kind vertauscht worden, sagt sie.«

»Ja, komisch, diese Vertrautheit«, bemerkte Alena lächelnd. »Man erkennt sich einfach wieder. In Luisa steckt viel von Kristin. Dieselbe überbordende Kreativität, diese Sprachbegabung, auch wenn Luisa die Orthografie nicht beherrscht. Sie ist an allem interessiert, für alles offen.«

»Und sie bringt die Dinge auf den Punkt«, meinte Lennart, ebenfalls lächelnd. »Kürzlich hat sie zu mir gesagt, es würde mich wohl weniger stören, berühmt zu sein, wenn es nicht gleichzeitig bedeuten würde, dass mich jeder kennt.«

Alena lachte. »Wenn ich nur nicht ausgerechnet jetzt nach Grönland müsste.«

»Wenn ich dir irgendwie helfen kann …«

»Das ist nett, Lennart, aber ich wüsste nicht …«

»Ich könnte nach Hamburg kommen und solange deine Wohnung hüten und Luisa versorgen. Überhaupt kein Problem.«

»Oh! Ja! Aber … Vielen Dank, das ist nicht nötig. Für die drei Wochen ist alles organisiert. Zur Not stehen zwei Freundinnen Gewehr bei Fuß, wenn irgendetwas mit Isabella schiefgeht.« Sie drehte das Teeglas.

»Und wo steckt das eigentliche Problem?«, erkundigte er sich aufmerksam.

»Na ja, das Hin und Her gefällt der Dame vom Jugendamt nicht. Mein Job ist etwas ungünstig, aber kündigen wäre riskant. Wer weiß, ob ich so schnell einen neuen finde. Außerdem sollte ich heiraten. Die Dame vom Jugendamt hat angedeutet, dass eine feste Partnerschaft bei der Entscheidung zwischen mir und Isabella von Vorteil wäre. Tja, die vom Jugendamt lieben ordentliche Familienstrukturen.« Sie hörte Lennart atmen und schaute auf. Etwas in seinem Blick bewog sie, schnell fortzufahren. »Deshalb werde ich …«, sie musste sich räuspern und neu ansetzen. »Deshalb werden Marvin und ich noch vor Weihnachten heiraten, schätze ich.«

Lennart zog die Hand vom Tisch.

Jetzt musste sie ihm außerdem sagen, dass sie ein Kind von ihm erwartete, dachte Alena. Doch in diesem Moment sprang die Küchentür auf, und Luisa stand auf der Schwelle wie ein kleines Gespenst in Nachthemd auf nackten Füßen. Sie blickte mit großen Augen von einem zum anderen.

»Luisa«, sagte Alena und streckte die Arme aus. »Solltest du nicht im Bett sein?«

Luisa warf sich in Alenas Arme und kroch dann auf ihren Schoß. »Ich will aber nicht zu Isabella! Du hast es versprochen!«

»An der Tür lauschen tut man nicht«, sagte Alena.

»Ich wollte doch nur wissen, wer zu Besuch gekommen ist. Und dann musste ich hören, was ihr über mich verhandelt. Kann ich nicht mit dir nach Grönland fahren?«

»Du musst doch in die Schule.«

»Ich will nicht in die Schule. Die Schule ist blöd!«

Alena strich Luisa eine Strähne aus dem Gesicht und rubbelte ihr den Rücken warm. »Es ist doch nur für drei Wochen. Und danach regeln wir alles, so wie du das willst; Okay?«

Luisas Augen glänzten. »Wie ich will?«

»Sofern es sich machen lässt«, antwortete Alena.

»Dann will ich nicht, dass du Marvin heiratest. Auf keinen Fall meinetwegen!«

»Na hör mal, den heirate ich nicht nur deinetwegen. Das wäre ja noch schöner.«

»Aber du kannst ihn doch gar nicht ausstehen!«

Alena lachte. »Ich glaube, das kannst du nicht beurteilen. Und jetzt solltest du wieder ins Bett gehen, sonst wirst du noch zum Eiszapfen.«

»Aber nur, wenn du mir versprichst, dass du Marvin nicht heiratest. Ich kann ihn nämlich nicht ausstehen.«

»Da reden wir morgen drüber«, sagte Alena streng. »In aller Ruhe.«

»Ich bin ganz ruhig!«, schrie Luisa. »Und morgen kann ich Marvin auch nicht besser leiden! Er ist kalt wie eine Salatplatte mit Spargel. Wenn du ihn heiratest, dann gehe ich lieber mit Isabella nach Italien. Ich schwör's!« Sie kämpfte sich aus Alenas Armen und rannte zur Küche hinaus.

Sie hörten ihre nackten Füße die Holzstufen hinaufbumsen, dann knallte eine Tür. Das Haus bebte.

»Das darfst du nicht so ernst nehmen«, sagte Lennart leise. »Morgen tut's ihr leid.«

Alena stand auf. »Ich glaube, das tut's ihr jetzt schon. Darf ich zu ihr rauf?«

»Aber selbstverständlich. Fühl dich ganz wie zu Hause.«

Das Treppenhaus war dunkel, Alena nahm sich nicht die Zeit, nach Lichtschaltern zur suchen. Bis zum Absatz half ihr das Licht aus der Küche, dann stolperte sie in einen dunklen Flur hinauf. Glücklicherweise wies ihr der Lichtschlitz unter einer Tür den Weg. Sie klopfte, sagte »Ich bin's!« und drückte die Klinke hinunter.

Luisa hatte die Bettdecke über den Kopf gezogen und schluchzte. Alena setzte sich auf die Bettkante und streichelte die bebende Decke.

Schließlich streckte Luisa den Kopf hervor. »Es tut leid!«, schluchzte und rotzte sie. »Das wollte ich nicht sagen. Es ist mir nur so herausgerutscht. Ich will nicht mit Isabella nach Italien. Nie! Aber wenn du mich jetzt nicht mehr lieb hast, dann würde ich das verstehen.«

»Himmel, Luisa! Was sind denn das für blödsinnige Ideen? Natürlich habe ich dich noch lieb.«

»Ich dich auch!«

Alena drückte das Kind an sich. »So, und jetzt wird geschlafen. Lennart bringt dich morgen zu Trude, und dann besprechen wir alles.«

»Warum heiratest du denn nicht einfach Lennart? Das wäre voll cool.«

»Das ist nicht so einfach, wie du denkst. So, und jetzt wird geschlafen.«

»Warum ist das denn so schwierig? Lennart liebt dich doch. Und du liebst ihn auch. Das weiß ich, denn du machst immer dein Pfeifgesicht, wenn ich von ihm rede.«

Alena musste lachen. »Was für ein Gesicht?«

»So ein Gesicht, wenn man pfeift, weil man so tun will, als interessiere einen was nicht.«

»So, tue ich das?«

»Ja, und darum verstehe ich auch nicht, warum du ihn nicht heiratest. Wo ihr euch doch soooo liebt.«

»Ich gebe zu, das ist nicht leicht zu verstehen, Luisa. Aber Liebe ist nicht alles. Manchmal stimmen einfach die Bedingungen nicht, und dann … dann muss man es lassen.«

»Das verstehe ich trotzdem nicht. Du denkst doch nicht, dass Lennart wirklich etwas mit Mamas Tod zu tun hatte.«

Alena erschrak. Was wusste Luisa darüber? »Das besprechen wir morgen, ja?«

»Aber er ist unschuldig. Und ich habe den Beweis.«

Im Flur knackte eine Diele. Es knallte in der Stille wie eine Explosion. Alena fuhr herum. Im Türrahmen, halb im Dunkeln des Flurs, stand Lennart.

»Bist du das?«, rief Luisa und richtete sich im Bett auf. »Du hast ja auch gelauscht!«

Er trat ins Zimmer, blass und mit dieser eiskalten Ruhe, die ihm zuweilen eigen war.

Alena erhob sich rasch von der Bettkante und trat beiseite. Dabei stieß sie gegen Luisas orangeroten Rucksack. Er kippte um. Ein zusammengefaltetes Blatt Papier fiel heraus. Sie bückte sich, steckte es zurück und huschte aus dem Zimmer.

Im Flur war es immer noch dunkel. Wieder fühlte sie sich zu gehetzt, um nach dem Lichtschalter zu suchen. Sie wollte einfach nur weg. Das Licht aus Luisas Zimmer half ihr, sich zum Treppengeländer vorzutasten. Von unten, von der Küche brach sich das Licht im Treppenhaus. Allmählich gewöhnten sich die Augen an das Zwielicht. Da ging auch hinter ihr in Luisas Zimmer das Licht aus. Sie hörte Lennarts Schritte. Im nächsten Moment prallte er gegen sie, und plötzlich hielt er ihre Hand in seiner.

»Alena«, sagte er leise, »ich weiß, ich hätte nicht zuhören dürfen, ohne mich bemerkbar zu machen. Aber …«

Sie entzog ihm mit einem Ruck ihre Hand. »Schon gut. Dumme Dinge passieren.«

Sie lief die Stufen hinunter, holte ihre Handtasche aus der Küche und stand im nächsten Moment wieder im halbdunklen Flur. Dort hatte Lennart sich geisterhaft verdoppelt, so kam es ihr auf den ersten Blick vor. Dann erkannte sie, dass es der Spiegel neben der Tür war, in dem er noch einmal stand.

»Alena«, sagte der Mann aus Fleisch und Blut, »ich möchte gern noch etwas klarstellen.«

»Nein, Lennart, nicht jetzt. Es war ein langer Tag.«

Noch mehr peinliche Verwirrungen konnte sie jetzt nicht brauchen. Entschlossen öffnete sie die Haustür. Ein frischer kalter Wind fuhr herein. Eine große Sternennacht glitzerte über den Dächern des Gutshofs. Sie hielt inne. Durfte sie so gehen? Sie drehte sich wieder um.

»Okay. Was … was musst du mir sagen, Lennart?«

Er zögerte einen Moment. »Es gibt keinen Beweis meiner Unschuld. Es wird nie einen geben.«

»Ich weiß, aber das ist nicht mein Problem, sondern deins«, erwiderte sie. »Ich glaube schon lange nicht mehr, dass du Schuld an Kristins Tod hast.«

»Doch«, sagte er, »die habe ich.«

Der Schreck fuhr ihr in die Glieder.

»Ich habe sie nicht umgebracht, das nicht. Aber ich hätte es vielleicht verhindern können, wenn ich … wenn ich aufmerksamer gewesen wäre.«

Alena fröstelte und zog den Mantel zusammen. War es das, was er ihr bislang verschwiegen hatte? »Dann war es also doch kein Unfall mit einem schlecht gewarteten Motorrad, wie du mir auf dem Kap Arkona hast weismachen wollen.«

»Nein. Allerdings sind es nur Vermutungen, und darin wollte ich mich eigentlich nicht ergehen, nachdem ich selbst Opfer unbeweisbarer Verdächtigungen geworden bin.«

Alena wartete ab. Die Dunkelheit verwischte sein Mienenspiel und erleichterte es ihr, in sein schönes Gesicht zu blicken. Der Mond funkelte in seinen Augen.

»Und vor allem wollte ich dir nicht unnötig wehtun, Alena.«

Angst fuhr ihr durch den Magen, eine Angst, die immer schon da gewesen war, die sie aber bisher nie wirklich wahrgenommen hatte. Es war dieselbe Angst, die sie von Rügen ferngehalten und daran gehindert hatte, Kristins Tod die Gesichter der Menschen zu geben, mit denen sie damals zusammen gewesen war und die sie geliebt hatte. Lennarts Gesicht zum Beispiel, das des Mörders, den man nicht hatte verurteilen können.

»Wie soll ich das verstehen?«, fragte sie zögernd.

»Alena, der … der Anschlag galt nicht Tim und Kristin, er galt mir. Ich hätte es wissen können, hätte ich mich nicht so unendlich überlegen gefühlt. Tim und Bob wollten eigene Wege gehen. Ich habe es ignoriert. Und dann fiel dieser Satz: Wenn einer gehen will, muss ein anderer sterben. Es gab nur einen, dessen Tod Sinn gemacht hätte – mich.«

»Aber es war doch Tims Motorrad.«

»Eigentlich war es meins. Er hat es auf der Bühne gefahren, ich draußen auf der Straße. Wir hatten drei Stück in drei Farben, gelb für mich, rot für Tim und blau für Bob. Das wussten auch die Fans, die uns fast pausenlos belagerten. Manche machten einen Sport daraus, mir auf eigenen Motorrädern oder in Autos zu folgen und mich mit Kuscheltieren zu bewerfen. Es war eine Art Ritual, das man sich heute kaum noch vorstellen kann. Übrigens nicht unbedingt freundschaftlich gemeint. Für einen großen Teil der Fangemeinde der B'Demons war ich der Bad Boy, der die anderen unterdrückte. Auch so eine Idee unseres Managers, um das Interesse der Boulevardpresse wach zu halten. Kurzum, deshalb habe ich eigentlich immer Tims Maschine genommen, und er fuhr meine. Er fuhr gern schnell. Ihn reizte es, die Fans abzuhängen, die meinten, ich säße auf der Maschine.«

»Aber Tim wäre doch nicht an diesem Abend mit einem Motorrad losgefahren, das er selbst präpariert hatte. Und schon gar nicht hätte er Kristin und das Baby mitgenommen.«

»Tim hat das Motorrad nicht präpariert. Das war Bob. Aber ich glaube, dass sie es gemeinsam geplant haben. Leider kam es dabei zu einem fürchterlichen Missverständnis. Bob sollte *meine* Maschine manipulieren. Er dachte wohl an die rote, die ich immer fuhr, wenn ich in die Stadt wollte, während Tim an die gelbe dachte, die auf mich zugelassen war.«

»Warum hast du das nicht vor Gericht gesagt?«

»Weil mein Anwalt der Meinung war, dass ich mit Verschwörungstheorien keinen Blumentopf gewinne. Es mache auf einen Richter selten einen guten Eindruck, wenn der Angeklagte zur Verteidigung andere beschuldigt. Außerdem hatte der Richter bereits durchblicken lassen, dass er die Indizien gegen mich für nicht ausreichend hielt. Es lief alles auf einen Freispruch hinaus. Wozu hätte ich da noch andere beschuldigen müssen?«

Alena versuchte zu begreifen. Inwiefern sollte ihr das wehtun?

»Außerdem wollte ich nicht …« Lennart zögerte und setzte dann erneut an. »Alena, deine Mutter saß mir als Nebenklägerin gegenüber, starr vor Schmerz, wie erschlagen von der unbegreiflichen Tragödie. Sie hatte eine Tochter verloren. Ich hatte einfach nicht den … den Mut, ihren Schmerz noch dadurch zu vergrößern, dass ich den begründeten Verdacht ausspreche, die unglücklichen Opfer seien womöglich eigentlich die Attentäter gewesen.«

Eine furchtbare Ahnung stieg in Alena auf. Sie drückte sie weg. »Aber einen Beweis hast du nicht?«

»Es gibt keine Beweise in der ganzen Geschichte.«

»Das heißt, das, was du mir hier gerade erzählst, hast du dir nur ausgedacht?«

»Es sind reine Vermutungen, ja. Aber es kann nur so gewesen sein, wenn man davon ausgeht, dass ich es nicht war, der die Bremsflüssigkeit verwässert hat. Und in gewisser Weise hat Isabella es sogar bestätigt. Es war auf dem Höhepunkt unserer internen Streitereien. Doch an diesem Mittwochabend traten meine beiden Widersacher zur Versöhnung an. Bob schlug eine Motorradtour vor. Wie in alten Zeiten, Tim, er und ich auf unseren Böcken nachts durch Berlin heizen. In meiner unendlichen Selbstgefälligkeit dachte ich, sie hätten endlich begriffen, dass sie ohne mich nichts seien, und sich bei mir wieder lieb Kind machen wollten. Ich willigte ein. Tim und ich gingen hinunter in die Garage. Kristin kam mit dem Baby nach und wollte mitfahren. Da ging Bob seine Isabella holen. Währenddessen bestieg Tim seine eigene rote BMW und fuhr mit Kristin und dem Baby aus der Garage. Ich hinterher. Aber als ich an der Ausfahrt unserer Villa die Fans sah, bin ich umgekehrt. Da rasten auch schon Bob und Isabella an mir vorbei hinaus, Tim und Kristin hinterher. Isabella hat ja im Grunde bestätigt, dass Bob wusste, dass die Bremsen an Tims Maschine nicht mehr funktionieren würden. Ich denke, er hat es Isabella erzählt, wenn auch mit der Behauptung, er habe mich an Tims Maschine gesehen. Ich vermute, er hatte es inzwischen mit der Angst zu tun bekommen und hoffte, Isabella würde etwas einfallen, um die Fahrten und den Unfall zu verhindern.«

»Sie hat aber auch erzählt, dass du die Idee aufgebracht hast. Einer müsse sterben, und es sei ganz leicht zu bewerkstelligen mit etwas Wasser im Bremssystem.«

Er blickte zu Boden.

»War es so?«, hakte Alena nach. War es das, was er sich als Schuld zurechnete? Alenas Angst fiel in sich zusammen. Wenn es nur das war, womit er fürchtete ihr wehzutun, dann hatte er sich geirrt, was das Ausmaß ihrer Empfindlichkeit betraf.

»Lennart, du warst damals dreiundzwanzig. Zwischen gedankenlosen Sprüchen und gefährlichen Taten ist immer noch ein großer Unterschied. Du hast doch nicht wissen können, dass ein anderer diese Idee in die Tat umsetzt.«

Aber wie grausam hatte sie sich geirrt!

»Es war nicht meine Idee«, widersprach er. »Es war … es war Kristin, die diesen Satz gesagt hat.«

Alena sackte das Blut in den Bauchraum. Tief im Innern wusste sie, dass es so gewesen sein konnte. Auch zu ihr hatte Kristin diesen Satz im letzten Sommer auf Rügen gesagt, leichthin wie eine Tatsache. Aber das konnte nicht sein! Es durfte nicht sein! »Es war irgendwann im Sommer«, fuhr Lennart hörbar widerstrebend fort, »als Tim und Bob und ich uns mal wieder herumstritten. Und da hat sie es einfach auf den Punkt gebracht. Kristin konnte die Dinge immer gut auf den Punkt bringen. ›Es geht doch darum‹, hat sie gesagt, ›dass einer sterben muss, wenn ein anderer gehen will. Macht doch russisches Roulette. Ihr holt euch irgendeinen Hausangestellten, diesen Iraner Chalel beispielsweise, der erst seit ein paar Wochen hier putzt und eure Motorräder nicht kennt, drückt ihm eine Flasche Wasser in die Hand und sagt ihm, er solle in irgendeinen Bremsflüssigkeitsbehälter Wasser füllen. Und dann macht ihr zusammen einen Ausflug.«‹

Alena fröstelte erneut. Das war so eine richtige Kristin-Idee, versponnen und konsequent. »Aber das heißt ja nun wirklich nicht«, sagte sie, »dass sie tatsächlich mit Tim und Bob deinen Tod geplant hat.«

»Nein, das muss es nicht heißen.«

»Warum hätte sie auch deinen Tod wünschen sollen?«

»Weil …« Lennart musste sich erneut zwingen zu reden. »Weil ich sie daran gehindert habe, mit Tim nach Amerika zu gehen und dort ihr Glück zu machen. Das … das hat sie mir sogar explizit vorgeworfen.«

»Nein, Lennart! Deshalb bringt man keinen Menschen um. Dazu wäre Kristin niemals imstande gewesen. Davon bin ich felsenfest überzeugt.« Alena hörte selbst, dass es wie eine Beschwörung klang. Erneut flackerte Angst in ihr auf, diesmal begleitet von einem heillosen Zorn. »Das sind alles bloß Vermutungen, wie du selbst sagst. Böswillige Unterstellungen …« In Alenas Kopf rasselten die Gedanken wild durcheinander und purzelten einfach so als Worte aus ihr heraus. »Wahrscheinlich bist du Kristin immer noch böse, weil sie dich wegen deines Schlagzeugers sitzen gelassen hat. Offenbar kannst du nicht anders, als deinen Mitmenschen böse Absichten zu unterstellen. Aber Mord, das geht zu weit. Kristin ist keine Mörderin. Das ist völlig absurd. Glaubst du etwa, sie setzt sich mit Tim aufs Motorrad, um dich verunglücken und womöglich sterben zu sehen? Was für ein Mensch hätte sie sein müssen, um so etwas zu tun? Für was für ein Ungeheuer hältst du meine Schwester eigentlich?«

»Es tut mir leid«, sagte er tonlos.

»Weißt du, was ich glaube, Lennart? Das Ungeheuer bist du! Du bist krank! Kristin hatte ganz recht. Krank vor Eifersucht und vor Eitelkeit!« Lennarts Gesicht wurde hart, das konnte Alena trotz der Finsternis erkennen, doch sie vermochte sich nicht mehr zu bremsen. »Aber ich muss mich bei dir bedanken, Lennart, dass du zum Schluss doch noch verraten hast, was du eigentlich denkst. Danke kann ich da nur sagen, dass du mir diesen Einblick in dein verbittertes und selbstgerechtes Denken doch noch gewährt hast. Und weißt du, was ich allmählich wieder zu glauben beginne? Am Ende warst es doch du, der Kristins Idee in die Tat umgesetzt hat. Wer weiß!«

Sie sah ihn wie versteinert in der Tür stehen. Sie wusste, sie hatte zu viel gesagt. Vor allem völlig unnötige Gemeinheiten. Aber das ließ sich nun auch nicht mehr ändern. Doch noch mehr durfte sie auf keinen Fall sagen. Blieb nur die Flucht.

Sie drehte sich auf dem Absatz um und rannte hinaus, durchs Tor in die Nacht.

Kapitel 36

Trude legte den Hörer auf und machte ein nachdenkliches Gesicht.

»Ist was passiert?«, erkundigte sich Marika. Sie war lautlos von irgendwoher erschienen mit ihrem unendlichen Feingefühl für die Befindlichkeiten anderer. »Etwas Schlimmes?«

»Ich weiß es nicht. Das war eben Isabella.«

»Und was sagt sie?«

»Wenn ich sie richtig verstanden habe, will sie es drauf ankommen lassen.«

»Worauf?«

»Das kann sie doch nicht machen!«, knurrte Trude. »Sie kann doch nicht einfach mit Luisa nach Italien abhauen. Das Kind muss zur Schule!«

»Hat sie gesagt, dass sie das will?«

Trude schüttelte den Kopf. »So direkt nicht. Sie wollte wissen, mit welchem Zug Luisa am Sonntag kommt, und dann hat sie etwas gefaselt von, sie freue sich auf das Kind. Luisa habe ihr gefehlt, deshalb sei sie auch nach Hamburg zurückgekommen. Und auf einmal meinte sie, sie habe ja nirgendwo unterschrieben, dass sie auf Luisa verzichte. Ganz im Gegenteil. Sie werde die Kleine nicht hergeben. Alena habe sie regelrecht überrumpelt und totgeredet. Aber so klar sei das doch alles nicht. Sie sei eine gute Mutter, und es gebe keinen Grund, ihr Luisa wegzunehmen. Und wenn sie vor Gericht erkläre, Luisa sei gar nicht Kristins Kind, dann könne man sie Alena nicht mehr zusprechen, denn dann habe sie kein Anrecht mehr als nächste Verwandte. Und wer wolle denn heute noch nachweisen können, dass Luisa wirklich Kristins Kind sei. Und wenn wir nicht aufhören würden, sie unter Druck zu setzen, dann werde sie mit Luisa eben nach Neapel gehen. Da könnten wir sie dann lange suchen.«

»Auch in Italien gibt es Polizei, die sie finden wird, wenn das deutsche Jugendamt sie sucht.«

»Zu blöd, dass Alena auf Grönland ist. Wenn ich ihr das erzähle, dann wird sie sofort zurückkommen wollen. Und dann kriegt sie Probleme mit ihrem Chef. Aber ich fürchte …« Sie griff wieder nach dem Telefonhörer.

»Warte«, sagte Marika. »Reden wir erst einmal mit Lennart. Soviel ich weiß, hat er Isabella für den Oktober bereits jede Menge Geld überwiesen. Das war für Luisa gedacht und nicht dafür, dass Isabella sich mit dem Geld und dem Kind vom Acker macht.«

Kapitel 37

Alena kroch aus dem Zelt und übergab sich. Es herrschten minus zehn Grad. Ein beißender Wind fegte über den Gletscher, ließ die Temperaturen noch niedriger erscheinen und zerrte an den Zelten, die weit verstreut standen. Obgleich es bis Sonnenaufgang noch lang war, waberte ein eigenartiges silbriges Licht über den Schnee. Zwölf Stunden dauerte derzeit die arktische Nacht. Da kam man wenigstens zum Schlafen. Trotzdem war diese Tour eine Schnapsidee gewesen.

Vor zwei Tagen war sie mit einer Gruppe abenteuerlustiger, kräftiger und nicht schwangerer Frauen und Männer in Ilulissat zu einer Trekking-Zeltreise entlang des Eisfjords aufgebrochen. Sie hatten Robben und Wale gesehen und dem Eqip-Sermia-Gletscher beim Kalben zugeschaut, aber die ganze Zeit fühlte Alena sich buchstäblich zum Kotzen. Allmählich bekam sie es auch mit der Angst zu tun. Schon dass sie Angst hatte, machte ihr Angst, denn offen lodernde Angst kannte sie an sich nicht. Am Kind im Bauch konnte es nicht liegen, dass ihr ständig speiübel war, denn sie war jetzt im dritten Monat, und da war es vorbei mit der Hormonumstellung. Aber vielleicht schadete es ja dem Kind.

Bibbernd kroch Alena ins Zelt zu den beiden anderen Frauen zurück. Sie ratzten, tief in ihren Schlafsäcken verborgen. Bei solchen Touren waren Frauen ohnehin die Angeschmierten, fand Alena. Männer mussten nicht einmal ihren Schlafsack verlassen, wenn sie ein Bedürfnis überkam, sie holten sich einfach eine Flasche. Aber Frauen mussten immer hinaus in den eisigen Schnee und sich ausziehen. Alena hatte es satt. Sie wollte nach Hause.

Und die Bilder, die das Wort Zuhause in ihr aufscheinen ließ, handelten von graublauen Gewässern, verwunschenen Seen, grünen Flächen und dichten Wäldern, von einem Bootssteg hinterm Haus und wogendem Schilf. Sie brachten Geräusche mit wie das Klirren der Takelage der Segelboote im Hafen und das Tuckern der Fischkutter. Und wenn sie nicht aufpasste, dann schien ein markantes Gesicht mit hellen Augen und schwarzen Haaren unter all diesen Bildern hindurch und wurde immer deutlicher. Es schaute sie an, traurig und hart und manchmal auch fragend.

Sie hatte ihn vor ihrer Abreise nicht mehr gesehen. Er hatte Luisa am Morgen nach ihrem Besuch bei ihm im Haus Buskam abgeliefert und war selbst nicht hereingekommen. Dass er ihr nicht mehr begegnen wollte nach all dem, was sie ihm ins Gesicht gesagt hatte, war nur zu verständlich.

In diesem Moment, als diese törichten und unverzeihlichen Worte aus ihr herauspurzelten, hatte er endgültig kapituliert. Sie hatte es ihm angesehen und war davongelaufen, durch die Dunkelheit den sandigen Weg hinunter nach Gager, blind vor Tränen und stolpernd vor Schmerzen. Ja, er hatte ihr wehgetan, und erst jetzt begriff sie, was er die ganze Zeit befürchtet hatte, nämlich dass sie ihn hasste, den Überbringer der schlechten Nachricht.

Was für ein Abend der falschen Taten und Worte! Erst ertappte sie Lennart beim Kuss mit Silke, dann sagte sie ihm, dass sie Marvin heiraten werde, dabei war noch nichts entschieden, danach erklärte sie Luisa, die Liebe sei nicht alles, und manchmal würden einfach die Bedingungen nicht stimmen, und dann müsse man es lassen. Das mochte den Lauscher an der Tür bewogen haben, den letzten Versuch zu unternehmen und alles auf eine Karte zu setzen, in der Hoffnung, dass ihre Liebe groß genug oder blind genug war, dass sie sich für ihn und gegen Kristin entschied. Aber sie hatte sich gegen ihn entschieden und krümmte sich seitdem vor Schmerzen und kotzte sich die Seele aus dem Leib.

Wellen von Scham durchfluteten sie immer noch, wenn sie daran dachte, wie töricht sie sich verhalten hatte. Erst verbot sie ihm jegliche Erklärungen, und dann forderte sie die letzte und geheimste Wahrheit von ihm. Und das auch noch in dem naiven Irrglauben, es sei eine ehrenwerte eingebildete Mitschuld, die er ihr gestehen werde und über die sie tröstend hätte lächeln können.

Aber nein! Lennart war kein Mann alberner Schuldgefühle. Es waren handfeste Verdächtigungen, die er ihr bis dahin verschwiegen hatte, um sie zu schonen. Und zu Recht! Denn wenn sie ihre Reaktion bedachte, hätte er lieber geschwiegen, um sich selbst zu schonen. Das hatte er aber nicht getan. Er hatte sich ihr vollständig ausgeliefert. Und sie hatte ihn vernichtet.

Ihr Magen zuckte, aber sie bezwang sich.

Und natürlich war Kristin kein Engel gewesen. Eine Mörderin allerdings war sie auch nicht. Oder vielleicht doch?

Alena war förmlich von Rügen geflüchtet, vor Lennart und der unerträglichen Wahrheit, dass Kristin womöglich tatsächlich wenigstens einen Teil der Pläne von Tim und Bob gekannt hatte. Vielleicht hatten sie sich ja alle zusammen eingeredet, sie würden Len Lost nur einen Streich spielen, diesem arroganten Kerl, der eine Lehre verdient habe. Eine Warnung. Wenn Bremsen versagten, musste es ja nicht zwangsläufig zu einem tödlichen Unfall kommen. Meistens ging es mit Verletzungen ab, oft kam man mit dem Schrecken davon.

Auf der ganzen Fahrt nach Hamburg hatte Alena dann das Gefühl gehabt, auf einem Nebenschauplatz eine riesige Schlacht inszeniert und darüber etwas ganz Wichtiges vergessen oder übersehen zu haben. Vor allem hätte sie sich bei Lennart entschuldigen müssen, bevor sie nach Grönland reiste. Dringend! Und ihm Glück wünschen für sein Konzert.

Alena kroch mit Magenkrämpfen in den warmen Schlafsack zurück. Das Zelt rappelte im Wind. Auf einmal musste sie in ihrem Elend lächeln. Es war Heimweh, nichts weiter. Das kannte sie doch eigentlich.

Sie hatte dieses heulende Elend im ersten Sommer in Tante Trudes Haus auf Rügen kennengelernt. Fünf Jahre alt war sie damals gewesen, und Tante Trude war ihr ruppig und streng vorgekommen, der See unheimlich und das Meer gefährlich. Am dritten Abend hatte sie eine fürchterliche Heulerei überkommen. Kristin, damals so alt wie Luisa heute, hatte sich mit mütterlicher Geste an ihr Bett gesetzt, ihr die Hand gestreichelt und erklärt: »Das ist doch nur Heimweh. Das hatte ich als kleines Kind auch mal. Das geht vorbei. Und in drei Wochen kommen Papa und Mama wieder und holen uns ab. Und dann wirst du traurig sein, weil du von hier wegmusst. Wirst schon sehen!«

Nein, niemals hätte Kristin den Beschluss mitgetragen, jemanden umzubringen, sagte Alena sich zum wiederholten Mal. Oder täuschte sie sich? Sie hatte Tim geliebt. Vielleicht machte Liebe zuweilen so blind, dass man für richtig hielt, was man in vernünftigem Zustand niemals akzeptieren würde – dass einer sterben musste, damit man selbst und der Geliebte frei war?

Alena schloss die Augen. In vier Tagen war Lennarts Konzert. Erneut krampfte ihr Magen.

Wenn sie wieder in Hamburg war, würde sie Marvin sagen, dass sie ihn nicht heiratete. Damit war wenigstens eine Entscheidung getroffen. Halbwegs beruhigt schlief sie ein.

Die folgenden Tage waren dann doch noch ganz nett. Sie bestiegen den höchsten Berg auf der Arve-Prinsens-Insel, genossen den grandiosen Blick auf die Abbruchkante des Inlandeises und auf die Disko-Insel und unternahmen eine Schlittenhundefahrt. Alenas Magen hatte sich beruhigt.

Kapitel 38

Zwei Stunden nach Isabellas Anruf bei Trude rollte Lennart über den Rügendamm. Bei Sonnenuntergang nahmen ihn die Stadtautobahnen und Häuserschluchten von Hamburg auf. Steilshoop präsentierte sich an diesem regnerischen Oktobertag als einzigartige Trostlosigkeit zwischen vierspurigen Straßen. Die blau gekachelte Martin-Luther-King-Kirche mit ihrem feuerwehrroten Eingangshäuschen duckte sich wie eine verlassene Lagerhalle vor den geschlossenen Wänden gigantischer Plattenbauten und Hochhausblocks in Grau.

Lennart kurvte durch Ringstraßen ohne Anfang und Ende. Nicht nur der Herbst begann, den Bäumen das Laub von den Zweigen zu pflücken, sondern auch der Wassermangel infolge langjähriger gärtnerischer Missachtung. Ein Stadtteil wie kurz vor seiner endgültigen Schließung, so kam es Lennart vor. Mit der Oberstufe in der integrierten Gesamtschule hatte man schon mal angefangen.

Lennart stöberte Isabella in einem Bistro des Einkaufszentrums von Steilshoop auf, nachdem er vergeblich an der Türschilderlatte geklingelt hatte und auf der Suche nach etwas zu essen in die Einkaufsgalerie geraten war.

»Lennart«, nuschelte sie volltrunken. »Was mach's du'n hier?«

»Ich will zu dir!«

»Zu mir?« Sie schaute ihn entsetzt an. »Du sprich's noch mit mir? Nach dem, was ich über dich gesagt hab?«

»Ich muss wohl.«

Er schleppte sie erst einmal in ihre Wohnung und legte sie auf die Couch vor den Fernseher, wo sie unverzüglich einschlief. Bevor er Kaffee kochen konnte, musste er die Küche aufräumen. Er warf die Mikrowellenreste und Verpackungen einer Woche in den Müll, spülte Teller, kratzte Herd und Spüle sauber, fegte und wischte nass auf.

Hier wird Luisa nicht mehr hausen, dachte er grimmig.

Während der Kaffee durch die Kaffeemaschine rülpste, suchte er nach dem Kinderzimmer. Es war tadellos sauber. Das Bett war frisch bezogen, der Schrank gut mit Kleidern gefüllt. Alena hatte für Luisas Wiedereinzug alles sorgsam vorbereitet. Lennart nahm den Koffer, der auf dem Schrank lag, füllte ihn mit Wäsche, Kleidern und Schuhen und stellte ihn hinaus in den Gang an die Haustür. Gegenüber befand sich Isabellas Schlafzimmer. Ein Gedanke schoss ihm durch den Kopf.

Er öffnete die Tür. Das Doppelbett war zerwühlt. Lennart musste über herumliegende Kleider steigen, um zum Schrank zu kommen, der fast die ganze Breite der Wand einnahm. Obgleich er nicht bewusst danach schaute, fiel ihm auf, dass jede Menge topmodischer Hosen, Blusen und Jacken darin hingen. Isabella konnte offenbar nicht nur keine alten Sachen wegschmeißen, sie kaufte sich auch ständig neue dazu.

Lennart überlegte. Hier irgendwo hatte Luisa Kristins Erinnerungsdose gefunden. Vermutlich eher unten in Kinderreichweite unter Schuhen oder Bettwäsche. Und tatsächlich – schon bald hielt er eine blaue Blechdose mit aufgemalten Halbmonden und Sternen in der Hand.

Es war wie ein Flashback. »Mein Schatzkästchen«, hatte Kristin immer gesagt. Einmal hatte sie ihm mit geheimnisvoller Miene und zeremoniellem Brimborium ihren Inhalt sehen lassen – die Schachtel mit den Milchzähnen, ein abgeschnittener Kinderzopf, das Glasauge ihres Lieblingsteddys. Es war noch alles drin. Auch die Karten ihres ersten Konzerts der B'Demons, bei dem sie sich, wie sie behauptet hatte, auf den ersten Blick in ihn verliebt hatte. Aber erst ein Jahr später war es ihr gelungen, an ihn heranzukommen. Dann sein Foto, das sie bei ihrem ersten verliebten Spaziergang über den Ku'damm gemacht hatten und auf das er mit »Love« und seinem echten Namen unterschrieben hatte. Und außerdem waren da noch zwei kleine schmale Jahreskalender, in die Kristin jeden Abend vor dem Lichtlöschen in winziger Schrift die Tagesereignisse eingetragen hatte. Ihre Tagebücher.

Wie präsent sie ihm auf einmal wieder war. Ihr lebhaftes Gesicht, die blonde Mähne, das herausfordernd erhobene Kinn, die glitzernden blauen Augen, Kristins unbändiges Gelächter. Sie hatte ihm damals sehr gefallen. Er hatte sich sogar eine Zukunft mit ihr vorstellen können. Nur dass er zu jener Zeit eben Kristins schöne, kluge und liebenswerte Schwester Alena noch nicht gekannt hatte. Deshalb hatte er sich vorerst in Kristin verlieben müssen. Kristin hatte sich damals von ihm abgewandt, und Alena hatte jetzt das Gleiche getan. Auch für sie war er nicht der Mann, mit dem sie leben konnte.

Die Dose aber würde er für sie mitnehmen und Trude überlassen. Sie konnte sie dann an Alena weitergeben. Außerdem, schoss es ihm durch den Kopf, würde man mithilfe der Milchzähne und der Haare jederzeit gentechnisch beweisen können, dass Luisa tatsächlich Kristins Tochter war.

Im Begriff, den Deckel zu schließen, fiel sein Blick noch einmal auf die blauen Jahreskalender. Sie stammten aus Kristins letzten beiden Jahren, dem mit ihm und dann den neun Monaten mit Tim. Lennart nahm den von 1995 heraus und schlug ihn auf Die kaum lesbaren Notizen endeten am Dienstag, den 28. November, einen Tag vor Kristins Tod, zwölf Tage nach Luisas Geburt.

Lennart klappte das Büchlein zu, ließ es in seine Sakkotasche gleiten und schloss den Deckel der Dose. Sekunden später holte er den Kalender wieder aus seiner Tasche. Er hatte kein Recht zu verhindern, dass Alena sich die letzte Gewissheit aus Kristins eigenen Notizen verschaffte. Er hätte es ihr zwar gern erspart, selbst um den Preis, dass sie ihn ihr Leben lang dafür verachtete, dass er den unbewiesenen Verdacht ausgesprochen hatte. Aber es kam ihm nicht zu, den einzigen Beweis, den es gab – und sei es auch der von Kristins Mitschuld –, zu vernichten. Selbst wenn Alena ihn dann dafür verfluchte, dass er ihr diesen Beweis zukommen ließ, und glaubte, er habe es getan, um sich selbst reinzuwaschen.

Er legte den Kalender zurück in die Dose, stellte sie auf Luisas Koffer, holte den Kaffee aus der Küche, weckte Isabella und flößte ihr zwei Becher Kaffee mit Zucker ein.

»Und was hast du jetzt vor?«, fragte Isabella. »Willst du mich anzeigen? Scheißt du mich jetzt zusammen? Willst du mir drohen? Dann kriegt ihr mein Kind nie!«

Lennart seufzte. »Isabella, hör doch auf, gegen Windmühlenflügel zu kämpfen. Keiner will dir was Böses. Ich will nur mit dir reden, damit wir eine Lösung für deine Probleme finden.«

Es stellte sich heraus, dass Isabellas größtes Problem momentan ein finanzielles war. Sie hatte seit drei Monaten keine Miete mehr bezahlt. Das Geld, das Lennart ihr für den Oktober überwiesen hatte, den Luisa ursprünglich bei ihr hatte wohnen sollen, hatte Isabella bereits fast vollständig für die Erneuerung ihrer Garderobe ausgegeben. »Für drei Monatsmieten hätte es ja ohnehin nicht gereicht.« Ihr stand eine Zwangsräumung unmittelbar bevor. Deshalb brauchte sie Luisa. Mütter mit Kindern, meinte sie, könne man nicht einfach auf die Straße setzen. »Und wenn doch, was bleibt mir dann anderes übrig, als zu Ronaldo nach Neapel zu gehen. Er versteht ohnehin nicht, was ich mit der Kleinen habe und warum ich noch mal nach Hamburg zurückgegangen bin. Aber ich musste doch! Wegen Luisa.«

»Das ist sehr anständig von dir«, sagte Lennart. »Und deshalb möchte ich dir einen Vorschlag machen. Du packst deine Sachen, kündigst die Wohnung und verschwindest zu Ronaldo nach Neapel. Deine Außenstände übernehme ich. Außerdem setze ich dir eine ordentliche monatliche Pension aus, dann bist du von Ronaldo nicht abhängig, falls er dich eines Tages ärgert.«

»Und Luisa?«

»Die lässt du hier. Und du erklärst dich damit einverstanden, dass sie Alena zugesprochen wird.«

Lennart redete noch sehr lange mit ihr. Isabella war eine von den Frauen, denen es leichter fiel, einem Mann zuzuhören als einer Frau. Vor allem, wenn der Mann ein so stattlicher und Respekt gebietender war wie Lennart, in den sich fast jede Frau wenigstens ein kleines bisschen verliebte.

»Also gut«, sagte sie schließlich und sah auf einmal richtig glücklich aus, nachdem die schweren Entscheidungen endlich getroffen waren. »Und wer hütet Luisa, bis Alena wieder da ist?«

»Trude kommt am Sonntag mit Luisa nach Hamburg und bleibt bei ihr«, antwortete Lennart.

Zum Schluss versuchte Isabella sogar sich bei ihm zu entschuldigen. »Ich habe das alles doch bloß gesagt, weil ich wieder mal als die Böse hingestellt werden sollte, und alle anderen waren die Helden. Du und Alena sowieso! Sie hatte Luisa gefunden, und du hattest gesungen. Ich kam mir so klein und erbärmlich vor. Trude hat mich doch praktisch gezwungen zu sagen, dass Luisa nicht meine Tochter ist. Und auf einmal stand ich wie eine Verbrecherin da. Dabei habe ich doch nur das Beste für Luisa gewollt.«

»Ist schon gut, Isabella. Keiner macht dir einen Vorwurf. Du hast Luisa das Leben gerettet. Dafür sind wir dir alle sehr dankbar.«

»Aber ich hätte dich nicht in ein so schlechtes Licht rücken dürfen. Wo ich doch auch nicht weiß, was damals wirklich passiert ist und wer was zu wem gesagt hat. Und ob nicht doch Kristin das damals aufgebracht hat mit dem ›einer muss sterben‹, das möchte ich auch nicht beschwören. Aber eines weiß ich genau, Len. Nachdem es passiert ist, war Bob ziemlich durch den Wind. Deshalb haben wir uns letztlich getrennt. Es war nichts mehr mit ihm los. Er hatte irgendwie einen Knacks weg. Ich glaube, er war es, Lennart. Er hat es getan. Ich kann es nicht beschwören, aber …«

»Dann halt einfach die Klappe, Isabella!«, unterbrach Lennart sie.

Kurz vor Mitternacht waren endlich alle Rechtfertigungen ausgesprochen und alle Formalitäten erledigt. Lennart konnte Isabellas Dank abschütteln, ihr Glück wünschen und mit Luisas Koffer und Kristins Dose die Wohnung verlassen, in der Hoffnung, Isabella niemals wiederzusehen.

Kapitel 39

Alena stand am Fenster ihres Hotels in Nuuk, tippte Trudes Nummer ins Telefon, lauschte dem Freizeichen und sah dem Schnee beim Fallen zu. Es war ein ungewohnter, doch seltsam schöner Anblick. Grönlands Hauptstadt wirkte wie zufällig in ein unbewohnbares Gelände gestreut. Rote und blaue Holzhäuser duckten sich unter dem Wind zwischen Hügeln, die selten schneefrei waren. Vor jedem Haus standen Schlitten, Hunde kläfften dahinter. Der Himmel hing tief über einem Meer, das bei Sonnenschein wie ein Topf blauer Tinte wirkte und jetzt das lichte Grau der Wolken verdoppelte.

»Klapsing«, meldete sich Trude.

»Ich bin's, Alena.«

»Moin. Geht es dir gut?«

»Ja, danke. Bei euch alles okay?«

»Ja, alles okay. Mach dir keine Sorgen. Wir haben alles im Griff. Luisa geht es gut.«

Alena hatte das deutliche Gefühl, dass nicht alles in Ordnung war. »Hör mal, ich werde …« Die Leitung rauschte und knatterte. »Hallo, bist du noch dran?«

Keine Antwort. Die Telefonanlage des Hotels versagte wieder einmal ihren Dienst. Aber das war jetzt auch egal. Dann würde sie Trude und Luisa eben überraschen müssen. Ihre Heimreise hatte sie längst organisiert, nicht per Telefon, sondern mit einem Gang in ein Reisebüro. Ob sie es allerdings in den anderthalb Tagen, die ihr noch blieben, schaffen würde, war fraglich. Von Nuuk musste sie die Westküste aufwärts zum alten Militärflughafen von Kangerlussuaq gelangen, entweder zu Wasser oder in der Luft, per Küstenschiff, Propellerflugzeug oder Hubschrauber. Und in diesen Breiten konnte das Wetter jeden Plan schnell zunichte machen.

Sie flog am Freitagnachmittag mit einer Propellermaschine der Grönlandsfly nach Kangerlussuaq, wo sie vier Stunden am Flughafen wartete. Dann wurde der Start der Maschine der SAS Richtung Kopenhagen doch abgesagt. Die Nacht verbrachte Alena im Hotel. Sonnabend früh um acht starteten sie dann tatsächlich. Vier Stunden dauerte der Flug. Außerdem musste Alena die Uhr vier Stunden vorstellen. Demzufolge landete sie um vier Uhr nachmittags in Kopenhagen, eine Dreiviertelstunde zu spät, um die Lufthansamaschine zu besteigen, die sie in dreieinhalb Stunden via Frankfurt nach Hamburg gebracht hätte.

Aber auch dann hätte sie es höchstwahrscheinlich nicht mehr bis zum Konzertbeginn nach Rügen geschafft, weder mit einem Mietwagen noch mit dem Zug.

Alena atmete aus. Es hatte eben nicht sein sollen. Sie war auch selber schuld. Sie hätte sich früher entschließen müssen. Nur gut, dass sie Trude nicht gesagt hatte, dass sie am Abend auf Rügen hatte sein wollen. So hatte sich niemand außer ihr selbst falsche Hoffnungen gemacht, und sie musste auch niemanden anrufen, weil sie in Kopenhagen festsaß. Während sie noch überlegte, ob sie sich nicht der Einfachheit halber in einen Zug nach Hamburg setzte, statt weiter nach teuren Flügen zu schauen, stolperte sie über den Aktenkoffer eines Geschäftsmannes, der sich umdrehte und sie erkannte. »Alena Heil, richtig? So eine Überraschung. Wie könnte ich Sie je vergessen!«

Er hieß Malte Hansken, besaß eine Reederei für Frachtschiffe im Fährverkehr mit Skandinavien und war ein wohlerzogener Mann in den besten Jahren. Alena hatte vor nicht allzu langer Zeit einen Dreh in seiner Reederei in Warnemünde organisiert. Es war einer ihrer ersten Jobs für Potemkin Film gewesen.

Hansken war im Begriff, seinen Privatjet zu besteigen und nach Rostock-Laage zu fliegen. Er hatte sich eigentlich nur noch Zeitungen kaufen wollen. Alena schilderte ihm, wo sie herkam und wo sie hinwollte, und Hansken bot ihr sofort an, sie in seinem Jet mitzunehmen. »Dann muss ich mich nicht mit Zeitungen langweilen.«

Alena begann wieder an ihr Glück zu glauben und erzählte während des Flugs dem ihr ziemlich fremden Mann ihre ganze Geschichte.

»Und dann habe ich ihm vorgeworfen«, seufzte sie, »er sei ein Ungeheuer und krank vor Eifersucht und Eitelkeit. Und ich habe gesagt, ich würde glauben, er habe Kristins Idee in die Tat umgesetzt.« Sie seufzte noch tiefer.

Hansken schwenkte sein Glas mit schottischem Whisky, wiegte den Kopf und bemerkte: »In Liebesdingen ist schwer zu raten, aber wenn Sie mich fragen, dann würde ich sagen, Sie haben Angst vor der Macht der Liebe. Je größer Ihre Liebe, desto größer Ihre Angst, sich dem Falschen zu verschreiben und so unglücklich zu enden wie Ihre Schwester.«

Alena war verblüfft. Da war etwas dran. Marvin hatte sie betrogen. Kristin war ihr plötzlich fremd geworden mit ihrer blinden Schwärmerei für diese Popgruppe. Und nun war sie vielleicht doch nicht nur das unschuldige Opfer gewesen. Sie hatte den Menschen nicht trauen gelernt. Oder anders gesagt, sie traute ihrem Urteil nicht.

»Man sagt ja immer«, philosophierte Hansken, »wir sollten uns auf unser Gefühl verlassen. Aber Liebe macht blind. Sie sind eine kluge Frau, Sie wissen das. Und was tun Sie? Sie reagieren alarmiert auf die kleinste Irritation und stellen gleich Ihre ganze Liebe infrage, nur weil sie eine Kleinigkeit nicht gleich verstehen. Warum lassen Sie sich nicht einfach auf Ihren Lennart ein? Sie müssen ihn doch nicht gleich heiraten. Beschränken Sie sich auf eine gepflegte Affäre und überprüfen Sie Ihre Gefühle nach anderthalb Jahren noch mal. Dann hat der Rausch der Verliebtheit nachgelassen.«

Um fünf Uhr landeten sie auf dem Flughafen Laage, gut zwanzig Kilometer südlich von Rostock. Um Viertel nach fünf saßen sie in Hanskens Firmenwagen mit Chauffeur. Als sie auf die Autobahn nach Rostock rollten, befahl Hansken dem Fahrer: »Vergessen Sie erst mal Warnemünde, fahren Sie nach Binz auf Rügen, und geben Sie Gas.«

Alena protestierte schwach.

Hansken wollte nichts hören. »Dann komme ich eben etwas später zur Feier unseres zehnjährigen Jubiläums. Mitarbeiter feiern sowieso lieber ohne Chef.«

Drei Stunden hätten eigentlich reichen müssen, den Stau durch Stralsund mit eingerechnet. Doch kaum hatten sie den Rügendamm überwunden und die Insel erobert, steckten sie zwischen Rambin und Samtes fest, weil sich ein Auto mit Wohnwagenanhänger quer gestellt hatte und beide Fahrbahnen blockierte.

Der Navigator in Hanskens Firmenwagen empfahl die Südroute. Der Chauffeur wendete, fuhr nach Altefähr zurück und probierte es auf den gemütlicheren Straßen über Gustow, Garz und Putbus. Zehn nach acht quietschte die Limousine um das Rondell, das in Binz die Strandpromenade unterbrach und die Hauptstraße mit der Seebrücke verband, und hielt vor dem imposanten hundert Jahre alten Kurhotel mit seiner gelbweißen Jugendstilfassade und seinen drei Türmen.

Alena sprang aus dem Wagen, zerrte ihren Trekkingrucksack aus dem Kofferraum, drückte Hansken einen Kuss auf die Wange und rannte die Freitreppe hinauf zum Eingang. Aber es war der falsche. Sie musste auf die andere Seite des Gebäudes, wo sich der Eingang zum Kurhaus-Saal befand. Außer Atem stoppte sie auf dem roten Teppich am Eingang des in Violett und Rot gehaltenen Foyers an der Kasse, die gerade geschlossen wurde.

»Es hätte ohnehin keine Karten mehr gegeben«, beschied ihr die Frau resolut. »Und die vorbestellten sind alle abgeholt worden.«

»Deshalb möchte ich auch ohne Karte hinein« sagte Alena. »Ich bin extra von Grönland gekommen.«

»Von Grönland?«

»Ja, und leider musste ich in Kangerlussuaq sechzehn Stunden auf mein Flugzeug warten. Und hätte mich in Kopenhagen nicht ein Reeder aus Warnemünde in seinem Firmenjet nach Rostock mitgenommen, dann hätte ich es nicht mehr geschafft.«

Die Frau musterte Alena, die in dicker roter Daunenjacke mit Pelzbesatz an der Kapuze, Trekkingstiefeln, Thermohosen und einem schweren Rucksack auf dem Rücken vor ihr stand, und lächelte plötzlich. »Du bist doch Trudes Nichte, nicht wahr? Ich kenne dich noch, da warst du so lütt.« Sie hielt die Hand in Hüfthöhe.

Alena lächelte breit. »Britta Schütte, nicht wahr?«

»Trotzdem …« Britta Schütte überlegte. »Es ist ein Filmteam drin. Man könnte so tun, als würdest du dazugehören.«

»Potemkin Film?«, fragte Alena. »Zu denen gehöre ich tatsächlich.« Ein »Noch!« verkniff sie sich.

»Aber das Konzert hat gerade angefangen!«

»Ich bin auch ganz leise.« Alena wuchtete den Rucksack von den Schultern. »Den kann ich sicher in der Garderobe lassen.« Sie zog die Daunejacke aus und warf sie über den Rucksack. Drunter trug sie einen Rollkragenpullover.

Britta Schütte gab sich einen Ruck. »Na gut.« Sie durchquerten auf leisem rotem Teppich mit Lilienmuster das Foyer, das menschenleer unter den Kronleuchtern und Halogenstrahlern lag, passierten die Bar und näherten sich der Saaltür. Alena hörte gedämpft die Melodie der Loreley. Britta legte den Finger an die Lippen. Als drinnen Applaus aufbrandete, drücke sie die Klinke hinunter, schubste Alena hinein, bedeutete ihr, sich in die hinterste Ecke zu verdrücken, und zog die Tür wieder zu.

Im selben Moment hatte Alena alles vergessen, selbst das, was nur zwei Sekunden hinter ihr lag.

Kapitel 40

Ein Meer von Köpfen wogte zur Bühne hin. Darüber blitzte gelegentlich im Streulicht der Scheinwerfer der riesige Kronleuchter. Der Saal war nach Plänen aus den zwanziger Jahren rekonstruiert worden. Die Bühne wurde von einem klassisch griechischen Tempelgiebel überdacht, der auf zwei Säulen ruhte. Vorn unter dem gerafften roten Samtvorhang saß Lennart auf einem hohen Schemel mit der Gitarre auf dem Knie. Hinter ihm schimmerte ein roter Konzertflügel, und über dem Bühnengiebel leuchtete nachtblau die Wand, auf die Scheinwerfer einen Sternenhimmel geworfen hatten.

Lennart trug helle Jeans mit Designerrissen und ein zum Stil des Hauses passendes dunkelviolettes Satinjackett über einem fliederfarbenen Hemd, dessen Kragen im Stil der siebziger Jahre über das Revers geschlagen war.

Die Bühne war ziemlich weit weg, aber die Töne des Intros, das Lennart auf seiner klangvollen Schneider-Gitarre spielte, waren so klar, dass Alena sogleich die Entfernung vergaß. Ihr war, als wäre sie einen Schritt zu weit ans Wasser getreten. Die Wellen flossen ihr über die Füße und schäumten um ihre Fesseln. Und das Wasser stieg schnell, und schon bald fühlte sie sich erfasst von warmen Wogen und fortgetragen, und es war überhaupt nicht anstrengend zu schwimmen.

»Ach wie ist mir denn geschehen?«, sang Lennart, »Welches Bangen, welche Lust. / Da ich dir ins Aug' gesehen, / Rauschet Wonne durch die Brust.«

Alena vergaß Zeit und Ort und ließ sich treiben in einem Ozean von Worten und Tönen. Nie hätte sie gedacht, dass es so viele Liebeslieder gab, die nur für die Zwiesprache zwischen Lennart und ihr geschrieben worden zu sein schienen und die er mit seiner tiefen, klangvollen Stimme vortrug, als hätte er sie selbst erdacht.

»So rührend standst du da, / Dass ich nicht wagte, auf dich zu blicken. / Wild schlug mein Herz, indes ich deine Nähe / So drangvoll fühlte, dass ich's kaum ertrug.«

Ein Schauer nach dem anderen rann Alena den Rücken hinunter. Auch das Publikum war oftmals so ergriffen, dass es zwei Sekunden wie erstarrt dasaß, wenn Lennart die letzten Töne verklingen ließ, ehe tosender Beifall ausbrach.

Zwischendurch gönnte der moderne Minnesänger seinem Publikum aber auch Erholung. Dann stand er auf, trat an die Bühnenkante vor, lächelte, ließ auf seiner Gitarre eine bekannte Schlagermelodie in eine andere kippen, ohne die Stimme zu erheben. Bis an die Ungeduldsgrenze stachelte er seine Zuhörer auf, um dann plötzlich mit ironischer Lust »Marmor, Stein und Eisen bricht, aber unsere Liebe nicht« in den Saal zu schmettern. Da war das Publikum bereits so gelöst und hatte sich derart vertrauensvoll in seine Hände begeben, dass viele lauthals mitsangen, mitklatschten und pfiffen.

Als erfahrener Live-Sänger spielte Lennart mit seinen Zuhörern. Stets schien er zu wissen, was sie fühlten, was sie erwarteten, hofften, sich wünschten, was sie fürchteten, wann sie schmunzeln wollten und wann sie bereit waren, still zuzuhören, wenn er ihnen vom Schmerz der Liebe erzählte.

»Ach, hätten deine Augen, / Die meinen nie gesehen. / Dann wäre meinem Herzen / Nicht so viel Leid geschehen. / Ach, hätten deine Lippen, / Die meinen nie geküsst. / Dann wüsste meine Seele / Noch nicht, was Liebe ist.«

Die Pause holte Alena zurück an Land. Noch ziemlich desorientiert sah sie die Menschen an sich vorbei ins Foyer ziehen und an die Bar strömen. Die Herren trugen Anzüge, die Damen Seidenblusen, Röcke und Goldschmuck, die vielen jungen, hauptsächlich weiblichen Menschen hatten sich auf ihre Art schick gemacht, schwere Glitzergürtel, Tücher, hüftige Jeans mit Stickereien und Strass und bis auf die Fäden abgeriebene Stellen, spitze Schuhe. So manche maßen Alena in ihrem Grönlandoutfit mit einem etwas befremdeten Lächeln. Aber man war es bereits gewohnt, dass Touristen zuweilen nicht die richtige Garderobe dabeihatten.

Endlich kamen auch Trude, Marika und Luisa, die offenbar ganz vorn gesessen hatten. Das Erstaunen, das sie auslöste, half Alena aus ihrem desolaten inneren Zustand heraus. Luisa jubelte, und Trude sagte: »Oh, das ist gut, dass du kommst. Dabei haben wir jetzt eigentlich alles organisiert. Oder musst du wieder zurück nach Grönland? Was ist eigentlich los?«

»Grönland hat mir nicht gefallen«, antwortete Alena lächelnd. »Und was ist bei euch los?«

»Ich muss nicht zu Isabella! Die ist abgehauen!«, rief Luisa. »Und beinahe hätte sie mich nach Italien entführt, aber Lennart hat es verhindert. Er bringt mich morgen nach Hamburg und bleibt eine Woche bei mir in deiner Wohnung, und dann lösen ihn Trude und Marika ab.«

Alena schwindelte.

»Das wird ja nun wohl nicht mehr nötig sein«, bemerkte Marika leise und so, als hätte sie, Alena, das alles eigentlich überhaupt nicht erfahren sollen.

»Und was heißt das, Grönland hat dir nicht gefallen?«, fragte Trude rasch. »Du hast doch nicht deinen Job geschmissen, oder?«

»Vermutlich habe ich das. Aber das ist nicht so wichtig.«

»Hm, blass siehst du aus«, sagte Trude. »Und dünn bist du geworden. Du bist doch nicht krank?«

»Nein«, antwortete Alena lächelnd.

Weitere Erklärungen wurden ihr erspart, weil Silke plötzlich bei ihnen stand. Sie hatte doch noch von irgendwoher auch für sich eine Karte bekommen und sah umwerfend aus. Sie trug ein enges grünes Kleid aus Taft, das ihre helle Haut und ihr weißblondes Haar wunderbar zur Geltung brachte. Ihre blauen Augen blitzten unter dichten schwarzen Wimpern und schön geschwungenen schwarzen Brauen. Sie war, wie Alena schon vermutet hatte, eine exklusive Schönheit. Neben ihr kam sie sich in ihren Trekkinghosen, Bergstiefeln und dem Rollkragenpullover ziemlich plump und gewöhnlich vor.

»Dann gehe ich jetzt mal Lennart sagen, dass Alena da ist«, verkündete Luisa plötzlich. »Da freut er sich bestimmt.«

Alena schnappte sich die Kleine, bevor sie davonspringen konnte. »Nein, du störst ihn jetzt nicht. Er braucht seine Pause.«

Luisa schmollte.

Und schon zwei Minuten später sah Alena sich Lügen gestraft. Denn plötzlich erschien Lennart am anderen Ende des Saals in einer Tür und war sofort umringt von Menschen, die ihm ihre Eintrittskarten oder Zettel hinstreckten, damit er ihnen ein Autogramm gab.

Im ersten Moment dachte Alena, es sei tatsächlich möglich, dass man einfach so in Ohnmacht fiel, aber dann trieb der Schrecken über die Aufmerksamkeit, die sie damit erregen würde, ihren Blutdruck wieder in die Höhe.

»Komm«, sagte Silke vergnügt und hakte sich bei ihr unter, »wir holen uns auch ein Autogramm. Das ist bestimmt lustig!«

»Ich habe keine Karte«, wehrte sich Alena.

Marika drückte ihr wortlos ihre in die Hand und zwinkerte ihr zu. Benommen stolperte Alena an Silkes Arm im Slalom durch die Grüppchen. Luisa hüpfte summend und singend vor ihnen her. Die Leute lächelten und machten Platz. Auch die Traube um Lennart lichtete sich etwas. Sein Blick zuckte hoch von der Karte, die er gerade unterschrieb, und fand sofort zu Luisa. Er lächelte. Dann griff er nach dem nächsten Stück Papier und schaute der Frau, die es ihm hinhielt, ins Gesicht.

Alena wusste plötzlich: Das konnte sie nicht bringen. Sie wollte stoppen, doch Silke zog sie energisch weiter. Alena versuchte sich hinter einem älteren Ehepaar zu verstecken, aber zu spät. Das Gerangel hatte Lennarts Aufmerksamkeit erregt. Er schaute hoch und erblickte sie. Seine Hand stockte, aber nur einen Moment. Dann senkte er die Lider wieder, schrieb zu Ende und reichte der Dame mit höflichem Dank die Karte zurück.

Inzwischen war Luisa bei ihm angelangt. Sie spielte die Autogrammjägerin. Und Lennart spielte den Fremden. Danach streckte Silke ihm ihre Konzertkarte hin und feixte. »Ein Autogramm bitte schön!«

Nur einer, der schon Tausende von Autogrammen in allen möglichen und unmöglichen Lebenslagen gegeben hatte, beherrschte die Kunst, im Stehen ohne Unterlage auf einer biegsamen Karte oder einem zerfransten Zettel eine Unterschrift hinzukriegen, die man zur Not als Name entziffern konnte. Er schrieb mit einem Filzstift: »Lennart Gristow.«

»Ein tolles Konzert«, plapperte Silke kichernd. »Ganz was anderes, wie wenn du mit den Kindern singst.«

»Ja, voll cool!«, bemerkte Luisa.

Lennart gab Silke die Eintrittskarte zurück. Jetzt war Alena dran, unwiderruflich. Sein Blick tauchte in ihren, ernst und zurückhaltend, vielleicht sogar zurückweisend. Er lächelte nicht. Zwischen seinen Brauen stand eine kleine steile Falte, die Alena vorher nie aufgefallen war. Man sah ihm die Anstrengung der letzten Stunde an, aber er wirkte nicht eigentlich müde, sondern eher wie innerlich gereinigt. In seinen Zügen lag eine tiefe Gelassenheit, in seinen Bewegungen war nichts Zögerliches mehr. Er hat seinen Kurs gefunden, dachte Alena bestürzt. Und sie saß nicht mehr mit ihm im Boot.

Ohne ein Wort zu sagen nahm er die Karte, die eigentlich Marika gehörte, schrieb seinen Namen darauf und reichte sie Alena zurück. Seine Finger berührten ihre kurz und leicht. Ob er sie dabei auch anblickte, wusste Alena nicht zu sagen, denn sie schaffte es nicht mehr, ihm in die Augen zu schauen. Schon wandte er sich den nächsten zu, zwei sehr jungen kichernden Mädchen, und Silke zog Alena fort an die Bar.

Wie die Pause zu Ende ging, daran erinnerte sich Alena später nicht mehr. Als es wieder dunkel wurde im Saal, stand sie auf der anderen Seite an der Wand bei dem Kameramann von Potemkin Film, den sie vorhin gar nicht bemerkt hatte.

»Bilder archivieren« nannte er das, was er tat. Alena wusste, was er meinte. Falls in dem Film über Rügen überhaupt ein Ausschnitt aus Lennarts Konzert vorkommen würde, dann höchstens fünfundvierzig Sekunden lang. Die restlichen zwei Stunden landeten digitalisiert im Archiv.

Lennart kam ohne Jackett auf die Bühne zurück. Die Ärmel des fliederfarbenen Siebziger-Jahre-Hemds hatte er hochgekrempelt. Der schmale Schnitt betonte seine breiten Schultern, und der braune Gürtel mit der großen Schnalle unterstrich die schmalen Hüften. Die fast weißen Jeans saßen perfekt. Alena hatte inzwischen einige Fotos von Len Lost gesehen. Aber die kraftvolle Gestalt, die sich hier den fünfhundert Menschen präsentierte, gehörte nicht mehr einem leichtgewichtigen Jüngling, sondern einem reifen Mann mit Verstand und Lebenserfahrung.

Lennart verbeugte sich in die Brandung des Beifalls und setzte sich dann an den roten Flügel. Er spielte einen Lauf und ein paar Akkorde und ließ dann, als wäre es ihm gerade eben eingefallen, Franz Schuberts launische Forelle pfeilschnell durch den hellen Bach schießen. Das Bächlein sprang fröhlich über Kieselsteine, kräuselte sich in den Uferbuchten und riss an Gräsern und herabhängenden Zweigen. Lennart variierte das Motiv eine ganze Weile, ehe er aufblickte, sich ans Publikum wandte und begann Christian Friedrich Daniel Schubarts Geschichte einer tödlichen Verführung zu erzählen.

»Ein Fischer mit der Rute / Wohl an dem Ufer stand / Und sah's mit kaltem Blute …«

Solange die Forelle in klarem Wasser jagte, war sie vor der Angel des Fischers sicher, zumindest nach Ansicht des Dichters. Doch der Fischer, nicht faul und ziemlich tückisch, machte das Wasser trübe, und nicht lange, so zappelte die Forelle, um ihr klares Urteil betrogen, am tödlichen Haken.

»Und ich mit regem Blute / Sah die Betrogne an«, sang Lennart die Moral von der Geschichte, »Meist fehlt ihr nur aus Mangel / Der Klugheit. Mädchen, seht / Verführer mit der Angel! Sonst blutet ihr zu spät.«

Und die Forelle verzappelte in der Brandung des Beifalls.

»Der versteht's!«, raunte der Kameramann Alena zu. »Und ich habe wahrlich schon viele jodeln sehen.«

Alena hätte das enthusiastische Urteil des Unparteiischen nicht gebraucht, um sich sicher zu sein, dass Lennart ein Vollblutmusiker mit außergewöhnlicher Begabung war. Sie selbst schwankte ohnehin wie ein Rohr im Wind, so als hätte sie niemals zuvor ein Konzert besucht und noch nie erfahren, wie unmittelbar Musik die Gefühle zum Schwingen brachte. Den Gästen schien es nicht viel anders zu gehen. Sie entließen Lennart erst nach fünf Zugaben kurz vor Mitternacht. Und vermutlich auch nur, weil ihnen die Hände vom Klatschen so weh taten, dass sie einfach nicht mehr konnten.

Luisa vermochte die Augen kaum noch offen zu halten und war drauf und dran, auf dem Teppich im Foyer einzuschlafen, während Trude, Marika und Alena an der Garderobe anstanden. Silke gesellte sich zu ihnen und schlug Alena vor, auf Lennart zu warten und mit ihm in der Kakadu-Bar noch etwas trinken zu gehen. »Vielleicht will er ja auch noch was essen. Er hat doch vermutlich Hunger nach diesem Konzert.«

Alena lehnte ab. »Nette Idee, aber du siehst doch, Luisa muss ins Bett.«

»Die nehmen wir mit«, erklärte Trude.

»Ich will aber bei Lennart schlafen!«, protestierte Luisa in der zu krisenhaften Lautstärke eines gänzlich übermüdeten Kindes. »Es ist meine letzte Nacht auf Rügen.«

»Siehst du«, bemerkte Silke schmunzelnd, »du bist momentan völlig abgemeldet.«

»Aber Lennart nicht. Er wird mit ihr gleich nach Hause gehen«, erwiderte Alena.

Daraufhin schlug Marika vor, dass sie und Trude Luisa nach Gager bringen und so lange bei ihr bleiben würden, bis Lennart nach Hause kam.

»Jetzt warte doch mal ab, was Lennart vorhat«, unterbrach Trude, die, wie Alena ahnte, der Gedanke nicht begeisterte, in Lennarts Haus entweder bis in die Puppen wach bleiben zu müssen oder auf einem Sofa einzuschlafen.

»Außerdem«, erklärte Alena, »bin ich heute früh am Polarkreis aufgestanden und seit zwanzig Stunden auf den Beinen. Ich muss dringend aus meinen Klamotten.«

Silke sah ziemlich enttäuscht aus. Sie mochte ahnen, dass auch Lennart sich von ihr nicht überreden lassen würde, mit ihr noch einen trinken zu gehen.

Endlich bekamen sie die Mäntel und Jacken und Alena dazu noch ihren zwanzig Kilo schweren Rucksack. Marika erbot sich, Lennart schnell Bescheid zu sagen, dass man schon mal ins Haus Buskam vorausfahren werde, aber das erübrigte sich, denn da erschien er auch schon. Wieder im dunkelvioletten Jackett mit der verhüllten Gitarre über der Schulter durchquerte er das Foyer. Einer stoppte ihn noch, um ein Autogramm zu erbitten, dann kam er direkt auf sie zu. Luisa streckte die Arme aus.

»Kein. Fotograf mehr irgendwo?«, erkundigte Lennart sich. »Draußen auch nicht?«

»Niemand mehr draußen«, meldete Silke etwas verwundert, nachdem sie zur Tür hinausgeschaut hatte.

Erst jetzt nahm er Luisa auf den Arm. Sie schlug sofort die Arme um seinen Hals, legte den Kopf an seine Brust und döste weg. Alena wuchtete ihren Rucksack auf die Schultern, während sich alle dem Ausgang zuwandten. Wenn sie einfach zurückgeblieben wäre oder sich in Luft aufgelöst hätte, dachte sie, so hätte es vermutlich niemand gemerkt. Nein, sie war ungerecht. Marika hätte es sofort bemerkt und wäre sie holen gekommen. Trude auch.

Nur eben Lennart nicht.

Kapitel 41

Ein klarer, aber kühler Herbsttag erstrahlte über dem Mönchgut. Der Bodden lag blau in den Armen des Reddewitzer und Zicher'schen Höfts, ein lichter blauer Himmel wölbte sich über den dunklen Wäldern, gelben Feldern und grünen Wiesen, in den Spinnennetzen perlte der Tau, und ein ruhiger Südwestwind spielte mit den Blättern der Bäume von Gut Gristow.

Nur Kater Murr hatte für die Pracht nichts übrig. Er hockte missmutig auf dem Holzblock, auf dem Lennart die Scheite für den Kamin zu schlagen pflegte, und wartete darauf, dass Gras und Gebüsch aufhörten zu glitzern und er keine nassen Pfoten mehr bekommen würde.

Lennart kraulte das Tier hinter den Ohren. Er fühlte sich ähnlich. Verkatert. Die Tage nach einem Konzert hatte er immer gehasst. Das Adrenalin, das ihm gestern noch durch die Adern geflossen war und ihn unbesiegbar gemacht hatte, war abgebaut und hinterließ eine lähmende Niedergeschlagenheit. Früher war er dann im Bett liegen geblieben, aber heute hatte er aufstehen müssen, einmal wegen Luisa und zum andern, um in Binz die Orgel zu spielen.

Die Kirche war rammelvoll. Die Leute drängten sich in den Bänken, an den Wänden entlang und unter der Orgelempore. Hinterher musste er auf allem, was nach Papier ausschaute, Autogramme verteilen.

Alena sah er nicht.

Aber Silke kam und entführte ihm Luisa, um mit ihr auf den Ponys des Ferienhofs Sonnenschein noch einen Abschiedsausritt zu unternehmen. Er hatte keine Chance, Einspruch zu erheben. Er wäre ohnehin rein egoistischer Natur gewesen – mit Luisa den letzten Tag verbringen, bevor sie für Monate verschwand. Er würde sie frühestens Weihnachten wiedersehen, denn jetzt, da Alena wieder aufgetaucht war – blass und erschöpft und dennoch auf eigenartige Weise noch schöner und weiblicher, als er sie stets gefunden hatte –, war der Plan wohl hinfällig, dass er heute Abend mit Luisa nach Hamburg fahren würde.

Alleine kehrte Lennart nach Gager zurück. Zu tun hatte er nichts. Erst gegen zwei würde Silke Luisa wieder abliefern, und wenige Stunden später musste er sie zum Zug nach Binz bringen. Luisa verschwand heute. Alena verschwand mit ihr. Silke versuchte zwar, sich ihm zu nähern, aber er würde ihre Hoffnungen nicht erfüllen können. Er war alleine. Plötzlich hatte er das Gefühl, aus dem Loch, in das er nach einem Konzert regelmäßig fiel, nicht mehr herauszukommen.

Die alte Angst war auch wieder da. Unheimlich schnell hatte sich bei ihm schon gestern der Blick nach den Pressefotografen wieder eingestellt, das Gefühl, stets beobachtet zu werden und keine falsche Bewegung machen zu dürfen, damit sie nicht über Tage in der Boulevardpresse breitgetreten wurde. Deshalb hatte er Luisa nicht einfach auf den Arm nehmen können, das Kind, das nicht seines war und das auf keinen Fall in eine öffentliche Diskussion darüber geraten durfte, was der einstige Len Lost wohl an der Tochter seiner Exfreundin und späteren Freundin des Schlagzeugers wiedergutmachen zu müssen meinte. Vielleicht doch eine Schuld, von der ihn ein Gericht vor etwas mehr als acht Jahren freigesprochen hatte, weil es keine Beweise gab. Das alles kreiste ihm durch den Kopf, während er sich zu Fuß auf den Weg nach Gager hinab machte. Eines ließ seine Gedanken immer wieder wie einen Kreisel austrudeln und kippen – Alena.

Hatte sie ihm nicht ausdrücklich gesagt, dass sie nicht zu seinem Konzert kommen würde, und zwar noch bevor sie ihm noch deutlicher zu verstehen gegeben hatte, dass er überhaupt nicht mehr damit rechnen durfte, dass sie sich mit ihm abgab?

Und hätte sie nicht eigentlich auf Grönland sein müssen? Tatsächlich hatte sie ausgesehen wie direkt vom Eisfjord eingeflogen. Wunderschön mit ihren dunklen Augen, dem langen fließenden Haar und diesem pfirsichzarten Schimmer auf ihrer Haut.

Dass sie plötzlich hier war, konnte nur bedeuten, dass Trude sie doch angerufen hatte, um ihr von der Überraschung zu berichten, die Isabella ihnen bereitet hatte. Sicherlich hatte Trude Alena zu beschwichtigen versucht. Sie hatten alles bereits bestens organisiert. Weil Trude nächste Woche zwei Arzttermine hatte, hätte er die erste Wache in Hamburg übernommen und Marika und Trude die zweite. Aber wahrscheinlich hatte der Gedanke, dass er sich eine Woche lang in ihrer Wohnung aufhalten würde, Alena dermaßen widerstrebt, dass sie sich ins nächste Flugzeug gesetzt hatte und gekommen war.

Er hatte in der Tat, zurückhaltend, wie er war, ernsthaft erwogen, sich und Luisa für die eine Woche ein Hotelzimmer zu nehmen, aber in einem Hotel hätte Luisa ihre Sachen nicht alle gehabt. Außerdem hatte Trude ihn ausgelacht, als er die Rede darauf brachte, dass es Alena vielleicht nicht recht wäre, wenn er in ihre Privatsphäre eindrang, ohne sie vorher fragen zu können.

»Was sollte sie vernünftigerweise dagegen haben?«, hatte Trude eingewendet. »Außerdem geht es nicht anders.«

Er hatte Trude nicht zu erklären versucht, dass Vernunftgründe manchmal schwache Gründe waren. Er hatte ihr auch nicht gesagt, dass ihm ihr Rat nicht viel genützt hatte, sich zu fragen, ob er die Person, die er während des Prozesses durch sein Schweigen hatte schützen wollen, wirklich immer noch schützen zu müssen glaubte. Alenas wütende Reaktion hatte ihm immerhin bestätigt, dass es damals richtig gewesen war, die Mutter mit dem Verteidigungsvorwurf eines Mordkomplotts zu verschonen.

Er hatte schon vor langer Zeit, etwa zwei Jahre nach dem Prozess, Kristins Eltern einen Brief geschrieben, in dem er sein Mitgefühl ausgedrückt und sie darüber zu beruhigen versucht hatte, dass er nicht zu Unrecht freigesprochen worden war, hatte aber niemals Antwort darauf erhalten. Diese Eltern hätten sicherlich keinerlei Verständnis dafür gehabt, wenn Alena sich tatsächlich mit ihm zusammengetan hätte.

Alena, Alena!

Warum nur war sie zu seinem Konzert erschienen? Lennart war nicht imstande, sich das zu erklären. Das Einzige, was er wusste, war, dass er nur für sie gesungen hatte, selbst vor der Pause, als er sie noch weit weg in Grönland glaubte. Das ganze Programm hatte er in Gedanken an sie zusammengestellt, sich fragend, was er ihr zu sagen hatte.

Auch durchs Konzert hatte sie ihn geleitet. Als sie in der Pause unvermutet vor ihm stand, war sie ihm vorgekommen wie ein Zauberbild, wie eine Projektion vom fernen Grönland, wie eine Halluzination infolge seiner intensiven Zwiesprache mit ihr. Verwirrt und erregt hatte er sich nach der Pause an den Flügel gesetzt und auf einmal nicht mehr gewusst, was er spielen, wie er das Konzert zu Ende bringen sollte. Es war seine letzte Chance gewesen, ihr zu sagen, was sie ihn nicht ausdrücken lassen würde, wenn sie einander gegenüberstanden. Wie von selbst hatte dann unter seinen suchenden Fingern Schuberts Forelle zu tanzen angefangen.

Aber hatte Alena auch verstanden, dass er die Geschichte einer blutigen Verführung nur für sie erzählte? Dass er sie damit um Nachsicht für ihre Schwester bat? Kristin war wie so viele der Groupies, die sie wie Motten umschwirrten, geblendet worden vom Glanz des Lebens, das sie führten, und von der fatalen Logik eines Vertrags, der sie auf Gedeih und Verderb zusammengeschweißt hatte.

Als Alena aufwachte, war es völlig still im Haus. Sie blickte auf die Uhr: halb zehn. Trude und Marika waren in der Kirche. Man hatte sie schlafen lassen. Und sie hatte geschlafen wie ein Stein. Sie duschte und zog aus ihrem Grönlandrucksack die Sachen, die am wenigsten nach Abenteuerreise aussahen, ein Paar Jeans und den einzigen leichten Pullover, den sie mitgenommen hatte. Als sie sich in der Küche aus der Thermoskanne, die Marika ihr hingestellt hatte, eine Tasse Kaffee einschenkte, fiel ihr wie ein Schatten der Gedanke an Lennarts gestrige Kälte ins Gemüt.

Aber was hatte sie erwartet nach den Gemeinheiten, die sie ihm gesagt hatte in dem Bedürfnis, ihn zu verletzen? Da hatte er seinen Stolz überwunden und ihr endlich offen und vertrauensvoll seine Interpretation der Ereignisse vor zehn Jahren geschildert, und sie hatte auf ihn eingeprügelt wie nicht gescheit.

Gerade mal eine gute Woche war das jetzt her. Sie hatte sich auf Grönland gequält und erst Erleichterung verspürt, nachdem sie den Entschluss gefasst hatte, zurückzukommen. Sie musste mit ihm reden, sie musste ihn um Verzeihung bitten. Aber ging das überhaupt noch? Denn er hatte in derselben Zeit tief enttäuscht von ihr innerlich mit ihr Schluss gemacht. Und nun hatte er eine andere Zukunft. Eine, die seinem introvertierten und hochmusikalischen Wesen vermutlich näher war als ein bürgerliches Leben mit Frau und Kind. Dem gestrigen Konzert würden andere folgen, ein Musikverlag würde sich seiner annehmen, er würde wieder CDs machen. Er kehrte zurück in seine Welt der Scheinwerfer, der Bühnen, der Säle, die ihm zujubelten. Vielleicht liebte er sie – sicher sogar, wenn sie bedachte, was und wie er gestern Abend gesungen hatte –, aber das war für ihn nur noch Vergangenheit. Eine Episode wie all die anderen, die er mit Frauen gehabt hatte. Er hatte sie nicht einmal belogen, im Gegenteil, er hatte sie vor sich gewarnt. »Mein Verhältnis zu Frauen besteht darin, dass ich mitnehme, was sich mir bietet«, hatte er ihr erklärt, bevor sie sich in der Koje der Papageno auf dem Meer außerhalb von Ort und Zeit liebten, ohne zu ahnen, wie sehr es sie beide umwerfen und in welche Krise es sie stürzen würde.

Er war kein Mann für eine gemeinsame Zukunft. Und sie, Alena, war ihm vermutlich zu zickig. Sie hatte zu viele Einwände gemacht, zu lange gezögert, ihm zu sehr zugesetzt, zu viel gefordert. Ihre Liebe war nicht blind genug. Und auf dem Weg, den er vor sich hatte, störte sie nur noch.

Blieb noch eine Pflicht, die sie zu erledigen hatte.

Sie blickte auf die Uhr. Der Gottesdienst würde bald zu Ende sein und Trude und Marika wiederkommen.

Auf dem Küchentisch stand die blaue Dose mit den gelb aufgemalten Monden und Sternen, die Trude ihr gestern Nacht noch übergeben hatte. Kristins Schatzkästchen.

»Lennart hat sie aus Isabellas Wohnung mitgebracht«, hatte Trude erklärt.

Alena stellte die Kaffeetasse ab, setzte sich, zog die Dose zu sich heran und öffnete sie. Sie hatte gestern Nacht nur kurz hineingeblickt – die Schachtel mit Kristins Milchzähnen, der blonde Zopf, den Kristin sich im Alter von dreizehn hatte abschneiden lassen. Seltsam tot hatte er in ihrer Hand gelegen.

Jetzt nahm sie die beiden kleinen Jahreskalender heraus. Die Einträge endeten am 28. November, dem Tag vor Kristins Tod. »Luise schläft«, lautete der letzte Satz. Die winzige Schrift war nicht geeignet, dass einem Worte ins Auge sprangen. Man musste die Notizen schon lesen wollen. Wie gestern Nacht auch schon begann Alenas Herz heftig zu klopfen. Aber diesmal zwang sie sich, Tag für Tag zurück zu lesen, voller Angst, irgendwo auf einen Satz zu stoßen, der bewies, dass Kristin am Anschlag auf Lennart beteiligt gewesen war oder davon gewusst hatte.

»Bob betrunken nach dem Konzert. Len grandios. Nachher Streit, das Übliche«, las sie, oder: »Tim erstmals Luise gewickelt. Len geht aus dem Zimmer, wenn ich mit der Kleinen komme.«

Das erregte zwar auch Alenas Herzklopfen, aber aus anderen Gründen. Kristins ostentatives Mutterglück mit Tim hatte Lennart offenbar verletzt. »Tim will unbedingt weg«, hatte Kristin einige Wochen vorher notiert. »Dieser Hass. Aber ich weiß nicht. Ich glaube, ich liebe Len noch. Wann begreift er endlich?«

Alena schluckte. Wenn Kristin ihn immer noch geliebt hatte, warum hatte sie dann mit ihm Schluss gemacht? Die vage Angst kehrte zurück. Alena klappte das Büchlein zu. Sie würde sich später damit beschäftigen, wenn sie mehr Zeit hatte. Außerdem kamen Trude und Marika heim und erzählten von einer wundersam vollen Kirche und Lennart, der Autogramme hatte geben müssen.

»Aber die Aufregung legt sich sicher bald wieder«, bemerkte Marika und griff nach einem der beiden Kalender von Kristin. »Darf ich?«

»Ja«, erwiderte Alena.

»Himmel, was für eine kleine Schrift. Da braucht man ja eine Lupe!« Marika blickte auf. »Darf ich das lesen? Bist du sicher?«

»Ja, Marika. Ich habe momentan irgendwie nicht die Nerven dazu. Außerdem muss ich jetzt zu Lennart, ein paar organisatorische Dinge klären.«

Lennart klingelte bei Rieke Dörhagen, fragte, ob er einen Aal aus der Räucherei ihres Mannes bekommen könne, und ließ sich auf einen kurzen Schwatz hereinbitten. Eine Viertelstunde später schwenkte er auf die Hafenpromenade von Gager. Die Papageno war an einem Tag wie diesem die beste Gefährtin. Bis Silke Luisa zurückbrachte, hatte er ein paar Stunden.

Die Barkassen und Fischkutter leuchteten im Licht des Vormittags zwischen den roten Fischerschuppen. Als schneeweiße Tupfen schaukelten die Möwen im Himmel über dem tiefblauen Hafenbecken. Er kniff die Augen zusammen. Drüben bei seinem Boot war jemand. Genauer, er war auf seinem Boot.

Lennart beschleunigte seinen Schritt. Er musste an zwei Fischkuttern vorbei, deren Aufbauten ihm die Sicht versperrten. Dann bog er um die Ecke auf den Anleger, an dem derzeit nur die Boote der Insulaner lagen, und stoppte. Es wurzelte ihn förmlich in den Boden.

Auf dem Achterdeck stand Alena. Sie hielt sich mit einer Hand am Achterstag fest und blickte über den Bug hinaus. Der Wind zerrte an der viel zu dicken Daunenjacke mit der pelzbesetzten Kapuze. Ihre Gestalt wirkte zerbrechlich darunter. Sie trug Jeans und einen eng anliegenden ziegelroten Pullover, in dessen V-Ausschnitt auf ihrer leicht gebräunten Haut der rotweiße Storchenstein schön zur Geltung kam. Lennart hatte jedoch tatsächlich kaum ein Auge für ihre Gestalt, sosehr sie ihn auch erregte, wenn er nur an sie dachte, denn in diesem Augenblick wandte sie ihm ihr Gesicht zu.

Sie erschrak und lächelte unsicher. Mit der freien Hand fing sie die Haare ab, die der Wind ihr über Augen und Wangen fegte.

»Hallo, Lennart«, sagte sie.

»Hallo, Alena«, erwiderte er, unendlich verblüfft.

Sie machte einen großen Schritt vom Boot auf den Anleger, immer noch mit Wind und Haaren kämpfend. »Ich … ich war auf dem Weg zu dir. Ich wollte nur noch mal das Boot …« Sie vollendete den Satz nicht.

»Aber Luisa ist noch unterwegs«, sagte er. »Silke hat sie zum Reiten mitgenommen. Mit Trude habe ich ausgemacht, dass ich Luisa heute Nachmittag direkt zum Zug bringe. Ich hoffe, das ist auch in deinem Sinne.«

Einen Moment lang blickte sie ihn konsterniert an. »Ja, klar … Aber deswegen bin ich nicht hier.« Sie bündelte ihr Haar in der Hand, kramte mit der anderen in ihren Taschen – vermutlich suchte sie ein Gummi – und sagte dabei: »Übrigens, vielen Dank für deinen Einsatz. Wenn ich dem glauben darf, was Trude mir gestern Nacht noch erzählt hat, dann hast du Luisa davor bewahrt, heute Abend nach Italien verschleppt zu werden.«

Lennart winkte ab.

Alena hatte ein Gummi gefunden. »Und anscheinend wollte Isabella auf einmal nichts mehr davon wissen, dass Luisa Kristins Kind ist. Und du hast unter Einsatz deines Lebens, deiner Ehre und was nicht noch alles Kristins Schatzkästchen gestohlen, damit wir im Fall der Fälle beweisen können, dass Luisa doch Kristins Tochter ist. Außerdem hast du ein Vermögen ausgegeben, damit Isabella zu ihrem italienischen Liebhaber verschwindet.«

»Ich fürchte, Trude hat etwas übertrieben.«

Ein kleines Lächeln stahl sich auf Alenas Gesicht. Inzwischen hatte sie ihre Haare gebändigt und blickte ihn direkt an. »Und wie geht es dir?«

»Es geht so. Das übliche Loch nach einem Konzert. Ich habe ein bisschen Angst vor dem, was die Zeitungen morgen schreiben und wie es weitergeht mit mir. Und so weiter.«

»Es war ein umwerfendes Konzert, egal, was die Zeitungen schreiben.«

Die Frage lag ihm auf der Zungenspitze, warum sie zum Konzert gekommen war, denn offenbar hatte sie bis heute Nacht nichts von Isabellas Flucht gewusst, und dennoch war sie da.

»Lennart«, kam sie ihm zuvor, »ich muss dir etwas sagen. Wir müssen reden.«

Seiner Lebenserfahrung nach kam nach solchen Sätzen nichts Gutes mehr.

»Hast du Zeit?«, erkundigte sie sich. »Oder soll ich später noch mal …« Sie deutete ein Lächeln an. »Na ja, viel später dürfte es allerdings nicht sein.«

Ein Lichtfunke erhellte sein düsteres Herz. Seine innere Lähmung löste sich plötzlich auf. Er lächelte. »Eigentlich wollte ich ein Stündchen mit der Papageno hinausfahren. Aber …«

»Gute Idee!«

Zu seiner Verwunderung stieg sie unverzüglich zurück aufs Boot. Er holte die Leinen ein, warf den verpackten Aal auf die Bank, riss den Außenborder an und steuerte das Boot aus dem Hafen. Alena saß mit ausgebreiteten Armen, die Hände auf die niedrige hölzerne Reling gelegt, auf der Bank ihm gegenüber und hielt die Nase in den Wind.

Als sie die Mole passiert hatten, setzte Lennart das Großsegel, nahm wieder am Ruder Platz und trimmte das Boot, bis sie stetige Fahrt Richtung West-Nordwest machten. Dann konnte er das Ruder feststellen und sich Alena zuwenden. »Möchtest du etwas trinken? Ich glaube, ich habe Cola an Bord und natürlich Wasser. Und ich hätte außerdem einen frischen Räucheraal.« Er deutete auf Riekes Paket.

Alena lächelte angespannt. »Nein, danke.«

Also blieb er tatenlos sitzen.

Sie strich eine Strähne hinters Ohr, beugte sich vor, stützte die Ellbogen auf ihre Knie und blickte ihn geradeaus an. »Lennart, es ist etwas passiert, das dich ziemlich überraschen dürfte.«

Das klang nicht drohend. Er entspannte sich etwas. »Ja?«

»Ich erwarte ein Kind.«

Warum erzählte sie ihm das? In Lennarts Kopf herrschte ratlose Leere.

»Und das Kind, das ich erwarte, ist von dir.«

Er richtete sich etwas auf. Normalerweise durfte ein Mann in so einer Situation keine Sekunde zögern, in heftige Freudenbekundungen auszubrechen. Er musste seine Frau umarmen und küssen und das Kinderzimmer planen. »Das ist unmöglich, Alena«, sagte er sachte. »Ich bin dazu organisch nicht in der Lage. Leider!«

»Offensichtlich doch. Es kommt kein anderer infrage.«

»Und wenn du dich … getäuscht hast?«

Sie zog die Brauen hoch. »Willst du damit andeuten, ich hätte den Überblick über meine Liebhaber verloren?«

»Nein, natürlich nicht. Ich kann mir nur nicht vorstellen …«

»Oder dass meine Gynäkologin ihr Handwerk nicht versteht?«

Ihre Augen blitzten ihn an. Ein Schauer lief ihm über den Rücken. Was sie da behauptete, war nicht möglich. Oder doch?

»Nun gut«, sagte sie kühl, »wenn du mir nicht glaubst, dann machen wir eben einen Gentest, sobald es auf der Welt ist. Es sei denn, du erklärst mir hier und jetzt, dass du mit dem Kind absolut nichts zu tun haben willst. Überleg's dir.«

Sie stand auf und stieg leichtfüßig auf der Luvseite am Kajütenaufbau entlang zum Bug vor.

Lennart holte tief Luft und blickte auf die Uhr. Das Ziffernblatt verhalf ihm nicht wirklich zu der gesuchten Antwort, doch es half ihm, sich klarzumachen, dass er nicht träumte. Aber es war ein Dejàvu. Das hatte er schon einmal erlebt. Eine Frau sagte ihm, dass sie ein Kind von ihm erwarte, und er sagte: Nein, das kann nicht sein.

Was hatte der Arzt ihm eigentlich damals erklärt, nachdem eine Herde kreischender Mädchen ihn von der Bühne gezerrt und in ihrer Hysterie fast totgetrampelt hatte? »Der Kuscheltiertod« hatte eine Boulevardzeitung getitelt. »Wenn Liebe erdrückend wird.« Der allgemeine Hohn war furchtbar gewesen für einen einundzwanzigjährigen Mann. Diese Demütigung auf dem Höhepunkt seiner Karriere hatte ihn vorsichtig, abweisend und hart gemacht. Seitdem ertrug er es nicht mehr ohne Unbehagen, wenn ihm Menschen zu nahe kamen. Dabei hatte er noch Glück gehabt. Er war nicht impotent geworden, nur die Samenstränge hatten es nicht überstanden. So zumindest hatte er den Arzt damals begriffen. Aber er war jung gewesen, und die Biologie war zuweilen vitaler, als Ärzte es sich vorstellen konnten. Vielleicht hätte er sich noch einmal testen lassen sollen. Aber warum hätte er zum Urologen gehen sollen, als sonst gesunder junger Mann, den es bislang nicht gequält hatte, dass er keine Kinder zeugen konnte? Zaghafte Freude stieg in ihm auf.

Lennart vergewisserte sich, dass keine Schiffe oder Boote in absehbarer Zeit ihren Kurs kreuzen würden, und hangelte sich ebenfalls nach vorn.

Alena saß im Schneidersitz auf dem Bug und spielte mit dem Storchenstein an ihrer Halskette. Sie schaute hoch, als das Schwanken des Bootes sein Kommen ankündigte.

Er setzte sich neben sie. »Und jetzt?«, fragte er.

»Das Kind kommt im April, wenn alles nach Plan läuft.«

»Darf ich denn …« Er stockte.

Sie blickte ihn an – fragend, abschätzend, skeptisch. »Du erkennst deine Vaterschaft an?«

»Himmel, ja, Alena. Wenn ich darf. Wenn du … wenn du nichts dagegen hast.«

Sie senkte den Blick.

Er ergriff ihre Hand. »Alena! Du hast doch nichts dagegen? Oder wäre es dir lieber, wenn ich … wenn ich mich zurückhielte?«

»Ehrlich gesagt, Lennart …« Sie entzog ihm ihre Hand und stand auf. »Ich weiß nicht, was mir lieber wäre. Ich kann mir nicht vorstellen, wie wir das …«

Der Bug klatschte in eine Welle. Alena griff nach dem Vorstag, das den Mast mit der Bugspitze verband, verfehlte es aber. Lennart fuhr hoch, schlug einen Arm um sie und bekam mit der anderen Hand das Vorstag zu fassen.

Sie wehrte sich, doch er hielt sie fest. »Alena, du hast mein Leben auf den Kopf gestellt, aber ich möchte hinter diesen Zustand nicht mehr zurück, glaub mir.«

Sie wurde weicher in seinem Arm. Der Wind fegte ihr die letzten freien Haarsträhnen aus dem Gesicht und ihre Augen glänzten verräterisch. Für einige Sekunden standen sie regungslos aneinandergeschmiegt im Auf und Ab des durch die Wellen pflügenden Boots. Er hätte sie loslassen und ihr Gelegenheit geben müssen, sich selbst festzuhalten. Aber er war zu sehr Mann, um nicht doch noch einen Versuch zu wagen.

Langsam beugte er seinen Kopf zu ihrem Gesicht hinab. Sie wich zurück, aber sie mochte spüren, dass sie energischer werden musste, damit er sie freiwillig aus seinem Arm entließ. Und mit jedem Wellenschlag wurde ihre Auflehnung um eine Winzigkeit schwächer.

»Ich liebe dich!«, raunte er. »Weißt du das? Ich liebe dich so, wie du bist, kritisch, misstrauisch, wütend, zärtlich, warmherzig, kaltblütig …«

Ihr Blick entspannte sich, ein ungläubiges Lächeln spielte um ihre Lippen. Unsagbar süß schien es ihm zu spüren, wie eine mutige, selbstständige und selbstbewusste Frau aufhörte zu kämpfen und sich fallen ließ. Endlich!

Im nächsten Augenblick bekam er einen Stoß. Woher, begriff er erst, als er schon fiel. Das Boot hatte einen treibenden Baumstamm gerammt. Der Ruck nahm Lennart den festen Stand und riss ihn im Halbkreis um das Vorstag, an das er sich klammerte, und würde ihn über die Bugspitze hinausschleudern. Auch wenn er sich selbst an der Stahltrosse festhalten konnte, würde er Alena mitreißen, und ob er sie dann noch halten konnte, war fraglich. Also musste er sie loslassen. Damit sie nicht dennoch über Bord ging, gab er ihr mit beiden Händen einen gezielten Stoß. Sie landete sicher auf Händen und Knien auf dem Vorderdeck. Er allerdings hatte nun keinen Halt mehr und fiel. Das eiskalte Wasser verschlug ihm den Atem.

Kapitel 42

Marika legte die Lupe beiseite und blickte zu Trude hinüber, die Rouladen füllte.

»Ist was?«, fragte Trude, ohne aufzublicken.

Marika nahm die Lupe wieder auf. In der anderen Hand hielt sie den kleinen Jahreskalender mit der in den Umschlag gestanzten Jahreszahl 1995. »Kristin hat jeden Tag ein paar Sätze eingetragen. Beispielweise am Tag vor Luisas Geburt: ›Es soll kommen. Habe die Wehen satt. Schmerzhafter, als ich dachte‹ Und danach: ›Man nimmt sich vor, nicht zu schreien, und tut es doch. Und danach ist alles vergessen. Unbeschreibliches Glück‹«

Trude lächelte und biss den Faden, mit dem sie die Rouladen umwickelte, mit den Zähnen ab.

»Zwei Wochen vor ihrem Tod schreibt sie: ›Tim will unbedingt weg. Dieser Hass. Aber ich weiß nicht. Ich glaube, ich liebe Len noch. Wann begreift er endlich?‹«

Trude blickte auf. »Ich weiß nicht, ob du das wirklich lesen solltest. Eigentlich geht es nur Alena etwas an.«

»Du hast doch gehört, dass sie dazu nicht die Nerven hat. Ich glaube, sie hat Angst, dass etwas drinsteht, was ein schlechtes Licht auf Kristin werfen könnte. Aber ich habe bisher nichts dergleichen gefunden.«

»Und was ist das, was Lennart hätte begreifen sollen?«

Marika zuckte mit den Schultern. »Das steht hier nicht. Aber sie notiert immer wieder, dass Lennart eifersüchtig sei. Tim befürchte, dass er ihr etwas antue, solche Sachen. Ich habe den Eindruck, Tim hat da einen ziemlichen Popanz aufgebaut, damit Kristin einwilligt, mit ihm die Gruppe zu verlassen. Aber Kristin zögert. Mir scheint, sie hat sogar begonnen an Tims Aufrichtigkeit zu zweifeln. Im Grunde traute sie Lennart nichts Schlechtes zu.«

Trude biss den letzten Faden ab und stellte einen Topf auf den Herd und goss Öl hinein. »Wenn Kristin unseren Lennart bis zum Schluss geliebt hat, warum zum Teufel hat sie ihn dann verlassen und sich mit diesem unseligen Tim zusammengetan?«

Kapitel 43

Das Boot schwankte heftig. Alena musste sich festklammern, um nicht von Deck zu rutschen. Erst als das Boot sich beruhigte, sah sie, dass Lennart nicht mehr da war. Er war über Bord gegangen. Sie rappelte sich hastig auf.

Ruhe bewahren!

Vorsichtig balancierte sie am Segel und Kajütenhaus entlang nach hinten, löste das Ruder aus der Verankerung und drehte den Bug in den Wind. Das Boot verlor sofort an Fahrt. Etwas ungeübt reffte Alena das Großsegel, dann setzte sie sich wieder. Mehr konnte sie nicht tun. Sie konnte nur sitzen bleiben und warten. Ruppige kleine Wellen schlugen gegen den Bootsrumpf und ließen die Papageno ungeduldig schaukeln. Die Takelage klirrte, das Wasser gluckste, sonst war nichts zu hören.

Natürlich suchte Alena mit den Augen hektisch die weite blaue Fläche ab, aber sie hatte keine Ahnung, wo genau sie Lennart verloren hatte, und es war völlig aussichtslos, ihn im Auf und Ab der Wellen entdecken zu wollen. Lennart hingegen würde Mast und Boot sehen und wissen, wohin er schwimmen musste. Vorausgesetzt, er sah überhaupt noch etwas. Alena fühlte schlagartig Panik aufsteigen. Was, wenn Lennart das Bewusstsein verloren hatte? Wenn er ertrunken war?

Für solche Fälle trug man eigentlich Rettungswesten. Aber sie waren beide viel zu sehr mit ihren Ängsten und Hoffnungen beschäftigt gewesen, um sich um die ganz realen Gefahren zu sorgen. Kleine Sünden straft der Herr sofort, dachte Alena. Sie versuchte zu lachen, aber noch schneller schossen ihr die Tränen in die Augen. Das durfte doch nicht wahr sein! So etwas geschah doch nicht wirklich. Das durfte einfach nicht sein!

Sie wischte sich die Tränen weg und suchte erneut die Wasserfläche ab. Der Wind riss kleine Tropfen von den Wellenkämmen. Es waren kurze, hektische Wellen, eigentlich ganz harmlos, aber sie bäumten sich zwischen ihr und Lennart auf. Nichts! Kein Kopf, kein Mensch, alles tot!

O Gott, musste es so enden? So albern, so lächerlich und so fürchterlich? Und es war auch noch ihre Schuld. Hätte sie Lennart nicht ständig zurückgewiesen, dann hätten sie heute nicht auf diesem Boot gesessen.

Alena stöhnte und schlug die Hände vors Gesicht. Die Möwen kreischten hämisch, die Takelage klirrte, der Wind pfiff durch die gespannten Stahltaue der Wanten und Stage, die Wellen klatschten gegen den hölzernen Rumpf der Papageno.

He!«

Alena fuhr auf und drehte sich zum Heck um.

Lennart hatte die Arme über die Heckreling geschlagen. Das Wasser lief ihm übers Gesicht. Er blinzelte und lächelte erschöpft, aber erleichtert. »Gut gemacht, Alena!«, sagte er. »Das richtige Manöver. Dir kann ich getrost mein Leben anvertrauen.«

Alena sprang auf, warf sich neben der Ruderstange auf die Knie, packte ihn an den Schultern und küsste ihn. Seine Lippen schmeckten salzig, kalt und verblüfft. Dann erwiderte er ihren Kuss mit unvermuteter Hitze und Kraft. Als sie Luft schöpfen mussten, spürte Alena seine Hand auf ihrem Gesicht. Mit nassem Daumen fuhr er über die Spur ihrer Tränen, was sie jedoch nicht wirklich trocknete.

Dann kämpfte er sich an Bord. Sie zog ihn im schwankenden Boot auf die Beine. »Du musst sofort aus den nassen Kleidern raus.«

Er nickte. »Ich habe ein paar alte Klamotten unter Deck.« Aber sie musste ihn von sich stoßen, damit er ging.

Fünf Minuten später erschien er wieder in alten Jeans, einem ausgefransten blauen Troyer und Sneakers, von denen sich die Sohle löste. Die Haare hatte er notdürftig mit einem Handtuch getrocknet. Sie glänzten wie Pech.

Er wendete und brachte die Papageno wieder auf Kurs, zurück Richtung Hafen. Während Alena das Ruder hielt, stieg er noch einmal unter

Deck und kam mit einer Flasche Wasser wieder. Er bot sie ihr an und trank dann selbst in großen Zügen, schob den Räucheraal beiseite und setzte sich neben Alena auf die Heckbank.

Sie spürte sein Blut förmlich auf Hochtouren dicht unter seinem Pullover durch Muskeln und Haut pulsieren. Ihn anzuschauen wagte sie nicht. Unverwandt fixierte sie den Bug, der auf die fernen Häuser von Gager zielte.

»Etwas nach Steuerbord«, sagte Lennart und griff plötzlich hinten um sie herum nach dem Ruder.

Wenn sie jetzt nicht ziemlich angespannt und kerzengerade auf der Kante der Bank sitzen wollte, dann musste sie sich gegen ihn lehnen. Und warum auch nicht! Einmal noch vor der freundschaftlichen Trennung, die sie jetzt würden aushandeln müssen. Sie spürte sein Herz gegen ihre Rückenrippen klopfen.

»Ich kriege ein Kind!«, sagte er nach einer Weile dicht an ihrem Ohr. »Unglaublich. Ich kann es immer noch nicht recht fassen, Alena, dass du ein Kind von mir erwartest. Ich wage kaum, mich zu freuen.« Sie spürte seinen Atem an ihrem Hals. »Ein Kind!« Er lachte leise. »Ich fand es immer albern, wenn die Leute Kinder als Geschenk bezeichneten. Aber es ist ein Geschenk, Alena, ein irrsinniges Geschenk, das du mir machst. Es lag immer vollständig außerhalb dessen, was ich mir hätte wünschen können. Und bis eben war mir nicht bewusst, wie sehr ich mich im Grunde immer danach gesehnt habe, Vater zu werden …«

»Na«, sagte Alena lächelnd, »so vernarrt, wie du in Luisa bist – und sie in dich –, war das wohl jedem klar außer dir.«

Er sammelte sanft mit seinen Fingerspitzen die Haare ein, die ihr trotz des Gummis ins Gesicht flatterten, und strich sie zurück. »Wie konntest du nur in deinem Zustand in den grönländischen Gletscherspalten herumturnen! Wenn ich mir das nur vorstelle …«

Sie schmunzelte. »Lennart, ich bin schwanger, nicht krank.«

»Und ich will meine Vaterschaft anerkennen und sämtliche Pflichten übernehmen, die mir daraus erwachsen. Was sollte ich auch sonst wollen, Alena? Aber vorhin hatte ich den Eindruck, dass es dir eigentlich anders lieber wäre. Ist es wegen Marvin?«

Sie wusste, sie musste ihm jetzt antworten. Eindeutig. Sie musste ihm sagen, dass Marvin in ihrer Planung nicht mehr vorkam. Anschließend würden sie über Besuchszeiten und Geld sprechen müssen. Sie würde ihm sagen müssen, wie viel Vaterschaft sie von ihm erwartete. In Heller und Pfennig, in Stunden und Tagen, Ferienzeiten und Wochenenden. Aber in ihrem Kopf war momentan nichts klar oder eindeutig.

Sie drehte den Kopf an seiner Brust ein wenig und blickte zu ihm hoch. »Natürlich sollst du all deine väterlichen Rechte wahrnehmen können, wenn du es willst. Deshalb bin ich doch gekommen.«

»Aber es ist dir ziemlich schwergefallen, hm?«

»Nein!«, widersprach sie und richtete sich auf. Die Geste trieb einen kühlen Spalt zwischen ihren und seinen Körper.

»Du bist im dritten Monat, Alena.«

»Willst du mir vorwerfen, dass ich es dir nicht gleich gesagt habe, als ich es erfuhr? Ja?« Er hielt ihrem Blick stand. »Dann bedenke bitte, dass in den ersten drei Monaten immer irgendetwas passieren kann. Eigentlich sagt man es nicht bis zum fünften Monat, Lennart. Und wann hätte ich es dir sagen sollen? Mal schnell am Telefon?«

»Ist okay, Alena. Ich werfe dir gar nichts vor. Ich versuche nur, dich zu verstehen.«

»Ach, und du bist natürlich ganz einfach zu verstehen, ja?«

Lennart zog die Brauen hoch. »Nicht?«

Alena lächelte. »Dann rekapitulieren wir mal: Du verliebst dich in mich, richtig?«

Er nickte. Er hatte inzwischen das Ruder vor ihr gefasst, so dass Alena von ihm hatte abrücken können.

»Wir haben unser kleines Abenteuer auf der Papageno«, fuhr sie fort. »Eine Stunde später eröffnest du mir, dass du Len Lost warst, und ziehst dich kampflos in stolzes Schweigen zurück.«

»Darf ich dich daran erinnern, Alena, dass du …«

»Ja, ich habe dir verboten, mich mit Erklärungen und Rechtfertigungen zu behelligen. Das hast du mit bewundernswerter Gelassenheit akzeptiert.«

»Ich habe es respektiert, aber keineswegs gelassen. Ich habe die Frau meines Lebens gefunden und im nächsten Augenblick verloren. Ich war zu Tode erschrocken.«

»Und hast dich mannhaft auf den Standpunkt zurückgezogen: Nimm mich, wie ich bin, oder lass es. Dann komme ich auf deinen Hof und sehe zufällig, wie du Silke küsst.«

»Aber …«

»Gut, es war kein leidenschaftlicher Kuss, eher ein Freundschaftskuss, aber so aufgetakelt, wie sie gestern Abend erschienen ist, hat sie ihn anders verstanden.«

»He, du bist ja eifersüchtig!«

»Aber du offenbar nicht. Ich erzähle dir, dass ich Marvin heirate, aber die Einzige, die sich darüber aufregt, ist Luisa. Du belauschst, wie Luisa uns beide zu verkuppeln versucht, und …«

»Deine Worte waren eindeutig, Alena. Die Bedingungen stimmen nicht.«

»… und stellst anschließend noch einmal klar, dass es keinen Beweis deiner Unschuld gibt. Nicht, dass ich mir Illusionen mache, es könnte jemals eine Klärung geben, die meine Zweifel ausräumt. Zweifel übrigens, die ich gar nicht hatte. Und um mich endgültig kopfscheu zu machen, eröffnest du mir, dass nicht du einst der Bad Boy warst, zu dem man dich gemacht hat, sondern dass meine geliebte Schwester Kristin an einem Mordkomplott gegen dich beteiligt war. Und nun muss ich mich zwischen meinen Gefühlen für Kristin und denen für dich entscheiden.«

»Ich weiß«, sagte Lennart, »ich hätte meine Vermutungen niemals aussprechen dürfen. Zumindest hätte ich es dir schonender beibringen müssen.«

»Schonender ging kaum, Lennart. Es ist auch sehr ehrenwert, dass du mich schonen wolltest, aber ich hatte immer das Gefühl, dass du mir das Entscheidende nicht sagst. Es war ein Schock, das gebe ich zu. Aber jetzt weiß ich wenigstens, was dich seit zehn Jahren belastet, Lennart. Du hast mir erzählt, dass Kristin deine erste große Liebe war. Seit damals lebst du nun mit dem furchtbaren Verdacht, dass die Frau, die du geliebt hast, dich mit ihrem neuen Freund zusammen töten wollte. Kein Wunder, dass du keine Frau mehr an dich heranlässt. Aber ich möchte dir etwas zeigen.«

Sie holte ihren Geldbeutel aus der Innentasche ihrer Grönlandjacke und zog den Ausdruck des Internetfotos von Tim, Bob und Len heraus, auf dem auch Kristin drauf war.

»Schau mal! Als das Foto gemacht wurde, das Einzige von Kristin aus jener Zeit, war sie im sechsten Monat schwanger. Man sieht es schon. Aber sie schaut nicht den Kindsvater an, nicht Tim, sondern dich. Und keineswegs hasserfüllt.«

Lennart – die eine Hand am Steuerruder – nahm den Ausdruck. Es zitterte leicht in seiner Hand, und es kam nicht vom Wind.

»Sie hat dich immer noch geliebt, Lennart.«

Er gab ihr den Ausdruck zurück. »Und du willst, dass ich dir jetzt erkläre, warum wir uns getrennt haben? Das kann ich nicht. Ich weiß nur, dass sie mich verlassen hat, weil ich keine Kinder zeugen kann … konnte.«

»Glaube ich nicht, Lennart.«

»Aber mehr kann ich wirklich nicht sagen, Alena.«

»In ihrem Tagebuch aus der blauen Dose notierte Kristin etwa zwei Wochen vor ihrem Tod und kurz vor Luisas Geburt: ›Tim will unbedingt weg. Dieser Hass. Aber ich weiß nicht. Ich glaube, ich liebe Len noch. Wann begreift er endlich?‹«

Auf Lennarts Stirn zitterte eine schwarze Strähne. Er zitterte überhaupt. Der Troyer, den er auf der nackten Haut trug, schützte ihn nur unvollkommen vor dem kalten Wind. Außerdem steckten ihm die Anstrengungen im eiskalten Wasser noch in den Knochen. Mitleid überkam Alena. Sie zog ihre Grönlandjacke aus und legte sie ihm um die Schultern. Er ließ es geschehen, die eine Hand fest ums Ruder geschlossen, mit der anderen nach dem Pelzkragen fassend, von dem sie eben ihre Hand genommen hatte.

»Ich weiß nicht«, sagte er leise, »was Kristin damit gemeint haben könnte. Offenbar habe ich es damals nicht begriffen und begreife es auch heute nicht. Aber eines musst du wissen, Alena. Bei allem Respekt vor deiner Schwester und deinen Gefühlen für sie kann ich dir versichern, dass meine Gefühle für Kristin schon seit Ewigkeiten erloschen sind. Und es ist weder Zorn noch Bitterkeit übrig geblieben.«

»Dann möchte ich mich jetzt dafür entschuldigen, dass ich dich so wüst beschimpft habe. Es tut mir unendlich leid. Wenn es dich tröstet, ich habe mich im Grönlandeis in Scham und Reue verzehrt. Und länger als sechs Tage habe ich es nicht ausgehalten. Ich musste zurückkommen und dich um Verzeihung bitten. Ich wollte dir wenigstens sagen, dass mir bewusst ist, dass ich unverzeihlich ungerecht und kränkend war.«

»Geschenkt, Alena.« Er lächelte. »Das habe ich verstanden. Du warst geschockt.«

»Dann verstehe ich aber nicht, warum du mir gestern Abend derartig kalt und abweisend begegnet bist. Es war gespenstisch, glaub mir. Natürlich war die Idee albern, von dir ein Autogramm zu holen, aber Silke ...«

»Moment! Ganz langsam, Alena! Ich abweisend? Du meine Güte, nein! Ich war einfach nur unendlich überrascht, dich zu sehen. Ich hatte überhaupt nicht mit dir gerechnet. Auf einmal standst du vor mir wie eine Märchenfee – wenn auch eine etwas arktisch angehauchte –, die mir den einen Wunsch, den sie mir gewährt, gleich selbst erfüllt hat. Und wenn ich es an den gebotenen Umgangsformen habe fehlen lassen, dann lag es daran, dass ich meine ganze Selbstbeherrschung brauchte, um dir nicht vor allen Leuten zu Füßen zu sinken.«

Alena musste lachen. »Ignoriert hast du mich!«

»Aber nur, weil ich sonst nirgendwo anders mehr hätte hinschauen können.«

Er blickte sie aus dem Pelzbesatz ihrer Jacke so liebevoll, müde, gelöst und fragend an, dass Alena unwillkürlich die Hand auf seinen Schenkel legte. Er umfasste sie. Sie beugte sich zu ihm hinüber, er kam ihr entgegen.

Doch etwas geisterte riesig durch ihr Blickfeld. Alena stieß einen Schrei aus.

Die Mole, die Häuser von Gager, die Lachsräucherei und die Alte Boostwerft, die Bäume, der Berg, das alles war plötzlich unheimlich nahe. Auf der Mole stand ein Mann, der sichtlich interessiert zuschaute, ob sie auf die Sandbank an der rechten Hafeneinfahrt auflaufen würden.

Lennart riss das Ruder herum. Das Segel killte. Rasch löste er die Schot, der Baum schwang auf die andere Seite, das Boot fiel aus dem Wind. Augenblicke später glitten sie ins ruhigere Hafenwasser.

An der Kaimauer saßen zwischen den hölzernen Fischerhütten auf Kisten ein paar Leute herum und rauchten. Hätten sie auf die Fähre gewartet, hätten sie allerdings auf der anderen Seite des Hafens sitzen müssen.

»Was sind das eigentlich für Leute?«, dachte Alena laut nach. »Die Rothaarige erinnert mich fatal an unsere Produzentin Charlotte.«

»Au, verdammt, das Filmteam!«, rief Lennart. »Das hatte ich völlig vergessen. Letzte Woche hat es geregnet, deshalb haben wir den Drehtermin im Hafen auf heute verschoben. Dabei habe ich leider nicht bedacht, dass es mir eigentlich heute überhaupt nicht passt.«

»Du brauchst einen Manager«, bemerkte Alena.

Er blickte sie an. Alena erschrak. Gleich darauf hatte er seine Augen schon wieder woanders. Dass sie aber auch nie den Mund halten konnte!, fluchte Alena innerlich. Lennart hatte ihr Angebot genau verstanden – und er hatte es abgelehnt.

»Du könntest mir einen Gefallen tun, Alena«, sagte er.

»Gern.«

»Ich möchte nicht, dass Luisa diesen Leuten ins Bild springt. Könntest du sie entgegennehmen, wenn sie vom Reiten kommt? Ich rufe Silke an und sage ihr, sie soll Luisa nicht zu mir, sondern gleich zu deiner Tante nach Hause bringen. Geht das?«

»Natürlich.«

»Ich bringe dann heute Nachmittag Luisas Sachen mit zum Bahnhof, okay?«

»Du kannst auch im Haus Buskam vorbeikommen«, schlug Alena vor.

»Gern.« Er lächelte.

Dann nahm das Anlegemanöver seine ganze Aufmerksamkeit in Anspruch. Das Manöver wurde durch Lennarts gleichzeitiges Bemühen, Alenas Grönlandjacke nicht von den Schultern rutschen zu lassen, etwas erschwert. Erst als sie anlegten, gab er ihr die Jacke mit sichtlichem Bedauern und einem kurzen »Danke« zurück.

Da kam auch schon Charlotte angelaufen, gefolgt von einem jungen Regisseur, während Kameramann und Tontechniker ihre Zigaretten wegwarfen, von den Kisten an den Fischerschuppen aufstanden und ihre Geräte schulterten.

»Da sind Sie ja, Herr Gristow!«, rief Charlotte. »Oh, hallo, Alena. Solltest du nicht auf Grönland sein?«

Alena verkniff sich jegliche Erklärung. Wenn Charlotte schon ihren Chef Dieter anrief, um ihm brühwarm zu erzählen, wo sie sie, Alena, soeben getroffen hatte, dann sollte sie es wenigstens tun, ohne ihre, Alenas, Erklärungsversuche nicht nur falsch, sondern auch böswillig zu kolportieren. Es würde schwierig genug werden, wenn Alena morgen ihre Gründe dem erbosten Dieter selbst erklären musste.

Nach einem kurzen Austausch nicht so gemeinter Höflichkeiten überließ Alena ihren ungemein attraktiven, wenn auch etwas müden Minnesänger und zugleich wilden Kapitän der Papageno in seinem ausgefransten Troyer und den vom Leben zerfetzten Jeans den Filmleuten aus Hamburg.

Kapitel 44

Luisa sah nicht ein, dass sie jetzt nicht zu Lennart konnte. Missmutig stocherte sie in Trudes wunderbaren Rouladen. »Es ist mein letzter Tag mit Lennart! Außerdem, warum soll ich denn nicht zugucken wie sie mit ihm drehen? Wieso will er mich nicht dabei haben?«

Als alle Ausweichversuche von Trude und Marika nichts halfen und Luisas Ton schriller wurde, ergriff Alena das Wort. »Pass mal auf, Luisa. Ich sage dir jetzt etwas, was nur Erwachsene verstehen.«

Luisa klappte den Mund zu und blickte sie mit großen Augen an.

»Bist du sicher, dass du das hören willst?«

Luisa nickte.

»Lennart möchte nicht, dass du zusammen mit ihm gesehen wirst, wenn Fotoapparate oder Filmkameras in der Nähe sind und die Gefahr besteht, dass dein Bild in die Zeitung oder ins Fernsehen kommt.«

»Und warum nicht?«

»Weil du nicht seine Tochter bist, sondern die meiner Schwester. Und wenn die Presseleute das herausfinden, dann fragen sie, warum er sich um dich kümmert. Und da Pressefritzen einen ziemlich beschränkten Horizont haben und überall Skandale wittern, könnten sie es ihm so auslegen, als wäre das der Versuch einer Wiedergutmachung und letztlich ein Schuldeingeständnis. Und dann diskutieren wieder alle in der Zeitung, ob er nicht doch vielleicht zu Unrecht freigesprochen wurde.«

»Ist mir doch egal! Ich habe ihn trotzdem lieb.«

»Er dich auch. Und gerade weil er dich so lieb hat, Luisa, will er nicht, dass du früher als unbedingt nötig in die öffentliche Aufmerksamkeit gerätst. Berühmt sein ist nämlich nicht immer lustig. Und Lennart war, wie du weißt, einmal sehr berühmt. Er hatte Tausende von Fans, die ihn regelrecht verfolgt haben. Nicht so wie gestern oder heute nach der Kirche ein paar Leute, die Autogramme haben wollten. Viel schlimmer.

Sie haben Tag und Nacht vor seinem Haus auf ihn gewartet. Wenn er es verlassen wollte, musste er sich hinten hinausschleichen oder verkleiden.«

Das beeindruckte Luisa nun doch. »Deshalb hat er jetzt Angst, dass er wieder berühmt wird.«

»Schlaues Kind!«, bemerkte Trude lakonisch, was Luisa sichtlich freute.

»Er muss aber keine Angst haben«, verkündete sie fröhlich, »denn ich habe doch den Beweis, dass er unschuldig ist.«

Schlagartig wurde Alena klar, warum sie immer wieder das Gefühl gehabt hatte, etwas Wichtiges vergessen oder übersehen zu haben. Schon einmal hatte Luisa von einem Beweis gesprochen, und zwar an jenem Abend, als sie Lennart außerdem mit ihr hatte verkuppeln wollen.

»Was ist das denn für ein Beweis?«

»Ein Brief. Ich habe ihn in den Aktenordnern auf Lennarts Dachboden gefunden.«

»Und was hast du damit gemacht?«

Luisa ließ den Blick über den Tisch, den Vorhang und das Fenster wandern und schüttelte dann den Kopf. »Ich habe ihn eingesteckt. Aber ich weiß nicht mehr, wo ich ihn dann hingetan habe.«

»Und was stand drin?«

»Das weiß ich auch nicht so genau. Ich habe ihn nicht ganz lesen können.«

Alenas Hoffnungen sackten in sich zusammen. Auf Lennarts Dachboden würde ja wohl kaum ein echter Beweis seiner Unschuld herumliegen, von dem er nichts wusste.

Der Nachmittag verlief beschaulich. Trude, Alena und Luisa spielten Skat. Alena dachte an das ziemlich unangenehme Gespräch, das sie morgen mit Dieter, ihrem Chef, würde führen müssen. Intensiver aber dachte sie darüber nach, wann sie Lennart würde wiedersehen können. Theoretisch konnte sie für ein Wochenende nach Rügen kommen. Beispielsweise am kommenden. Trude würde sich zwar ziemlich wundern, und Marika würde ununterbrochen wissend vor sich hin lächeln, aber egal. Doch was, wenn sie am kommenden Sonntag dann wieder so abfuhr wie heute – lediglich mit Erinnerungen an ein paar kurze zärtliche Momente mit Lennart und mehr nicht? Aber immerhin doch mit so viel! Vermutlich musste sie ihm noch eine Menge Zeit lassen, bis er wieder Zutrauen zu ihr fasste.

Währenddessen saß Marika mit der Lupe und Kristins Jahreskalendern vor der Nase im Sessel am Fenster.

»Und?«, fragte Alena manchmal hinüber.

Dann las Marika ein paar Sätze vor wie: »›Bob betrunken, Bella wütend. Das Übliche‹« – »›Das Baby hat sich heute zum ersten Mal in meinem Bauch bewegt.›«

Eine Stunde vor Abfahrt des Zugs kam Lennart mit Luisas Reisetasche, dem orangeroten Rucksack und dem Koffer mit ihren Sachen, die er aus Isabellas Wohnung mitgenommen hatte. Er selbst hatte seine Skipperklamotten gegen schwarze Jeans, Pullover und Mantel eingetauscht. Da Luisa die letzte Stunde mit ihm auskosten wollte, kamen Alena und er nicht dazu, mehr als ein paar nichtige Worte zu wechseln. Schließlich war es Zeit zum Aufbruch.

»Ich komme nicht mit«, erklärte Trude. »Du weißt ja, ich mag Abschiede auf dem Bahnsteig nicht.«

Auch Marika wollte zu Hause bleiben. »Die Kalender, die darf ich doch noch eine Weile behalten?«, vergewisserte sie sich. »Ich schicke sie dir dann, wenn ich sie durch habe.«

»Lass dir Zeit. Ich nehme die Dose ohnehin nicht mit«, erwiderte Alena. Sie hatte in ihrem für eine Reise an den Polarkreis gepackten Rucksack keinen Platz mehr für Kristins Schatzkästchen, und in der Hand wollte sie es nicht herumtragen.

Lennart fuhr sie in seinem blauen Mercedes zum Bahnhof. Der IC wartete schon. Er stellte Luisas Tasche und Koffer auf dem Bahnsteig an der Zugtür ab und drückte Luisa an sich, die sich ihm zum Abschied an den Hals warf.

Alena streckte ihm die Hand hin. »Also dann … Und … äh vielen Dank für alles.«

»Umgekehrt«, sagte er so leise, dass es Luisa nicht hören konnte, »ich danke dir für … für dein Geschenk.« Ein schönes Lächeln zuckte in seinen Mundwinkeln, dann zog er sie an sich und küsste sie auf die Stirn. »Mach's gut. Ich rufe dich an, wenn ich darf?«

Alena nickte. »Natürlich.«

Sie wandte sich ab und schubste Luisa zur Zugtür und hob den Koffer und die Tasche in den Wagen.

»Moment!«, hörte sie Lennart hinter sich rufen. Sie drehte sich um und sah, wie er etwas vom Boden aufhob. »Luisa, das hast du gerade eben aus deinem Rucksack verloren.«

Es war ein gefaltetes Blatt Papier. Luisa blickte mit gerunzelter Stirn darauf, dann erhellte sich ihr Gesicht. »Das ist der Beweis!«, rief sie. »Da ist er. Ich habe ihn auf deinem Dachboden gefunden, Lennart, und eingesteckt. Bist du mir böse?«

Er schüttelte den Kopf, faltete den Brief auseinander, überflog ihn und wurde blass.

»Bitte einsteigen und die Türen schließen«, dröhnte es über den Bahnsteig. »Der Zug fährt gleich ab.«

Im nächsten Augenblick stand Alena mit Luisa und diesem Brief in der Hand im Gang des Großraumwagens und sah durch die getönten Scheiben Lennart auf dem Bahnsteig von Binz kleiner werden. Er hatte winkend die Hand erhoben.

Kaum war der Zug entschwunden, klingelte Lennarts Handy. Es war Marika. Ihre Stimme zitterte. »Sind sie weg? Könntest du dann bitte jetzt sofort noch mal zu uns kommen?«

»Ist was mit Trude?«

»Nein, alles in Ordnung, uns geht es gut.«

Zehn Minuten später saß er fassungslos zwischen den beiden alten Damen auf der Veranda mit dem schönen Blick über den in der Sonne funkelnden See und kämpfte mit den Tränen.

Trude legte ihm die Hand auf die Schulter. »Beruhige dich erst einmal. Und dann müssen wir in aller Ruhe überlegen, was wir jetzt machen. Es ist doch eine ziemlich überraschende Wendung.«

Marika lächelte glücklich. Es war alles ihr Verdienst.

Sie hatte ihn an der Tür empfangen und direkt auf die Veranda geführt, wo der Friesentee auf dem Stövchen dampfte und Trude saß und mit zusammengezogenen Brauen in ihrer Tasse den knisternden Kandiszucker umrührte.

»Setzt dich erst einmal hin!«, hatte Marika ihn aufgefordert.

Er setzte sich.

Auf dem Tisch lagen die beiden Tagebuchkalender von Kristin und daneben die Lupe.

Marika nahm sie wieder hoch und schlug den Kalender des Jahres 1995 ziemlich weit vorn auf. »Ich möchte dir gern etwas vorlesen«, erklärte sie und musterte ihn. »Bist du bereit?«

Er nickte. Es lag ein seltsames Glitzern in ihren kleinen Augen, das der Situation das Bedrohliche nahm, ohne Lennart wirklich zu beruhigen. Er konnte sich überhaupt nicht denken, was sie ihm mit derart feierlicher Geste zu enthüllen hatte.

»Also pass auf, Lennart. Am 27. Februar notierte Kristin: ›Ich bin jetzt zwei Wochen überfällig.‹ Marika blätterte. »Zwei Tage später hat sie sich einen Schwangerschaftstest gekauft. Am folgenden Tag schreibt sie: ›Bin schwanger! Freue mich. Werde es ihm morgen sagen.‹« Marika blickte auf. »Da solltet ihr von einem Konzert in London zurückkehren, du, Tim und Bob. Und jetzt kommt's, hör genau zu, Lennart. Am 2. März schreibt Kristin: ›Habe es ihm gesagt. Len stocksauer. Erklärt, er sei zeugungsunfähig. Riesenstreit.‹«

Über die Lupe und das Büchlein hinweg blickte Marika ihn an. Wieder das Dejàvu, aber diesmal klarer. Wie Alena heute, so war einst Kristin zu ihm gekommen und hatte ihm erklärt, sie sei schwanger, und zwar von ihm. Auch sie hatte sein Argument, er könne keine Kinder zeugen, nicht gelten lassen und behauptet, dass er der Vater sei. Aber für ihn war Kristins Schwangerschaft nur der Beweis ihrer Untreue gewesen. »Ich habe ihr«, sagte Lennart, »vorgeworfen, dass sie mich betrogen hat, nicht wahr?« Marika nickte. »Allerdings gibt es keinen Hinweis in den Notizen, dass es so war. Dass sie dich betrogen hat, meine ich. Und ich glaube nicht, dass sie das vor sich selbst in diesem Tagebuch verheimlicht hätte, wenn man das so sagen kann. Denn schon zwei Tage später notiert sie, dass sie mit Tim im Bett war, oder vielmehr, dass sie es mit ihm in einer Besenkammer … Aber das kannst du selber nachlesen, das klingt für eine alte Frau wie mich etwas unzüchtig. Drei Wochen später hat sie dann Tim mitgeteilt, dass sie schwanger sei.«

Lennart begriff langsam.

»Er hat sich gefreut«, fuhr Marika fort. »Er war ganz aus dem Häuschen, er hat ihr die Ehe versprochen, ein Haus, Garten, Hund, alles, was einem stolzen jungen Vater so einfällt, der viel Geld hat, aber nicht sonderlich viel Reife.«

»Dann ist …« Lennart verschluckte sich fast.

»Tja, mein Lieber«, schaltete sich Trude resolut ein, »Luisa ist deine Tochter! Und wundern tut's mich eigentlich nicht, so gut, wie ihr euch vom ersten Moment an verstanden habt.«

»Aber … aber warum hat Kristin es mir nicht gesagt?«

»Sie hat es doch versucht«, ergriff Marika wieder das Wort. »Du hast es nur nicht kapiert. Versetz dich mal in Kristins Lage, Lennart. Sie ist schwanger. Sie ist glücklich. Sie erzählt es dir. Und was tust du? Du sagst, das könne nicht sein, du seist unfruchtbar, sie müsse es mit einem anderen getrieben haben. Denn der Heilige Geist könne es ja nicht gewesen sein.«

Lennart stöhnte.

»Statt dass du sie in die Arme nimmst, herumwirbelst und mit ihr die Zukunft planst, bügelst du sie ab, und das auch noch mit einem Argument, gegen das sie nicht ankommt. Du kannst nicht. Basta. Die arme Kristin war wie vor den Kopf gestoßen. Sie dachte, du wolltest ihr zu verstehen geben, dass das Kind ihre Sache sei, dass du nichts damit zu tun haben wolltest, dass sie damit machen solle, was sie will. Abtreiben, kriegen, ganz egal. Hauptsache, sie lässt dich damit in Ruhe.«

»Sie hätte einen Vaterschaftstest verlangen können«, gab Lennart etwas kleinlaut zu bedenken.

»Dazu war Kristin zu stolz. Deine Anerkennung erzwingen, Unterhalt von dir einklagen, das wollte sie nicht. Also hat sie beschlossen, sich schleunigst einen willigeren Vater zu suchen. Und viel Zeit zum Überlegen hatte sie nicht. Am folgenden Tag hat sie sich formell von dir getrennt und dir dabei erklärt, sie tue es, weil du keine Kinder zeugen kannst.«

»Und wie sehr hat mich das damals verletzt«, sagte Lennart. »Ich ahnte doch nicht …« Ihm fiel es wie Schuppen von den Augen. Das also war es, was er bis zum Schluss nicht begriffen hatte! Dass Kristin seine Tochter zur Welt gebracht hatte. Deshalb hatte sie auch immer wieder versucht, sein Interesse für das Kind zu wecken und es ihm in den Arm zu legen. Ihm war es wie ein hämischer Triumph über sein männliches Versagen vorgekommen, und schließlich hatte er das Zimmer verlassen, sobald sie mit dem Säugling hereinkam. »O Gott, was für ein grausames Missverständnis!«

»Ja«, sagte Marika aufgeräumt, »Kristin ging davon aus, dass du den Wink verstanden hättest. Wenn du sagst, du könntest keine Kinder zeugen, dann sagt sie dir, sie gehe genau deshalb. Sie glaubte, dir damit sogar ein Türchen offen gehalten zu haben. Du hättest nur zu ihr zu gehen und ihr zu sagen brauchen, dass du beim Arzt warst, der deine Zeugungsfähigkeit festgestellt habe, und dass du freudig und stolz das Kind in ihrem Bauch als deines anerkennen würdest und all das, was sich eine schwangere Frau so erhofft. Freude, Liebe, Honigmond.«

»Aber die Diagnose der Ärzte kaum zwei Jahre zuvor war ganz eindeutig!«

»Ja, das wusstest du, aber Kristin nicht. Sie hat dich erst danach kennengelernt. Übrigens hat sie später ihre Reaktion durchaus bedauert. Sie hätte noch einmal und in aller Ruhe mit dir reden müssen, statt gekränkt zu sein und sich beleidigt von dir abzuwenden, nur weil du das Kind nicht gleich begeistert willkommen geheißen hattest. Aber sie war jung. Ihr wart alle zu jung. Junge Leute sind aufbrausend, endgültig und fürchterlich konsequent. Große Urteile, rasche Entschlüsse, und dann gibt es plötzlich keinen Weg mehr zurück. Was hätte Kristin tun können? Hätte sie Tim auf einmal erklären sollen, er sei gar nicht der Vater? Sie habe ihn nur missbraucht, um dich eifersüchtig zu machen und damit das Kind einen Vater hat. Tim hätte ihr was gehustet, schätze ich. Und du, Lennart, du hättest sie vermutlich auch nicht einfach so zurückgenommen, nachdem sie monatelang mit Tim zusammen gewesen war. Sie hat sich da wahrlich in einen ziemlichen Schlamassel hineinmanövriert. Arme Kristin.«

»Und armer Lennart«, ergänzte Trude rau.

Er rang um Fassung. Heute früh war er noch ganz allein gewesen und hatte sich unsäglich einsam gefühlt, und jetzt war er auf einmal Vater zweier Kinder.

Er blickte die beiden Frauen an, die ihm stets wohlgesinnt waren. »Bevor wir jetzt besprechen, was wir mit dieser überraschenden Wendung machen«, sagte er, »müsst ihr noch etwas wissen, obgleich ich Alena eigentlich nicht vorgreifen möchte.«

»Sie ist schwanger, stimmt's?«, platzte Marika heraus. »Das habe ich mir doch gleich gedacht, als ich sie gestern sah. Sie hat auf einmal ein viel weicheres Gesicht. Und du bist der Vater? Gratuliere!«

»Danke.«

Trude verschluckte sich am Tee und hustete. »Aber wann denn? Wann habt ihr das denn …? Verzeihung, Lennart, aber ich dachte immer, Alena hätte etwas gegen dich. Natürlich habe ich gemerkt, dass ihr beide ineinander verknallt seid, aber dass ihr bereits …« Sie lachte. »Tja, wir alten Frauen sind da wohl doch etwas naiv, hm?«

»Es war auf der Papageno gleich an … an Alenas erstem Tag auf der Insel«, gestand Lennart. »Erst danach habe ich erfahren, dass sie Kristins Schwester ist. Und ihr ist klar geworden, wer ich bin.«

»Ah so!« Trude hatte ihren nüchternen Ton zurückgewonnen. »Und was gedenkst du jetzt zu tun?«

Lennart spürte etwas in sich zerreißen. Ein übermächtiges Glücksgefühl sprudelte ihm plötzlich bis unter die Haarwurzeln. Er konnte nicht antworten, er hätte nur lachen können oder jubeln.

»Nun ja«, überlegte Marika unterdessen laut, »wenn das so ist, dass Alena von dir ein Kind erwartet, dann ist ja alles vielleicht sehr viel einfacher, als wir eben noch dachten, nicht wahr, Trude? Wir haben nämlich Alena mit Luisa erst einmal abreisen lassen wollen, bevor wir mit dir darüber reden. Ich weiß, es ist wahrscheinlich Alena gegenüber nicht ganz in Ordnung, aber Trude meinte dann doch auch, es sei besser, wenn wir erst einmal mit dir alles besprechen.«

»Ihr habt Angst, dass ich Alena Luisa wegnehme und zu mir hole.«

»Und zwar je eher, desto besser«, murmelte Trude, »bevor sie sich zu sehr aneinander gewöhnen.«

Auch Marika sah etwas unglücklich aus. »Ich schätze, kein Vormundschaftsrichter denkt auch nur zwei Minuten darüber nach, wem er das Kind zuspricht, wenn sich der Vater entschlossen präsentiert und in derart guten Verhältnissen lebt. Außerdem liebt Luisa dich heiß und innig, das ist unübersehbar.«

»Wenn ihr meint, es sei das Beste, wenn ich es nicht täte, dann tue ich es nicht«, sagte Lennart ruhig.

»Ach wer weiß schon, was das Beste ist«, seufzte Trude.

»Außerdem ist das ja nun gar kein Problem mehr«, stellte Marika von einem Ohr zum andern lächelnd fest, »jetzt, wo du Alena heiraten wirst.«

Lennart schwieg.

Trude runzelte die Stirn. Marika zog die fein gezupften Brauen zusammen. »Oder etwa nicht?«

»Ich weiß doch gar nicht, ob sie mich überhaupt will.«

»Bitte?« Trude richtete sich auf »Ja, verdammt, dann frag sie, mein Junge! Und zwar hurtig!«

»Sie hat mir immer wieder zu verstehen gegeben, dass sie mich nicht will.«

»Sooo!«, sagte Trude. »Sie hat dir *zu verstehen gegeben* … Was soll das heißen? Seit wann versteht ihr Männer, was wir Frauen meinen, wenn wir euch etwas zu verstehen geben?«

Dazu konnte Lennart beim besten Willen nichts sagen.

»Mein Gott, Lennart, du singst Liebeslieder, dass man Rotz und Wasser heult, aber du willst nicht imstande sein, die Frau, die du liebst, davon zu überzeugen, dass du sie liebst? Oder liebst du Alena gar nicht?«

»Doch! So sehr, dass ich zuweilen vergesse zu atmen.«

»Dann bist du ein Trottel!«, konstatierte Trude. »Marika, was sagst du dazu? Da wird der Mann Vater und lässt die Mutter seines zukünftigen Kindes zusammen mit seiner Tochter einfach so nach Hamburg fahren.«

Marika kicherte.

»Sag mal, wie hattest du dir das denn vorgestellt, Lennart?« Trude beugte sich vor. Ihre dunklen Augen glitzerten spöttisch. »Wolltest du auf dem Mönchgut einsam und alleine bis zu den Weihnachtsferien ausharren und hoffen, dass Luisa, wenn sie dich besuchen kommt, auch Alena mitbringt?«

»Ich habe schon verstanden«, sagte Lennart und sprang auf. Er drückte den beiden Frauen je einen Kuss auf die Wange, schnappte sich die beiden Tagebüchlein von Kristin, steckte sie in die Manteltasche und lief hinaus zu seinem Wagen.

Schneller als der Zug in Hamburg sein, das war eigentlich nicht möglich, schon gar nicht, wenn man eine halbe Stunde später losfuhr als der IC. Aber Lennart erschien im Moment nichts mehr unmöglich. Außerdem war es nicht nötig, dass er sie noch auf dem Bahnhof abpasste, denn er besaß Alenas Adresse.

Kapitel 45

Und was steht drin?«, fragte Luisa, nachdem sie ihr Gepäck verstaut und ihre Plätze in dem ziemlich vollen Zug eingenommen hatten.

Mit etwas zittrigen Händen faltete Alena den Brief auseinander, den Lennart ihr im letzten Moment zugesteckt hatte.

»›Sehr geerter Herr Lost‹«, las sie vor.

»Geehrter ist ohne h geschrieben!«, bemerkte Luisa. »Das ist falsch.«

»Stimmt.« Das hatte Alena vor Aufregung glatt übersehen. Es war ein sauber mit Schreibmaschine getippter Brief, auf dem rechts oben eine Berliner Adresse stand.

Alena begann noch mal von vorn. »Sehr geerter Herr Lost, Sie sind unschuldig, und das würde ich jederzeit vor Gericht beschwören. Sie kennen mich vermutlich nicht. Ich war nur ein Vierteljahr in Ihrer Villa im Grunewald beschäftigt und für die Raumpflege zuständig.«

»Raumpflege?«, fragte Luisa.

»Er hat sauber gemacht.«

»Ein Putzmann.« Luisa kicherte.

Alena nickte und fuhr fort: »›Anfang November 1995 wurde ich unfreiwillig Zeuge eines Gesprächs zwischen den Herren Tim Toyrand und Bob Badster. Es ging darum, Ihnen eine Warnung zukommen zu lassen. Aus bestimmten Gründen war ich gezwungen, das Gespräch bis zu Ende anzuhören.‹«

»Er hat gelauscht«, bemerkte Luisa kichernd.

»Die Herren Tim Toyrand und Bob Badster vereinbarten, dass Herr Badster die Bremsanlage Ihres Motorrads mit Wasser versetzen und Herr Toyrand Sie zu einer Spritzfahrt überreden werde. Sie waren überzeugt, dass Sie durch den Unfall, den Sie erleiden würden, bewogen werden könnten, der Auflösung der Band zuzustimmen. Von alldem sollten die Frauen nichts erfahren, namentlich Frau Kristin Heil nicht.«

Alena ließ den Brief sinken und seufzte tief.

»Lies weiter!«, forderte Luisa.

Es kam nicht mehr viel. »›Ich habe Ihren Prozess in den Medien verfolgt, und daher ist mir auch bekannt, dass es nicht Ihr Motorrad, sondern das von Herrn Toyrand war, dessen Bremsen versagt haben. Eine Erklärung dafür habe ich nicht. Aber sollte Ihnen meine Zeugenaussage dennoch von Nutzen sein, bitte ich Sie umgehend, mit mir Kontakt aufzunehmen, da ich andernfalls in vierzehn Tagen in meine Heimat Iran zurückkehren werde, nachdem ich mein Medizinstudium erfolgreich abgeschlossen habe.

In Hochachtung

Ihr

Chalel Al-Hamsi‹«

»Verstehe ich nicht«, sagte Luisa.

Alena versuchte es so kindgerecht wie möglich. »Schau mal, Bob und dein Papa Tim hatten Streit mit Lennart.«

»Sie wollten ihn umbringen!«

»Nein, das nicht. Aber sie wollten ihm eine Warnung zukommen lassen. Sie hatten da so einen Vertrag, der sie verpflichtete, so lange zusammenzubleiben, wie es der Musikfirma nützte. Es sei denn, sie hätten alle zusammen beschlossen, die Gruppe aufzulösen. Dein Papa Tim und Bob wollten aber eigene Karrieren machen. Bob hat die Bremsen an dem Motorrad manipuliert, das Lennart immer gefahren hat, wenn er den Fans entkommen wollte, nämlich das von Tim. Und der hat gedacht, Bob hätte Lennarts tatsächliche Maschine manipuliert.«

»Schön blöd!«

»Und tödlich, Luisa. Es hat deine Mama und deinen Papa das Leben gekostet.«

»Ich glaube, ich will nicht, dass Tim mein Papa ist«, konstatierte Luisa.

Alena nahm sie in den Arm und drückte sie an sich.

»Aber jetzt weiß man wenigstens, dass Lennart unschuldig ist«, sagte Luisa schließlich, und nachdenklich fügte sie hinzu: »Doch wieso hat er diesen Beweis nicht dem Richter gezeigt?«

»Das weiß ich nicht. Aber wie es aussieht, hat Lennart diesen Brief selbst nicht gesehen, sondern nur sein Anwalt. Und der hatte sich zu diesem Zeitpunkt seine Strategie bereits zurechtgelegt. Er meinte ohnehin, es sei ungünstig, wenn Lennart sich dadurch, verteidigte, dass er seine Kumpel beschuldigte.«

»Das klingt nach Gegenpetze, das stimmt.«

»Und Lennart hat sich die Ordner von seinem Anwalt nach dem Prozess nicht mehr angeschaut, bevor er sie auf den Dachboden stellte. Deshalb hat er diesen Brief auch später nie gesehen.«

»Das ist logisch wie das große Einmaleins.«

So fuhren sie in den Abend. Wald, Wiesen und Felder wechselten sich ab. Hier und da ein alter Gutshof zwischen Bäumen. Kraniche zogen in dunklen Schwärmen von den Herbstfeldern zu ihren Schlafplätzen auf dem Darß und auf den Boddeninseln.

Und Alena wusste nicht, wohin mit ihrer Erleichterung. Sie blinzelte in die untergehende Sonne, bis ihr die Tränen kamen. Unendliche Erschöpfung machte sich in ihren Gliedern breit. Eine angenehme Müdigkeit summte in ihrem Kopf.

Hinter Rostock hielt der Zug eine halbe Stunde auf offener Strecke. Irgendein technischer Defekt.

Alena schloss die Augen. Lennart!, dachte sie und schlief ein.

Ein Ruckeln weckte sie wieder. Da war es stockdunkel, und sie waren schon fast in Hamburg. Luisa saß neben ihr und las *Emil und die Detektive*.

Alena klaubte ihre Sinne und Gedanken zusammen und beschloss, nicht am Dammtor, sondern schon am Hauptbahnhof auszusteigen. Erstens, weil es gut war, unter vielen Menschen auf einem Hauptbahnhof anzukommen, wenn man sich nach langer innerer Irrfahrt erschöpft und ein wenig einsam fühlte, zweitens, weil sie genau diesen Bahnhof mit seinen Rolltreppen und den beiden Galerien vorn und hinten über den Gleisen liebte, und drittens, weil sie dort an einem Sonntagabend ein paar Kleinigkeiten zu essen einkaufen konnte. Und das war der entscheidende Grund. Ein Blick ins Faltblatt mit dem

Streckenplan zeigte dann, dass der IC ohnehin nicht bis Dammtor fuhr.

Das übliche Aufstehen, Jacken suchen und Taschen aus der Ablage wuchten setzte ein, kaum hatte der Zugbegleiter in seinem unnachahmlichen Singsang mitgeteilt, dass man in wenigen Minuten Hamburg Hauptbahnhof erreichen würde. Die Liste der Anschlüsse, die trotz der halben Stunde Verspätung noch möglich waren, war lang und umständlich. Im Mittelgang stauten sich ungeduldige Leute. So mancher telefonierte lautstark und gab so seinem Ärger Ausdruck und die neuen Ankunftszeiten an Verwandte und Bekannte durch.

Alena und Luisa blieben cool sitzen, bis der Zug »mit allen hundert Rädern stand«, wie Luisa das ausdrückte. Sie waren fast die Letzten, die ausstiegen.

Ein eiskalter Wind fegte durch die Bahnhofshalle. Luisa stolperte müde über ihre eigenen Füße, und Alena wankte unter der Last ihres Rucksacks und Luisas Tasche auf der einen und dem Koffer auf der anderen Seite. Da sie noch hinauf zu den Läden wollten, hatte es auch keinen Sinn, einen Kuli zu nehmen. Sie rammelten auf die Rolltreppe. Oben auf der Galerie angekommen, ließ Alena unweit der Information Koffer und Tasche fallen und zog sich den Rucksack von den Schultern. »Luisa, du wartest hier. Ich gehe schnell was einkaufen. Soll ich dir was Bestimmtes mitbringen?«

Luisa überlegte. »Was gibt es denn?«

Alena ließ den Blick die Kioske entlangwandern. »Fischbrötchen, Frikadellen, Käse, Ei?«

»Frikadelle!«, entschied sich Luisa.

»Seit wann magst du Frikadellen?«

»Seit immer!«

Alena ließ Kind und Gepäck stehen und machte sich auf den Weg in die Wandelhalle, um belegte Brötchen, etwas Aufschnitt, ein paar Bananen und Äpfel und Cola und den Saft zu kaufen, den Luisa trank.

Zur selben Zeit betrat Lennart die Galerie der gegenüberliegenden Seite. Eigentlich hatte er, nachdem klar war, dass er den Zug nicht mehr erreichen würde, den Bahnhof nur noch angesteuert, um Blumen zu kaufen. Zu einem Heiratsantrag gehörten Blumen. Außerdem überdeckten seine Überlegungen, wo er am Sonntagabend um kurz vor neun Blumen herbekam, seine immer wieder aufflackernde Angst, dass Alena seinen Antrag nicht annehmen werde.

Schließlich hatte sie ihm erst vor anderthalb Wochen erklärt, dass sie Marvin heiraten wolle, und heute Morgen seinen Versuch im Ansatz erstickt, ihr etwas mehr anzubieten als nur die Anerkennung seiner Vaterschaft.

Er warf einen Blick auf die Anzeigentafeln. Der IC aus Binz stand wie erwartet nicht mehr darauf. Lennart fuhr die Rolltreppe hinunter, eilte an einem Zug entlang, der am Bahnsteig stand, fuhr drüben die Rolltreppe wieder hinauf – eine andere als die, an der Luisa auf dem Gepäck saß – und begab sich in die Wandelhalle. Nach einem Blumenladen Ausschau haltend, ging er an den erleuchteten Schaufenstern entlang. Leute eilten ihm entgegen mit in sich gekehrten Mienen, die Gedanken auf den morgigen Montag und eine neue Arbeitswoche gerichtet. Wie viele mochten ihre Familien, den Freund, die Frau, die Kinder irgendwo auf dem Land oder in einer anderen Stadt zurückgelassen haben?

Im Blumenlanden bediente die Floristin gerade einen Mann. Lennart musterte die Sträuße. Rosen?

Der Mann konnte sich nicht entscheiden. Auch so einer, dachte Lennart, den ein Fehler einer Frau gegenüber verunsichert hatte und der es jetzt besonders gut machen wollte. Was kaufte man, wenn man nicht wusste, welche die Lieblingsblumen der Erwählten waren? Der Mann entschied sich für rote Rosen.

Lennart sank der Mut. Vielleicht sollte er sich und Alena doch besser bis morgen Zeit lassen, statt sie, kaum war sie zu Hause angekommen, im Überschwang der Neuigkeiten zu überfallen. Immerhin musste er ihr mitteilen, dass Luisa seine Tochter war. Luisa würde es vermutlich freuen, aber freute es auch Alena?

Er wandte sich ab, als die Floristin eben bereit war, ihn zu bedienen. Im Augenwinkel sah er jemanden in Winterjacke mit dunklen Haaren um die Ecke eines hellen Schaufensters verschwinden. Sein Herz machte einen Hüpfer. Oder sah er schon Gespenster? Er lief los, fegte um die Ecke … Nichts. Es konnte auch nicht sein. Ihr Zug musste laut Fahrplan vor einer guten halben Stunde angekommen sein. Sie und Luisa waren vermutlich längst zu Hause. Und wenn er sich nicht selbst beeilte, dann konnte er schicklicherweise nicht mehr an ihrer Tür klingeln.

Lennart wandte sich der Rolltreppe zu, einer anderen als der, die er heraufgekommen war. An der Information stand eine Jugendgruppe. Lennart umrundete sie. Dahinter hockte auf einer Reisetasche neben einem Koffer und einem Trekkingrucksack ein müdes Kind.

»Luisa!«

Das Kind hob den Kopf. Ein Strahlen erhellte das Gesicht. Luisa sprang auf und kam zu ihm gelaufen. »Papa! Was machst du denn hier?« Er hob sie hoch und drückte sie an sich. Wieder einmal hatte sie ihn Papa gerufen, so wie im Sommer, bevor alle ihr beigebracht hatten, dass er nicht ihr Vater sein konnte. Die ganzen letzten zwei Wochen hatte sie sich bemüht, ihn Lennart zu nennen. Wie recht sie immer gehabt hatte, dachte er. Von Anfang an.

Er stellte sie wieder auf den Boden. »Und du, Luisa, so alleine hier?«

Inzwischen hatte Alena zwei überteuerte Bananen und eine Tüte Gummibärchen für Luisa bezahlt und in die Tüte zu den Getränken, belegten Brötchen und Äpfeln gesteckt. Hatte sie alles? Nein, Milch für Luisas Frühstück und Alenas Kaffee fehlte. Also noch mal zurück. Und dann schleunigst nach Hause. Sie würden ein Taxi nehmen, denn Luisa musste ins Bett. Sie mussten morgen früh um halb sechs aufstehen. Willkommen im Alltag.

Alena fasste die schwere Tüte fester und bog auf die Galerie ein. Eine Gruppe kam ihr entgegen, entnervte Jugendliche, die offenbar ihren Anschlusszug verpasst hatten. Einer streifte Alenas schwere Plastiktüte, und einer der Henkel riss.

Als Alena wieder aufblickte, stockte ihr das Herz. Da stand inmitten des Kommens und Gehens an der Rolltreppe, Luisa neben sich, Lennart im dunklen Mantel, hoch gewachsen, regungslos, die Hände in den Manteltaschen. Alena schwindelte. Er zog die Hände aus den Taschen und breitete sie kaum merklich aus. Fragend!

Verblüffung lähmte Alena, doch ihre Füße liefen los, ihr Geist hastete hinterher. Die Tüte rutschte ihr aus der Hand und landete vor Luisas Füßen. Mit ganzer Seele warf sie sich in Lennarts Arme. Er fing sie auf und küsste sie, dass ihr die Luft wegblieb. Auch sie musste er danach wieder auf den Boden stellen.

»Wo kommst du denn auf einmal her?«, fragte Alena atemlos und lächelnd. »Ich meine, was machst du hier?«

»Ich … ich muss etwas mit dir besprechen, Alena.«

»So dringend?« Alena bekam das Lächeln nicht aus ihrem Gesicht.

»Ja, ganz dringend!«, antwortete er und lächelte ebenfalls.

Luisa blickte hoch und von einem zum anderen. »Willst du Alena fragen, ob sie dich heiratet? Das tut sie. Sie liebt dich nämlich, sie will es nur nicht zugeben.«

»Halt die Klappe, Luisa!«, sagte Alena. »Und nimm deine Sachen, wir müssen.« Sie bückte sich zu ihrem Rucksack.

»Mein Auto steht draußen«, bot Lennart an.

Zehn Minuten später fuhr er seine kleine Familie, die noch nicht wusste, es aber vermutlich schon ahnte, dass sie seine Familie werden würde, ins Schanzenviertel.

Kapitel 46

Der Wind blähte das Vorsegel. In zügiger Fahrt passierte die Papageno die Halbinsel Klein Zicker und hielt auf das Südperd zu.

Lennart saß am Ruder, die Schoten von Vor- und Großsegel in der Hand, um das Boot nachzutrimmen, je weiter es die Südspitze des Mönchguts umrundete und der Thiessower Haken mit seinen feinen Sandstränden ins Blickfeld kam.

Der Herbst hatte die Wälder gelb, rot und braun gefärbt und das Laub über die Kieselstrände unter den Kliffs verstreut. Morgens lag Raureif auf den Wiesen, der, kaum ging die Sonne auf, zu glitzern begann. Tagsüber wurde es dann sogar richtig warm.

Lennart fixierte die Schoten auf den Winschen und schaute zu Alena hinüber, die auf der Bank ihm gegenüber saß. Sie schenkte ihm ein vertrauensvolles und gelöstes Lächeln.

Ob sie etwas ahnte, fragte er sich. Und würde sie, wenn sie merkte, worauf es hinauslief, mitspielen? Es war ein ziemlich gewagter Coup, den er seit fast zwei Wochen sorgfältig plante. Trude und Marika hatten auf seinen Vorschlag zunächst befremdet reagiert, doch dann hatten sie alles getan, um ihn zu verwirklichen. Und einfach war es nicht gewesen, denn Bedenkenträger gab es über all und Vorschriften waren Vorschriften. Es hatte der Sondergenehmigung eines Bürgermeisters bedurft. Doch inzwischen waren alle begeistert dabei und angestrengt darauf bedacht, dass Alena von den emsigen Vorbereitungen nichts mitbekam.

Sogar das Wetter hatte sich entschlossen, ihn zu unterstützen. Der Wind stand günstig. Darum war er heute früh von seiner ursprünglichen Planung abgewichen und hatte Alena einen Segeltörn die Ostküste des Mönchguts hinauf vorgeschlagen, den vermutlich letzten in diesem Jahr. Luisa hatte glaubhaft versichert, sie finde Segeln langweilig und wolle lieber zu Trude und Marika. Mit dem schönen Vertrauen, das Alena ihm entgegenbrachte, hatte sie sich auf sein Boot führen lassen. Wieder einmal staunte er, wie leicht das Leben mit ihr war. Und nur darum wagte er, was er heute vorhatte.

Alena ahnte in der Tat nichts. Sie beobachtete Lennart, der wie stets hundertprozentig auf das konzentriert war, was er tat, und dabei dennoch immer ein Lächeln für sie übrig hatte. Er strahlte eine ungemein selbstsichere Zielstrebigkeit aus. Er hatte seinen Kurs gefunden, beruflich und vor allem privat, und Alena war unendlich glücklich, dass sie mit ihm im Boot saß. Ihr Sinn war arglos und heiter gestimmt und zu nichts anderem aufgelegt, als Lennarts Gesellschaft zu genießen.

In den letzten vierzehn Tagen hatte sich ihr Leben vollständig verändert. Wieder einmal glitten ihre Gedanken zurück zu dem Moment, da Lennart sie auf dem Hamburger Hauptbahnhof in die Arme geschlossen hatte. Mit einem Mal war alles wie weggeblasen gewesen, was sie in den vergangenen Monaten so gequält hatte, und sie fragte sich verwundert, wieso sie sich dermaßen von ihren Bedenken, Vorbehalten, ja, Vorurteilen gegen diesen Mann hatte beherrschen lassen. Es war auch nicht der Brief des Hausangestellten gewesen, der sie von Lennarts beständiger Aufrichtigkeit überzeugt hatte. Das war irgendwann vorher im ewigen Eis von Grönland geschehen. Aber sie hätte nicht sagen können, wann genau sie begriffen hatte, dass Len Lost und Lennart Gristow nicht zwei verschiedene Menschen waren, die sie miteinander in Übereinstimmung bringen musste, sondern dass Lennart immer derselbe gewesen war, auch zu Zeiten der B'Demons, ein etwas scheuer, stolzer Mann von immenser Musikalität, der mit zunehmender Verzweiflung nach den Menschen gesucht hatte, denen er mit Achtung und Liebe begegnen durfte, um dann eine überwältigende Zärtlichkeit zu entfalten. Die Fahrt vom Bahnhof ins Schanzenviertel kam Alena wie ein Sprung durch die Lichter der Stadt vor. So viele Fragen kurvten ihr durch den Kopf, dass sie gar keine hatte stellen können. Erst nachdem Lennart das Gepäck vier Stockwerke hochgetragen und im Flur abgestellt hatte und Luisa erst einmal in ihr Zimmer abgebogen war, hatten sie in der Küche die erste Chance auf ein paar Minuten mit ihm allein gesehen und sich auf eine Frage konzentriert. »Und was musst du nun so Dringendes mit mir besprechen?«

Daraufhin hatte Lennart aus seiner Manteltasche Kristins Tagebuchkalender hervorgezogen.

»Ja«, hatte Alena gemeint zu wissen, was er sagen würde, »Kristin hat tatsächlich nichts gewusst. Das beweist ja auch der Brief dieses Iraners.«

»Und es tut mir leid, dass ich sie je verdächtigt habe«, hatte er erwidert. »Aber nicht deshalb bin ich dir mit Kristins Kalendern hinterhergefahren. Marika hat etwas ganz anderes und ziemlich Überraschendes entdeckt.«

»Was?«

»Luisa ist … sie ist doch meine Tochter.«

Alena lief es immer noch kalt den Rücken hinunter, wenn sie an diesen Moment dachte. Dieses Glück in seinen Augen, gepaart mit der Sorge, wie sie es aufnehmen würde.

»Das habe ich ja gleich gesagt!«, hatte Luisa verkündet, die eben die Küche betreten hatte.

Und weil sie gerade dabei waren, die Kinder zu verteilen, hatte Alena die Gelegenheit ergriffen. »Außerdem bekommst du eine Halbschwester, Luisa.«

»Was?«

»Lennart und ich bekommen ein Kind.«

Luisa hatte erstaunt die Augen aufgerissen, dann gelächelt, sich an den Tisch gesetzt, aus der Tüte ihr Frikadellenbrötchen geholt und hineingebissen. »Dann heiratet ihr jetzt, und wir ziehen alle nach Rügen«, bemerkte sie kauend. »Und dann kann ich endlich aufs Gymnasium, weil hier in Hamburg wird das ja wohl nix.«

Lennart hatte ziemlich geschmunzelt, und schlagartig war Alena klar geworden, warum er tatsächlich gekommen war.

Hastig hatte sie Teller auf den Tisch gestellt, den Aufschnitt verteilt und das Käsebrötchen durchgeschnitten, das sie eigentlich für sich gekauft hatte, aber Lennart und sie waren viel zu aufgeregt gewesen, um auch nur einen Bissen essen zu können. Sie stammelten sich durch eine Konversation über ihre Zugreise und seine Autofahrt, bis Luisa es auf den Punkt brachte: »Ihr überlegt doch nur, wie ihr mich möglichst schnell ins Bett kriegt, damit ihr knutschen könnt.«

»Aber nein!«, rief Alena.

»Ja«, sagte Lennart.

Ungewöhnlich rasch war Luisa ins Bett gegangen. Sogar aufs Vorlesen hatte sie verzichtet. Nachdem Alena die Sachen für den anderen Morgen rausgelegt, den Schulranzen gerichtet und Luisa zugedeckt hatte, hatte sie Lennart in ihrem Wohn- und Arbeitszimmer gefunden. Er stand am Fenster und blickte in die Lichter der Stadt. Doch kaum hatte er sie gehört, drehte er sich um, zog sie in seine Arme und küsste sie. »Vom ersten Augenblick an«, raunte er, »als du aus dem Haus deiner Tante kamst, habe ich gewusst, dass ich mein Leben mit dir verbringen möchte.«

»Und ich habe es gewusst, als wir in der Koje auf der Papageno lagen.«

Und dann hatte er seinen Antrag vor Erregung sogar ein bisschen verstolpert. »Alena … möchtest du … ich meine, würdest du mich zum Mann nehmen?«

Er hatte ihr sogar angeboten, nach Hamburg zu übersiedeln. Aber sie hatte ihm gestanden, dass sie seit dem Sommer Heimweh nach Rügen hatte. Ab dann waren alle Entscheidungen leicht gewesen. Ihren Job bei Potemkin Film hatte sie gekündigt, obgleich Dieter sie überraschenderweise zu halten versucht hatte. Und sofort hatte sie etwas anderes in Aussicht gehabt. Das Landratsamt Rügen hatte eine Stelle für eine Eventmanagerin ausgeschrieben. Und wenn daraus nichts werden würde, so würde sie vermutlich als Lennarts Managerin in ein paar Jahren gut zu tun haben.

Luisa hatten sie für nach Weihnachten auf dem Binzer Gymnasium angemeldet und auf der Schule in Steilshoop abgemeldet, in der begründeten Hoffnung, dass bis Weihnachten die Familienverhältnisse vom Vormundschaftsrichter entschieden sein würden. In den Weihnachtsferien würden Luisa und sie aufs Gut Gristow umziehen. Und irgendwann im Frühjahr würden Lennart und sie heiraten.

Alena holte tief Luft. Sie war glücklich. Langsam glitt, gesäumt von rotgelbem Wald, der kilometerlange Strand der Außenküste des Mönchguts an ihnen vorbei.

Nur eine Sache hatte ihnen beiden eine Weile Kopfzerbrechen bereitet. Wie sollten sie es Alenas Eltern erklären, dass sie ausgerechnet den Mann heiraten würde, der für ihre Mutter und ihren Vater mit den bittersten Erinnerungen verbunden war, die Eltern haben konnten. Lennart hatte vorgeschlagen, sie in ihrer Residenz auf Mallorca zu besuchen. Trude, die ihre Schwester am besten kannte, hatte davon abgeraten, mehrere Stunden telefoniert und Alenas Mutter geduldig und taktvoll auseinandergesetzt, dass Lennart an Kristins Tod keinerlei Schuld habe und es dafür mittlerweile auch Beweise gebe.

»Ich denke«, hatte Trude Alena hinterher mitgeteilt, »sie werden wohl nächsten Sommer mal kommen. Im Sommer ist Rügen ohnehin schöner als Mallorca.«

Inzwischen stand die Sonne hoch am blauen Himmel, an dessen fernen Rändern sich dicht über dem Horizont ein paar Wolken sammelten. Sie hatten das Örtchen Lobbe bereits hinter sich gelassen. Die Küste begann sich mit erdigen Kliffs zum Nordperd aufzuwerfen. Lennart manövrierte die Papageno in steiler Fahrt vor dem Wind zum bewaldeten Kopf der Landzunge, auf dessen schmalen Höhen das Ostseebad Göhren thronte. Bevor sie den Kopf des Nordperds umrundeten, musste er das Vorsegel einholen. Alena hielt so lange das Ruder.

Die ersten Häuser von Göhren blitzten durch die Baumkronen. Sanft schwang der Strand der Bernsteinpromenade gen Norden zur nächsten bewaldeten Kliffnase von Raabe, unterbrochen nur von der charakteristischen, an der Spitze gegabelten Seebrücke von Göhren.

Alenas Augen suchten den Buskam, jenen riesenhaften Findling, den einst die Eiszeit von Bornholm bis auf dreihundert Meter vor die

Küste gewälzt hatte und der anderthalb Meter hoch wie ein Tisch aus dem Wasser ragte. Vom Meer aus hatte sie sich ihm noch nie genähert.

Sie stutzte und schaute noch einmal hin. Nein, es waren keine Vögel, auch keine Seehunde, die sich auf dem Stein versammelt hatten. Da standen Leute! Viele Leute.

Lennart schreckte sie aus der verwunderten Betrachtung. Er hatte ihre Hand ergriffen.

»Hast du die Leute auf dem Buskam gesehen?«, sprach Alena aus, was sie im Moment am meisten bewegte. »Was machen die da?«

»Sie wollen eine Hochzeit feiern«, antwortete er.

»Ach, interessant. Und ich dachte, das macht man schon lange nicht mehr.«

Lennart fasste ihre Hand fester. »Es ist unsere Hochzeit, Alena.«

»Wie?« Sie sah vermutlich nicht sonderlich geistreich aus. »Heute? Jetzt?«

Er lachte leise. »Ja, jetzt, denn in ein paar Tagen könnte es auf dem Storchenstein zu stürmisch sein, und im Winter kann man dort gar nicht heiraten. Außerdem dürfte es mir kein zweites Mal gelingen, den Standesbeamten und die Pfarrerin zu überreden, dass sie gemeinsam antreten, um uns den amtlichen und den kirchlichen Segen zu geben.«

»Aber …«

Er legte ihr den Finger auf die Lippen, fixierte das Ruder, zog sie von ihrem Sitz und führte sie zum Niedergang.

»Ich fürchte«, sagte er, »es ist unbequem und vermutlich nicht ganz so, wie du dir das vorgestellt hast, aber es sollte doch eine Überraschung werden. Da unten in der Tasche findest du ein paar Sachen, die dem Anlass hoffentlich halbwegs entsprechen.«

Alena musste lachen. »Du bist verrückt!«

»Willst du?«, fragte er heiser vor Erregung.

»Ja, natürlich!«

Er gab ihr einen leidenschaftlichen Kuss und entließ sie dann, ungern, wie es schien, in die Kajüte. Alena staunte. Die Sachen, die er in aller Heimlichkeit in eine Tasche gepackt hatte, waren dem Anlass mehr als angemessen. Wo hatte er nur dieses cremeweiße Kostüm mit langem Rock und Jacke her, das ihr wie angegossen passte? Die Wildseide hatte auch den Aufenthalt in der Tasche nicht übel genommen. Sogar an Strümpfe und passende Schuhe, Haarbürste und Make-up hatte er gedacht. Alena schmunzelte. Vermutlich hatte Marika ihn beraten. Der Brautstrauß, der auf der Decke in der Koje lag, sah jedenfalls ganz nach Marika aus – wild und bunt. Um es unbequem in der schwankenden Kajüte zu finden, war Alena viel zu aufgeregt und zu gerührt. Was für eine Idee! Lennart hatte sich tatsächlich gemerkt, was sie ihm einmal über Kristins und ihre wilden Radfahrten hinter den Hochzeitskutschen her erzählt hatte. Und wie sie dann am Strand gesessen und darauf gewartet hatten, dass einer aus der Hochzeitsgesellschaft ins Wasser fiel.

Als sie zehn Minuten später den Seidenrock raffte und den Niedergang hinaufstieg, saß Lennart in einem schwarzen Anzug, Blume im Knopfloch, weißem Hemd und Fliege am Ruder. Seine Augen blitzten unter den langen Wimpern wie pures Silber. Sie waren dem alten slawischen Gottesstein inzwischen so nahe gekommen, dass Alena die Menschen auf ihm erkannte – die Pfarrerin neben einem improvisierten Altar mit Kreuz, bei ihr der Standesbeamte mit einem großen Aktenbuch, fünf junge Männer in blau-weißen Fischerhemden mit Ziehharmonikas, die unverzüglich den Hochzeitsmarsch anstimmten, und natürlich Trude und Marika und Luisa, die in einem wehenden Kleid heftig winkend auf und nieder sprang, außerdem ein paar Leute aus der Gemeinde, unter ihnen Silke und ihr Begleiter. Sogar Marvin und seine neue Freundin hatte Lennart eingeladen. Und eine besondere und beinahe unfassbare Überraschung – auch Alenas Eltern waren gekommen.

Lennart drehte bei und warf einem jungen Mann die Leine zu, der im Gegenzug eine Gangway zum Boot hinunterließ. Eine schwankende Angelegenheit. Lennart nahm Alena bei der Hand und ging voran. Er musste Alenas Hand wirklich fest umschlossen halten, damit ihm seine Braut nicht ins Wasser fiel.

Auf Kristins Storchenstein im graugrünen Wellenschlag der Ostsee und begleitet vom Geschrei der Möwen, dem Klirren von Papagenos Takelage und dem Glucksen des Wassers am Felsen gaben Lennart und Alena einander feierlich das Jawort.

Und hinterher tanzten sie den Schüttelbüx.